AF138268

KUMLAKURIER

FRIDA NILSSON

Martin & Jack
Von Hundebesitzern, Katzenjägern
und der Suche nach dem Glück

FRIDA NILSSON

Martin & Jack
Von Hundebesitzern, Katzenjägern und der Suche nach dem Glück

Aus dem Schwedischen
von Friederike Buchinger

Mit Bildern
von Torben Kuhlmann

GERSTENBERG

Hundebesitzer

1 »Als wir beide uns auf den Weg gemacht haben, da habe ich mich wirklich lebendig gefühlt«, hatte Jack damals zu mir gesagt. Es war jene Nacht in Hult gewesen, als wir in dem Heuschober schliefen und er mit dieser Unruhe im ganzen Körper aufgewacht war. Er hatte vom kleinen Leben geträumt, wie er versucht hatte, es irgendwie festzuhalten, es ihm aber nicht gelungen war. Seine Pfoten zitterten immer noch, als er mir davon erzählte, und sein Atem stank nach fauligen Zähnen. Aber dann hatte er mit den Schultern gezuckt und darüber gelacht. So war er eben. Wollte mich nicht mit seinem Kummer belasten. Man könnte sagen, er trug eine große Sorge um das Wohl der anderen in sich.

Hätten wir geahnt, wie beschwerlich unsere Reise werden

würde, wer weiß, ob wir es wirklich gewagt hätten, uns auf den Weg zu machen. Aber man kann ja vorher nie wissen, was für ein Abenteuer einem bevorsteht. Und wenn man so darüber nachdenkt, dann ist das ein großes Glück. Denn sollte das kleine Leben hinter der nächsten Ecke warten, beeilt man sich besser.

Aber vielleicht fange ich mit meiner Geschichte lieber ganz von vorn an, damit du weißt, worum es geht: Jack war der Hund auf Norrängen, einem Bauernhof im Kirchspiel Kila in Sörmland. Er lebte dort schon länger als ich. In den ersten Jahren hatte er noch beide Augen gehabt. Ich muss etwa sechs gewesen sein, als er eines Tages plötzlich auf dem rechten Auge erblindete. Ich erinnere mich noch, wie wir ihn vor dem Holzschuppen fanden. Er hielt sich winselnd die Pfoten vors Gesicht – und als er uns ansah, wussten wir, dass es gar nicht gut um ihn stand. Das eine Auge war rot unterlaufen und trüb und es schien auf einmal größer zu sein als das andere. *Grüner Star* heißt diese Krankheit, die er bekommen hatte, und so etwas tut wohl sehr weh. Wir mussten den Doktor holen, der Jack mit Äther betäubte und das Auge entfernte, weil Hunden in solchen Fällen nicht anders zu helfen war. Ich rannte weg und verkroch mich so lange im Kuhstall.

Pär Pärsson war ziemlich verärgert darüber, dass Jack auf einmal einäugig war, denn es gehörte schließlich zu den Aufgaben eines Hundes, das Haus zu bewachen. Eigentlich wollte Pär Pärsson ihn wohl damals schon vom Hof jagen. Aber Jack schaffte es, den Bauern so lange zu bearbeiten, bis er bleiben durfte. Und wo hätte er auch hingesollt? Sein Platz war im Flur unter der Treppe, dort hatte er sein kleines Eckchen mit einer Decke und ein paar Habseligkeiten. Er sammelte Zeitungen, was Pär Pärsson ziemlich albern fand. Aber solange Jack seine Käseblätter in Ordnung hielt und sie nicht im ganzen Haus herumflogen, durfte er sie behalten. Ab und zu ging Jack zum Kaufmann und erbettelte sich alte Ausgaben. Als diese Geschichte hier ihren Anfang nahm, nannte er einen Stapel von vierzig, fünfzig Zeitungen sein Eigen. Seine Abende verbrachte er oft damit, darin herumzublättern. Ich dachte natürlich, er würde sich die Bilder anschauen.

Ich selbst war im Alter von einem Jahr nach Norrängen gekommen. Meine Mutter war an der Schwindsucht gestorben und mein Vater war nicht mehr in der Lage gewesen, sich um mich zu kümmern. Deshalb hatte Pär Pärsson die Vormundschaft für mich übernommen. Ich weiß nicht mehr viel aus diesen ersten Jahren, aber ich erinnere mich, dass ich noch ziemlich klein war, als ich schon anfing, mich von dort wegzusehen. Pär Pärsson war ein harter Mann. Ich fand, dass er mich viel zu viel auf dem Hof schuften ließ, und ich war oft wütend auf ihn. Ich malte mir meinen richtigen Vater aus, stellte mir vor, wo er wohl lebte, wie er aussah und all solche Dinge. Ich redete mir ein, dass er sehr arm war und nur darum keine andere Wahl gehabt hatte, als mich wegzugeben. Dass er irgendwo in einer bescheidenen kleinen Hütte saß und sich genauso sehr nach mir sehnte, wie ich mich nach ihm. Manchmal hatte ich schlimme Träume. Träume, in denen er verschwand, in denen ich seinen Rücken über den Boden davonschweben sah, ohne Arme und ohne Beine. Manchmal wachte ich auf, nass geschwitzt und schreiend – und einmal rannte ich hinaus aufs Feld, obwohl es mitten in der Nacht war. Ich hatte wohl irgendwie die Vorstellung, dass ich versuchen musste, ihn einzuholen. Ich weiß noch, dass es eine sehr warme Nacht war. Mein Inneres brannte wie Feuer und das Zirpen der Grillen dröhnte in meinem Kopf wie Kirchenglocken. Nach einer Weile holte Pär Pärsson mich ein.

»Was zur Hölle treibst du hier draußen?«, brüllte er und hob mich hoch.

»Lass mich los! Ich will zu meinem Vater!«, schrie ich. Ich trat um mich und biss ihn, kratzte ihn überall, wo meine Finger ihn erwischten. Da setzte er mich wieder ab und verpasste mir eine Ohrfeige, dass mir der Kopf danach erst recht dröhnte. Als wir ins Haus zurückkamen, hatte ich Fieber.

Kurz darauf erfuhr ich, dass Pär Pärsson einen Briefumschlag in seiner Kammer hatte. Er zeigte ihn mir und erzählte, dass er diesen Umschlag in seiner Kommode aufbewahrte, seit er mich im Waisenhaus abgeholt hatte. In dem Kuvert steckte ein Dokument, aus dem hervorging, wie mein Vater hieß und wo er wohnte.

»Wenn du dich anständig verhältst und ein braver Junge bist, dann öffnen wir den Umschlag an deinem siebzehnten Geburtstag und lesen gemeinsam, was dort steht«, sagte er. »Danach kannst du jederzeit gehen und deinen Vater suchen.«

»Ich will den Brief jetzt öffnen!«, sagte ich. »Jetzt auf der Stelle!«

Er schüttelte den Kopf.

»O nein«, sagte er. »Erst, wenn du alt genug bist. So lauten die Bestimmungen. Und nun hör mir gut zu, Martin: Wenn du dich

NICHT anständig verhältst, wenn du bockig bist, dich unmöglich aufführst und wegläufst, dann werfe ich den Umschlag vielleicht auch einfach ins Herdfeuer! Hast du mich verstanden?«

Bei diesen Worten durchfuhr mich ein eisiger Schauer. Ich begriff, dass es unendlich wichtig war, von diesem Moment an nicht mehr herumzuschreien oder bockig zu werden. Und dass ich alles tun musste, was ich nur konnte, damit der Name meines Vaters und seine Anschrift nicht im Feuer landeten.

»Ja-ha, überleg dir, was du willst«, sagte Pär Pärsson. Er legte den Umschlag zurück in die Schublade, es war die zweite von oben. Dann klopfte er auf das Holz, als wäre die Kommode eine Kuh, eine, die vier eckige, blau lackierte Mägen hatte, in denen sich sämtliche Geheimnisse der Welt verbargen. »Überleg dir sehr gut, was du willst.«

So vergingen die Jahre und nach und nach fielen mir die ersten Milchzähne aus. Meine Haare wurden dicker, meine Arme und Beine wurden dünner, ja, es veränderte sich ziemlich viel. Aber an den Umschlag in der blauen Kommode dachte ich noch immer. Man könnte sagen, dass er zu meinem Leuchtturm geworden war. Besonders im Winter, wenn alles so dunkel und düster war und es sich manchmal einfach nur sinnlos anfühlte, aufzustehen, war der Gedanke an den Umschlag wie ein Licht, das mir an einem nasskalten Morgen den Weg zum Stall erhellte. Während ich ausmistete und unsere vier Kühe molk, sagte ich mir: An dem Tag, an dem ich erfahre, was in dem Dokument steht, bin ich fertig mit alldem hier. An dem Tag werde ich von hier verschwinden.

Manchmal, wenn Pär Pärsson und Jack unterwegs waren, zog ich die Schublade auf und betrachtete den Umschlag. Ich nahm ihn in die Hand und roch daran – und ich schlug meinen Kopf gegen die Kommode, weil ich den Umschlag nicht einfach aufreißen und selbst lesen konnte, was darin stand. Das Gesetz besagte, dass man spätestens in dem Jahr eingeschult werden sollte, in dem man neun wurde. Ich hatte im Januar Geburtstag gehabt und das hieß, dass ich im Herbst endlich in die Schule kommen würde. Die meisten Gleichaltrigen gingen schon seit zwei Jahren zur Schule, aber Mündel wie mich behielt man gern so lange wie möglich zu Hause auf dem Hof. Der Gedanke war ja, dass sie sich dort nützlich machten und so ihre »Schulden abarbeiteten«. Mit anderen Worten: Ich war ein *Analphabet* – ein vornehmes Wort für einen, der keinen blassen Schimmer vom ABC hat. Ein paar Mal war ich kurz davor gewesen, den Umschlag trotzdem aufzureißen, nur um die Buchstaben zu *sehen*, die den Namen meines Vaters bildeten. Aber die ganze Zeit hörte ich das Herdfeuer in meinem Rücken knistern und es war doch so wichtig, nichts zu tun, was aufsässig erscheinen konnte. Und wenn ich mich anständig benahm und ein braver Junge war, dann würde ich ja noch früh genug bekommen, was ich mir so sehr wünschte.

Nun will ich aber erzählen, wie es dazu kam, dass Jacks Zeit auf dem Hof zu Ende ging. Das Ganze nahm seinen Anfang an einem Tag im Mai, als Pär Pärsson Hechte fangen wollte. Er liebte die Hechtjagd, aber anders als andere Menschen nahm er dafür keinen

Knüppel, sondern eine Fahrradkette. Diese Kette hing an einem ganz bestimmten Nagel an der Wand im Schuppen und wurde nur heruntergenommen, wenn das letzte Stündlein der Hechte geschlagen hatte. Es war fast ein bisschen feierlich, wie ein Julbock aus Stroh, den man nur an Weihnachten herausholt.

Unser Kahn lag am Ufer eines kleinen Sees, nicht weit vom Hof entfernt. Pär Pärsson saß wie immer im Bug, den Blick fest aufs Wasser gerichtet. Sobald er einen Hecht erspähte, hob er die Hand. Das bedeutete, dass ich, der fürs Rudern zuständig war, langsamer werden sollte. Dann schwang er die Fahrradkette hoch über seinen Kopf und schlug blitzschnell zu – und wenn er richtig traf, war der Hecht betäubt und er musste ihn nur noch aus dem Wasser ziehen. Danach übergab er den Hecht an Jack, der ihn in einen Korb im Fischkasten packte. Zwischendurch musste man den Korb schütteln, um frischen Sauerstoff ins Wasser zu bringen. Es war ja wichtig, die Hechte am Leben zu halten, damit sie in der warmen Sonne nicht anfingen zu stinken.

Ein paarmal sagte Pär Pärsson, nun wäre ich an der Reihe, mein Glück zu versuchen. Aber ich hasste diese Kette. Mir wurde flau, wenn er zuschlug, und mir wurde flau, wenn er einen zitternden Fisch aus dem Wasser holte und, ohne eine Miene zu verziehen, an Jack weiterreichte. Pär Pärsson war sauer auf mich, weil ich mich weigerte. Er sagte, irgendwann müsse ich mich überwinden, denn man könne sich nicht sein Leben lang wie ein Kleinkind aufführen. Aber ich wollte trotzdem nicht und schließlich ließ er mich in Ruhe.

Gegen vier Uhr nachmittags waren wir zurück am Steg. Pär Pärsson vertäute den Kahn. Er hatte sieben prächtige Hechte im Korb, ein Fang, mit dem er sehr zufrieden war. Jetzt freute er sich darauf, nach Hause zu gehen und die Fische auszunehmen. Jack hob den Korb aus dem Fischkasten, um ihn auf den Steg zu hieven – aber wenn man nur ein Auge hat, dann fällt es einem schwer, Abstände einzuschätzen. Und statt den Korb auf dem Steg abzusetzen, ließ er ihn direkt daneben los und mit lautem Platschen landete das ganze Ding im Wasser.

»Verflixt«, sagte Jack.

Pär Pärsson bekam einen Tobsuchtsanfall. Er brüllte und schrie und Jack duckte sich, wohl weil er dachte, er würde Prügel kassieren. Aber Pär Pärsson sprang ins Wasser, um zu versuchen, wenigstens ein paar der benommenen Hechte wieder einzufangen. Ohne Erfolg. Stattdessen stolperte er und wurde ganz und gar nass. Um ehrlich zu sein, sah er ziemlich lächerlich aus, wie er da im Wasser herumstrampelte. Die Hechte waren längst alle entkommen.

Auf dem Weg nach Hause war die Stimmung natürlich sehr schlecht. Pär Pärsson stapfte wortlos vorweg. Ich folgte ihm mit dem leeren Korb. Als Letzter, so weit hinter uns, dass er kaum noch zu sehen war, kam Jack. Er hielt sich den ganzen Abend fern und ließ sich auch nicht blicken, als es Essen gab. Pär Pärsson schien in Gedanken versunken. Er starrte stundenlang aus dem Fenster und schwieg. Nicht, dass mich das gestört hätte. Ich war lieber still, als die ganze Zeit »ja«, »doch«, »nein« auf sein übliches Gerede über den Hof, die Arbeit und das Wetter antworten zu müssen.

Als der Abwasch erledigt war, ging ich nach draußen. Es war ein schöner Frühlingsabend und ich wollte allein sein. Ich hatte keine Ahnung, wo Jack steckte. Manchmal verschwand er in den Wald, wenn er Ärger bekommen hatte. Ich schaute zu dem Weg, der durch die Felder in die Ferne führte, und dachte dasselbe, was ich schon tausendmal gedacht hatte: Ich habe nicht ein Leben, sondern drei. Das erste endete, als ich an diesen Ort hier kam. Das zweite wird enden, wenn ich von hier fortgehe. Und das ist der Moment, in dem mein drittes Leben beginnt. Dann werde ich der richtige Martin sein, der Martin, der seinen richtigen Vater sucht, und dann ist Schluss mit der Falschheit. Dann ist Schluss mit ja, doch, nein. Ich werde richtig reden, meine Meinung sagen und endlich rosige Wangen bekommen. Ich werde einer von denen sein, die strahlen.

»Martin?«

Ich zuckte zusammen. Pär Pärsson war aus dem Haus gekommen, ohne dass ich es gemerkt hatte. Ich wurde rot, bildete mir ein, er wüsste, was ich mir gerade ausgemalt hatte, aber das war natürlich Unsinn. Er schob die Hände in die Hosentaschen, schaute einen Augenblick nach unten. Er wirkte bedrückt.

»Ich habe beschlossen, dass der Hund gehen muss«, sagte er.

»G-gehen?«

»Genug ist genug. Über zehn Jahre hat er hier gewohnt und ist mir immer nur zur Last gefallen. Jetzt sollen sich andere um ihn kümmern.«

Als er sagte, dass sich andere um ihn kümmern sollten, meinte er damit, dass für Jack nun die Zeit gekommen war, von Almosen zu leben. Einem Hund, der kein Obdach hatte, dem blieb nichts anderes übrig, als von Tür zu Tür zu gehen. So wurde er in jedem Haus mit einer Kleinigkeit versorgt und statt einem allein schulterten viele gemeinsam die Last, wie es damals hieß.

»Ja, aber er ist doch so alt«, sagte ich.

»Das spielt keine Rolle«, antwortete Pär Pärsson. »Wäre ich klug gewesen, hätte ich ihn schon längst vom Hof gejagt, schon damals, als er das Auge verloren hat. Doch da war ich zu schwach und habe ihm erlaubt zu bleiben. Aber nun sind andere an der Reihe.«

Ich schüttelte den Kopf. Für gewöhnlich widersprach ich nie, wenn mein Vormund etwas entschieden hatte, aber ich war wohl so überrumpelt, dass es mir einfach herausrutschte:

»Aber wie zum Kuckuck soll das denn gehen? Ich meine, wie soll er denn noch mal ganz von vorn anfangen? Was, wenn er irgendwo landet, wo er sich kaputtschuften muss? Unten in Håga war ein Hund, der sich auf dem Kartoffelacker den Rücken gebrochen hat, und seine Leute haben nicht mal den Doktor gerufen ...«

»Es ist nur recht und billig, dass jemand anders übernimmt«, fiel Pär Pärsson mir barsch ins Wort und diesmal hatte er die Stimme erhoben. Nun war mir alles klar. Er erklärte nicht, warum, und er erwähnte auch nicht, was unten am Steg vorgefallen war. Aber ich wusste ja, wie sehr er die Hechtjagd liebte. Wusste, wie ehrfürchtig er die Fahrradkette jedes Mal vom Nagel in der Schuppenwand nahm, wusste, dass er sonst immer pfiff, wenn wir mit dem Korb voll zappelnder Fische den schmalen Fußweg nach

Hause gingen. Ja, Jack war ihm oft zur Last gefallen und hatte ihn einiges gekostet. Aber die Hechte, die in alle Richtungen geschossen und entkommen waren, hatten das Fass zum Überlaufen gebracht. Er drehte sich um und ging zurück ins Haus. Ich blieb stehen und schaute zum Weg, der durch die Felder in die Ferne führte. Die Schwalben riefen und zogen ihre Bahnen am Himmel. Ein Knacken am östlichen Gartentor weckte meine Aufmerksamkeit. Es war Jack, der aus dem Wald zurückkam. Er sagte nichts und ich blieb ebenfalls stumm. Lautlos ging er an mir vorbei zum Haus.

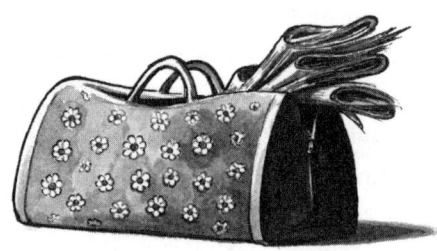

2 Es vergingen ein paar Tage, bis Jack erfuhr, dass er den Hof verlassen sollte. Da er dachte, dass er Pär Pärsson vielleicht noch umstimmen konnte, gab er sich wahnsinnig viel Mühe: Er machte Scherze, versuchte, sich einzuschmeicheln, und war so hilfsbereit, dass es schon unangenehm war. Doch als ihm dämmerte, dass es diesmal ernst war, dass es wirklich nichts mehr gab, woran er sich festklammern konnte, da wurde er wortkarg und grüblerisch.

An dem Abend, als Jack seine Sachen packte, verzog sich Pär Pärsson nach draußen in den Tischlerschuppen. Er war schmaler geworden. Der Anblick des jämmerlichen Hunds, der wie ein Gespenst durchs Haus schlich, habe ihm den Appetit verdorben, sagte er. Ja, er hatte wohl doch so etwas wie ein Gewissen.

Jack hatte eine zerschlissene Reisetasche mit Holzgriff bekommen. Und mit dieser Tasche stand er jetzt in der Nische unter der Treppe und stopfte sie voll. Er hatte nicht viel, er besaß ja fast nur seine Zeitungen. Vergilbte, fleckige Blätter mit Reihen voller schwarzer Dingerchen. Diese Dingerchen bildeten zusammen Wörter und die Wörter bildeten Sätze, das wusste ich. Aber wie sie das taten, das war mir immer noch ein Rätsel.

»Willst du die wirklich alle mitschleppen?«, fragte ich. »Wird dir das nicht zu schwer?«

Jack schwieg einen Moment. Dann sagte er nur kurz:

»Die müssen mit.«

Er fuhr mit der Pfote über eine zerknitterte Titelseite. Er tat mir leid. Wir hatten uns nie richtig nahgestanden, aber er war immer freundlich zu mir gewesen. Und es war ja eigentlich reines Pech, dass ihm diese Sache mit dem Auge in die Quere gekommen war. Ich hatte das Bedürfnis, etwas Nettes zu sagen.

»Warum zum Teufel musst du eigentlich diesen Grünen Star haben?«, fragte ich.

Er lachte leise. »Ja, warum zum Teufel habe ich den nur.«

Dann stopfte er weiter Zeitungen in seine Tasche. Er schien seine Ruhe haben zu wollen. Aber ich blieb bei ihm. Ich war wütend. Ich dachte daran, wie hart und unversöhnlich mein Vormund war. Ich hatte gehört, dass längst nicht alle Hunde so freundlich waren wie Jack. Es gab auch solche, die sich bewaffnet in den Wäldern herumtrieben. Unredliche Kerle, die stahlen und mordeten. Ich hatte schon Bilder von ihnen in Jacks Zeitungen gesehen, *Steck-*

briefe hießen diese Personenbeschreibungen. Das bedeutete, dass der Bezirkswachtmeister hinter ihnen her war, um sie hinter Schloss und Riegel zu bringen.

»Du musst dich vor Räubern in Acht nehmen«, sagte ich.

Jack schauderte. Wahrscheinlich hatte er dasselbe gedacht. Denn natürlich war es nicht leicht, sich allein auf den Straßen durchzuschlagen, wenn man schon so alt war. Ich konnte mir vorstellen, dass einer wie er bestimmt leichte Beute war.

»Mit ein bisschen Glück findest du schnell eine neue Bleibe«, sagte ich. »Es gibt genug Höfe im Kirchspiel, die immer jemanden brauchen, der ordentlich anpacken kann.«

Da schwieg er wieder. Eine ziemlich lange Weile blieb er still, dann sagte er:

»Ich werde mich nicht bei den Bauern im Kirchspiel umhören.«

»Nicht?«

Er schüttelte den Kopf.

»Ja, aber ... wen willst du denn dann fragen?«

Jack zögerte. Später erfuhr ich, dass er dieses Geheimnis, diesen Traum, schon sehr lange mit sich herumgetragen hatte. Hätte Pär Pärsson ihn nicht vom Hof gejagt, dann hätte er ihn wohl nie in die Tat umgesetzt, aber nun, dank der Sache mit den Hechten, war ihm die Entscheidung abgenommen worden. Er fing an, die Zeitungen zu dursuchen, die er schon eingepackt hatte, fand sofort die richtige und kam damit zu mir in den Flur, weil es dort heller war. Dann faltete er die Zeitung auf. Ich hatte das Bild vorher noch nie gesehen. Es zeigte eine Dame in einem schwarzen Kleid, das von oben bis unten mit Spitzen besetzt war. In den hochgesteckten Haaren trug sie eine Seidenblume. Sie war zweifellos stinkreich, aber das Auffallendste war, dass sie umringt von Hunden auf einem Sofa saß. Es waren unglaublich viele und einer sah struppiger aus als der andere. Jack legte eine raue Kralle auf die großen Buchstaben, mit denen der Text begann.

»Witwe Nilson hat sich dem Wohl der Hunde verschrieben«, las er vor. Dann fuhr er mit den mittelgroßen Buchstaben fort: »In der Villa Solsäter ermöglicht sie ihnen ein Leben in Sicherheit und Würde.«

»Kannst du lesen?«, fragte ich erstaunt – denn wie ich ja schon erwähnt habe, hatte ich immer gedacht, Jack würde sich nur die Bilder ansehen, wenn er in seinen Zeitungen blätterte. Da Hunde so gut wie nie zur Schule gehen durften, war es sehr ungewöhnlich, dass einer lesen und schreiben konnte.

»Ja, das kann ich«, sagte Jack.

»Woher denn?«, fragte ich.

»Ich habe es mir selbst beigebracht.«

»Selbst beigebracht?«

»Ja.«

»Aber ... warum hast du das nie erzählt?«

Er schüttelte kurz den Kopf.

»Manche Dinge behält man besser für sich«, antwortete er.

»Hä?«, fragte ich. »Wie meinst das?«

»Na, ich glaube nicht, dass der Bauer davon begeistert wäre. Man sollte seinen Platz in der Gesellschaft kennen, wie es so schön heißt. Weiß du, in diesen Blättern hier steht eine Menge über die große, weite Welt. Dinge, die ein Hund vielleicht nicht wissen sollte, wenn es nach der Meinung gewisser Leute geht. Ich wollte nicht, dass er mir die Zeitungen wegnimmt.«

Jack senkte den Blick und las weiter, wählte einzelne Abschnitte hier und da aus. Offenbar war es so, dass die Dame auf dem Foto einer dieser großherzigen Menschen war, die das Bedürfnis hatten, mit ihrem Vermögen Bedürftigen zu helfen. Sie besaß ein prächtiges Haus am Ufer des Lummersees und dieses Haus stand allen Hunden offen, die dort bei ihr wohnen wollten. Sie bekamen bei ihr Unterricht und ordentliches Essen und am Abend durften sie in dem großen Garten herumstreunen und an den Rosen und Fliederbüschen schnuppern. Jeder von Flöhen zerstochene, verstoßene Straßenhund des Landes war bei ihr willkommen.

Jack sah mich mit seinem dunklen, glänzenden Auge an.

»Ich habe diese Zeitung so lange aufbewahrt«, sagte er. »Es ist ein ordentlicher Fußmarsch bis dorthin. Aber jetzt ist es endlich so weit.« Und dann verzog er sein Maul zu einem breiten, zahnlosen Lächeln und er sah sehr glücklich und furchtbar ängstlich zugleich aus.

Da durchfuhr mich der Gedanke, wie *gleich* wir waren, er und ich, und ich sagte:

»Eines Tages haue ich auch von hier ab. Aber ich muss warten, bis ich alt genug bin.«

Langsam faltete er seine Zeitung wieder zusammen. Schien mir gar nicht richtig zuzuhören.

»Dann gehe ich zu meinem Vater«, fuhr ich fort. »Pär Pärsson hat seinen Namen und seine Adresse in einem Umschlag, der in der blauen Kommode liegt. Den öffnen wir an meinem siebzehnten Geburtstag. Und dann kann mir das alles hier gestohlen bleiben.«

»Was du nicht sagst, soso. Aha«, murmelte Jack und verschwand wieder in seiner Treppennische. Er packte weiter. Ich war ein wenig gekränkt, weil er so gleichgültig wirkte. Aber ich sagte nichts mehr, sondern ließ ihn in Ruhe. Wenig später kam Pär Pärsson vorbei.

»Gut, gut«, brummte er, als er sah, dass Jack fast fertig war. »Na, es wird auch wirklich Zeit, dass du von hier verschwindest.«

Jack antwortete, dass er früh am nächsten Morgen aufbrechen würde, und Pär Pärsson brummte wieder und war damit zufrieden.

Dann war es Nacht. Wie gewöhnlich lag ich in der ausgezogenen Küchenbank und schlief, als ich plötzlich davon geweckt wurde, dass mich jemand stupste. Hastig setzte ich mich auf. Im Halbdunkel sah ich Jack neben meinem Bett stehen.

»Was ist denn?«, fragte ich.

Er hielt seine Reisetasche in den Pfoten.

»Ich gehe jetzt«, sagte er.

»Jetzt schon?«, fragte ich verwirrt.

»Ich wollte dir nur Lebwohl sagen und ... dann wäre da noch eine Sache.«

Er spähte ängstlich zur Tür, die zur Pär Pärssons Kammer führte.

»Martin«, sagte er, »verflixt, ich weiß nicht, wie ich ... Es ist alles so lange her. Als ich dich zum ersten Mal gesehen habe, hattest du Windeln an.«

»Ich habe schon geschlafen, ich bin müde«, sagte ich, denn auf solches Gerede hatte ich jetzt wirklich keine Lust.

Wieder warf Jack einen wachsamen Blick zur Kammertür.

»Es gibt etwas, das ich dir noch erzählen muss«, sagte er. »Ich durfte nie mit dir darüber sprechen und ... ehrlich gesagt dachte ich, du hättest das Ganze längst vergessen. Aber als wir uns vorhin unterhalten haben, ist mir klar geworden, dass ... Ich kann einfach nicht gehen, ohne es dir zu sagen. Das wäre nicht richtig.«

»Ohne mir was zu sagen?«

»Dieser Umschlag«, flüsterte Jack, »mit dem Namen deines Vaters, den ihr öffnet wollt, wenn du alt genug bist ...«

»Ja?«

Das Fenster spiegelte sich viereckig in Jacks dunklem Auge.

»Diesen Umschlag gibt es nicht«, sagte er.

Ich sah ihn stumm an. Dann schnaubte ich.

»Wenn du mitten in der Nacht von hier abhauen willst, dann tu das. Aber komm mir nicht mit Lügen. Adieu.«

Dann war ich kurz davor, noch »alter Köter« oder eine andere Gemeinheit hinterherzuschieben, denn zum ersten Mal war ich wirklich wütend auf ihn. Aber ich ließ es bleiben, legte mich wieder hin und drehte ihm einfach nur den Rücken zu. Jack zögerte einen Augenblick. Dann nahm er seine Reisetasche und ging.

Als ich hörte, wie die Haustür zugezogen wurde, bekam ich Panik. Sie schwappte wie Säure durch meinen Körper, zwang mich dazu, mich wieder aufzusetzen. Mein Herzschlag musste durchs ganze Haus hallen. Ich hatte das Gefühl, wie ein Geist über Norrängen zu schweben. Als ich mit meinen Geisteraugen durch das Dach nach unten blickte, sah ich Martin in der ausgezogenen Küchenbank sitzen, starr vor Angst und dumm, und als ich zum südlichen Gatter schaute, sah ich Jack, der gerade den Hof verlassen hatte und in die Nacht verschwand. In diesem Moment schien die Zeit stillzustehen. Ich sprang auf und schlich zur Kammertür. Mein erster Gedanke war, Pär Pärsson zu wecken, aber dann besann ich mich. Ich schlich mich stattdessen auf dem anderen Weg in seine Kammer, und zwar durch die Tür im Flur, denn gleich neben dieser Tür stand die blaue Kommode. Leise wie eine Maus zog ich die zweite Schublade von oben auf. Darin lagen zwei Schafscheren und ein pechschwarzer Schuber, in dem eine ebenso pechschwarze Bibel steckte, außerdem ein kleines Kästchen mit Pär Pärssons Manschettenknöpfen und einige Bündel mit Briefen. Es fiel mir nicht schwer, den richtigen Umschlag zu finden. Ich wusste genau, wie er aussah, ich hatte ihn ja unzählige Male herausgenommen, wenn ich allein im Haus war, hatte ihn in der Hand gehalten und mich verachtet, weil ich nicht lesen konnte, was darin stand. Er war verschlossen, aber unbeschriftet, hatte weder eine Briefmarke noch war er adressiert.

Vom Bett, in dem Pär Pärsson lag, drang Schnarchen herüber. Ich machte mir nicht die Mühe, die Schublade wieder zu schließen, sondern verließ die Kammer und rannte in die fahle Nacht hinaus. Hinter der ersten Wegbiegung, am Fuß des Hügels, der im Winter immer im Schnee versank, holte ich Jack schließlich ein. Er hatte mich schon von Weitem kommen hören, war stehen geblieben und hatte die Reisetasche abgestellt. Die Luft war kühl, dampfender Atem quoll aus meinem Mund, als ich ihn erreichte, den Umschlag mit dem Finger aufriss und den Brief herauszog, der darin steckte.

»Lies mir das vor«, sagte ich und drückte Jack das Blatt in die Pfoten.

Jack ließ den Blick über die blauen Buchstaben wandern.

»*Gegen schweren Durchfall werden Kreide oder Wermut verabreicht. Die Medikamente sollten dem Pferd möglichst in fester Form gegeben werden*«, sagte er.

»Was?«, fragte ich.

Jack las weiter:

»*Tritt trotz der oben genannten Mittel keine Besserung ein, wird empfohlen, das Tier zur Ader zu lassen.*« Er zuckte mit den Schultern. »Ja, und dann steht da noch der Name des Tierarztes und ein Datum.« Er las alles noch einmal, leise für sich. »Ich kann mich noch erinnern«, sagte er. »Wir hatten Probleme mit einer alten Stute. Pär Pärsson hatte nach dem Tierarzt rufen lassen, aber der konnte nicht kommen. Stattdessen hatte er seinen Lehrling mit diesem Brief geschickt. Aber es war schon zu spät, das Pferd war gestorben. Du musst damals ungefähr vier gewesen sein.«

Ich riss ihm den Brief aus der Pfote und starrte den Text an.

»Bist du sicher?«, fragte ich. »Bist du ganz sicher, dass hier steht, wie man Durchfall bei Pferden behandelt?«

»Ganz sicher«, antwortete Jack.

Da dachte ich kurz nach und dann sagte ich:
»Er muss sie verwechselt habe. Also, Pär Pärsson, natürlich hat er die Umschläge durcheinandergebracht. Der richtige muss irgendwo in einem der Bündel in der Kommode stecken.«
»Es gibt keinen Umschlag«, sagte Jack. »Hörst du, was ich sage, Martin? Als ich dich zum ersten Mal gesehen habe ... du hattest noch Windeln an ...«
»Sei still!«, brüllte ich. Ich bohrte meinen Zeigefinger hart in seine knochige Brust. »Als Pär Pärsson mich abgeholt hat, haben sie ihm einen Umschlag mitgegeben«, sagte ich. »Darin steht der Name und die Anschrift meines Vaters und diesen Umschlag darf ich aufmachen, wenn ich alt genug bin. So wird das gemacht. So lauten die Regeln.«
»Aber die Regeln besagen auch, dass die leiblichen Eltern anonym bleiben dürfen, wenn sie das wollen. Dann wird dem neuen Vormund kein Umschlag ausgehändigt«, sagte Jack. Er zuckte wieder mit den Schultern. »Und dein Vater hatte sich dafür entschieden, von seinem Recht auf Anonymität Gebrauch zu machen. Ich weiß es. Denn ich habe dich damals im Waisenhaus abgeholt und nicht Pär Pärsson.«
»Du?«, fragte ich.
Er nickte.
»Du hattest furchtbare Angst, als der Zug gepfiffen hat. Du warst noch so klein. Hattest noch Windeln an.« Er rieb sich mit der Pfote über die Höhle, wo das rechte Auge gewesen war. Manchmal juckte es dort wohl. »Pär Pärsson hatte alles per Post in die Wege

geleitet«, sagte er. »Und als der Tag gekommen war, brachte er mich mit dem Pferdeschlitten zum Bahnhof. Die Zugreise dauerte fast den ganzen Tag. Es war schön, mal ein bisschen rauszukommen. Und ich muss sagen, dass ich dort nur freundlichen Menschen begegnet bin. In dem Waisenhaus, meine ich. Ich bin noch nie so gut behandelt worden wie damals.«

»Wie schön für dich!«, heulte ich. »Wie wunder-, wunderschön für dich, dass du so gut behandelt wurdest!«

Ich hätte ihn am liebsten umgebracht. Ihn und diese Leute vom Waisenhaus und Pär Pärsson und sogar den Tierarzt. Ich hätte sie alle umbringen können. Es fühlte sich an, als hätten sich alle gegen mich verbündet, um mich gemeinsam an der Nase herumzuführen, als hätten sie sich jahrelang krummgelacht, während ich mich zum Gespött gemacht hatte.

Natürlich merkte Jack, dass ich vor Wut brodelte.

»Ich denke, ich muss dich wohl um Entschuldigung bitten«, sagte er. »Es ist so lange her, dass du über deinen Vater gesprochen hast. Ich dachte, du hättest dir das Ganze aus dem Kopf geschlagen.«

»Was genau bedeutet das eigentlich?«, fragte ich. »Dieses Recht auf Ano-irgendwas.«

»Recht auf A-no-ny-mi-tät. Das bedeutet, dass die Einrichtung weder seinen Namen noch seine Anschrift in ihrem Archiv aufbewahrt, weil er, nun, wie soll ich das sagen ... weil er es so wollte.«

»Weil er es so wollte«, wiederholte ich, um es wirklich zu verstehen, um die brennende, bohrende Bedeutung dieser Worte wirklich zu begreifen. Ich sah Jacks graues Gesicht an, sah seinen krummen Körper und die Reisetasche neben seinen Pfoten. Diese Reisetasche war das absolut lächerlichste Ding, das man einem wie ihm hätte geben können. Eine richtige Alte-Tanten-Tasche, eins von diesen bauchigen Modellen mit großem Blumenmuster. Nein, dachte ich, Jack hatte es nicht verdient, erwürgt zu werden, genauso wenig wie Pär Pärsson, die Leute aus dem Waisenhaus oder der Tierarzt. Verdient hatte es nur mein Vater. Der Mann, um den ich abends allein im Bett geweint hatte, wegen dem ich mitten in der finsteren Nacht durch die Felder gerannt war, weil ich ihn suchen wollte. Der Mann, den ich mir als einen guten und liebenswerten Menschen ausgemalt hatte, als einen, der seit all den Jahren nur auf den Tag wartete, an dem ich strahlend und glücklich auf ihn zugestapft kommen und sagen würde: »Guten Tag, Vater!«

Aber meinen Vater konnte ich nicht umbringen, denn niemand wusste, wo er war. Er hatte sich dazu entschieden, anonym zu bleiben.

»Weißt du«, sagte Jack, »ich kann gut verstehen, dass dich das aufwühlt. Aber eigentlich ist es gar nicht so schlimm. Mit mir hat sich Pär Pärsson immer schwergetan. Aber dich, dich mag er.«

»Aber ich mag Pär Pärsson nicht!«, schrie ich. »Pär Pärsson ist ein Teufel! Schon als kleines Kind wollte ich immer nur weg! Was zur Hölle soll ich denn jetzt tun?«

»Das weiß ich auch nicht«, sagte Jack. »Ich weiß es wirklich nicht.« Dann nahm er seine Reisetasche und ging. Im fahlen Mondlicht warfen die Bäume dünne Schattenstriche auf den Weg. Es sah

aus, als würde er über einen sehr langen Flickenteppich davon-
spazieren. Er war schon ein Stück gegangen, als er sich noch einmal
umdrehte.

»Ich glaube, er war traurig«, sagte er.

»Was?«

»Dein Vater. Man konnte es ihm ansehen.«

»Was meinst du?«, fragte ich und lief ihm nach. »Was meinst du
damit, dass man es ihm ansehen konnte? Bist du ihm begegnet?«

»Aber ja«, sagte Jack. »Er war da. Sagte kein Wort. Nur die
Leute vom Waisenhaus haben geredet und du, du hast ziemlich viel
geschrien. Aber hinten im Zimmer saß ein blonder Mann, ein
ziemlich schmucker Kerl, wenn du mich fragst. Er hat dich die
ganze Zeit mit einem Blick angesehen, den ich nie vergessen werde.
Eine Weile dachte ich sogar, er würde aufspringen und dich von
meinem Schoß reißen. Aber irgendetwas hat ihn davon abgehalten.
Ich weiß nicht, was es war.«

Ich spürte, wie ein Orkan durch meinen Körper fegte, hörte den
Sturm in meinen Ohren rauschen.

»Was zum ... Du hast ihn gesehen?«

»Aber ja«, sagte Jack wieder.

Ich dachte nicht lange nach. Vielleicht dachte ich auch überhaupt nicht nach. Ich traf einfach eine Entscheidung.

»Warte hier«, sagte ich zu ihm. »Geh nirgendwohin, hörst du?
Ich bin gleich zurück.«

Dann rannte ich mit klopfendem Herzen wieder den Hügel hinauf. Nebel zog in dünnen Schwaden über die Felder. Im Osten war

schon ein heller Streifen zu erahnen. Ich schwitzte und fror zugleich.

Als ich ins Haus kam, raffte ich alle Kleider zusammen, die mir gehörten, und stopfte sie in einen Sack. Dann steckte ich mein Messer ein, das Pär Pärsson mir zum neunten Geburtstag geschenkt hatte. Ein klappbares Taschenmesser mit Hornschaft. »Teuer«, hatte er gesagt.

Danke dafür, Bauerntrottel, dachte ich. Danke, dass du mich in schwarzen Nächten geschlagen hast, als ich traurig und verängstigt war. Danke, dass du gesagt hast, ich wäre faul, als ich müde war und mich vom Rübenverziehen ausruhen wollte. Danke, dass du mich zum Melken geschickt hast, obwohl ich Schnupfen hatte. Danke, dass du mir all die Jahre mit dem Umschlag des Tierarztes vor der Nase herumgewedelt hast, damit ich den Mund halte und gehorsam bin. Danke, dass du mich ausgetrickst hast. Auf Wiedersehen!

Dann zerknüllte ich den Brief, warf ihn auf den Boden und rannte zurück zu Jack. Es war der 12. Mai des Jahres 1910, und als wir das Dorf verließen, huschte die schwarze Katze des Kaufmanns vor uns über die Straße. Noch heute, während ich diese Zeilen schreibe, bin ich überzeugt, dass diese Katze ein Vorbote für all die Prüfungen und Verhängnisse war, die uns schon bald ereilen sollten.

3 Jack sollte mir meinen Vater zeigen. Das war der Plan, den ich mir zurechtgelegt hatte. Er war ihm begegnet und wusste, wie er aussah. Seitdem waren nur acht Jahre vergangen, Vater sah im Großen und Ganzen vermutlich noch ziemlich genauso aus wie damals.

Das Waisenhaus, aus dem Jack mich abgeholt hatte, befand sich in Kumla, einer kleinen Gemeinde, die nicht allzu schwer zu durchsuchen sein würde. Und wenn ich meinen Vater gefunden hatte, konnte Jack seine Reise an den Lummersee zu dieser Frau mit der Blume in den Haaren fortsetzen. Dort konnte er dann bleiben, Bücher lesen, an Rosen schnuppern, sich am Hintern kratzen und tun und lassen, was er wollte – aber *zuerst* mussten wir nach Kumla.

Mein Vater hatte traurig ausgesehen. Das war gut. Das taute

diese eisige Anonymitätssache auf, machte alles um hundert Grad wärmer. Jack hatte sogar gedacht, dass mein Vater aufspringen und mich von seinem Schoß herunterreißen würde. Das war gut, oh, so gut – und es passte genau zu meiner Vorstellung, dass mein Vater mich nur deshalb hatte weggeben müssen, weil er so arm gewesen war. Und vielleicht verhielt es sich ja sogar so, überlegte ich mir, dass er gar nicht anonym bleiben *wollte*, sondern von den Leuten im Waisenhaus dazu überredet worden war? Vielleicht machte man das so bei armen Menschen?

Jack fand es dumm von mir, dass ich abgehauen war. Auf den ersten Kilometern versuchte er immer wieder, mich zum Umkehren zu überreden. Aber ich weigerte mich, und da er wegen der ganzen Geschichte mit dem Umschlag ein ziemlich schlechtes Gewissen hatte, gab er sich schließlich geschlagen und versprach, mir zu helfen. Er schätzte, dass wir höchstens ein, zwei Wochen für den Weg nach Kumla brauchen würden, wenn wir es gemächlich angehen ließen. Das erste Stück sollten wir uns von der Landstraße fernhalten, da waren wir uns einig, denn wir wollten ja nicht riskieren, dass Pär Pärsson uns mit dem Pferdewagen einholte. Zu jener Zeit gab es unzählige Pfade und verschlungene schmale Wege in unserem lang gestreckten Land, über die Jahre in den Boden getrampelt von all jenen, die seit Ewigkeiten hier wohnten, seit die Götter die Welt aus dem Körper des Riesen Ymir erschaffen hatten. Der gefürchtetste Feind der Götter war der Fenriswolf. Sie hatten ihn mit einer Schlinge um den Hals gefesselt, aber wenn Ragnarök, der Weltuntergang, kam, dann kam auch der Wolf wieder frei.

Inzwischen war es Vormittag geworden. Wir hatten die letzten Rübenäcker des Dorfs schon vor einigen Stunden hinter uns gelassen und waren im Wald. Ich fand es hier ziemlich gruselig. Der Wind rauschte in den Baumkronen wie die Stimmen von tausend Toten und unter unseren Füßen schlängelten sich die Kiefernwurzeln wie Blindschleichen. Ich dachte an die bösen Hunde. An die, deren Bilder ich in Jacks Zeitungen gesehen hatte. Ich fragte mich, ob sie wohl im Unterholz lauerten und uns beobachteten. Mit den Pfoten über die Klingen ihrer Messer strichen und nur darauf warteten, aus dem Gebüsch zu springen. Dann hieß es für uns: Rennt um euer Leben!

Jack schien keine Angst zu haben. Er pfiff, blinzelte hoch zum Himmel und ließ die Reisetasche in seiner Pfote munter hin und her schlenkern. Die kaputte Schnalle klimperte leise bei jeder Bewegung.

»Wer hätte das gedacht«, sagte er, »dass du und ich mal auf Wanderschaft gehen würden. Was sagst du dazu, Martin?«

»Tja«, sagte ich.

Jack pfiff wieder ein Weilchen vor sich hin und sagte dann: »Wenn wir an einer Hütte vorbeikommen, bitten wir um eine Mahlzeit. Oder bist du nicht hungrig?«

»Doch«, sagte ich.

Und so marschierten wir weiter und auf den Vormittag folgte der Mittag und auf den Mittag der Nachmittag und Jacks Magen knurrte immer lauter. Er versuchte, sich zu räuspern, damit ich es nicht hörte. Jack hatte einen gesegneten Appetit, das war auch eines der Dinge, die Pär Pärsson mit der Zeit immer mehr geärgert hatten.

Zum Beispiel hatte Jack gern die Reste von meinem Teller aufgegessen, hatte Schwarte, Knorpel und verbrannte Kartoffeln in Windeseile in sich hineingeschlungen. Und das missfiel Pär Pärsson, weil er es gierig fand.

Endlich, als die Sonne schon fast unterging, sahen wir eine Hütte. Sie lag auf der anderen Seite eines großen Moors.

»Und jetzt, mein Freund«, sagte Jack, »jetzt müssen wir uns hübsch machen.« Er spuckte in seine Pfoten und bemühte sich, das struppige Fell auf seinem Kopf zu bändigen. Dann marschierten wir schnurstracks durchs Moor und wurden nass bis an die Oberschenkel. Die Spinnen, die ihre Netze ins Wollgras gesponnen hatten, brachten sich hastig in Sicherheit, als sie uns kommen sahen.

Das Häuschen war ärmlich. Es war aus Holzbrettern, Torf und Pappe zusammengezimmert und sah aus, als würde es zusammenfallen, wenn man nur kräftig genug pustete. Jack musste lange an die Tür klopfen, aber schließlich ging sie einen Spaltbreit auf. Eine alte Frau streckte ihre lange, schwarz gesprenkelte Nase heraus.

»Wer ist da?«, krächzte sie.

»Guten Tag, schöne Frau!«, sagte Jack und verbeugte sich. »Habt Ihr einen Schluck Kaffee und eine Kleinigkeit zu essen für zwei hungrige Wanderer?«

Die Alte musterte uns von Kopf bis Fuß. Sie hatte wässrige, tränende Augen und ihr Blick war ziemlich misstrauisch.

»Nur wenn ihr keine Räuber seid«, sagte sie.

»Aber nicht doch, gute Frau, das sind wir nicht«, sagte Jack. »Das schwöre ich auf Ehre und Gewissen.«

»Mja«, sagte die Alte, »wenn das so ist.«

Sie ließ uns eintreten, und wenn diese Hütte von außen armselig ausgesehen hatte, dann war das nichts im Vergleich zu dem Elend, das uns drinnen erwartete. Boden und Decke waren morsch, überall löste sich die Tapete von den Wänden und der rußige Kamin hatte Risse. Noch nie in meinem Leben hatte ich so viel Schmutz gesehen. Ich wusste noch nicht einmal, wo ich meinen Sack abstellen sollte.

Jack versuchte, sich nichts anmerken zu lassen.

»Lieber ein bisschen Dreck hier und da als die Hölle auf Erden«, sagte er und setzte sich auf eine Zuckerkiste, die krachend unter ihm zusammenbrach. Er entschuldigte sich tausendmal mit vielen Verbeugungen und rieb sich den Po, während die Alte die Holzsplitter aufkehrte. Dann brachte sie jedem von uns einen Becher Kaffee, Brot und Speck.

Kurz darauf schlich eine kleine Hündin mit Augen, so schwarz wie Kohle, aus einer dunklen Ecke hervor. Sie kletterte auf die Küchenbank und schnappte sich ein Stückchen Brot. Lonna hieß sie und die Alte hieß Moor-Hanna. Ihr Häuschen nannte sie Dånsjö-Hütte, so wie die Gegend, in der es stand. Moor-Hanna sagte, im Sommer ließe es sich hier ganz gut aushalten, aber im Winter sei es so kalt in der Hütte, dass sie morgens oft mit gefrorenem Rotz an ihrer alten Nase aufwachen würde.

»Ja, es ist nicht einfach, arm zu sein«, sagte Jack und schüttelte den Kopf. Dann erzählte er von all den Zeitungen in seiner Reisetasche und er berichtete, dass er auf dem Weg in die Villa Solsäter war, um seine letzten Tage dort in Ruhe und Frieden zu verbringen. Er erzählte vom bekömmlichen Essen dort, von den Blumen im Garten und dem ganzen anderen Pipapo. Moor-Hanna lachte heiser und schaukelte auf ihrem Stuhl und Lonna saß kerzengerade da und hörte zu. Jack redete weiter.

»Aber wenn ich noch jung wäre! Teufel noch eins, dann würde ich nach Stockholm reisen und auf die Barrikaden gehen.«

»Was heißt das?«, fragte ich und biss in mein hauchdünnes Speckstück.

»Das sagt man so«, sagte Jack. »Das bedeutet, dass man gegen die Ungerechtigkeit protestiert.« Und dann erklärte er uns, dass dort in Stockholm das Stimmrecht gefordert wurde. Nicht nur für die Herren mit Hüten, sondern für das ganze Volk. Für Mörder, Idioten, Frauen, ja, ALLE sollten das Stimmrecht bekommen und es gab sogar manche, die meinten, dass auch HUNDE ein Stimmrecht haben sollten.

»Stell dir das mal vor«, sagte Jack und sah Lonna aufmunternd an. »In ein paar Jahren darfst du vielleicht auch zur Wahlurne gehen! Was sagst du dazu?« Er tätschelte ihr den Kopf und lächelte beim Anblick ihrer kleinen struppigen Erscheinung. »Wir armen Schlucker müssen zusammenhalten!«, sagte er. »So steht es in den Zeitungen. Niemand weiß, was die Zukunft für uns bereithält.«

Da stand Moor-Hanna wie auf ein geheimes Zeichen auf und holte eine Flasche hervor. Sie konnte nämlich mit Branntwein zaubern, und wenn wir wollten, sagte sie, dann würde sie uns ein paar Dinge über die Zukunft erzählen.

Ungläubig sah Jack die Flasche an.

»Kann der Schnaps uns wirklich verraten, ob Hunde das Stimmrecht bekommen werden?«, fragte er.

»Njaaa, nein«, schnarrte Moor-Hanna, »aber er kann dir so manches darüber verraten, wie es dir im Leben ergehen wird. Und dem Jungen auch.«

Jack wirkte nicht sehr überzeugt, aber ich fand, das klang spannend, und Moor-Hanna holte ohne Umschweife ein Glas und stellte es auf den Tisch. Mit gesträubtem Fell sah Lonna zu, wie das Glas bis zum Rand gefüllt wurde. Dann saß die Alte da und starrte in den Branntwein, aber nach einer Weile schüttelte sie den Kopf und sagte:

»Es will nicht.«

Sie kippte den ganzen Schnaps auf einmal hinunter und schenkte sich einen neuen ein. Dann starrte sie noch durchdringender in die trübe Flüssigkeit, aber nach einer Weile sagte sie, dass es auch diesmal nicht klappte – und trank alles in einem Zug aus. So ging es noch eine ganze Zeit lang weiter und Jack zischte mir seufzend ins Ohr, dass das ja wohl reiner Humbug war. Moor-Hanna wurde immer betrunkener. Und je betrunkener sie wurde, umso schlimmer standen Lonna die Haare zu Berge.

Aber schließlich erschien dort unten im Glas wohl doch noch die Zukunft, denn plötzlich fuhr ein Ruck durch Moor-Hanna. Sie richtete sich auf und saß stocksteif da. Die Augen rollten in ihren wässrigen Höhlen hin und her und sie verkündete mit dumpfer, leiernder Stimme:

»Der Hund muss in Finsternis wandern, aber der Junge wird

entgegen der Sonne Lauf im Kreis herumgehen – und wer das tut, wird ein großer, erfolgreicher Mann oder endet als verirrte Seele, die niemals Ruhe findet!«

Jack sah sie eine oder zwei Sekunden an.

»Was für ein hanebüchener Unsinn. Das bedeutet rein GAR NICHTS.«

Moor-Hanna wurde wütend. Sie sagte, sie habe schon mit Branntwein gezaubert, lange bevor seine Straßenköter-Eltern auch nur ein Auge aufeinander geworfen hatten – sie wisse sehr wohl, was sie da tat!

Jack schnaubte.

»Sie saufen, gute Frau«, sagte er. »Das ist alles.«

»Ach ja?«, krächzte Moor-Hanna und sprang so hastig auf, dass ihr Stuhl umkippte. Lonna schoss mit einem Satz davon und versteckte sich hinter dem Korb mit Brennholz. Da saß sie und zitterte vor Angst und Anspannung, während die Hausherrin anfing, sich mit Jack zu prügeln. Und es wurde wirklich ein furchtbar unangenehmes Spektakel. Moor-Hanna war ja knüppelvoll, weshalb es für Jack ein Leichtes war, sich die Alte vom Leib zu halten. Sobald sie mit ihren zu Klauen gekrümmten Fingern auf ihn zustürmte, schubste er sie weg und mit jedem Mal, das Moor-Hanna gegen die Wand prallte, wurde sie noch wütender. Aber plötzlich fiel sie hin und stieß ein lautes Geheul aus.

»Au, au, mein Rücken!«, jammerte sie. »Mein Rücken! Ich glaube, er ist gebrochen!«

»O Herrgott«, sagte Jack und bückte sich, um ihr aufzuhelfen, aber das hätte er besser nicht getan. Denn Moor-Hanna hatte ihn ausgetrickst, und als sie wieder auf den Beinen war, da hielt sie das Fleischermesser in der Hand, das in dem ganzen Durcheinander auf dem Boden gelandet war. Mit einem Schrei rammte sie die Klinge in Jacks Richtung und verfehlte seinen Bauch nur um Haaresbreite.

»Ihr seid ja verrückt, Frau!«, heulte er.

»Verzieh dich!«, schrie Moor-Hanna und scheuchte ihn nach draußen in die schwarze Nacht. Dann scheuchte sie mich hinterher, knallte die Tür zu und schloss hinter sich ab.

Jack rüttelte an der Klinke.

»Meine Tasche!«, schrie er. »Meine Zeitungen!«

»Da kann mein Hund draufpinkeln, dann macht sie meinen Nachttopf nicht schmutzig«, antwortete Moor-Hanna und lachte gehässig. Dann hörten wir nichts mehr. Wahrscheinlich hatte sie wieder angefangen zu zaubern.

Jack zog sich vor Wut die Ohren lang.

»Was für ein Teufel!«, sagte er. »Was für ein teuflisches altes Weib!«

»Ja-a«, sagte ich.

»Was zur Hölle machen wir denn jetzt?«, schimpfte Jack.

»Von hier verschwinden, nehme ich an«, sagte ich.

»Niemals!«, fauchte Jack. »Ich will meine Zeitungen wiederhaben und damit Ende.« Er seufzte und kratzte sich am Kopf. »Wir müssen die Nacht im Moor verbringen, bis sie morgen früh wieder ausgenüchtert ist«, sagte er. »Etwas anderes bleibt uns nicht übrig.«

»Mhm, einverstanden«, antwortete ich und so verließen wir zaghaft den kleinen, überdachten Hauseingang, um uns einen Schlafplatz zu suchen. Wir stolperten über Wurzeln, Grasbüschel und durch Wasserlöcher und Jack stieß sich die Pfoten an einem großen blöden Stein.

»Aua, verdammt«, sagte er.

»Auf jeden Fall wanderst du jetzt durch die Finsternis«, sagte ich.

»Klappe«, knurrte Jack und legte sich ins nasse Heidekraut. Es wurden schaurige Stunden. Die Kleider klebten eiskalt und klamm an meiner Haut und der Schrei eines Käuzchens hallte schicksalsschwer durch den Wald. Wir konnten beide nicht schlafen. Aber plötzlich trat der Mond am Himmel hervor und versprühte seinen Silberglanz über das ganze Moor – und im selben Moment öffnete sich die Tür der Hütte. Jemand schob die Reisetasche nach draußen. Dann folgte der Sack mit meinen Sachen und zuletzt kam Lonna. Jack hob eine Pfote und winkte ihr.

»Pst! Hier sind wir, kleine Lonna!«

Lonna nahm die Tasche und den Sack und schleifte beides zu uns den Hügel hinauf. Sie übergab uns unsere Sachen ohne ein Wort. Dann stand sie da, ganz still, und sah zu, wie Jack den Inhalt seines Gepäcks unter die Lupe nahm. Ab und zu hob sie den Arm und wischte sich mit dem Ärmel den Rotz von der Nase.

»Wo ist die Alte?«, fragt Jack.

»Die schnarcht. Unnerm Küchentüsch«, sagte Lonna in dem breiten Dialekt, der hier in der Gegend von Dånsjö gesprochen wurde.

Als Jack sichergestellt hatte, dass alle seine Zeitungen noch da – und nicht vollgepinkelt – waren, seufzte er erleichtert.

»Gott segne dich, kleine Lonna«, sagte er. »Gott segne dich und lebe wohl.«

Aber da sagte Lonna, dass sie gern mit uns mitkommen würde. Sie wollte auch gern in die Villa Solsäter und an Rosen schnuppern und das alles und hier in Dånsjö wohnte sie nur, weil die Fürsorge sie hierhergebracht hatte. Jack sah sie streng an.

»Na, aber Lonna ist hoffentlich klar, dass man sich bei der Witwe Nilson NICHT in den Ärmel schnäuzen darf? Unter keinen Umständen!«

Da dachte Lonna kurz nach und dann sagte sie:

»Man kann ja aba gewüss die Hose nehm'n. Auch wenn das schwüriger is, weil man süch da so tüf runnerbück'n muss.«

»Jösses«, seufzte Jack – und dann verließen wir Dånsjö, während das Käuzchen sein hohles *Hu-hu-huu* durch den Wald rief.

.

4 Jack freute sich darüber, dass Lonna sich unserer Reisegruppe angeschlossen hatte. Endlich hatte er jemanden, mit dem er sich ausgiebig über die Rechte der Hunde unterhalten konnte. Ich hatte früh erkannt, dass unsere neue Freundin ziemlich dumm, aber treu war, denn jedes Mal, wenn uns jemand unterwegs begegnete, fletschte sie die Zähne und sah so böse aus, dass sich sogar die Sonne hinter den Wolken verkroch. Fremden gegenüber war sie misstrauisch, aber Jack und mich betrachtete sie bereits als ihr Rudel — und um ehrlich zu sein, war es nicht schlecht, jemanden bei uns zu haben, der etwas Biss hatte, denn Jack war so gutgläubig, man hätte ihm seine eigene Hose abluchsen können, um sie ihm gleich wieder teuer anzudrehen.

Langsam schlängelten wir uns durch die Wälder. Mal ruhten

wir uns ein paar Stunden in einem Eichengrund aus, mal kühlten wir unsere Füße und Pfoten in einem munter plätschernden kleinen Bach. Wenn es Abend wurde, bereiteten wir uns ein Lager aus Fichtenreisig und rollten uns für ein paar Stunden Schlaf zusammen. Jack und Lonna, die weniger froren als ich, waren so nett und ließen mich in der Mitte liegen. Zu dieser Jahreszeit war der Vogelgesang ein einziges lautes Durcheinander. Manchmal konnte man aus zwei, drei Himmelsrichtungen gleichzeitig einen Kuckuck rufen hören. In einer Nacht stopfte Jack sich Moos in die Ohren, aber das bereute er schnell, denn im Moos saß eine Ameise, die in seinen Gehörgang krabbelte und ihn noch den ganzen nächsten Tag über immer wieder biss und fast in den Wahnsinn trieb.

Es waren inzwischen drei Tage seit der schlimmen Nacht in Dånsjö vergangen. Die Sonne stand hoch am Himmel und wir waren schon lange auf den Beinen. Wie gewöhnlich redete Jack beim Gehen und Lonna trottete neben ihm her und grunzte ab und zu. Sie hörte vermutlich ungefähr die Hälfte von dem, was er sagte, und kapierte knapp ein Viertel davon. Ich selbst starrte in den Himmel und dachte darüber nach, wie neu sich alles anfühlte. Neu auf eine gute Art, aber gleichzeitig auch beängstigend. Meine ganze Welt hatte aus Norrängen und der blauen Kommode bestanden. Besser gesagte, Norrängen war meine Welt gewesen und die Kommode der Weg in die Freiheit. Ja, für mich war dieses Möbelstück immer so etwas wie der Eingang in einen Tunnel gewesen, durch den ich eines Tages flüchten wollte. Aber der Tunnel war eine Lüge, und als ich das begriffen hatte, da war ich auf einmal frei.

Jack stöhnte und nahm den Griff der Reisetasche in die andere Pfote. Er hatte mittlerweile schon Blasen vom Tragen. Wobei er natürlich selbst schuld war, dass er so schwer gepackt hatte.

»Wieso sind dir die Zeitungen eigentlich so wichtig?«, fragte ich.

Die Frage schien Jack zu überrumpeln.

»Die Zeitungen«, murmelte er. »Warum sie so wichtig sind ...«

Er blieb stehen. Ganz offensichtlich wollte er mir eine wirklich gute Antwort geben. »Die Zeitungen sind wichtig, weil ich mit ihnen so viel mehr SEHEN kann«, sagte er und riss sein eines Auge auf, das mit einem Mal ganz groß und glänzend und schwindelerregend tief aussah.

Er stellte die Reisetasche ab und nahm eins der dünnen Blättchen heraus. Fast schon feierlich faltete er es auf.

»Schau, hier, unser lang gezogenes Land«, sagte er. »Und hier – die Eisenbahnstrecke, die mittlerweile bis nach Norrland verlängert wurde, wo die Lemminge, unsere Schwestern und Brüder, wohnen. Hier die Krawalle in Stockholm und die Fabriken, die morgens die Arbeiter schlucken und sie abends wieder ausspucken, wenn sie so müde sind, dass sie sich nicht mal mehr an ihren Namen erinnern. Und schau hier, die Herren mit Hut, die mit schmierigen, feisten Fingern ihr Geld zählen. Oder hier, die vielen Frauen auf den Straßen und die Hunde, die auf der Suche nach etwas Essbarem durch die Gassen streifen. Ganz Schweden bekommt man in diesen Zeitungen gezeigt, Martin. Das nennt man Aufklärung. *Unverantwortlich* finden das die Herren mit Hut.«

»Aber warum denn?«

»Weil sie die Fabriken BESITZEN. Aber ich bin mir sicher, dass Aufklärung etwas Gutes ist. Denn ich glaube fest daran, dass sie zu Veränderung führen kann. Glaubst du das nicht auch?«

»Ich weiß es nicht«, sagte ich.

»Und was sagst du dazu, Lonna?«, fragte Jack.

Lonna kaute, schon seit wir aufgestanden waren, auf einem kleinen Klumpen Harz herum. Das machte sie, um den Hunger zu dämpfen, ein Kniff, den Moor-Hanna ihr beigebracht hatte. In den letzten zwei Tagen hatten wir uns nur Brot erbetteln können und dann hatten wir uns noch ein paar Zuckerbrezeln gekauft, als Jack in Rippestorp im Straßengraben ein Zweiörestück aufgestöbert hatte. Lonna verzog die Schnauze und versuchte, das klebrige Harz von den Zähnen zu bekommen.

»Jenfalls will ich nich mit der Eisnbahn fahrn.«

»Ach, nicht? Aber warum denn?«, fragte Jack so sanft, als würde er mit einem kleinen Kind sprechen.

»Weil die Lokomotüve Funken spuckt«, sagte Lonna. »Da sützt nämmich der Teufl im Schornstein.«

»Und genau das sind die Dummheiten, von denen die Herren mit Hut wollen, dass wir sie glauben«, sagte Jack. »Dummheit und Angst halten das Volk in Schach. Du glaubst wohl auch, dass der Teufel für die Zeitung schreibt, Lonna?«

Da musterte Lonna mit schmalen Augen die Zeitung, die Jack in den Pfoten hielt, und dann sagte sie:

»Also jenfalls hülfter dabei, die Bülder zu maln.«

Jack schnaubte.

»Diese Bilder hier nennt man Fotografien und die hat nicht der Teufel gemacht. Das lässt sich alles mit Wissenschaft erklären. Zeitungen sind die VERKÜNDER DER WAHRHEIT.« Er machte ein sehr ernstes und strenges Gesicht. »Lonna, du weißt doch wohl, dass die Lemminge so arm sind, dass sie sich nicht anders zu helfen wissen, als sich massenhaft von den Klippen ins Meer zu stürzen?«, fragte er.

Lonna antwortete nicht, sondern kaute weiter und verzog dabei das Gesicht. Sie hatte schon so viel Schaum vor dem Maul, dass man denken konnte, sie hätte die Tollwut. Kopfschüttelnd packte Jack seine Zeitung wieder ein.

Eine Weile später erreichten wir die Landstraße, dieses helle Band, das so unendlich weit in die Ferne führte, umgeben von Wiesen voller Löwenzahn, als hätte jemand mit vollen Händen Blüten gestreut. Am Horizont konnten wir den Rauch von Strångsjö erahnen – ein Dorf wie tausend andere kleine Dörfer in Schweden, aber ich kann jetzt schon sagen, dass dieses Abenteuer gerade dort in Strångsjö für uns plötzlich ordentlich brenzlig werden sollte.

Schon als wir die ersten Häuser erreichten, fiel uns auf, dass irgendetwas nicht stimmte. Hinter den kleinen Fenstern bemerkten wir erschrockene Gesichter und ein paar alte Frauen zogen sogar rasch die Vorhänge zu, als sie uns sahen. Dann begegneten wir einer Magd, die uns mit einem Korb im Arm entgegenkam. Als Jack ihr lächelnd Guten Tag sagte, schrie sie auf, als hätte sie einen Troll gesehen, und rannte so schnell davon, dass ihr die Röcke nur so um die Beine peitschten.

»Eigenartig«, brummte Jack.

»Mhm«, sagte ich.

Wir gingen weiter die Dorfstraße hinunter. Natürlich hatten wir gehofft, hier irgendwo Essen zu bekommen, aber nachdem die Menschen sich so merkwürdig verhielten, sah es nicht gerade gut für uns aus. Schließlich blieben wir vor dem Krämerladen stehen, einem großen Ungetüm von Haus mit geschnitzten Drachenköpfen über der Veranda. Jack las die Buchstaben über der Tür.

»*Firma Reginald Sterling.* Oh«, sagte er. »Oh, wenn ich doch nur Geld hätte! Dann würde ich da reingehen und uns Fleischwurst kaufen. Denn Fleischwurst ist verflixt noch mal das Leckerste, was es gibt!« Er knabberte nachdenklich an seinen Krallen. Dann ging er die Treppenstufen hoch. »Ich versuche es«, sagte er. »Manche Kaufleute sind ja nett.«

Und da hatte er natürlich recht, denn es war ja der Kaufmann in unserem Dorf gewesen, der ihm die ganzen Zeitungen geschenkt hatte. *Alte* Zeitungen, aber selbst von den netten Kaufleuten sollte man wohl nicht zu viel verlangen.

Ein Glöckchen klingelte, als wir die Tür aufmachten und eintraten. Im ganzen Laden duftete es herrlich nach Kaffee und Schokolade. Die Regale an den Wänden bogen sich unter Graupen, Seife und Schuhcreme und auf der Theke stapelten sich die Fleischwürste.

»Ist jemand da?«, rief Jack.

»Komme schon!«, antwortete eine Stimme aus dem Hinterzimmer. Ein Vorhang verdeckte den Durchgang. Wir hörten leises

Geraschel und dann kam Reginald Sterling durch den Vorhang geflattert, mit einem breiten Lächeln unter dem blonden Schnurrbart.

Aber im selben Moment, in dem er Jack erblickte, erstarrte er und sein Lächeln verwandelte sich in ein seltsames Grinsen.

»Guten Tag, mein Herr«, sagte Jack mit einer tiefen Verbeugung.

»Guten Tag«, sagte der Kaufmann. »Was wollt ihr?«

»Nun, ich wollte fragen, ob wir vielleicht ein Stück Fleischwurst bekommen könnten, mein Herr«, sagte Jack und kratzte mit den Zehen über den Boden. »Ich habe nur leider kein Geld.«

»K-kein Geld?«, fragte der Kaufmann.

»Nein, ich bin arm, ganz arm, ich armer Tropf.«

Der Kaufmann schluckte schwer. Schweißperlen traten ihm auf die Stirn. Zwischendurch warf er einen kurzen Blick auf Lonna und mich, aber die meiste Zeit starrte er Jack an.

»Ich würde natürlich auch eine ALTE Fleischwurst nehmen«, sagte Jack. »Falls der Herr noch irgendwo eine ranzige hat?«

Da dachte der Kaufmann einen Moment nach und sagte dann: »Wenn ihr hier wartet, dann gehe ich mal nachsehen, ob ich noch eine alte Wurst im Lager habe.«

»Meinen demütigsten Dank«, sagte Jack und verbeugte sich wieder.

Der Kaufmann verschwand hinter dem Vorhang. Dann meinte ich zu hören, wie eine Tür auf- und wieder zugemacht wurde, aber ganz sicher war ich mir nicht.

»Was ist denn nur mit diesen Leuten hier los?«, flüsterte Jack.

»Der gute Mann benimmt sich ja auch, als hätte er einen Sprung in der Schüssel.«

»Mhm«, murmelte ich und spürte, wie sich eine ungute Vorahnung in mir breitmachte.

Die Zeit verging. Hinter dem Vorhang war es immer noch still. Lonna stand vor den aufgestapelten Fleischwürsten und starrte sie mit riesengroßen Augen an. Sie hatte sich den Harzklumpen hinters Ohr geklebt, um ihn sich für später aufzuheben.

»Wenn man süch das jetz so überlegt ...«

»Ja?«, sagte Jack.

» ... dann gübts zwei Möglichkeitn: Wür wartn ab, ob der Kaufmann uns *vülleicht* ne ranzige Wurst brüngt. Oder wür schnappn uns eine von den früschen da und haun ab.«

»Hast du den Verstand verloren?«, blaffte Jack sie an. »Soll ich meine schneeweiße Seele etwa für eine Wurst verschachern? O nein, hier wird nichts gestohlen!« Er plusterte sich auf. »Ehrlichkeit währt am längsten!«

Im selben Moment fiel sein Blick auf die Tageszeitung, die in einem Ständer vor der Theke ausgestellt war. Er zuckte zusammen. Kniff sein Auge zu. Ging langsam näher ...

»Was zur Hö...« Auf der Titelseite war einer von diesen Steckbriefen abgedruckt, von denen ich schon so viele in seinen Zeitungen gesehen hatte. So ein Viereck mit einem Foto von irgendeinem Straßenköter in der Mitte, der jede Menge Verbrechen begangen hatte und deshalb hinter Gitter sollte. Aber – und als mir das klar wurde, breitete sich ein eisiges Gefühl in meinem Magen aus – diesmal war der Hund auf dem Bild kein Geringerer als Jack selbst.

»Was steht da?«, fragte ich. »Sag schon, was steht da geschrieben?«

Völlig benommen las Jack vor:

»*Jack Jerner aus dem Kirchspiel Kila, gesucht wegen Kindsraubs. Besondere Kennzeichen: Einäugig. Fortgeschrittener Zahnverlust. Name des Opfers: Martin Pärsson. Die Bevölkerung wird gebeten, sich mit Auskünften an Bezirkswachtmeister Karl Pira zu wenden.*«

»Kindsraub?«, fragte ich. »Was bedeutet das?«

»Sie glauben, dass ich dich entführt habe«, sagte Jack und zog sich verzweifelt die Ohren lang. »Wie ist das möglich? Wie?«

Er riss die Zeitung aus dem Ständer, um sich das Foto genauer anzusehen. Ich erkannte es wieder, es hatte zwischen den Briefen in Pär Pärssons Kommode gelegen. Es gehörte zu den Unterlagen von der Armenfürsorge und war mindestens zehn Jahre alt. Das rechte Auge hatte man einfach zugekritzelt.

»Mhm, jetzt haste den Wachtmeister anner Hacke«, sagte Lonna oberschlau.

»Das weiß ich selbst, danke!«, fauchte Jack. »Aber ich habe gar keine Schuld!«

»Du!«, sagte ich und nickte zum Fenster. »Schau mal! Warum in aller Welt hat der Kaufmann sein Lager so weit weg?«

Jack reckte den Hals. Ein Stück die Dorfstraße hinauf kam Reginald Sterling gerade aus einem weiß gestrichenen Haus. Davor stand ein ziemlich großes Holzgerüst, das aussah wie eine riesige

Gänsefeder, und von dort führten Drähte direkt in das obere Stockwerk des Hauses.

»Was ist das denn?«, fragte ich. »Wäscheleinen?«

Jack hatte ein ganz trockenes Maul bekommen.

»Das sind keine Wäscheleinen, das sind Kabel«, sagte er und ließ die Zeitung fallen. »Diese Teufel haben Telefon.«

»Telefon? Jack, wir müssen hier weg«, sagte ich, »wir müssen sofort von hier verschwinden.«

Und das taten wir. Wir stürmten zur Tür, aber kaum dort, machte Jack noch einmal kehrt und lief zurück. Er grapschte sich eine Fleischwurst von der Theke und dann rannte er davon, mit der Reisetasche in der Pfote, die wie ein großes, geblümtes Pendel hin und her schwang. Ja, und so hatte der Ehrlichkeit und auch Jacks schneeweißer Seele doch noch das letzte Stündlein geschlagen.

Unten von der Straße bewegte sich eine Gruppe von Leuten auf den Krämerladen zu. Es waren das Mädchen, das uns auf dem Weg begegnet war, und zwei Männer, die sie offensichtlich zusammengetrommelt hatte.

»Da!«, rief sie und zeigte auf Jack. »Ihr werdet gleich sehen, dass er es ist! Ich bin mir ganz sicher!«

Wir drehten uns um und wollten in die andere Richtung flüchten, aber von dort kam Reginald Sterling angerannt. Er war so hitzig, dass sein Schnurrbart zu brennen schien wie die Schnurrhaare eines chinesischen Drachen.

»Ich habe in Kila angerufen! Der Wachtmeister wird schnellstmöglich benachrichtigt!«, rief er. »Ich komme in die Zeitung!«

Da machten wir kehrt und flüchteten schnurstracks ins Feld.

»Haltet sie!«, brüllte Sterling. »Sie haben mir eine Wurst geklaut!«

Die zwei Männer verfolgten uns mit großen Schritten, schrien, wir sollten stehen bleiben. Aber wir rannten um unser Leben – und als wir am Ende des Felds angekommen waren, liefen wir in den Wald, wo die wilde Jagd weiterging. Die ganze Zeit hallten die Worte in meinen Ohren wider: *Name des Opfers: Martin Pärsson.* Ja, hier rannte dieser Martin jetzt und es schien fast so, als versuchte er, die andere Hälfte des Namens abzuschütteln. Pärsson, der Nachname, den man mir gegeben hatte, als ich nach Norrängen gekommen war, hatte sich all die Jahre so kratzig angefühlt wie ein frisch gewaschenes Hemd. Mir wurde übel, wenn ich daran dachte, dass man ihn mir aufgezwungen hatte wie die Mistgabel und den Melkeimer und alles andere, was man den Kindern in die Hand drückte, die man zum Schuften bei den Bauern zurückließ. Mir wurde übel, wenn ich daran dachte, dass man mir meinen richtigen Nachnamen, wie auch immer er gelautet hatte, weggenommen – gestohlen! – hatte, und ich rannte um mein Leben und um das Pflaster Pärsson endlich von meiner Haut zu reißen.

Die Rufe unserer Verfolger wurden immer leiser. Das Rauschen der Fichten verschluckte ihre Stimmen, das dichte Unterholz erstickte sie. Schließlich, nach einer lungenzerfetzenden Ewigkeit, blieb Jack stehen und drehte sich um.

»Ich glaube«, keuchte er, »wir können uns ein wenig ausruhen.« Er stützte sich mit den Pfoten auf den Knien ab, blieb eine Weile so stehen und verschnaufte. Dann richtete er sich auf und lauschte mit aufgestellten Ohren in die Richtung, aus der wir gekommen waren. »Wir haben es geschafft«, sagte er und nickte. »Aber ich schwöre euch, so gerannt bin ich nicht mehr, seit ich jung und dumm war und auf der Weide in Gumsekulla meinen eigenen Schwanz gejagt habe.«

Den Rest des Tages versteckten wir uns in einer alten, verlassenen Bauernkate. Wir nahmen an, dass die Leute, die zuvor hier gelebt hatten, inzwischen irgendwo in Amerika waren. Es war nicht ungewöhnlich, dass die, denen es schlecht ging, ihre Heimat verließen, um in den Weiten der Prärie ihr Glück zu versuchen. Der große Atlantikdampfer Titanic sollte knapp zwei Jahren später untergehen. Er würde das Piano und edles Geschirr mit sich in die Tiefe nehmen, 1514 Menschen sowie neun Hunde. Für Hunde war es natürlich am schwersten, das Geld für eine Fahrkarte übers Meer aufzutreiben.

»Schwestern und Brüder teilen gerecht«, murmelte Jack und schnitt die Fleischwurst mit meinem Klappmesser in drei gleich große Stücke.

Wir aßen an einem Tisch, von dem der Lack abblätterte. Es war fast unheimlich, als wäre die Zeit hier drinnen stehen geblieben. Möbel, Federbetten und sogar ein Gebiss hatte man zurückgelassen. Alles, was nicht in die »Amerikakiste« gepasst hatte, war geopfert worden.

Nach dem Essen stand Jack lange am Fenster und blickte mit

düsterer Miene nach draußen. Der Wald schob sich aus allen Richtungen näher, bedrängte die Wände der Kate mit Nesseln und Schlehen, hatte den ehemaligen Bauerngarten in einen Dschungel verwandelt. Das kleine Stück Fleischwurst hatte Jack nur noch hungriger gemacht.

»So ist das bei Hunden«, sagte er. »Es gibt sogar Leute, die behaupten, dass wir besser arm bleiben sollen, weil wir uns sonst zu Tode fressen würden. Versteht ihr, wie schlau die Herren mit Hut sich das ausgedacht haben? Sie reden uns ein, dass es gefährlich für uns wäre, mehr Rechte zu haben.«

Er ging zum Bett, wo Lonna und ich es uns schon bequem gemacht hatten, und quetschte sich dazu. Dann lag er da, wälzte sich hin und her und versuchte zu begreifen, dass er von einem Tag auf den anderen zu einem gesuchten Verbrecher geworden war, und zwar zu einem, bei dem die Mädchen nach Luft schnappten und die Flucht ergriffen, sobald er eine ganze normale Dorfstraße hinunterschlenderte.

»Denkst du immer noch, dass Zeitungen die Verkünder der Wahrheit sind?«, fragte ich.

»Klappe«, sagte Jack und zog sich die Decke bis zur Nase.

5 Am nächsten Morgen weckte mich ein schrilles, ohrenzerfetzendes Geräusch. Es kam von einer Schublade, die Jack gerade aufzog und die sich ganz offensichtlich verklemmt hatte. Nun stand er davor und durchwühlte mit konzentrierter Miene den Inhalt.

»Was machst du da?«, fragte ich.

»Mir ist eine Idee gekommen«, antwortete Jack. Er zog eine Pumphose heraus, die er auf keinen Fall haben wollte und schnell wieder zurückstopfte.

Ich rieb mir die Augen und drückte mich ins Sitzen hoch. Lonna schlief noch, sie zuckte im Schlaf mit den Beinen.

»Was denn für eine Idee?«, fragte ich.

Jack antwortete nicht, sondern wühlte weiter in den Anziehsachen herum. Kleidermotten flogen in alle Richtungen davon, als er einen schrecklichen alten Schlapphut herausfischte. Er musterte ihn von allen Seiten und legte ihn schließlich auf den Tisch. Danach bückte er sich tief in die Reisetasche, nahm seine Zeitungen heraus und legte den ganzen Stapel neben den Hut. Dann fing er an, sie sorgfältig Seite für Seite durchzublättern. Es war nicht zu übersehen, dass er etwas Bestimmtes suchte.

Ich stand auf, dankbar dafür, dass ich ohne Feuchtigkeit und Fichtennadeln in den Kleidern aufgewacht war, und dann schlüpfte ich in meine Holzclogs und ging nach draußen, um zu pinkeln. Im Osten färbte die Sonne den Himmel golden. Auf der Wiese hinter der Kate, eingezäunt mit morschen Pflöcken, tanzten die Elfen ihren dünnen, verschwommenen Tanz. Ich zog etwas Wasser aus dem Brunnen hoch. An der Kette rannen braune Tropfen herunter. Ich ging zurück in die Kate und setzte mich an den Tisch. Jack schien gefunden zu haben, wonach er gesucht hatte, denn er hatte aufgehört zu blättern und las.

»Was ist das für eine Idee, die dir gekommen ist?«, fragte ich noch einmal.

Jack sah hoch. Er verschränkte die Arme und lehnte sich auf dem Stuhl zurück.

»Ich gehe jede Wette ein, dass Pär Pärsson es weiß.«

»Dass er was weiß?«

»Dass ich unschuldig bin. Er kennt mich. Er weiß ganz genau, dass ich so etwas niemals tun würde – also, dich mitten in der Nacht mit einem rostigen Messer entführen. Er ist WÜTEND, das ist alles. Er hat gesehen, dass du den Umschlag des Tierarztes geöffnet hast – und ihm war sofort klar, dass ich dir erzählt habe, wie alles zusammenhängt: die Lüge, das Waisenhaus und die Fahrt nach Kumla. Und wenn der Teufel es so will, dann hat er auch schon begriffen, dass wir auf dem Weg dorthin sind.«

»Mm, das kann sein«, murmelte ich.

Jack saß eine Weile schweigend da und rechnete sich im Stillen aus, was das alles zusammengenommen bedeutete. Dann nickte er.

»Er ist wütend und deshalb hat er mir Karl Pira auf den Hals gehetzt. Er will mich bestrafen.«

Ich schauderte, als er das so sagte. Karl Pira, Kilas Bezirkswachtmeister, wohnte in Gråtbacken, einem tristen, hässlichen Flecken Erde, nicht weit von Norrängen entfernt. Er war ein unangenehmer Kerl mit lauter Stimme und schweren Schritten, die den Boden zum Beben brachten, wann immer er irgendwo auftauchte. Er gehörte überdies zu der Sorte Menschen, die Hunde gar nicht leiden konnten. Die Ursache für seinen Hass war wohl ein Hund, der ihm als Kind aufgelauert hatte, als Pira für seine Mutter Zucker kaufen sollte. Soweit ich weiß, hatte dieser Hund ihm seinerzeit das Geld abgeknöpft. Und angeblich war wohl auch eine Schusswaffe im Spiel gewesen, aber ich weiß nicht, ob das stimmt oder ob es später dazugedichtet wurde, um die Geschichte spannender zu machen. Aber wie auch immer, Jack und ich waren uns jedenfalls einig, dass es ziemlich übel war, Karl Pira auf den Fersen zu haben, denn er war hartnäckig und ein Fiesling, der nur dafür lebte, Verbrecher zu jagen und sie in sein kleines Gefängnis zu stecken.

»Aber!«, sagte Jack und streckte triumphierend eine Kralle in die Höhe. »Selbst im Garten des Leibhaftigen wachsen bisweilen süße Früchte!« Und dann las er laut aus der Zeitung vor, die er vor sich ausgebreitet hatte:

»*Bericht aus dem Gerichtssaal*«, so lautete die Überschrift, warf Jack ein. »*Erneut hat der liebenswürdige Rechtsanwalt Evald Lilja einem von der Gesellschaft verstoßenen Unglückswurm juristischen Beistand geschenkt. Die vierjährige Hündin aus Holmby, die sich vor dem Bezirksgericht wegen Schwarzbrennerei verantworten musste, hatte in Lilja einen Helfer, der ihre Not erkannte und ihr zur Seite stand, als niemand sonst dazu bereit war.*«

Jack hielt die Zeitung hoch, um mir das Bild zu zeigen. Darauf war ein Mann mit blonden Locken, der so wohltätig aussah, als wäre er direkt vom Himmel herabgestiegen. Er posierte neben einer krummbeinigen Gestalt in Strickjacke. Das war die Hündin, die man fast ins Zuchthaus geworfen hätte, weil sie angeblich unerlaubt Schnaps gebrannt hatte. Offensichtlich war sie so unschuldig, wie man nur sein kann, allerdings zu arm, um es zu beweisen. Doch dann war Evald Lilja gekommen und hatte sie verteidigt – und als Sahnehäubchen hatte er den Männern im Gerichtssaal auch noch eine Lektion erteilt. Statt sie zu verurteilen, hatte er gesagt, sollte die Gesellschaft sich lieber fragen, warum so viele Hunde an den Straßenecken Schnaps verkauften, obwohl es nicht nur mühsam, sondern auch gefährlich war.

Jack sah mich an und lächelte.

»Dieser Kerl ist Armenanwalt, Martin. Das heißt, er hilft bettelarmen Kötern, wenn sie ein Problem mit dem Gesetz haben. Weiter unten steht, dass die Königin ihm sogar eine Silbermedaille verliehen hat, weil er so hundefreundlich ist. Und außerdem steht da noch, dass seine Frau bei ihnen zu Hause Basare und so etwas veranstaltet: auf Gut Liljashof in Kvarsebo.« Er setzte sich den Schlapphut auf und zog ihn tief in die Stirn. »Und jetzt, mein Freund, jetzt müssen wir nur noch zur nächstgelegenen Poststation. Wie sehe ich aus?«

»Gruselig.«

»Ja, aber sehe ich aus wie der einäugige Kinderdieb Jack Jerner?«

»Ich bin mir nicht sicher.«

Jack dachte nach. Und dann bekam sein Gesicht einen schelmischen Ausdruck. Er hob die Pfoten und schlich sich zum Bett, in dem Lonna lag.

»Ich weiß nicht, ob das eine gute Idee ist«, sagte ich.

»Psst, das wird ein großer Spaß«, antwortete Jack. Er ließ sich einen Augenblick Zeit, um sich zu sammeln – und dann warf er sich mit Schwung auf die schlafende Hündin. »Aufwachen!«, brüllte er. »Mein Name ist Karlsson und ich bin gerade aus Amerika zurückgekehrt! Was macht Ihr in meinem Bett, hä?«

Lonna, die schlagartig hellwach war, fletschte die Zähne und schnappte sofort zu. Sie biss ihn überall, wo ihr Maul ihn erwischte, und Jack schrie und versuchte, sich zu wehren, aber er stolperte rückwärts – und Lonna fiel mit ungebändigter Wut über ihn her.

»Ich bin es doch!«, heulte Jack. »Gute Güte, hör auf!«

»Das ist Jack!«, rief ich. »Hörst du? Er wollte nur einen Spaß machen!«

Endlich rutschte ihm der Hut vom Kopf und da lag Jack nun auf dem Boden, heulend wie eine Ofenklappe, wenn es stürmt. Lonna hockte reglos auf seiner Brust. Sie sagte keinen Ton. Die Wut in ihrem Blick wich schnell der üblichen mürrischen Dunkelheit. Dann stand sie auf und verschwand nach draußen. Ihr Nackenfell war noch immer gesträubt.

Jack seufzte tief und rappelte sich auf.

»Na, das ist ja wohl gründlich danebengegangen«, sagte er.

»Mhm«, antwortete ich und schaute aus dem Fenster nach Lonna. Sie tat mir leid. Ich fragte mich, woher wohl all diese Wut kam. Erst sehr viel später erfuhr ich, wie es ihr dort in Dånsjö wirklich ergangen war. Wie Moor-Hanna beinahe jeden Tag mit Branntwein gezaubert hatte und zornig und gemein geworden war; wie sie Lonna wegen nichts und wieder nichts aus dem Bett geworfen und sie mitten in der Nacht angeschrien und ins stock-finstere Moor hinausgejagt hatte. Dort war Lonna dann frierend herumgeirrt und hatte sich vor Trollen gefürchtet. Erst in der Morgendämmerung hatte sie sich wieder nach Hause getraut, denn da war Moor-Hanna eingeschlafen und brüllte nicht mehr herum. Wie gesagt, zu diesem Zeitpunkt wusste ich das alles noch nicht, aber ich war trotzdem sauer auf Jack, weil er so unsensibel war. Als er sich den Hut wieder aufgesetzt hatte, beschloss er, auch das Gebiss zu probieren, das auf der Ablage unter dem Spiegel im Flur liegen geblieben war.

»Wenn man so darüber nachdenkt, sind diese Kätner vielleicht gar nicht nach Amerika ausgewandert«, sagte ich.

»Waf meinft du?«, fragte Jack und verzog das Gesicht, um das Gebiss an die richtige Stelle zu schieben.

»Vielleicht sind sie gestorben.«

»Geftorben?«

»Ja. Am Aussatz.«

Jack erstarrte. Voller Entsetzen sah er sein Spiegelbild an und dann spuckte er schnell das Gebiss aus, denn Aussatz war ja eine schreckliche und sehr ansteckende Krankheit, die dazu führte, dass man Teile seines Gesichts und alle möglichen anderen Körperteile verlor. Er ging nach draußen und spülte sich das Maul aus, und als wir Lonna auf der Weide gefunden hatten, wo sie an einer alten Viehtränke saß und Steine ins Wasser warf, brachen wir auf.

Und so kamen wir zur Poststation in Näs, wo sich am nächsten Tag folgende Szene abspielte:

Es war kurz nach dem Frühstück. Der Briefträger hatte seinen Dienst noch nicht begonnen und außer dem Postvorsteher, einem ziemlich blassen Kerl mit großen Ohren, war noch niemand in dem kleinen roten Haus zugegen. Während er nun so dasaß und Postanweisungen sortierte, klingelte die Türglocke und eine »unbekannte Person« mit Schlapphut kam herein.

»Guten Morgen«, sagte der Unbekannte. »Könnten Sie wohl so freundlich sein, mir zu sagen, was es kostet, ein Paket nach Poto-Poto zu schicken?«

»Wo liegt das?«, erkundigte sich der Postvorsteher.

»Südlich von Näs, weiß der Herr Postvorsteher das etwa nicht?«

»Hm, doch, doch«, sagte der Postvorsteher und bekam einen roten Kopf. Er fing an, in seinen Listen zu suchen, und je länger er suchen musste, umso röter wurde er. »Das ist merkwürdig«, murmelte er. »Meine Listen lassen mich sonst nie im Stich.«

Da kam plötzlich ein Junge (dunkelhaarig, etwa neun Jahre alt) atemlos in die Station gestürmt.

»Heda!«, rief er. »Draußen versucht gerade jemand, die gesamte Post zu klauen!«

»Was sagst du da?«, japste der Postvorsteher.

»Sie sollten besser rausgehen und sich darum kümmern«, sagte die Person mit Schlapphut. »Ich kann ja derweil selbst in den Listen nachsehen.«

»J-jawohl«, sagte der Vorsteher und rannte nach draußen, woraufhin der Kunde mit dem Schlapphut blitzschnell hinter die Theke huschte.

Vor der Poststation stand tatsächlich eine Gestalt (eine schielende Hündin mit ziemlich stark verfilztem Fell) und machte sich mit einem Klappmesser am Schloss des Briefkastens zu schaffen.

»Halt!«, brüllte der Postvorsteher. »Das ist Eigentum der Krone!«

Die kleine Hündin warf ihm einen mörderischen Blick zu.

»Ein Schrütt un ich schneid dir die Nase ab«, zischte sie und drohte ihm mit dem Messer.

»Ach ja?«, tönte der Postvorsteher und krempelte sich die Ärmel hoch. »Das wollen wir doch erst mal sehen!«

»Oha, Vorsicht!«, rief der Junge. »Sehen Sie nicht, dass sie die Tollwut hat?«

Der Postvorsteher wich zurück.

»Herrgott bewahre«, keuchte er – denn jetzt sah er, dass die struppige Hündin jede Menge Schaum vorm Maul hatte. Dass der Schaum stark nach Harz roch, bemerkte er in diesem Moment nicht.

»Der Herr Postvorsteher ist ein viel zu wichtiger Mann, um an Tollwut zu sterben«, sagte der Junge. »Am besten kümmere ich mich um diesen Straßenköter hier.«

Und dann folgte eine haarsträubende und dramatische Vorstellung, bei der Schweiß und Spucketropfen in alle Richtungen flogen. Die ganze Zeit stand der Postvorsteher in sicherem Abstand daneben und sah zu. Nach einigem Gerangel und ein paar klatschenden Backpfeifen ergriff die Hündin die Flucht. Knurrend verschwand sie die Landstraße hinauf.

»Und lass dich hier nie wieder blicken!«, rief der Junge.

Der Postvorsteher trocknete sich mit einem Taschentuch die Stirn.

»So etwas habe ich noch nie erlebt«, sagte er. »Das nenne ich mal einen flinken, tüchtigen Burschen. Wie kann ich dir je dafür danken?«

Just in dem Moment klingelte die Türglocke und »der Unbekannte« erschien mit seinem Schlapphut auf der Schwelle.

»Das ist wirklich übel«, sagte er. »Ich konnte nirgends eine Portoauskunft für Poto-Poto finden. Seien Sie so gut, Herr Postvorsteher, und bringen Sie Ihre Listen auf den neuesten Stand. Auf Wiedersehen.«

Und dann ging er. Und der Junge verbeugte sich und sagte: »Sie müssen mir nicht danken, ich habe nur meine Pflicht getan«, woraufhin er gemächlich in der Morgensonne von dannen spazierte und dabei eine fröhliche Melodie vor sich hin pfiff. Mit großen Augen sah der Postvorsteher dem jungen Helden nach. Dann ging er zurück in die Station und sortierte weiter Postanweisungen.

Zwanzig Minuten später waren wir zurück in der stillgelegten Tischlerei, einen Kilometer außerhalb von Näs. Wir hatten verabredet, uns nach der ganzen Sache alle wieder hier zu treffen. Jacks und mein Gepäck hatten wir unter dem Sägetisch zurückgelassen.

»Das lief ja blendend!«, sagte Jack und nahm seinen Hut ab. »Lonna, du bist das geborene Bandenmitglied!«

Lonna sagte nichts, aber sie zog mit schelmischem Lächeln mein Klappmesser heraus und gab es mir zurück. Die Klinge war kaputtgegangen, als sie damit im Schloss herumgestochert hatte, aber damit hatte ich schon gerechnet. Manchmal muss man im Leben Opfer bringen, und nachdem ich das Messer von einem gewissen Bauerntrottel bekommen hatte, bedeutete es mir ohnehin nicht besonders viel. Ich steckte es in meinen Sack und drehte mich zu Jack um.

»Hast du alles bekommen?«, fragte ich.

»Aber ja«, antwortete er.

Er schob die Pfote in die Jackentasche und zog einen Umschlag und einen in der Mitte gefalteten Bogen Briefpapier heraus. Dann griff er in die andere Tasche und streckte mir Tintenfass und Füllfederhalter entgegen. Zuletzt knöpfte er die Jacke auf und wühlte in der Innentasche herum – und schließlich holte er noch etwas heraus: eine kleine braune Briefmarke mit einem Bild des Königs. Zusammen mit der Wurst aus Strångsjö, rechnete er aus, hatte er jetzt für etwa drei Kronen gestohlen.

»Die Sünden summieren sich«, seufzte er und schüttelte den Kopf. »Aber ich hatte keine andere Wahl.«

Er wischte mit dem Unterarm sorgfältig eine Ecke des Sägetischs sauber, breitete das Briefpapier aus und tunkte die Stahlfeder ins Tintenfass. Ein heißes Gefühl durchflutete meinen Körper, als er anfing zu schreiben. So viele Male hatte ich mich geärgert, dass ich nichts von Buchstaben verstand. Ich war wütend gewesen, außer mir. In diesem Moment schämte ich mich zum ersten Mal. Ich schämte mich, dass Jack, ein Hund, der fast sein ganzes Leben in einer Nische unter der Treppe gehaust hatte, lesen und schreiben konnte, ich aber nicht. Ich schämte mich, dass ich danebenstand und zusehen musste, während er den Federhalter über das Papier führte und dabei feine blaue Schnörkel hinterließ, Schnörkel, die Wörter bildeten, Wörter, die Sätze bildeten.

»Dieser Teufel«, sagte ich.

»M-hm«, sagte Jack, der, ohne zu fragen, wusste, wen ich damit meinte.

»Er hätte mich beizeiten zur Schule schicken können, so wie alle anderen. Warum musste ich als Einziger zu Hause bleiben und die Kühe melken, während sie lesen durften?«

»Die Obrigkeit hat viele Gesichter«, antwortete Jack. »Wenn du liest, wirst du aufgeklärt, dann erfährst du, was in der Zeitung steht – und im Brief des Tierarztes. Er wollte keinen aufgeklärten Jungen haben. Er wollte einen, der dumm und folgsam ist.«

Dumm und folgsam, ja, genau das war ich auf Norrängen gewesen. Und jedes Mal, wenn es wehgetan hatte, dumm und folgsam zu sein, hatte ich die Nase in den Wind gehalten und den Duft des Versprechens gewittert und den Umschlag und alles, was mich später erwartetete – und dann hatte ich die Zähne zusammengebissen, das Schlimme ertragen und war weiter dumm und folgsam gewesen.

Als Jack fertig war, räusperte er sich und las vor:

»Lieber Herr Rechtsanwalt Lilja,
ich greife zum Federhalter und schreibe voller Verzweiflung diese Zeilen. Ich weiß nicht, ob Sie dieser Tage in der Zeitung gelesen haben, dass nach einem Hund namens Jack Jerner gesucht wird? Dort steht, dass er ein Kindsräuber ist und dass er ins Zuchthaus soll, und aus diesem Grund, verehrter Herr Rechtsanwalt, bin ich so verflixt verzweifelt. ICH bin nämlich Jack Jerner. Und bei allem, was mir heilig ist, schwöre ich, dass ich unschuldig bin, und wenn der Herr Rechtsanwalt so freundlich wäre, mir zu helfen, wäre das ganz wunderbar. Der Herr Rechtsanwalt könnte vielleicht dem Herrn Bezirksvorsteher Bescheid geben, dass er wiederum dem Bezirks-

wachtmeister Bescheid geben möge, dass er mich nicht länger jagen soll. Das wäre sehr schön und vielen Dank im Voraus.

Mit der Pfote auf dem Herzen, am 17. Mai, irgendwo in Schweden

JJ«

»Wie findest du es?«, fragte Jack.

»Gut«, sagte ich und nickte. »Richtig gut. Wer ist noch gleich dieser Bezirksvorsteher?«

»Das ist der Bursche, der Karl Piras Vorgesetzter ist«, antwortete Jack. Er ließ die Tinte gründlich trocknen, ehe er das Schreiben zweimal faltete und in den Umschlag steckte. Er leckte die Briefmarke ab, aber als er sie festkleben wollte, wurde es ein bisschen fummelig und sie rutschte ihm aus der Pfote und segelte auf den Boden in die Sägespäne.

»Verflixt noch eins«, knurrte er. Er kratzte sie, so gut es ging, mit einer Kralle sauber und frankierte den Brief. Dann schrieb er: *Evald Lilja, Gut Liljashof, Kvarsebo* auf den Umschlag – und in der Nacht, als der Mond wie eine Silbermedaille am Himmel glänzte, schlichen wir zurück zur Poststation und warfen den Brief in den Briefkasten. In dem kleinen Garten der Poststation blühten die Kirschbäume. Aus dem oberen Stock des Hauses hörten wir das Schnarchen des Postvorstehers.

»Es gibt gar keinen Ort namens Poto-Poto, stimmt's?«, sagte ich zu Jack.

»O doch, natürlich gibt es den«, antwortete er.

»Ach ja? Wo liegt der denn?«

»Ein paar Hundert Kilometer südlich von Näs«, sagte Jack. »In Belgisch-Kongo.«

6 Die Tage flogen nur so vorbei und wurden heller – und unsere Wanderung dauerte immer länger. Wir zogen über Hügel, durchquerten Täler und Wälder und folgten frühlingstrüben grauen Bächen. Unsere Sehnsucht trieb uns weiter, aber auch der Hunger. Er steckte in Jacks und Lonnas Genen und sorgte dafür, dass sie ihrem Essen tagelang hinterherjagen konnten, so wie ihre Vorfahren durch Feuer und Eis gegangen waren, um eine Elchkuh einzuholen, sie zu erlegen und aus dem ungeborenen Kalb in ihrem Bauch ein Festmahl zu machen.

In Vingåker, wo wir an einem sonnigen Samstag ankamen, war gerade Markt. Am Ortsrand hing ein Plakat, auf dem alle Attraktionen aufgelistet waren. Jack, der immer noch seinen Schlapphut trug, hob die Krempe an und las: »*Clowns, Leierkastenmann, Hundekämpfe. Abends Tanz zu erstklassiger Musik.*«

»Hundekämpfe?«, fragte ich. »Was ist damit gemeint?«

Jacks Blick hatte sich verdüstert.

»Ich habe schon von solchen Kämpfen gehört«, sagte er. »Sie schicken zwei Hunde in den Ring, die gegeneinander kämpfen müssen, und die Zuschauer können viel Geld darauf setzen, wer von beiden gewinnt und wer seine Arme und Beine danach einzeln nach Hause tragen muss. Was für Abscheulichkeiten die Menschen sich einfallen lassen, unglaublich.«

Er reckte den Hals und schaute zum Marktplatz, der auf einem schlammigen Feld direkt unterhalb der Kirche aufgebaut worden war. Es standen verschiedene Zelte dort und jede Menge Verkaufstische. Der Leierkastenmann war bis hierher zu hören.

»Ich finde, wir sollten hingehen«, sagte Jack.

»Ist das denn klug?«, fragte ich. »Dort könnten doch Leute sein, die dein Bild in der Zeitung gesehen habe.«

Jack zog seinen Hut tiefer in die Stirn.

»Die Chancen stehen nicht schlecht, bei einer solchen Veranstaltung etwas Essbares aufzutreiben«, sagte er. »Ich werde vorsichtig sein.«

Und so schlenderten wir alle drei hinunter zum Feld. Es tummelte sich ja immer allerlei buntes Volk, wenn Markt war, und Vingåker machte da keine Ausnahme. Es gab Händler, die Spankörbe, Holzschuhe und Topfuntersetzer im Angebot hatten. Bauern verkauften Hähne, Stiere und Schweine. Ein Clown lief in der Menge herum, machte Späße und versuchte, die Leute zu überreden, Eintrittskarten für die Vorstellung am Nachmittag zu kaufen, und es gab alte Mütterchen, die Ziehharmonika spielten, und alte Männer, die für extra wenig Geld Zähne zogen. Wir kamen an einem Mann vorbei, der Pelze verkaufte. Jack sagte, dass er noch nie im Leben solche getigerten Marderfelle gesehen hätte, ja, das sei etwas ganz erstaunlich Exotisches.

Neben dem Pelzhändler befand sich der große Essensstand. Dort hatte sich reichlich Kundschaft versammelt, die es sich gut gehen ließ und Kaffee trank. Und tatsächlich fiel auch für uns ordentlich Essen ab – denn es gab viele, die ihre Portion nicht schafften, und wenn man nur schnell genug war, konnte man sich die Reste schnappen, bevor die Teller abgedeckt wurden. Wir aßen, bis uns die belegten Brote aus den Ohren kamen. Wobei Lonna allerdings eins erwischte, das nach Kautabak schmeckte.

Und während wir da so herumstanden, fiel uns ein Wagen auf, der auf der Seite bemalt war. Das Bild stellte eine Bestie mit scharfen Zähnen und blutunterlaufenen Augen dar. Sie zeigte mit einer Kralle auf den Betrachter, als wollte sie sagen: »Heute Mittag fresse ich DEINE Eingeweide!«

»Was steht da?«, fragte ich.

Jack hob den Blick.

»*Armiro, il Rabiato*«, las er vor. »Das ist bestimmt einer von den Hunden, die zum Kampf antreten sollen.«

Lonna kaute langsam ihr Brot, während sie das Bild von Armiro betrachtete.

»Der is vom Teufel besössen, das süht man.«

»Ja, vielleicht«, murmelte Jack.

Wir schlenderten näher. Es waren schon eine Menge Leute dort, die sich den Kampf ansehen wollten. Ein Mann mit langem, zotteligem Bart sammelte von allen Geld ein und schrieb den jeweiligen Namen und wie viel jeder gesetzt hatte in ein Wachstuchheft. Jetzt konnten wir auch noch einen anderen Wagen sehen. Er war nicht so auffällig wie der erste, sondern glich eher einem normalen Viehanhänger. Darin saß Armiros Gegner: ein kleiner, schwächlicher Köter. Er trug eine kalbslederne Weste und eine Strickmütze.

»Pst!«, zischte Jack. »Wie geht's?«

Der Köter schaute zu uns hoch. Er zitterte am ganzen Leib.

»So lala«, antwortete er.

Jack streckte eine Pfote durch das Gitter des Anhängers.

»Jack«, stellte er sich vor.

»Ruffe«, erwiderte der andere.

Jack sah erst zu den Männern hinüber, die herumstanden und Geld setzten, und dann zum Bild des schrecklichen Armiro.

»Sag mal, Ruffe, wie viel bezahlen sie dir eigentlich für das hier?«, fragte er.

»Nichts«, antwortete Ruffe.

»Nichts?«

»Nö.«

Sie unterhielten sich weiter, während Lonna und ich die letzten Reste unserer Brote aufaßen. Offenbar wurde der Kerl mit dem zotteligen Bart von allen nur der Chef genannt. Ruffe war ihm in einer

Bierkneipe begegnet, als er beim Pokerspielen gerade viel Geld verloren hatte – Geld, das er gar nicht besaß. Es war zum Streit gekommen und einer der anderen Kartenspieler hatte einen Revolver gezogen, aber just da war der Chef aufgetaucht und dazwischengegangen. Er hatte Ruffes Spielschulden beglichen und diese Summe sollte Ruffe ihm nun zurückzahlen, indem er gegen Armiro antrat. Aber Ruffe sagte, man habe ihn reingelegt, das wisse er genau, denn noch am selben Abend hatte er beobachtet, wie dieser andere Kartenspieler und der Chef miteinander geredet und sich gegenseitig auf den Rücken geklopft hatten. Die beiden hatten die ganze Sache schon vorher ausgeheckt. Der Chef, erzählte Ruffe, war in ganz Mittelschweden bekannt für seine blutigen Hundekämpfe. Er hatte ein paar Helfer, die sich um die Pferde kümmerten und die Wagen fuhren und solche Sachen, und seit jenem Pokerabend hatten er und seine Männer Ruffe gefangen gehalten, damit er es sich nicht plötzlich anders überlegen und sich aus dem Staub machen konnte.

Jacks Blick wurde schwarz wie die Nacht, als er die ganze Geschichte hörte.

»Was für eine Schweinerei«, knurrte er.

Ruffe zuckte mit den Schultern.

»Das habe ich mir selbst zuzuschreiben«, sagte er. »Weil ich so dumm bin.«

Da dachte Jack eine Weile nach und dann sagte er mit Nachdruck: »Zur Hölle mit diesen Verbrechern!«

Er spähte nach rechts und links, um sicherzugehen, dass ihn niemand beobachtete. Dann zog er den Riegel der Anhängertür auf.

»Jack«, flüsterte ich. »Was machst du da?«

»Ich helfe einem Bruder in Not«, antwortete er und öffnete die Gittertür.

Ängstlich blinzelte Ruffe zu den Leuten hinüber, die mit ihren Geldscheinen wedelten, die sie auf sein Blut verwetten wollten, dann sah er Jack an. In seinen gelben Augen war ein Funken Misstrauen zu erkennen. Als würde er nur darauf warten, dass Jack, genau wie der Chef, gleich eine Gegenforderung für seine Hilfe stellen würde. Aber dann hellte sich sein Gesicht schlagartig auf und mit einem einzigen großen Satz sprang er aus dem Anhänger.

»Danke, mein Freund!«, sagte er und rannte mit wehender Kalbslederweste davon und verschwand im Gedränge.

»Jack«, sagte ich heiser. »Lass uns gehen, Jack. Bevor es zu spät ist.«

Aber Jack grinste unter seinem Schlapphut.

»Ich will ihre Gesichter sehen, wenn sie das hier mitkriegen«, sagte er. »Kommt.«

Lonna und ich folgten ihm zu der Gruppe geldscheinwedelnder Männer. Ich hatte ein sehr flaues Gefühl im Magen. Wie ein ziehender Krampf, der sich überhaupt nicht gut mit den ganzen Broten vertrug, die ich gegessen hatte. Noch einmal bat ich Jack, den Marktplatz zu verlassen, solange noch Zeit dazu war, aber er hörte nicht auf mich.

Dann wurde das letzte Gebot von dem fiesen Chef entgegengenommen. Einer seiner Handlanger, ein Kerl mit Schiebermütze, verkündete laut, dass der Kampf in Kürze beginnen würde. Der eigentliche Platz des Geschehens wurde von einem Seil markiert, das zwischen vier Pflöcken gespannt war, die in der Erde steckten. Der Chef verschwand in dem protzigen Wagen, auf dem in gelben Buchstaben Armiros Name stand. Einen Augenblick später kam er wieder heraus und dann erschien auch schon Armiro. Er sah nicht direkt so aus wie auf dem Bild, aber er war groß. Mehr als doppelt so groß wie Ruffe. Er wirkte irgendwie ungelenk, alles an ihm war zu groß geraten.

Die Menge jubelte, als sie ihn sah. »Na los!«, riefen die Leute und klopften ihm auf den Rücken. »Wir wollen sehen, wie du Hackfleisch aus dem anderen machst.« – »Ja, versprich uns das!« – »Nee, lass den Kleinen gewinnen!«, sagte jemand, der sein Geld offenbar auf Ruffe gesetzt hatte, aber das hatte er sicher nur aus Jux getan, denn alle anderen lachten und schüttelten die Köpfe. Der Kerl, der sich diesen Spaß erlaubt hatte, genehmigte sich einen Schluck aus seiner Bierflasche und lächelte zufrieden. Denn was könnte schöner sein, als einen guten Scherz zu machen und an einem sonnigen Samstag wie diesem andere zum Lachen zu bringen?

Armiro betrat das Viereck zwischen den Seilen. Sein Blick war matt, fast gelangweilt. Er kämpfte wohl schon sein Leben lang. Reiste in seinem bunten, klappernden Wagen von Markt zu Markt, spuckte sich vor jedem Kampf in die Pfoten und leckte sie hinterher ab. Wahrscheinlich war ihm alles egal. Er fragte jedenfalls nicht, ob die Hunde, gegen die er antrat, Ruffe oder Raffe oder Foffe hießen, ehe er Hackfleisch aus ihnen machte. Er kämpfte nur. Aber jetzt kam der Handlanger mit der Schiebermütze vom Viehanhänger herüber-gerannt. Unter dem Schlapphut wurde Jacks Grinsen immer breiter.

»Er ist weg!«, rief die Schiebermütze.

Der Chef beachtete ihn zuerst gar nicht. Er stritt sich mit einem Zuschauer herum, der seinen Einsatz nicht rechtzeitig gemacht hatte, aber als die Schiebermütze ein zweites Mal »Er ist weg!« schrie, blickte er mit seinen kleinen stechenden Augen hoch.

»Was sagst du da?«, fragte er.

»Ruffe«, keuchte die Schiebermütze. »Er ist abgehauen. Der Anhänger steht offen.«

Gemurmel und Geraune machte sich breit. Alle reckten die Hälse. Die Blicke wanderten zwischen der Schiebermütze und dem Viehanhänger hin und her und das Gemurmel wurde lauter und das Geraune nahm zu.

»Haha!«, brüllte Jack.

»Pssst«, zischte ich und wäre am liebsten im Boden versunken. Ich nehme an, dass es sein brodelnder Gerechtigkeitssinn war, der in diesem Moment endgültig mit ihm durchging. Er hielt die Pfoten wie einen Trichter an die Schnauze.

»Köter aller Länder – vereinigt euch!«, schrie er.

»Hast du den Verstand verloren?«, fauchte ich.

»Wer zur Hölle schreit da so rum?«, fragte der Chef wütend.

»Das war er hier«, sagte einer, der direkt neben uns stand.

Der Chef drängelte sich hastig zu uns durch und packte Jacks knochigen Arm.

»Was bist du denn für ein Spaßvogel, hä?«

»Das geht dich nichts an«, sagte Jack und zog die Hutkrempe noch ein bisschen tiefer.

»Ach, nein? Aber ich glaube, dass du der Mistkerl bist, der den Käfig aufgemacht und meinen Hund freigelassen hat. Was hast du dazu zu sagen?«, schnauzte der Chef ihn an.

»DEINEN Hund?«, keuchte Jack.

»Lass uns einfach gehen«, sagte ich.

Aber Jack regte sich weiter darüber auf, dass der Chef Ruffe als »seinen« Hund bezeichnete, und der Chef wurde immer wütender – und irgendwann sagte einer aus der Menschenmenge:

»Was wird denn jetzt aus dem Kampf?«, woraufhin ein anderer sagte: »Lass doch den Unruhestifter da stattdessen kämpfen« – und alle anderen riefen »Ja! Ja!« und fanden die Idee großartig. Ehe ich mich versah, hatten sie Jack schon in den Ring geschubst – und Armiro fackelte gar nicht lang, sondern holte sofort aus. Er schlug Jack auf die Nase und das Blut spritzte. »Hurra!«, riefen die Zuschauer und ab da wurde es nur immer noch schlimmer. Ich stand wie vom Donner gerührt daneben und musste alles mit ansehen und auch Lonna schien wie gelähmt vor Entsetzen. Mit gesträubtem Fell beobachtete sie das lautstarke, erbarmungslose Spektakel. Jack bemühte sich verzweifelt, den Schlapphut tief in der Stirn zu behalten, und hatte deshalb keine Pfoten frei, um zurückzuschlagen. Alles, was er tun konnte, war, sich zu ducken und zur Seite zu springen, wenn Armiro zum nächsten Hieb ausholte.

Doch plötzlich fiel mein Blick auf einen dicken Kerl mit breitem Kinn, der ziemlich weit hinten in der Menschenmenge stand. Er schrie nicht herum wie die anderen und feuerte die Kämpfer nicht an, sondern schien eher zufällig dort gelandet zu sein. Er reckte sich, um besser sehen zu können. Seine grauen Augen schimmerten gefühllos und kalt. Ich warf mich vor Jack auf den Boden, der gerade eine Bauchlandung gemacht hatte.

»Du!«, zischte ich. »Wir müssen abhauen! Er ist hier!«

»Ist mir egal, wer hier ist«, murmelte Jack mit der Schnauze im Matsch. »Mein Kopf fühlt gar nichts mehr.«

»Verflixt noch mal, Jack, steh auf. Es ist Karl Pira!«

Da zuckte Jack zusammen und berappelte sich. Stöhnend kam er auf alle viere. Wie ein Feigling kroch er aus dem Ring. Ein paar Zuschauer wollten ihn zurückschubsen, aber Armiro winkte ab: »Noch mehr Prügel überlebt der nicht. Mit dem bin ich fertig.«

»Ja, ja, dann lasst ihn halt laufen«, sagten die anderen.

Geduckt verschwanden wir alle drei durch das Gedränge in Richtung Waldrand. Ich trug meinen Sack und Jacks geblümte Tasche. Als wir hinter ein paar Büschen in Deckung gegangen waren, zog Jack sein Hemd aus und wischte sich damit das Blut aus dem Gesicht. Lonna schaute ihm zu, genauso verbissen, als würde sie immer noch neben dem Ring stehen und den Kampf verfolgen.

Ich behielt währenddessen den Marktplatz im Auge.

»Er geht jetzt«, sagte ich. Jack und Lonna reckten die Hälse und sahen, wie sich Karl Pira mit seiner Wachtmeistermütze aus der Menge löste. Er ging mit schweren, ruhigen Schritten und ohne jede Eile quer über die große Wiese durch das Getümmel. Er hatte sein Fahrrad an einen Baum gelehnt.

»Wie lange ist es her, dass wir den Brief an Lilja eingeworfen haben?«, fragte Jack.

»Vier, fünf Tage?«, schätzte ich.

Jack sah nachdenklich aus.

»Na ja, manchmal lassen die Briefträger sich Zeit«, sagte er.

Während wir so dastanden und zum Markt hinüberspähten, schien um den Chef herum ein Streit auszubrechen. Die Leute schimpften und zogen an seinem langen Bart. Es sah ganz so aus, als ginge es um Geld. Seine Handlanger eilten ihm zu Hilfe und kurz darauf war die Schlägerei in vollem Gange. Man musste kein Genie sein, um sich auszurechnen, wie das enden würde; verglichen mit der aufgebrachten Menge waren der Chef und seine Helfer deutlich in der Unterzahl. Und Armiro, il Rabiato, hatte sich in seinen bunten Wagen verzogen und die Tür hinter sich zugemacht.

»Wo isn der Wachtmeister jetzt plötzlich hin?«, fragte Lonna und starrte zu dem Baum, wo eben noch Karl Piras Fahrrad gestanden hatte.

»Keine Ahnung«, murmelte Jack. Er ließ den Blick über die Menschenmenge schweifen, aber es war weit und breit kein Pira mehr zu sehen. Jack zog seine Jacke an und stopfte den Schlapphut in die Tasche. »Lasst uns besser von hier verschwinden.«

Und das taten wir. Wir folgten einem Pfad, der weiter durch den Wald von dem kleinen Ort wegführte. Jack konnte nur langsam gehen, denn dieser Armiro hatte ihn wirklich ordentlich vermöbelt. Stöhnend drückte er sich das zusammengeknüllte Hemd gegen die blutende Lefze. Ein Meer von Schlüsselblumen umgab uns. Die Luft war brütend heiß.

Lonna wirkte bedrückt. Ich dachte, dass ihr der Kampf bestimmt noch zu schaffen machte – aber gleichzeitig kam sie mir irgendwie angespannt vor. Ihre Augen bewegten sich die ganze Zeit unruhig hin und her. Dann fing sie an, sich immer wieder umzudrehen.

»Was ist denn?«, fragte ich.

»Hinner uns is jömand«, murmelte sie.

Jack blieb stehen und drehte sich um. Er schüttelte den Kopf.

»Glaube ich nicht«, sagte er. »Los, weiter, sonst bin ich gleich gar gekocht.«

Wir setzten unseren lahmen Fußmarsch fort, während die Sonne erbarmungslos auf uns herunterbrannte. Aber es dauerte nicht lang, da drehte Lonna sich wieder mit gesträubtem Nackenfell um.

»Un ich bin sücher, dass da jömand is«, sagte sie. »Jömand, der uns verfolgt.«

Der Griff von Jacks Reisetasche fing an, in meiner verschwitzten Hand herumzurutschen. Ich merkte, dass mir das Atmen schwerer fiel. Jack kniff die Augen zusammen und beobachtete den Pfad hinter uns.

»Vielleicht hast du recht«, sagte er. Vorsichtig zog er den Schlapphut aus der Jackentasche und setzte ihn auf.

»Was sollen wir tun?«, flüsterte ich.

Jack schluckte.

»Auf keinen Fall werde ich mich noch einmal prügeln«, antwortete er. »Und rennen kann ich auch nicht. Weißt du, ob Bezirkswachtmeister bewaffnet sind?«

»Glaub schon«, sagte ich.

Jack nickte kurz.

»Dann müssen wir uns verstecken. Einen anderen Ausweg gibt es nicht.«

Wir schauten uns nach einem großen, dichten Gebüsch um und steuerten schnurstracks darauf zu. Als wir uns tief ins Gestrüpp verkrochen hatten, schob Jack ein paar Zweige auseinander, um freien Blick auf den Waldweg zu haben. Endlose Herzschlagsekunden dröhnten in meinen Ohren. Wir hörten das Knacken eines Asts. Wir hörten das Vorjahreslaub rascheln, als jemand näher und immer näher kam. Dann tauchte eine armselige kleine Gestalt in der Biegung auf.

»Das is düser Rulle«, sagte Lonna.

»Ruffe«, verbesserte Jack sie und stieß ein tiefes, erleichtertes Seufzen aus. »He! Ruffe! Hier sind wir!«, rief er und hob eine Pfote. Dann setzte er sich mit einiger Mühe bequemer hin und lehnte sich mit dem Rücken an einen Baum.

Ruffe sah gut gelaunt aus, als er sich zu uns gesellte.

»Tag zusammen«, sagte er. »Ich hatte gehofft, euch noch einzuholen. Ganz schön heiß für einen Frühlingstag, was?« Dann bemerkte er, wie übel Jack zugerichtet war. Mit düsterer Miene schüttelte er den Kopf.

»Ich hab alles gesehen«, sagte er. »Abscheulich war das.«

»Ja, das war nicht lustig«, sagte Jack und leckte seine Platzwunde.

Ruffe setzte sich zu Jack ins Gras und die beiden unterhielten sich weiter über das Abscheuliche: die harten Hiebe, das Blut und die Hurra-Rufe der Menge. Und je mehr sie redeten, umso schlimmer schien alles gewesen zu sein. Jack sagte, er habe seine eigene Hirnmasse in einem verschwommenen Streifen vorbeifliegen sehen, und Ruffe schüttelte seinen kleinen Kopf noch heftiger.

»Himmeldonnerwetter noch mal«, sagte er. »Das hätte ich sein sollen.«

Jack runzelte die Stirn.

»Wieso du?«, fragte er.

»Na, Armiro sollte doch mich vermöbeln«, sagte Ruffe.

»Ruffe, du hast ja gar nichts kapiert«, stöhnte Jack und richtete sich auf. »NIEMAND hätte von Armiro vermöbelt werden sollen. NIEMAND.«

»Ja, aber ... dann gibt es doch gar keinen Kampf mehr?«, sagte Ruffe verwirrt.

»Der Chef hat kein Recht dazu, Hunde zu zwingen, ihr Leben aufs Spiel zu setzen«, sagte Jack. »Liest du denn keine Zeitungen?«

Ruffe lachte auf.

»Natürlich nicht«, sagte er.

»Nee, war ja klar«, knurrte Jack. Er seufzte und suchte irgendwo am blauen Himmel nach Worten. »Worum es eigentlich geht«, sagte er, »ist, dass der Chef ... nun, dass er gewissermaßen der Meinung war, du würdest ihm gehören. Und das ist falsch.«

»Tja, kann sein«, sagte Ruffe schulterzuckend.

»Kann sein«, äffte Jack ihn nach. »Vergiss es. Egal, was man sagt oder tut, es bringt ja doch nichts.«

Da trat ein Funkeln in Ruffes gelbe Augen.

»Vielleicht bringt es doch etwas«, sagte er.

Er schob eine Pfote in die Tasche seiner kalbsledernen Weste und zog ein dickes Bündel zerknüllter Geldscheine heraus.

»Was ist das?«, fragte Jack heiser.

»Geld, siehst du doch«, sagte Ruffe gut gelaunt. »Ich habe es aus Chefs Kasse genommen, während du mit Armiro gekämpft hast, Jack.« Sein Gesicht wurde ernst, als er fortfuhr. »Falls ich mit euch mitkomme, teilen wir das hier gerecht unter uns auf. Es sind etwas mehr als dreihundert Kronen.«

Jack schluckte, und den Blick hungrig auf das Vermögen gerichtet, sagte er:

»Mitkommen, tja nun ... ich meine, du weißt ja nicht mal, wohin wir unterwegs sind.«

»Das ist mir egal«, sagte Ruffe unbekümmert und stand auf. Dann fragte er, ob er mir beim Tragen helfen solle, und ohne auf Antwort zu warten, schulterte er die geblümte Reisetasche. Jack schnäuzte etwas Blut aus der Nase und sagte:

»Na ja, was soll's, arme Schlucker wie wir müssen zusammenhalten.«

Nachdem er ächzend und stöhnend auf die Beine gekommen war, setzten wir unsere Wanderung auf dem schmalen Pfad fort, der das wogende Meer aus Schlüsselblumen in der Mitte teilte, als hätte Gott persönlich seinen Zeigefinger ausgestreckt und die Sache in Ordnung gebracht.

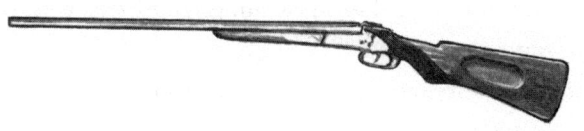

7 Ruffe war wie ein Löwenzahnsamen im Wind. Er war drei Jahre alt, hatte sich viel auf der Straße herumgetrieben, als Hafenarbeiter geschuftet und sich eine Weile im Stockholmer Armenviertel als Tagelöhner über Wasser gehalten. Dort hatte er auch das Pokerspielen gelernt – dachte er –, aber ganz offensichtlich war der Abend, an dem er dem Chef begegnet war, nicht der erste Abend gewesen, an dem er Geld verspielt hatte, das er gar nicht besaß. Kurzum, das Leben hatte ihn ziemlich gebeutelt, geschüttelt und ihm kräftig in den Hintern getreten, aber er war – wie er selbst sagte – trotzdem glücklich damit und zur Villa Solsäter wollte er auch gern mitkommen.

Jack hörte nicht auf, über den Widerstand zu predigen, und redete von den Hunden, die sich vereinigen sollten. Er hoffte wohl, dass seine glühenden Worte bei Ruffe das Feuer entzünden würden, das bei Lonna nicht entflammt war. Und Ruffe versuchte wirklich, ihn zu verstehen; er *wollte* das alles verstehen. Er wollte wütend auf all jene sein, die die Schwachen ausbeuteten. Er wollte auch – *Zum Hundewetter noch mal!* – schimpfen und seine Pfote ballen, aber tief drinnen konnte er einfach nicht begreifen, wozu das gut sein sollte. Die Macht lag doch nicht in den Pfoten der Zerlumpten. Die Macht wohnte irgendwo ganz oben und sie trug Hut und wachste sich den Bart. Die Macht hatte eine goldene Uhrenkette, die in einem zufriedenen Bogen vor dem Bauch hing: ein achtzehn-karätiges Lächeln ohne eine einzige Zahnlücke.

Jack dagegen hatte nach der Begegnung mit Armiro einen weiteren losen Zahn. Wenn er mit der Zunge dagegendrückte, wackelte er.

»Hauptsache, die Wurzel entzündet sich nicht«, sagte er an dem Tag, als wir in die Berga-Heide kamen. »O Gott, bitte verschone mich mit der Wurzelentzündungshölle.«

Wir hatten uns hinter einer Mauer aus Feldsteinen niedergelassen und spähten zu dem Haus hinüber, zu dem die Einfriedung gehörte. Die kräftige Hitze dauerte immer noch an. Die Fliegen schienen schon den ganzen Rausch des Sommers vorweggenommen und für jede Menge Nachwuchs gesorgt zu haben, der jetzt um den Misthaufen auf der Weide herumschwirrte. Jack drehte sich zu uns anderen um.

»Wurst«, sagte er. »Und Brot. Und Speck. Und natürlich Sauermilch. Am liebsten auch ein bisschen frische Milch. Und wenn sie noch mehr zu geben haben – ihr wisst schon, irgendetwas Besonderes, dann nehmt es mit.«

»Ja doch«, antwortete ich.

Jack öffnete die Reisetasche, in der wir das Geld aufbewahrten. Der kleinste Geldschein, den wir hatten, war ein Fünfer. Ich steckte ihn ein und dann kamen Lonna, Ruffe und ich auf die Füße.

»Pst!«, zischte Jack, als wir gerade losgingen. »Denk daran, dass Hunde Appetit haben, Martin!«

»Ja doch«, sagte ich.

»Pst! Martin! Achte darauf, dass ihr nicht zu wenig nehmt, meinte ich!«

»Ich weiß!«

Jack tauchte wieder hinter der Hofmauer ab. Nach allem, was in Vingåker passiert war, hatte er Vernunft angenommen und war vorsichtiger geworden. Wir hatten beschlossen, dass er in seinem Versteck bleiben sollte, während wir anderen nachsehen gingen, ob in diesem Haus etwas Essbares zu holen war.

Eine Bäuerin mit roten Wangen öffnete die Tür, kurz nachdem wir angeklopft hatten.

»Jaha?«

»Guten Tag«, sagte ich und verbeugte mich artig. »Wir wollten fragen, ob wir wohl Essen für fünf Kronen kaufen können?«

Die Frau schaute mit großen Augen auf den Geldschein, den ich ihr entgegenhielt.

»Da wird sich bestimmt etwas finden«, sagte sie. »Woran hattet ihr denn gedacht?«

Ich zählte die Wurst und alles, was Jack noch gesagt hatte, auf. Die Frau schnappte sich den Fünfer, warf Lonna und Ruffe einen hastigen Blick zu und dann sah sie wieder mich an.

»Aber ihr müsst hier warten«, sagte sie.

»Ja, natürlich.«

Die Tür ging zu. Ruffe und Lonna setzten sich auf die Bank vor dem Haus. Es dauerte nicht lang und sie fingen an, miteinander herumzualbern. So war Ruffe. Er machte in einem fort Scherze und verbreitete überall gute Laune. Ja, es war eine Großtat, Dånsjös kleiner Lonna ein Lächeln zu entlocken, das muss ich wirklich sagen.

Zwei Männer kamen aus einem der Nebengebäude herüber, wahrscheinlich waren es der Bauer und ein Knecht. Sie trugen jeder ein Gewehr über der Schulter und unterhielten sich. Der Jüngere der beiden nickte mir zu, als sie die Vortreppe erreichten. Der andere sagte:

»Sieh an, haben wir Landstreicher zu Besuch?«

Ich grinste dumm und wusste nicht, was ich sagen sollte – aber die Männer interessierten sich nicht weiter für uns. Während sie ihre Schuhe auszogen, führten sie ihr Gespräch fort. Es ging um eine Suchaktion, an der sich das ganze Dorf beteiligen sollte, und gerade als sie im Hausflur verschwanden, sagte der Ältere: »Ich sage bestimmt nicht Nein zu einem saftigen Kopfgeld. Und wenn er sich noch hier in der Gegend herumtreibt, werde ich ihn schon noch vor die Flinte bekommen.«

Sie machten die Tür hinter sich zu. Ein mulmiges Gefühl machte sich in meinem Bauch breit. Auf wen war dieses Kopfgeld ausgesetzt worden? Das konnte doch nicht etwa … ? Ich schaute verstohlen in die Richtung, wo Jack sich versteckte. Nein, das *konnte* nicht sein!

»Hört mal, habt ihr mitbekommen, worüber die beiden gerade geredet haben?«, fragte ich Lonna und Ruffe, aber die waren nur mit sich beschäftigt. Bei allem, was Ruffe ihr zuflüsterte, schlug Lonna sich die Pfoten vor die Schnauze und bog sich vor Lachen.

Dann kam die Bäuerin zurück. Erst jetzt fiel mir wieder ein, dass ich vergessen hatte, das »Besondere« zu erwähnen, aber darauf war sie sogar von ganz allein gekommen, denn neben der Wurst und dem anderen hatte sie noch einen Käsekuchen eingepackt, den sie in ein Tuch eingeschlagen hatte. Sie war offensichtlich sehr zufrieden mit der Bezahlung.

Ich verbeugte mich wieder und bedankte mich und dann gingen wir zurück zu Jack. Ich entschied mich, gar nichts von dem Gespräch zwischen den beiden Männern zu erzählen. Angst und Sorge sollten eine Weile in den Hintergrund treten. Wir hatten schließlich Käsekuchen, zum Kuckuck!

Wir verließen den Hof und wanderten auf dem hellen, holprigen Fußweg weiter. Nach einer guten Stunde kamen wir an einen Waldsee und da waren wir so durchgeschwitzt, dass Jack einfach schnurstracks ins Wasser watete, ohne sich vorher auszuziehen. Dann ließ er sich ziemlich lange einfach auf dem Rücken treiben und sah blinzelnd den Schwalben am Himmel zu.

»Taufe mich in diesem See«, murmelte er. »Und gib mir den Namen Glücklich-wie-ein-Fisch-im-Wasser.«

Es war ein wunderschöner Nachmittag. Ich konnte mich nicht erinnern, je einen schöneren erlebt zu haben. Ruffe und ich zogen unsere Sachen aus, um auch baden zu gehen. Das Wasser war sehr dunkel, aber der Boden war sandig und weich. Die Einzige, die sich weigerte, eine Pfote in den See zu setzen, war Lonna. Sie blieb im Schatten unter einem Baum und schaute zu, während wir anderen spielten und uns ganz ungehemmt lächerlich machten. Als wir genug hatten, kamen wir raus und Jack hängte seine Jacke und seine Hose zum Trocknen in einen Busch. Dann stürzten wir uns aufs Essen. Ja, die Berga-Wurst war nicht von schlechten Eltern und der Käsekuchen war so gelb und herrlich wie die Sonne. Jack stockte mitten im Kauen und spuckte den losen Zahn aus. Er starrte ihn an, wie er da auf dem Felsen lag, blutig und hässlich.

»Das war mein vorvorletzter«, sagte er. »Verfluchtes Mistmaul.«

Aber dann zuckte er mit den Schultern und sagte, dass er auf diese Weise wenigstens keine Wurzelentzündung bekommen würde. Und wenn sie erst bei der Witwe Nilson waren, dann würden Zähne ohnehin keine Rolle mehr spielen, denn dort bekam man *Püree* zu essen, wenn man wollte!

Ruffe nutzte sofort die Gelegenheit, um eine Szene aufzuführen, in der er so tat, als würde er den Speisesaal der Witwe Nilson betreten, und bat in vornehmem Ton darum, sein Rinderfilet püriert zu bekommen.

»Aber bitte jetzt sofort, Frau Nilson!«, bellte er. »Und Frau Nilson weiß hoffentlich noch, dass ich das Porzellan mit den blauen

Blumen bevorzuge? Und vergessen Sie um Himmels willen nicht den Wein, Frau Nilson!« Oh, wie wir anderen lachten.

Als Ruffe fertig war, setzte er sich wieder.

»Du, Jack, glaubst du wirklich, dass die Hunde da in der Villa Solsäter Rinderfilet zu fressen bekommen?«, fragte er.

Jack, der bequem an einem flachen Felsen lehnte, legte den Kopf schief.

»Ganz ausgeschlossen ist es nicht«, sagte er. »Ich weiß jedenfalls, dass es dort gutes Essen gibt.«

Sie sahen sich an, Jack, Ruffe und Lonna, und lächelten. Es war so ein Lächeln, das bedeutete: »Wir haben etwas gemeinsam. Wir befinden uns zusammen auf der *Reise des Lebens*.«

Ich freute mich für sie. Gönnte ihnen die Rinderfilets, gönnte ihnen alles Schöne und Gute, das sie dort unten am Ufer des Lummersees erwartete. In meinen Augen gab es niemanden auf der Welt, der es mehr als diese drei verdient hatte, es ein bisschen schön zu haben und es sich gut gehen zu lassen.

Ja, so lagen wir da, naschten von unserem Essen und plauderten, bis es Abend wurde, während die Sonne fast unerträglich herrlich auf den See herunterbrannte. Ich glaube, dass Jack fast verrückt wurde, weil es uns so gut ging, denn plötzlich stand er auf und streckte die Pfoten in die Luft und schrie. Und sein Schrei erhob sich über das Wasser und wurde immer größer, ein Großer Brachvogel flatterte erschrocken aus seinem Versteck im Schilf auf, aber Jack schrie einfach weiter. Und Ruffe, der dachte, es ginge wieder um Politik, stand ebenfalls auf und rief: »Hunde aller Länder, vereinigt euch!« – denn wie gesagt, der Wille war da, nur wie der Hase wirklich lief, das hatte er noch nicht kapiert.

Als die Sonne sank, bereiteten wir uns ein Nachtlager aus Fichtenreisig und legten uns schlafen. Ich weiß nicht, wie viel Zeit vergangen war, vermutlich nur ein paar Stunden, als wir von fernem Radau geweckt wurden. Es klang unheimlich. Wie ein schallendes, hallendes Weltuntergangsgetöse. Wir kauerten uns dicht aneinander, lauschten mit gesträubten Haaren. Jack hatte von einem *Hurrikan* gelesen. So hießen die großen Wirbelstürme, die in anderen Ländern ganze Häuser, Pferdewagen und Kirchen durch die Luft wirbelten, die ihre Beute immer höher in den Himmel saugten, bis sie irgendwann ausatmeten und alles krachend auf dem Erdboden zersplitterte. Wir schauten uns mit großen Augen an, die vor Entsetzen weiß leuchteten. Was, wenn gerade so ein Hurrikan auf uns zukam?

Aber draußen im Wald hastete jemand durchs Unterholz und dieser jemand wusste, dass das Getöse kein Hurrikan war. Er wusste, dass es die Treiber waren, die solchen Lärm verursachten, denn er rannte nicht zum ersten Mal vor ihnen davon. Er blieb stehen, drehte sich um und lauschte für einen kurzen Moment in die Richtung seiner Verfolger. Dann lief er weiter. Plötzlich stieg ihm ein vertrauter Geruch in die Nase, vielleicht waren Freunde in der Nähe? Er schlug eilig die Richtung der Duftspur ein. Er war schnell, Minuten später erreichte er das Ufer des Sees, wo wir unser Nachtlager hatten.

Wir starrten ihn stumm an und er starrte genauso stumm zurück. Sein Körper war zottig und lang. Man hatte fast den Eindruck, er wäre in die Länge gezogen worden, so wie Schatten länger werden, wenn die Sonne tief steht. Er hob die Nase und witterte. In den Zeitungen nannten sie ihn den Sörmlandwolf, nachdem er in diesem Jahr, dem Jahr 1910, als der Halleysche Komet um ein Haar mit der Erde zusammengestoßen wäre und man im Monat Mai Rekordtemperaturen gemessen hatte, in der Gegend um Vingåker und Katrineholm gesichtet worden war. Seit drei Jahrzehnten hatte sich kein Wolf mehr so weit in den Süden verirrt. In jedem Eichenwäldchen rannten nun schreiende Männer mit Stöcken herum.

Der Zottige wagte sich näher. Jetzt stand er nur noch vier, fünf Meter von uns entfernt. Er sagte nichts, denn das konnte er nicht. Irgendwann vor langer Zeit hatte die Evolution eine Grenze gezogen: Da endet der Wolf, dort beginnt der Hund. Von dort an kannst du reden und aufrecht gehen. Von dort an wirst du in Ketten liegen und dienen. Du wirst jeden Sonntag ruhen, aber an allen anderen Tagen wirst du schuften wie ein Hund, damit du in den Himmel kommst, wenn du stirbst.

Der Sörmlandwolf dagegen wusste nichts vom Leben nach dem Tod. Er kannte nur das Hier und Jetzt. Er legte seine Ohren an und winselte, stieß ein wortloses Klagen aus: *Sie schießen mit Büchsen auf mich ... einmal in Dalarna habe ich ein Kind gefressen ... Seitdem kann ich mich da oben nicht mehr blicken lassen ... doch wo soll Graubein denn jetzt hin ...* Er kam näher. *Bin so hungrig, so hungrig. Ich kann die Krümel auf dem Boden um euch herum rie-*

chen. Ihr habt nichts für mich übrig gelassen. Aber dieser Junge da sieht wohlgenährt und lecker aus. Sagt, darf Graubein ihm in den Bauch beißen, nur ein bisschen? Dann wäre Graubein satt und könnte wieder ein gutes Stück weiterwandern, weg von den Menschen mit den grünen Hüten.

Lonna warf einen Stein nach ihm. Er blieb stehen und machte ein dummes Gesicht. Lonna stand auf, brüllte und ging auf ihn zu. Der Wolf wirkte immer noch verdutzt, fast beleidigt.

»Bistu taub? Hau ab, hab ich gesagt!«, bellte Lonna, hob noch einen Stein auf, warf ihn und traf.

Der Wolf drehte ab. Wenn ein Mensch einen Ort verlässt, hinterlässt er eine Lücke, die sich nach kurzer Zeit wieder füllt, und sei es nur mit Luft. Erst dann ist der Mensch *richtig* weg. Aber die Lücke des Wolfs war sofort wieder gefüllt. Blitzschnell wie ein Zauberer oder eine Rauchwolke war er verschwunden und sogleich wieder losgerannt. Er rannte mit großen Sätzen, rannte bis zur Morgendämmerung – und da, als das Gebrüll der Treiber endlich verstummt war, gelangte er an einen Weg. Er folgte ihm eine Weile durch den Wald. Alles war ganz still. Nur das ahnungsvolle Zilpen der Rotdrossel hoch oben in den Baumkronen war zu hören.

Plötzlich kam dem Wolf ein Mann auf einem Fahrrad entgegen. Der Mann hielt an und stellte einen Fuß auf den Boden. Sie sahen sich an, beide mit demselben kalten, ungerührten Ausdruck in den Augen. Dann schob der Mann eine Hand in die Tasche und zog seinen Revolver heraus. Er spannte den Hahn, zielte, und als er schoss, sackte der Wolf auf der Stelle zusammen.

Der Mann stieg von seinem Rad ab und ging zu dem Kadaver, der lang gestreckt im Graben lag. Er stieß prüfend mit dem Fuß dagegen, konnte aber kein Lebenszeichen mehr entdecken. Also steckte er die Waffe wieder ein, setzte sich auf sein Fahrrad und fuhr weiter.

Doch etwas später, als die Sonne schon hoch über den Bäumen stand, rührte sich etwas in der ausgetrockneten Furche. Langsam, schwerfällig erhob sich der Wolf auf drei Beinen. Das Blut an seiner linken Schulter war getrocknet, fast schwarz. Nur eine Rotdrossel sah überrascht dabei zu, wie Graubein aus dem Graben kroch und humpelnd zwischen den Bäumen verschwand – aber davon ahnte der Mann auf dem Fahrrad natürlich nichts. Er war schon weit weg. In seinem Kopf feilte er bereits an dem Telegramm, das er bald aufgeben würde: *Habe Berga passiert und beabsichtige, der Landstraße nach Nordwesten zu folgen. Teile hiermit dem Herrn Bezirksvorsteher mit, dass der Wolf, über den in den Zeitungen berichtet wurde, tot ist. K. Pira*

8 Karl Pira war, wie ich schon erzählt habe, sehr beharrlich. Es ging das Gerücht, dass er einmal im Winter einem Hund zu Fuß durch tiefen Schnee nachgejagt war. Der Hund hatte oben im Norden des Kirchspiels ein paar Eier gestohlen. Die Jagd dauerte schon Stunden und zum Schluss versuchte der Dieb aus lauter Verzweiflung, über einen Wasserlauf zu fliehen, der zu dieser Zeit zugefroren war. Aber das Eis brach und der Hund fiel ins Wasser. Er schrie und bat den Bezirkswachtmeister um Hilfe, aber es heißt, dass der nur geantwortet haben soll: »Sprich dein letztes Gebet und stirb!« Und dann soll Karl Pira sich einfach umgedreht haben und nach Hause gegangen sein. Wie gesagt, ich weiß nicht, ob das wirklich stimmt, aber die Geschichte trug dazu bei, dass

Karl Pira den Ruf hatte, ein unerbittlicher und grausamer Mann zu sein.

Wenn kein Schnee lag, benutzte er sein schwarzes Fahrrad, um Verbrecher zu verfolgen. Wenn die Jagd länger dauerte, übernachtete er unterwegs in billigen Gasthöfen. Bei jeder Gelegenheit meldete er sich im Telefon- und Telegrafenamt in Kila, um durchzugeben, wo er sich gerade befand. Das tat er auch, damit die Telefonistin wusste, wo sie ihn erreichen konnte, wenn es einen neuen Hinweis aus der Bevölkerung gab. Und bei ihm zu Hause in Gråtbacken, unter einer riesigen Eiche, wartete die Arrestzelle mit ihren Gitterstäben und einer kleinen Schlafpritsche und den zerkratzten weißen Wänden. Die Zelle befand sich in der Nordhälfte der Hütte, die Wohnung des Bezirkswachtmeisters in der Südhälfte.

Nun wussten wir natürlich nicht, dass Karl Pira sich nach wie vor in der Gegend aufhielt. Wir hatten den Schuss in der Morgendämmerung ja nicht gehört, und dass er dem Sörmlandwolf begegnet war, erfuhr ich erst sehr viel später. Wir gingen nur davon aus, dass Jacks Brief zu diesem Zeitpunkt eigentlich bei Lilja angekommen sein musste – und dass der Anwalt den Bezirksvorsteher sicher längst zur Vernunft gebracht hatte.

»Denn vergiss nicht«, sagte Jack am Nachmittag, als wir das Kirchspiel Asker erreichten, »dass Lilja die Silbermedaille erhalten hat, und die bekommt man nicht für Tranfunzeligkeit verliehen!« Er drückte sich die Pfoten ins Kreuz und beugte sich vor und zurück. Wir waren seit drei Stunden unterwegs und machten Pause, damit er seinen Rücken ein bisschen ausruhen konnte. »Aaaah!«, stöhnte er, während seine Knochen knackten, als wäre er aus Holz. Dann spähte er blinzelnd zum Horizont. »Ich denke, morgen schaffen wir es bis nach Kumla.«

»Bist du sicher?«, fragte ich und mir wurde ganz heiß vor Aufregung.

»Ja. Sobald wir Rauch sehen, halten wir an und machen uns erst mal frisch.« Dann schulterte er wieder seine Reisetasche. »Und jetzt kommt, Kinder.«

Lonna und Ruffe sprangen von dem Zauntritt herunter, auf dem sie gesessen und mit den Beinen gebaumelt hatten. Ich weiß nicht so genau, warum Jack angefangen hatte, die beiden »Kinder« zu nennen, aber wahrscheinlich, weil sie jünger waren als er und weil sie so viel herumalberten. Auf jeden Fall war ich froh, dass er mich nie so nannte. Ich hatte das Gefühl, dass er in mir jemanden sah, auf den er sich verlassen konnte.

Wir setzten unsere Wanderung fort und der Weg schlängelte sich wie eine schmutzig weiße Brache durch Wiesen und Wälder. Die Hummeln brummten wie verrückt im Graben und ich dachte: Morgen. *Morgen!* Es war eigentlich kaum zu begreifen. Solange ich mich erinnern konnte, hatte der Gedanken-Vater in meinem Kopf gewohnt: Vater vermisst mich und wartet auf mich. Vater lebt irgendwo in einer bescheidenen Hütte und dort liegt er in seinem Bett und weint darüber, dass er mich fortgeben musste. Und je öfter ich mir diese Gedanken ausgemalt hatte, desto größer waren sie geworden. Schließlich war mir mein Vater so groß und mächtig wie Gott vorgekommen – und jetzt, jetzt war ich ihm so nah. Es war wirklich nicht zu begreifen.

Ein paar Stunden später kamen wir zum Herrenhof in Hult. Die Allee war schnurgerade und ganz am Ende stand das Haupthaus, weiß wie Schnee. Auf dem Dach ragte eine Wetterfahne hoch und oben auf dem Stab funkelte eine goldene Kugel im Sonnenlicht.

»Da bekommt man ja 'nen Goldstich«, sagte Lonna und kniff die Augen zusammen.

»Ihr werdet sehen, die haben hier Wasserleitungen und das ganze Pipapo«, murmelte Jack.

Ruffe, schnell wie immer, hielt dagegen, dass dieses Haus ja so schick war, dass die *wohl kaum* so was Einfaches wie Wasser in den Leitungen hatten, sondern eher Birnenmus. Normalerweise hätten wir über seinen Scherz gelacht, aber jetzt waren wir so ergriffen von all der Schönheit, dass wir uns nur ein Lächeln abringen konnten und ihm einen Blick zuwarfen, der so ungefähr bedeutete: Womöglich hast du gar nicht so unrecht!

»Hört mal, was haltet ihr davon, wenn wir ein bisschen näher gehen und uns umschauen?«, fragte ich. Jack rümpfte die Nase.

»Ich weiß nicht«, sagte er, »ich fühle mich nicht wohl an solchen Orten.« Er schüttelte sich, um ganz deutlich zu zeigen, wie unbehaglich ihm das schneeweiße Haus mit der Goldkugel war. Aber man sah ihm an, dass er eigentlich genauso neugierig war wie wir anderen – und nach einer Weile gab er sich geschlagen.

»Aber wir nehmen nicht die vornehme Zufahrt!«, sagte er –

und was das betraf, waren wir uns alle einig. Die vornehme Zufahrt, das heißt die Allee, war nicht für solche wie uns gemacht. Hätten wir auch nur einen Fuß auf diese Allee gesetzt, hätte sie vor lauter Hochmut wahrscheinlich einen Hustenanfall bekommen und uns in hohem Bogen bis ins nächste Kirchspiel befördert. Also schlugen wir uns stattdessen quer durch die Wiese und folgten dann einem Feldweg, der hinter ein paar rot gestrichenen Wirtschaftsgebäuden entlangführte.

Kurz darauf hatten wir den Garten des Anwesens erreicht. Hinter dem niedrigen Zaun blühten unzählige Blumen, es gab schmale Kieswege – und sogar eine nackte Frau, die genauso schneeweiß war wie das Haus. Wir starrten sie ziemlich lange an. Sie war natürlich aus Stein, aber sie so nackt zu sehen war trotzdem komisch. Nicht einmal Ruffe kam auf die Idee, sich über sie lustig zu machen.

»Recht guten Tag«, sagte plötzlich jemand. Wir fuhren erschrocken zusammen. Ein Herr in hellem Anzug und mit Sommerhut auf dem Kopf war aus dem Schatten unter einem Baum aufgetaucht. Dort stand ein seltsames Möbelstück, eine Art Kreuzung aus Stuhl und Bett. Jetzt im Rückblick weiß ich, dass man solch ein Möbelstück *Liegestuhl* nennt und dass Liegestühle etwas sind, das reiche Leute sich in ihre Gärten stellen, weil sie sehr gern die Beine hochlegen.

Ganz automatisch legte Jack die Pfote an die Krempe seines Schlapphuts. Er behielt sie einen Augenblick oben, als wüsste er nicht so recht, wie er sich verhalten solle. Aber dann zog er die Krempe tiefer in die Stirn und murmelte:

»Bitte vielmals um Entschuldigung. Wir wollten nur ein bisschen gucken. Wir wollten auf keinen Fall aufdringlich sein.«

Der Herr betrachtete Jacks geblümte Tasche und den Sack, der zwischen meinen Füßen lag.

»Seid ihr auf Wanderschaft?«, fragte er.

»Neee, oder ja, doch – so ähnlich«, stammelte Jack.

Der Herr lächelte. Er hatte kleine blaue Augen und einen Schnurrbart – einen sehr gepflegten Oberlippenbart, den er links und rechts elegant nach oben gezwirbelt trug.

»Nun, gucken dürft ihr gern«, sagte er. »Und es spricht auch nichts dagegen, wenn ihr ein Weilchen im Schatten sitzen wollt. Darf ich die kleine Gesellschaft vielleicht mit einem Schluck Limonade bewirten?«

Weder Lonna, Ruffe noch ich verstanden, was er uns sagen wollte, aber Jack wusste, worum es ging.

»Wollt ihr Saft?«, zischte er uns zu – und da sagten wir natürlich nicht nein.

So kam es, dass wir kurze Zeit später im Garten des Herrenhofs saßen, jeder von uns mit einer Flasche »Limonade« – Himbeersaft mit Blubberbläschen – die der Herr höchstpersönlich für uns aus der Küche geholt hatte. Der Herr sagte, sein Name sei Stenberg. Fabrikant Stenberg. Ich sagte, ich hieße Martin, Lonna sagte, sie hieße Lonna, und Ruffe sagte, er hieße Ruffe. Jack sagte, er hieße Ragnar Björk, und zog sich den Hut noch tiefer ins Gesicht.

»Aha, Ragnar Björk und Company«, sagte Stenberg in herzlichem Ton. »Lasst hören, woher ihr kommt und wohin eure Reise geht.«

Jack sah angespannt aus. Ich glaube, die Situation war ihm unangenehm. Genau über diese Art reiche Männer, die »Herren mit schmierigen Fingern«, regte er sich ja normalerweise immer auf. Und dass der Fabrikant Stenberg wirklich nett zu sein schien, machte womöglich alles nur noch schlimmer.

»Wir kommen aus verschiedenen Orten«, antwortete Jack schließlich. »Und wohin wir unterwegs sind, nun, auch das ist ein wenig verschieden.«

Dann hob er die Flasche ans Maul, um nicht mehr weiterreden zu müssen. In großen Schlucken verschwand die Limonade in seinem Hals.

»Ja, da kann man mal sehen. Aber es ist eine schöne Zeit, um sich auf Wanderschaft zu begeben«, sagte Stenberg.

Niemand von uns antwortete. Lonna hatte noch keinen Tropfen von ihrer Limonade angerührt. Ich weiß nicht, ob sie vielleicht dachte, dass der Teufel in der Flasche wohnte, oder was der Grund dafür war. Stenberg musste uns für eine ziemlich merkwürdige Truppe halten, wie wir da in seinem Garten saßen und, ohne einen Mucks zu sagen, unsere Flaschen umklammerten. Er wusste ja nicht, dass Jack derjenige war, der normalerweise die Gespräche führte, und dass wir anderen erst recht schüchtern wurden, wenn Jack so zugeknöpft war. Aber dann bemerkte Stenberg Jacks Reisetasche, die dank ihrer kaputten Schnalle weit offen neben ihm im Gras stand.

»Du liest Zeitungen?«, fragte er.

Jack warf einen hastigen Blick auf die Tasche.

»Ja, ich finde es sehr erhellend«, erwiderte er.

»Sehr gut, das finde ich auch«, sagte Stenberg.

»Ach ja?«

»Aber natürlich. Wenn einen etwas erhellt, dann bedeutet das ja nichts anderes, als dass man nicht länger ahnungslos im Dunklen steht, nicht wahr? Und ich wäre doch verrückt, wenn ich lieber im Dunklen herumtasten würde, als im Hellen sehen zu können. Es ist ja keinem Mitbürger damit geholfen, wenn man die Augen vor der Wahrheit verschließt.«

Jack starrte ihn ungläubig unter seinem Hut hervor an.

»Welche Zeitungen liest der Herr Fabrikant denn?«, fragte er – denn es verhielt sich nun mal so, dass verschiedene Zeitungen verschiedene Wahrheiten zu Tage brachten. Wenn man der Ansicht war, dass die Frage des Wahlrechts wichtig war, las man eine bestimmte Sorte Zeitungen, aber wenn man diese Frage für »gefährlich« hielt, dann las man eine andere Sorte.

»Ich lese fast alle«, antwortete Stenberg. »Zum Beispiel diese da.« Er nickte in Richtung des obersten Blättchens in der Reisetasche. Jack hatte uns erst neulich daraus vorgelesen. Auf der ersten Seite ging es darum, dass die Bevölkerung aufgerufen wurde, sich einem Streik anzuschließen.

»Ach ja?«, murmelte Jack wieder. Er schien sich ein wenig zu entspannen, seine Schultern sanken ein paar Zentimeter nach unten.

»Gesellschaftliche Ungerechtigkeiten beschäftigen mich sehr«, sagte Stenberg. »Ich gebe mir allergrößte Mühe, damit sich in meiner Firma niemand gezwungen fühlt zu streiken.« Er sah Jack mit seinen klaren, blauen Augen durchdringend an. »Wenn es an der Zeit ist, an die Wahlurnen zu gehen, hast du als Hund keinerlei Stimme abzugeben. Ich als Fabrikant dagegen habe neunundzwanzig.«

»Ich weiß«, knurrte Jack. Dann nahm er all seinen Mut zusammen und fügte hinzu: »Und das ist verdammt noch mal ein Unding, finde ich.«

»Natürlich ist es das«, antwortete Stenberg ruhig.

»Findet ... findet der Herr Fabrikant das wirklich?«

»Ich finde, dass alle ein anständiges Leben verdient haben«, sagte Stenberg. »Hättest du nur eine einzige Stimme, dann hättest du ein Neunundzwanzigstel von dem, was ich habe. DAS wäre unanständig. Aber das hast du nicht. Du hast gar nichts. Die Gesellschaft tut gerade so, als gäbe es dich nicht.«

Jack nickte. Eine ganze Weile saß er so da und nickte und schließlich konnte man ahnen, wie sich ein Lächeln unter dem Schlapphut formte.

»Das hätte ich selbst wahrhaftig nicht besser ausdrücken können!«, sagte er. »Jetzt bin ich wirklich platt!«

Ja, und dann unterhielten sie sich über Politik, Jack und der Fabrikant Stenberg, und waren sich in fast allem einig. Stenberg kannte die Namen von haufenweise Aktivisten, die Jack toll fand, und Jacks Laune stieg von Minute zu Minute.

»Dass ich mich heute noch mit einem Herrn über derlei Dinge austauschen würde, das hätte ich nicht gedacht, als ich heute morgen aufgewacht bin«, sagte er belustigt.

Stenberg verschränkte die Hände vor dem Bauch und lachte herzlich.

»Nicht alle Fabrikanten sind gleich, Ragnar«, sagte er.

Just da kam ein Windstoß und wehte den Hut von Jacks Kopf. Er erstarrte und warf Stenberg einen erschrockenen Blick zu. Stenberg sah für einen kurzen Moment überrascht aus, aber dann bückte er sich nach dem Hut und gab ihn Jack zurück.

»Mir scheint, das Wetter schlägt um«, sagte er.

Jack blieb sitzen, den Schlapphut auf dem Schoß.

»E-erkennt der Herr Fabrikant mich denn nicht?«, fragte er.

»Ich denke nicht, nein«, sagte Stenberg. »Aber vielleicht sollte ich das?«

»Nja«, murmelte Jack und wusste nicht, wie er fortfahren sollte. Aber nachdem er sich ein wenig gewunden hatte, sagte er: »Tatsächlich heiße ich nicht Ragnar Björk sondern Jack. Jack Jerner. Und ich war schon SELBST in der Zeitung.«

»Was du nicht sagst, das klingt ja spannend«, antwortete Stenberg.

»Spannend, ja danke auch«, sagte Jack. »Da stand, dass ich wegen Kindsraub gesucht werde.«

»Oh«, sagte Stenberg, »nun, das wiederum klingt natürlich nicht so gut.«

»Es war schlechterdings entsetzlich«, sagte Jack. »Und noch dazu eine Lüge, muss der Herr Fabrikant wissen. Das alles war reine Erfindung, um ... ja, um mich zu bestrafen.«

»Um dich zu bestrafen? Wofür denn?«

Jack trank einen Schluck aus der Flasche, stellte sie zwischen seine Beine und fing dann an, die ganze lange Geschichte zu erzählen. Er schilderte, wie Pär Pärsson mir jahrelang weisgemacht hatte, er wäre im Besitz eines Umschlags, in dem der Name und die Anschrift meines Vaters stünden. Er berichtete, wie er selbst vom Hof vertrieben worden war und sich an jenem Abend entschlossen hatte, mir die Wahrheit zu sagen. Wie wir mitten in der Nacht aufgebrochen waren und uns auf den Weg nach Kumla gemacht hatten, und er erzählte, wie schockiert er gewesen war, als er im Kaufmannsladen in Strångsjö das Foto von sich in der Zeitung gesehen hatte.

»Verstehe«, sagte Stenberg, als Jack mit seinem Bericht fertig war.

»Wirklich?«, fragte Jack.

Stenberg nickte. Er wirkte irgendwie ernster. Fast düster.

»Ich glaube … dass ich ganz genau verstehe«, sagte er. »Eine schlimme Geschichte, dass muss ich sagen. Es ist sicher für keinen von euch leicht.«

»Nee«, sagte Jack und trank noch einen Schluck Limonade. »Nee, einen Knoten in einen Kartoffelkloß zu machen wäre einfacher.«

»Hm, ja, das mag sein«, murmelte Stenberg. Ich verstand nicht so richtig, was ihn plötzlich bedrückte, aber ich nahm an, dass ihm unsere Entbehrungen und die Ungerechtigkeiten der Gesellschaft und das alles zu schaffen machten. Aber schon wenig später hatte er sich wieder gefangen und die Uhrenkette auf seinem Bauch lächelte und die Limonade floss kühl und frisch in unsere Kehlen, während wir im wandernden Schatten unter dem Baum saßen.

Als Jack aufstand und sagte, es wäre Zeit für uns, zu gehen, da schlug Stenberg vor, dass wir über Nacht bleiben sollten.

»Es muss doch zermürbend sein, immerzu im Wald zu schlafen«, sagte er. »Soll ich nicht dafür sorgen, dass ein paar unserer Gästezimmer für euch hergerichtet werden? Dann könnt ihr morgen früh nach einem anständigen Frühstück aufbrechen.«

Jack bedankte sich für das Angebot, aber sagte, dass wir dennoch aufbrechen würden. Er erklärte dem Fabrikanten, dass wir uns so an die frische Luft gewöhnt hätten, dass wir nicht darauf verzichten wollten. Ich glaube, in Wirklichkeit war es ihm einfach zu viel, sich in die herrschaftlichen Laken zu wühlen und dann wieder abzuhauen. Auch ein bedürftiger Freiheitskämpfer hatte seine Grenzen.

»Ach so«, sagte Stenberg, »aber wenn das so ist, würdet ihr dann vielleicht mit meiner Feldscheune vorliebnehmen? Da gibt es mehr als genug frische Luft für euch alle. Und reichlich Heu aus dem letzten Sommer.«

»Na gut, was soll's«, antwortete Jack. »Wenn der Herr Fabrikant darauf besteht.«

Stenberg begleitete uns zum Zaun und zeigte uns die Scheune auf dem Hügel, direkt am Waldrand. Aber er ließ uns erst gehen, nachdem er ein großes Fresspaket mit Butterbroten aus der Küche geholt hatte und außerdem noch mehr Limonade und für Lonna eine Flasche Milch.

Er lächelte mich an, als er mir alles überreichte. Es war ein freundliches Lächeln, vielleicht ein wenig mitleidig.

»Ja, dann recht vielen Dank«, sagte ich und packte das Essen in meinen Sack.

»Ach was, nichts zu danken, mein Junge. Ganz und gar nichts.«

Dann machten wir uns auf den Weg zur Scheune. Wir waren kaum ein paar Meter gegangen, da drehte Jack sich plötzlich um.

»Herr Fabrikant?«

»Ja?«

»Ich frage mich schon die ganze Zeit, wie der Herr Fabrikant zu seinen Überzeugungen gelangt ist? Was die Politik betrifft und ... und das Soziale, meine ich.«

Stenberg zögerte ein wenig, aber wohl nicht aus Unsicherheit, sondern vielmehr, weil es ihm so naheging, über diese Dinge zu reden.

»Die habe ich schon als Kind gewonnen«, antwortete er. »Durch ein besonderes Ereignis, es war sehr tragisch. In der Stadt, in der wir wohnten, gab es einen Fluss und eines Morgens sah ich, wie sie einen Welpen aus dem Wasser zogen, der in der Nacht ertrunken war. Alle Erwachsenen gaben seiner Mama die Schuld. Weil sie nicht gut auf den Kleinen aufgepasst habe, sagten sie. Weil sie ihn nachts allein gelassen hatte.

Nun war es aber so, dass die Mama die ganze lange Nacht auf den Beinen gewesen war, um Essen für sich und ihren Welpen zu suchen. In den Abfalleimern im Restaurantviertel konnte man oft noch etwas Gutes finden, aber wenn sie sich tagsüber dort blicken ließ, wurde sie sofort wieder fortgejagt.«

Er stockte. Als er weitersprach, wirkte er bitter, als hätte sich ein dunkler Schatten über ihn gelegt.

»Also zog sie los, sobald der Kleine eingeschlafen war. Schloss die Tür ab und machte sich hastig auf den Weg. Eines Nachts wurde er wach. Natürlich weiß niemand, was genau geschehen ist, aber man kann sich wohl denken, dass er sich einsam fühlte und sich auf die Suche nach seiner Mama gemacht hat. Irgendwie muss er es geschafft haben, das Fenster zu öffnen. Er kletterte auf das Sims, rutschte mit den Pfoten ab. Darunter war nur ein schmaler Gehsteig und gleich daneben schon das Wasser. Ich war damals erst zehn Jahre alt, aber dennoch war es mir vollkommen klar. Die Armut hat diesen Welpen getötet, sagte ich mir im Stillen. Das begreifen die Männer nur nicht, die den Sack mit der Leiche forttragen.«

Jack gab keinen Mucks von sich. Die Geschichte schien ihn regelrecht in Schock versetzt zu haben. Er nickte nur kurz und dann gingen wir, ohne noch ein Wort zu sagen. Als ich mich umdrehte, stand Stenberg immer noch in seinem Garten und schaute uns hinterher.

Er hatte recht mit seiner Vermutung gehabt, dass das Wetter umschlagen würden. Große Wolken waren inzwischen am Himmel aufgezogen, grau und dick wie Wolle. Vielleicht gibt es Regen, dachte ich gerade noch, als sich das Gras zitternd unter einer kräftigen Windböe duckte. Die ersten Tropfen, die fielen, waren klein, aber dann grollte ein Gewitterdonner heran und mit einem Mal schüttete es wie aus Kübeln. Ich kann es nicht mit Gewissheit sagen, aber wäre dieses Unwetter nicht gewesen, hätten wir uns vielleicht nie in die Scheune geflüchtet, sondern hätten wie in all den anderen Nächten unter den Fichten geschlafen. Aber nun blieb uns gar nichts anderes übrig, als zu rennen, so schnell uns unsere Beine trugen. Und während wir rannten, regnete es immer heftiger und bei jedem Schritt spritzten Wasserfontänen an meinen Füßen hoch. Jack sagte, er könne die Wühlmäuse hören, die tief unten in der Erde »Überschwemmung!« riefen.

Wir waren klitschnass, als wir endlich ins Trockene kamen. Ein Teil der Scheune war offenbar als Schafstall genutzt worden – im Lehmboden waren noch die Spuren ihrer Klauen zu sehen. Wir stiegen die Treppe zum Heuboden hoch, zerrten uns die nassen Sachen vom Leib und breiteten sie zum Trocknen aus. Ruffe machte das Scheunenfenster ganz weit auf. Dann setzten wir uns hin, stopften uns mit den belegten Broten voll und starrten in die farblose Regenwand hinaus. Ab und zu rollte ein krachender Donner über den Wald.

»Man könnte mein', es wär Krüg«, murmelte Lonna. Als sie aufgegessen hatte, zupfte sie einen gelben Klumpen aus dem Fell hinter ihrem Ohr, der dort ziemlich lange geklebt hatte. Sie steckte sich das Harz in den Mund, legte sich auf den Rücken und verschränkte die Pfoten hinter dem Kopf. Das Harz quietschte leise, als sie anfing, darauf herumzukauen – das Zahnorchester spielte die Harzgeige.

Nach und nach krochen auch wir anderen ins Heu. Es war noch nicht besonders spät, aber das Trommeln des Regens machte uns schläfrig. Jack nahm seine Zeitung mit dem Bericht über die Witwe Nilson heraus. Er fing an zu lesen, aber er war nicht so richtig bei der Sache. Schon nach ein paar Minuten legte er den Artikel wieder weg. Es war die Geschichte des ertrunkenen Welpen, die ihm nicht aus dem Kopf ging, das war uns allen dreien klar.

Bevor ich einschlief, dachte ich, dass ich mich nun bald von meinen Reisegefährten verabschieden musste. Das Ganze hing natürlich davon ab, wie lange es dauern würde, meinen Vater ausfindig zu machen, aber wenn er erst einmal gefunden war, dann führte kein Weg mehr am Abschied vorbei. Wir würden uns gegenseitig die Hände und Pfoten drücken – und Jack, Lonna und Ruffe würden sich zurück auf die Straße begeben und ihre Wanderung zum Lummersee fortsetzen. Und dann würden wir uns wohl bis an unser Lebensende nicht mehr wiedersehen. Bei dem Gedanken wurde mir schwer ums Herz. An jenem Abend in Hult, während der Donner krachte, als wäre Krieg, herrschte gewissermaßen drinnen wie draußen Regenwetter.

9   In der Nacht wurde ich von einem Schrei geweckt. Es war der herzzerreißendste, verzweifeltste Schrei, den ich je gehört hatte. Ich setzte mich auf. Es muss wohl so gegen drei Uhr morgens gewesen sein. Auf jeden Fall wurde es draußen schon hell. Jack saß da, die Arme um seine Brust geklammert, und weinte.

»He? Was ist denn?«, fragte ich.

Er wischte sich die Tränen von der linken Wange. Erst da fiel mir auf, dass ein Einäugiger nur mit dem halben Gesicht weinen kann. Das sah sehr traurig aus.

»Ach, nur ein Albtraum«, sagte er. Er warf einen verstohlenen Blick zu Ruffe und Lonna, um nachzusehen, ob sie aufgewacht waren, aber sie schliefen tief und fest in ihren Kuhlen.

»Was hast du geträumt?«, fragte ich.

Jack blickte eine Weile durch das Scheunenfenster nach draußen. Der Wolkenbruch war in einen Nieselregen übergegangen. Es sah aus, als würde ein Schleier über den Wiesen hängen. Kein einziger Vogel war zu hören.

»Ich habe von diesem Welpen geträumt«, sagte er. »Dass ich versucht habe, ihn aus dem Wasser zu ziehen. Ich habe Panik bekommen.« Er vergrub das Gesicht in den Pfoten, fing wieder an zu weinen. »Er war so klein und zart. Noch ganz jung, weißt du? Gerade erst geboren. Ich habe die Arme ausgestreckt, aber plötzlich war er weg und ich wusste – ja, das klingt jetzt vielleicht eigenartig – aber in diesem Augenblick wusste ich, dass ich dieser Welpe war. Dass ich versucht habe, mein eigenes Leben zu retten.«

Er sah auf seine krummen Beine hinunter. Ein dünner, klarer Rotzfaden rann über seine Oberlippe.

»Solange ich denken kann, hat es sich immer so angefühlt, als wäre ich ein Besitz«, sagte er. »Weißt du, wenn du nämlich selbst nichts hast, wenn dir selbst nichts gehört, dann bestimmen andere über dich. Ich wünschte, ich hätte etwas. Eine kleine Kate. Einen Platz, der mir gehört. Aber das ist nur ein Traum. Ist man ohne zur Welt gekommen, dann lebt man auch ohne, bis man stirbt.«

»Kann man daran denn nichts ändern?«, fragte ich. »Der Fabrikant Stenberg hat doch gesagt …«

»Ich bin mir nicht sicher, ob das möglich ist«, fiel Jack mir ins Wort. »Deshalb fühle ich mich auch so verflucht leer. Wenn ich meine Zeitungen lese, dann habe ich ein gutes Gefühl. Es tut gut, die Pfoten zu ballen und so. Aber tief drinnen habe ich viele Zweifel.« Er schüttelte den Kopf. »So ein Hundeleben – es ist verdammt noch mal eine Lüge, da rauszukommen. Stenberg hat gut reden. Er kann ja einfach so mit seinen Überzeugungen herumlaufen. Für einen wie ihn ist das ungefährlich. Aber einer wie ich ... einer wie ich muss verflixt mutig sein, um sich zu trauen, die richtige Überzeugung zu haben. Du weißt schon, bis ins Blut.«

Er seufzte tief. Sein Atem roch nach Zahnstein und Eiter.

»In den letzten Jahren auf Norrängen«, sagte er, »habe ich angefangen, mir selbst leidzutun. Es kam immer abends über mich. Ich lag zusammengerollt da und dachte an gar nichts Bestimmtes, wartete einfach nur auf den Schlaf, und ganz plötzlich wurde mir bewusst, dass ich mir schrecklich leidtat. Ich verschwende hier meine Tage, zusammengerollt wie ein Welpe, dachte ich. Liege hier und warte auf den Schlaf – einzig und allein, weil ich nichts anderes habe, auf das ich warten kann. Und doch – als er beschloss, mich fortzujagen, da wollte ich nur eins: bleiben. Wollte weiter sein Besitz sein. Was sagst du nun, Martin?«

Er sah wieder durch das Scheunenfenster nach draußen. Lange saß er so da, mit leerem Blick. Er hatte aufgehört zu weinen, klang ein wenig gedankenverloren, als er sagte:

»In meinem Traum habe ich vergebens versucht, das kleine Leben aus dem schwärzesten Wasser zu retten. Aber als wir beide, du und ich, uns auf den Weg gemacht haben, da habe ich mich wirklich lebendig gefühlt.« Er drehte sich zu mir um. »Dafür bin ich dir dankbar.«

»Ja, aber wirst du nicht glücklich sein, wenn du erst bei der Witwe Nilson bist?«, sagte ich. »So wie du es dir gewünscht hast?«

»Ach das ... das ist ja nur eine Flucht. Ich lasse mich in die Arme einer Wohltätigkeitsdame fallen. Weiß der Kuckuck, ob ihr das alles wirklich wichtig ist. Wahrscheinlich will sie nur in den Himmel kommen. Nee, wenn ich nicht so elendig alt wäre ... Dann wäre ich jetzt vielleicht mutiger. Und dann, mein Freund! Dann hätte mich nichts davon abgehalten, auf die Barrikaden zu gehen.« Er stand auf. »Ich muss pinkeln.«

Er stapfte mit hochgezogenen Knien durchs Heu zur Treppe. Dort drehte er sich um und sah mich mit einem Lächeln an, das so viel bedeutete wie: Nun zerbrich dir nicht den Kopf über mein Elend. Dann verschwand er nach unten. Und ich blieb sitzen und dachte, dass ich mir eigentlich nie den Kopf über Jacks Elend zerbrochen hatte. Also ja, mir war schon ab und zu aufgefallen, dass er schlecht behandelt wurde. Aber um ehrlich zu sein, hatte ich mehr Energie darauf verwendet, Pär Pärsson zu hassen, als Jack zu bedauern. Acht Jahre lang hatten wir unter einem Dach gelebt, ohne uns kennenzulernen. Wir hatten miteinander geredet, aber nur über das Vieh auf dem Hof und die Landwirtschaft, über die verschiedenen Dinge, die zu tun waren. Im Sommer pulten wir zusammen Erbsen. Wir saßen nebeneinander auf der Treppe vor dem Holzschuppen und zwischen uns stand die Schüssel, die mit den graugrünen Perlen gefüllt werden sollte. Aber im echten Leben, dachte ich, sitzt man nicht auf einer Stufe. Da gibt es eine *Ordnung.* Herren – Bauern – Kätner – Armenhäusler, und auf der untersten

Stufe drängten sich die Hunde, unterwürfig und abgemagert bis auf die Rippen.

Ja, so saß ich da und dachte nach und fühlte mich ein bisschen klug, als ich draußen plötzlich Stimmen hörte. Es klang, als würde Jack mit jemandem streiten. Ich kroch zum Scheunenfenster und schaute hinaus. Als ich sah, dass er dort unten mit erhobenen Pfoten auf dem Feld stand, wurde mir vor Schreck ganz schlecht. Vor ihm hatte sich ein dicker, grobschlächtiger Kerl aufgebaut und hielt einen Revolver auf ihn gerichtet. Die Wachtmeistermütze saß wie ein ledernes Gebäckstück auf seinem Kopf. Karl Pira.

Aber es war nicht Karl Pira, den Jack wütend beschimpfte, sondern ein anderer Mann, der direkt daneben unter einem Regenschirm stand – der gute Fabrikant Stenberg. Er war in Gamaschen und einem grünen Mantel gekommen und hatte noch zwei Knechte bei sich, die ziemlich übellaunig aussahen.

»Du Teufel!«, schrie Jack und zitterte an seinem ganzen knochigen Leib. »Du teuflischer Teufel! Mistkerl! Elender Knilch!«

Stenberg bemühte sich, ruhig zu bleiben.

»Ich kann verstehen, dass du aufgebracht bist. Aber der Junge wird vermisst und gehört nach Hause zurück.«

»Du Teufel!«, brüllte Jack, ohne ihm zuzuhören. »Teufel, Teufel, Teufel!«

»Sch-sch-sch-sch-sch«, machte der Bezirkswachtmeister. Seine ganze Art hatte etwas eiskalt Abstoßendes an sich. Er beherrschte die Kunst, zutiefst zufrieden auszusehen, ohne dabei eine Miene zu verziehen. »Sei so gut und lass den Herrn Fabrikant aussprechen.«

Jack sank auf die Knie, kauerte schluchzend in seiner langen Unterhose da, während Stenberg fortfuhr.

»Wie gesagt – ich kann ja verstehen, dass du aufgebracht bist. Aber du hättest wissen müssen ...«

»Was hätte ich wissen müssen?«, heulte Jack. »Dass einer wie du einem wie mir niemals den Rücken freihalten würde?«

»Du hättest wissen müssen, dass es falsch ist, den Jungen mitzunehmen. Sein Wohl liegt in der Verantwortung seines Vormunds, ob ihm das nun gefällt oder nicht. Er kann mit seinen gerade mal neun Jahren nicht einfach herumvagabundieren.«

»Ich habe ihn nicht mitgenommen«, schluchzte Jack. »Ich habe ihn nicht mitgenommen! Er ist selbst gegangen!«

»Dann hättest *du* den Hof zu Hause kontaktieren und deinem Bauern alles erzählen müssen«, sagte Fabrikant Stenberg. »Aber das hast du nicht getan. Und genau deshalb nennt man das Kindsraub.«

Jack weinte und weinte und schüttelte den Kopf. Karl Pira wandte sich an Stenberg.

»Es war sehr aufmerksam von Ihnen, das Telegramm direkt abzuschicken«, sagte er. »Vielen Dank.«

»Ich habe ihn gleich erkannt, als der Wind ihm den Hut vom Kopf geweht hat«, antwortete Stenberg. »Sein Bild war erst vorgestern bei uns im Lokalblatt abgedruckt.«

»Verfluchter Lügner!«, knurrte Jack. »Zum Kuckuck mit dir! Zum Kuckuck mit Lilja und seiner Silbermedaille!«

»Ja, ja!«, schnauzte der Bezirkswachtmeister und spannte den Hahn seines Revolvers, denn jetzt hatte er ganz offensichtlich genug von dem Theater. Und vielleicht liebte er diesen Teil seiner Arbeit am allermeisten. Genau diesen Moment, in dem er den Hahn spannen und noch ein bisschen bedrohlich mit dem Revolver herumfuchteln konnte. Vielleicht war er dann wieder ein kleiner Junge, den die Mama zum Kaufmann geschickt hatte und der unterwegs einem Hund begegnet war, der ihm sein Geld abknöpfen wollte – aber jetzt war ER derjenige, der die Waffe in der Hand hielt. Jahaa, so konnte es einem nämlich auch ergehen, wenn man unschuldige kleine Kinder zu Tode erschreckte. Dann starrte man womöglich plötzlich ins schwarze Auge einer Knarre. Und was sagte man dann, hä? Dann spuckte man auf einmal keine großen Töne mehr!

Er wandte sich wieder an Stenberg.

»Was sagte der Hund, als ihm in die Stirn geschossen wurde?«

»Wie bitte?«, fragte Stenberg.

»Das ist ein Witz«, sagte Pira. »Was sagte der Hund, als ihm in die Stirn geschossen wurde?«

»I-ich weiß nicht?«

»Das hätte auch ins Auge gehen können! Hä-hä-hä!«

Stenberg verzog das Gesicht.

»Wer ist dieser Lilja, von dem gerade die Rede war?«, fragte er.

»Der verdammte Armenanwalt«, schluchzte Jack. »Ich habe ihm geschrieben, ich dachte, er würde mir helfen! Dass er den Bezirksvorsteher zur Vernunft bringen würde!«

»Das ist das Lächerlichste, was ich je gehört habe«, schnaubte Karl Pira. »Bildest du dir wirklich ein, der Bezirksvorsteher würde auf so einen Spinner hören?« Er warf Stenberg einen vielsagenden

Blick zu. »Ich finde ja, dass einer, der sich Rechtsanwalt nennt, seine Zeit lieber nutzen sollte, um ehrbaren Leuten zu helfen, statt sich mit Verbrechern und Lumpenpack abzugeben. Man fragt sich langsam, wo das in Schweden noch alles hinführen soll.«

Stenberg antwortete nicht. Ehrlich gesagt, sah er mittlerweile aus, als bereute er es, diesem Grobian telegrafiert zu haben, aber das ließ sich jetzt natürlich nicht mehr rückgängig machen. Karl Pira räusperte sich.

»Tja, also wenn der Herr Fabrikant wie versprochen bereit wäre, für den Transport zu sorgen, dann könnten wir ja eigentlich los?«

Stenberg nickte.

»Der Wagen und mein Kutscher warten abfahrbereit oben im Hof.«

»Sehr schön«, sagte Karl Pira. Er ließ den Hahn wieder los, steckte den Revolver zurück in die Tasche und zog stattdessen Handschellen heraus, mit denen er Jacks Pfoten fesselte. Dann nickte er den Knechten zu, die daraufhin herbeieilten und Jack vom Boden hochzerrten. Ich sah alles zitternd mit an und der Heustaub blieb im kalten Schweiß auf meiner Haut kleben. Das ist nicht wahr, war das Einzige, was ich denken konnte. Das ist einfach nicht wahr!

Jack schaute Stenberg mit seinem rot geweinten, wässrigen Auge an. Er hatten aufgehört zu fluchen.

»*Sie* scheren sich einen Dreck um das Wohl der Hunde«, sagte er nur und war dabei ganz ruhig. »Sie sind genau wie alle anderen, *Herr Fabrikant.*«

»Das ist nicht wahr!«, brüllte Stenberg und lief dunkelrot an. »Es spielt überhaupt keine Rolle, mit wem der Junge durchgebrannt ist, ich hatte gar keine andere Wahl, als einzugreifen! Tief im Innersten musst du das doch verstehen?«

Jack schwieg. Er drehte das Gesicht zum grauen Himmel und schloss das Auge, als hätte nichts mehr Bedeutung für ihn. Kein Fabrikant, kein Bezirkswachtmeister und keine Arrestzelle, keine reiche Witwe mit Rinderfilets und Fliederhecken, kein Hundeleben und kein Anstand. Für ihn zählten nur noch er selbst und der Nieselregen – jetzt und in Ewigkeit, Amen.

»Gut«, sagte Karl Pira. »Dann fehlt mir ja nur noch der kleine Ausreißer.« Er warf einen Blick zum Scheunenfenster. Ich duckte mich zur Seite, um nicht entdeckt zu werden, aber die belustigte Miene des Bezirkswachtmeisters verriet mir, dass er wohl schon die ganze Zeit gewusst hatte, dass ich dort saß. Durch einen Spalt in der Wand konnte ich sehen, wie er auf die Scheune zuging.

»Wacht auf«, zischte ich und schüttelte Lonna und Ruffe. »Der Wachtmeister kommt! Wir müssen hier weg! Schnell!«

Die beiden sprangen blitzschnell aus dem Heu. Wir schnappten uns hastig unsere Sachen und rannten die steile Treppe hinunter. Ganz hinten in der Scheune, dort wo früher die Schafe gestanden hatten, war eine große Schiebetür. Sie ließ sich kaum von der Stelle bewegen. Wir mussten alle drei drücken und ziehen, während wir schon hörten, wie die Tür auf der Vorderseite mit einem langen Knarren geöffnet wurde.

»Das reicht!«, sagte Ruffe. »Beeilt euch!«

Wir bugsierten unser Gepäck durch den schmalen Spalt und

quetschten uns danach selbst nach draußen. Dann rannten wir schnurstracks in den triefnassen Wald.

Als wir ein Stück entfernt waren, blieb ich stehen und drehte mich um. Dort ging Jack, der von den beiden Knechten zurück zum Hof gebracht wurde, wo der Wagen auf ihn wartete. Der Regen war wie ein wehender Vorhang aus bleigrauen Schnüren. Ich glaube, ich weinte, aber ganz genau weiß ich es nicht mehr.

»He«, zischte Ruffe. »Was machst du denn da, der Wachtmeister ist doch hinter uns her!«

Ich zuckte zusammen. Vorn aus der Scheune stürmte Karl Pira ins Freie. In dieser kurzen Zeit war er bestimmt nicht auf dem Heuboden gewesen. Er musste gehört haben, dass wir durch die Hintertür abgehauen waren.

»Lauft!«, keuchte Lonna. »Lauft um euer Leben!«

Und das taten wir – und Kilas Bezirkswachtmeister verfolgte uns auf großen, schweren Füßen. Zweige peitschten mir ins Gesicht und meine Holzschuhfüße knickten auf dem weichen Waldboden um. Noch nie in meinem Leben hatte ich solche Angst gehabt. Doch. Vielleicht war ich in jener Nacht genauso markerschütternd sterbensverängstigt gewesen, als ich durch das Roggenfeld von Norrängen geirrt war und zu meinem Vater wollte. Es war ja damals so dunkel und die Luft schwirrte so eigenartig vom Zirpen der Grillen. Ich weiß noch, dass ich das Gefühl hatte, ganz allein auf der Welt zu sein – umgeben von einem drückend warmen, pechschwarzen, zirpenden Nichts – und wie erleichtert ich war, als ich Pär Pärsson nach mir rufen hörte. Bislang war mir das noch nie so richtig bewusst gewesen, aber so war es in jener Nacht. Ich wollte, dass er mich findet. Wollte, dass er mich einfängt, mich hochhebt und auf den Arm nimmt.

Und trotzdem musste ich toben vor Wut, als er mich schließlich eingeholt hatte. Musste ihn treten, schlagen und beißen, wo immer ich ihn erwischte. Ich musste ihm meinen ganzen Zorn zeigen, all die brodelnde, blauschwarze Wut, die in mir gewachsen war. Oder besser gesagt: Ich musste sie *jemandem* zeigen – und außer ihm war ja niemand da.

»Hier!«, sagte Lonna und warf sich in einen Spalt unter ein paar große Felsen. Ruffe und ich folgten ihr, verkrochen uns so tief in der engen Höhle, wie wir nur konnten. Dann lagen wir da, mucksmäuschenstill, und spähten nach unserem Verfolger. Es stank schrecklich, vielleicht nach Fuchskacke? Die Farnblätter, die den Eingang verdeckten, bewegten sich immer noch. Wenn dieser Farn nicht bald aufhört zu wackeln, dachte ich mit klopfendem Herz, dann wird er mich finden. Dann hat er den Ausreißer, gefangen wie in einer kleinen Schachtel.

Jetzt tauchte Karl Pira zwischen den Bäumen auf. Er rannte nicht, sondern schob sich schwerfällig und schlurfend durch das Grün. Vor einiger Zeit hatte Jack mir in einer seiner Zeitungen ein Bild vom Dschungel gezeigt. Das Foto hatte ein Professor gemacht, der einen neuen Menschenaffen entdeckt hatte, von dem bis dahin niemand gewusst hatte, dass es ihn gab. Wobei Jack sagte, dass der Affe selbst möglicherweise schon lange, bevor er fotografiert worden war, herausgefunden hatte, dass es ihn gab, aber das war nach Ansicht des Professors wohl von untergeordneter Bedeutung. Auf jeden Fall musste ich an dieses Bild denken, als ich Karl Pira mit schweren Schritten durch die Regenschwaden stapfen sah, die ihn wie Dschungelnebel einhüllten.

Er stellte sich unter einen Baum, zog seine Taschenuhr heraus und notierte die Zeit. Dann steckte er die Uhr wieder ein, verschränkte die Arme vor der Brust und lehnte sich an den Stamm.

»Was macht der denn da?«, flüsterte Ruffe.

»Psst«, zischte ich.

Die Zeit verstrich. Der Bezirkswachtmeister stand einfach nur da. Er betrachtete sichtlich gelangweilt die Natur um sich herum. Ab und zu nahm er die Uhr wieder heraus. Schließlich, nach bestimmt zwanzig Minuten, machte er kehrt und stiefelte zurück zur Scheune.

Inzwischen völlig steif, krochen wir aus unserem Versteck.

»Ich verstehe gar nix mehr«, sagte Ruffe. »Wieso hat er denn jetzt so nichtsnutzig da herumgestanden?«

Die Antwort auf diese Frage wusste ich genauso wenig wie er – aber ich ahnte den Grund: Karl Pira hatte bereits alles bekommen, was er wollte. Einen neuen armen Schlucker, den er in sein Kittchen werfen konnte. Kleine Ausreißer wie ich juckten ihn überhaupt nicht, also warum sollte er mir hinterherrennen? Das Einzige, was er tun musste, war, eine angemessene Zeit zu warten, um dann zu Stenberg zurückzugehen und ihm zu sagen, dass er nach mir gesucht hatte, aber bedauerlicherweise ohne Erfolg. Ja, wie gesagt, ob es wirklich so war, wusste ich nicht, aber es war mir auch egal. Ich sagte nur:

»Ein Nichtsnutz ist und bleibt nun mal ein Nichtsnutz. Und Jack Jerner sitzt jetzt mächtig in der Tinte.«

10 Stundenlang wanderten wir durch Wiesen und Wälder. Wir gingen ohne Ziel und ohne viel miteinander zu reden. Ich war furchtbar verwirrt und die Gedanken wirbelten in meinem Kopf herum wie Fliegen. Ohne Jack fühlte sich alles gähnend leer, fast nackt an. Denn natürlich stimmte es nicht, dass nur Ruffe und Lonna die »Kinder« gewesen waren, das wurde mir jetzt bewusst. Ich war genauso klein und dumm wie sie und genau wie sie hatte ich keinen blassen Schimmer, was wir jetzt tun sollten. Evald Lilja hatte uns im Stich gelassen. Jack würde ins Zuchthaus kommen. *Es gab niemanden mehr, der mir meinen Vater zeigen konnte.*

Sollte ich zurückgehen? Bei Stenberg anklopfen und ihn bitten, mir einen Kutscher und einen mit grünen Zweigen geschmückten

Pferdewagen bereitzustellen – um dann wie ein kleiner Prinz durch Norrängens Gatter auf den Hof zu rollen und zu sagen: »Lange nicht gesehen! Und nun will ich Rüben verziehen!«

Nein, niemals! Lieber wollte ich bis ans Ende meiner Tage als Landstreicher leben. Ich ließ mich auf einen Stein sinken. Mir kamen die Tränen. Bislang hatte ich immer darauf geachtet, dass Lonna und Ruffe mich nicht weinen sahen, aber darauf kam es jetzt auch nicht mehr an.

»Weiß der Kuckuck«, schluchzte ich. »Weiß der Kuckuck, was wir jetzt machen sollen.«

»Versuch mal, öntgegen der Sonne Lauf üm Kreis zu gehn«, sagte Lonna.

»Hä?«, fragte ich.

»Frau Hanna war zwar garstig, aba vom Hellsehn hat sie was verstandn. Un sie hat gesagt, dass du öntgegen der Sonne Lauf üm Kreis gehn musst, wenn du Erfolg ham wüllst.«

»Oder dass ich dann als verirrte Seele enden werde«, sagte ich. »Wie du dich vielleicht erinnerst.«

Lonna dachte kurz nach.

»Schon, aba ... es kann ja nüch schaden, es trotzdem zu versuchn. Weil verirrter als jetz kanns ja einglich kaum noch werdn. Fünde ich.«

Ich wischte mir die Tränen aus dem Gesicht. Der Nieselregen hatte endlich aufgehört. Im Süden hellte sich sogar der Himmel langsam auf.

»Gut, dann versuche ich es«, sagte ich und dann ging ich gegen den Uhrzeigersinn einmal um den Stein herum, auf dem ich gerade gesessen hatte, und Lonna beobachtete mich dabei ganz genau.

»Versuchs noch mal«, sagte sie, als ich fertig war und sich nichts getan hatte.

Ich drehte noch eine Runde.

»Noch mal«, sagte Lonna.

»Hm, ja, ist gut«, sagte ich und umrundete den Stein ein drittes Mal.

Und so ging es immer weiter: Ich marschierte um diesen verflixten Stein herum wie ein Mühlenpferd, Runde um Runde, und in meinem ganzen Leben war ich mir noch nie so albern vorgekommen. Am Ende war mir so schwindelig, dass ich über meine eigenen Füße stolperte und mir das Knie aufschlug.

»Aua, verdammt«, schimpfte ich. »Mir reicht es jetzt mit dem Blödsinn. Verstanden? Lonna? Hörst du mir zu?«

Nein, Lonna hörte nicht zu. Sie war plötzlich ganz steif geworden. Ihr Nackenfell war gesträubt wie eine Bürste. Sie starrte zum Horizont, wo sie eine lange schwarze Raupe entdeckt hatte, die sich sehr schnell fortbewegte. Darüber hing eine riesige Rauchwolke.

»Pfui, pfui, pfui, spuck' ich, Teufelspack, verzüh' düch!«, zischte Lonna und spuckte auf den Boden.

Es war die Eisenbahn, die sie gesehen hatte. Genauer gesagt einen Zug, der den Streckenabschnitt Hallsberg–Örebro befuhr, der wiederum zur Westlichen Stammbahn Krylbo–Mjölby gehörte, die im Dezember 1900 für den allgemeinen Verkehr freigegeben worden war.

In diesem Moment machte ich mir keine großen Gedanken darüber. Ich schulterte Jacks Reisetasche und sagte:

»Na ja, nichts wird besser davon, dass wir noch länger hier herumstehen. Und wenn ihr wissen wollt, was *ich* von Moor-Hannas seherischen Fähigkeiten halte … Ach, lassen wir das. Kommt.«

Und dann gingen wir. Ruffe trug meinen Sack und Lonna trug nichts als ihre Angst vor Dampflokomotiven und dem Teufel. Während wir durch das nasse Gras stapften, murmelte sie ununterbrochen den Vers, den Moor-Hanna ihr offenbar beigebracht hatte – und von dem sie hoffte, dass er sie vor dem Leibhaftigen und seinem Zug beschützen würde.

Und als sie da so murmelnd neben mir herging, da wusste ich auf einmal, was wir tun mussten. Die Idee kam so überraschend, dass ich stehenblieb.

Ruffe merkte sofort, dass etwas im Busch war.

»Was is'n?«, fragte er.

Ich schüttelte den Kopf und nickte in Lonnas Richtung, wie um ihm zu sagen: »Jetzt nicht.«

Wir beschleunigten beide unseren Schritt, und als wir ein gutes Stück vor ihr waren, beugte ich mich zu ihm und erzählte ihm von meinem Einfall: Wir würden mit dem Zug an den Lummersee fahren. Geld für die Fahrkarten hatten wir mehr als genug. Dort angekommen, würden wir schnurstracks zur Witwe Nilson gehen. Auf Liljas Hilfe brauchten wir nicht zu hoffen – aber sie! Sie war eine Frau von Ehre und ein *echter* Hundemensch. Noch dazu war sie reich. Sie würde uns helfen, das wusste ich einfach! Sie würde Himmel und

Hölle in Bewegung setzen, wenn sie erfuhr, wie ungerecht Jack behandelt worden war. Sie würde Briefe schreiben, Telegramme verschicken, telefonieren – und nachdem sie so einen guten Draht zu den Zeitungen hatte, konnte sie vielleicht sogar dafür sorgen, dass ein Artikel über die ganze Geschichte gedruckt wurde! Auf diese Weise würde Jack bestimmt aus dem Arrest freigelassen – und wir konnten die Suche nach meinem Vater fortsetzen.

Ruffe fand meinen Plan gut. Ihm leuchtete allerdings auch ein, dass der Teil mit der Eisenbahn nicht einfach werden würde, und so einigten wir uns darauf, dass wir Lonna erst mal noch nichts davon erzählen würden. Das war vielleicht ein bisschen gemein, aber uns war beiden klar, dass wir keinen Schritt weiter als bis zu diesem Feld gekommen wären, wenn sie hier und jetzt erfahren hätte, was wir vorhatten.

Also sagten wir ganz einfach, dass wir fanden, wir sollten nach Kumla gehen, um uns auszuruhen und etwas zu Essen zu besorgen, und damit war Lonna einverstanden. Während die Sonne die letzten Tautropfen auf dem Gras trocknete, wanderten wir mit neuer Hoffnung weiter auf den fernen Horizont zu.

Am nächsten Tag um die Mittagszeit gingen wir ein »Trottoir« entlang. Für Lonna und mich war es das erste Mal. Ruffe dagegen benahm sich, als hätte er noch nie etwas anderes getan, als Trottoirs entlangzugehen. Er wirkte geradezu gelangweilt von all dem Fantastischen, dem mit Steinen Gepflasterten, diesem lärmenden Bauwerk namens Kumla. Der Dampf zischte und überall aus den Häusern stieg Rauch auf. Mit Kisten und Kartons beladene Pferdefuhrwerke rollten klappernd an uns vorbei. Wir sahen nicht weniger als *drei* Automobile und etwas außerhalb, in Sannahed, fanden Schießübungen statt und das Knallen war weithin zu hören.

Mein Herz klopfte unruhig. Hier war ich nun, an dem Ort, an dem ich, kaum ein Jahr alt, verlassen worden war, und irgendwo hier hielt sich wohl auch mein Vater gerade auf. Egal wohin ich blickte, glaubte ich einen schmucken Mann mit blonden Haaren zu sehen. Aber eigentlich war keiner von ihnen schmuck genug – und dann entdeckte ich auf einmal einen, der mir *zu* schmuck erschien. Ja, so ging das die ganze Zeit und ich fand mich schon selbst lächerlich. In einer Konditorei, die *Lillys* hieß, kauften wir uns Kuchen und wir sahen uns die Schaufenster von unzähligen spannenden Geschäften an. Hier in Kumla gab es alles, von Schweinsfüßen bis hin zu Damenschlüpfern mit Spitze.

Und so kamen wir an den Bahnhof. Es tut mir immer noch weh, wenn ich an Lonnas Gesicht in diesem Moment zurückdenke: als ihr klar wurde, dass wir sie ausgetrickst hatten und dass sie in das Eisenschiff des Teufels einsteigen sollte.

»Die kann ich tragen«, sagte ich und nahm ihr die Kuchenschachtel ab. Ihre Pfoten zitterten wie Espenlaub. »Weißt du, ich selbst bin auch erst einmal Zug gefahren, als ich ein Säugling war. Also für mich ist das auch neu!«

Lonna antwortete nicht. Sie bebte nur. Ihr Nackenfell war gesträubt und ihre Augen waren vor Angst weit aufgerissen.

»Wenn du die Funken am allerschlimmsten findest«, sagte ich,

»dann sollten wir uns nicht raus auf die Plattform stellen. Wir setzen uns rein – und Ruffe besorgt Fahrkarten für die ZWEITE KLASSE, na, was sagst du? Da gibt es gepolsterte Sitze!«

Lonna schwieg immer noch. Ein leises Zischen stieg aus ihrem Rachen und nach einer Weile gelang es ihr, das Geräusch »PF-f-f-f-i-i-i« zu formen. Das war dieser Spruch, den sie aufsagen wollte, aber offensichtlich reichte ihre feuchte Munition nur noch für »Pf-f-i-i«.

Ich seufzte und schaute hilfesuchend zu Ruffe. Er zuckte mit den Schultern. Man sah ihm an, dass sie ihm leidtat. Am liebsten hätte er wohl gesagt: »Ach, was soll's, dann gehen wir eben zu Fuß.« Aber von Jack wussten wir, dass der Lummersee weit unten in Västergotland lag. Zu Fuß würden wir eine Ewigkeit brauchen.

»Kümmer du dich um die Fahrkarten«, sagte ich. »Ich löse dieses Problem hier.«

Ruffe nahm sich ein paar Scheine aus der Reisetasche und verschwand zum Bahnhofsgebäude. Es sah aus wie ein riesengroßer Hexenhut mit Schornsteinen.

Während er weg war, gab ich mein Bestes, um Lonna zur Vernunft zu bringen. Ich versuchte es mit allen Kniffen. Ich lobte sie, ich war verständnisvoll, ich munterte sie auf. Ich versuchte es mit Sachen wie »Du hast doch so viel Mumm!« und »Sogar ganz kleine Welpen fahren gern mit dem Zug!«. Doch ganz egal was ich sagte, Lonna stand immer noch zitternd da.

Ruffe kam mit den Fahrkarten zurück.

»In sieben Minuten fährt er ab«, sagte er. »Wir müssen uns also ein bisschen sputen.«

Ich weiß nicht, was ich mir in diesem Moment dachte – oder ob ich überhaupt etwas dachte. Ich sagte nur zu Ruffe, er solle sich unser ganzes Gepäck schnappen, und dann schlang ich meine Arme um Lonna und hob sie hoch.

»Wohin müssen wir?«, keuchte ich.

»Wir fragen den Bahnhofsvorsteher«, sagte Ruffe und machte eine Kopfbewegung.

So kam es, dass ich am 26. Mai am Bahnhof in Kumla Dånsjös kleine Lonna an Bord der Eisenbahn hievte, obwohl sie hoch und heilig geschworen hatte, niemals mit so einem Ding zu fahren. Sie trat nicht um sich und schlug mich auch nicht, sie sagte kein Wort. Das Einzige, was sie tat, war, mir hektisch ins Gesicht zu hecheln – und ich kann nur sagen, bei dem Geruch, der mir aus ihrem Maul entgegenschlug, bei dem hatte der Teufel auf jeden Fall seine Finger im Spiel.

Als der Bahnhofsvorsteher anfing, die Waggontüren zu schließen, saß ich auf meinem Platz und drückte die Stirn an die Fensterscheibe. Eine kalte, schmerzende Unruhe rumorte tief in meinem Bauch. Wie ein Tier im Winterschlaf, das sich fragt, ob es schon Zeit ist, aufzuwachen. Nun würde ich also von meinem Vater *weg*fahren. Obwohl ich mich, solange ich denken konnte, danach gesehnt hatte, ihm nahe zu sein. Noch war Zeit, aus dem Zug zu springen. Man könnte ja vielleicht durch die Straßen wandern und bei jedem blonden, schicken Mann stehen bleiben und fragen: »Bist du mein Vater? Martin ist mein Name!«

Herrje, was für eine dumme Idee, dachte ich. Man ist ja wohl nicht ganz richtig im Kopf.

Da stieß die Lok ein lautes Zischen aus und der Zug setzte sich in Bewegung. Lonna war unter den Sitz gekrochen und hatte sich versteckt.

Kaum waren wir losgefahren, da kamen wir auch schon in Hallsberg an, wo wir umsteigen mussten. Es war wirklich Glück, dass wir Ruffe dabeihatten, der dafür sorgte, dass wir im richtigen Zug landeten. Er zerbrach sich gar nicht erst den Kopf über die vielen Schilder, die hierhin und dorthin zeigten und den Anschein erweckten, als wären sie lebenswichtig. Er konnte sie natürlich genauso wenig lesen wie ich – aber er konnte irgendwelche Leute ansprechen und sie *fragen*. Er sagte einfach: »Heda, dürfte ich Sie mal was fragen?« Und schon war die Sache geritzt. Ich hätte mich das niemals getraut. Ich kam mir vor wie ein Landei. Und außerdem schleppte ich ja Lonna mit mir herum, was bestimmt ziemlich komisch ausgesehen haben muss.

Nachdem uns jemand das richtige Gleis gezeigt hatte, mussten wir noch fast eine Stunde warten. Wir hatten eine freie Bank gefunden und uns hingesetzt. Ruffe klappte den Deckel der Konditoreischachtel auf und schnupperte.

»Vielleicht sollten wir die besser aufessen, ehe sie noch schlecht werden?«, sagte er.

»Klingt gut«, antwortete ich – und dann machten wir uns über die cremigen Kuchen her. Aber Lonna brachte keinen Bissen herunter. Sie saß nur da, hielt ihr Stück in den Pfoten und starrte einen Zug an, der jeden Moment abfahren sollte. Über der Lok qualmte es wie nichts Gutes. Der Lärm war ohrenbetäubend. Dann ertönte obendrein auch noch ein lautes Pfeifen. Und plötzlich schoss ein Funkenregen aus dem Schornstein in die Höhe.

»E-er is da!«, zischte Lonna. »Der Leibhaftige!«

»Aber nicht doch«, erwiderte ich. »Weißt du nicht mehr, was Jack gesagt hat? Man kann alles mit Wissenschaft erklären. Diese Funken da entstehen, wenn der Heizer den Kessel anfeuert. Und schau, dort drüben, da steht noch ein anderer Zug, der genauso Funken sprüht. Wie soll der Teufel denn in beiden Schornsteinen gleichzeitig sitzen können?«

Ein Schimmer glomm in Lonnas Augen auf. Sie schien gründlich über meine Worte nachzudenken. Langsam hob sie ihren Kuchen hoch und biss davon ab. Sie sagte nichts mehr, aber nach dem ersten Happen ging der Rest schon leichter hinunter. Und als unser Zug einfuhr und es Zeit war, einzusteigen, ja, da stieg sie tatsächlich auf eigenen Pfoten an Bord.

Still und sehr aufmerksam saß sie auf ihrem gepolsterten Platz, als wir Hallsberg verließen. Sie fuhr mit der Pfote über den Sitzbezug, hob den Blick und betrachtete die Gepäckablage unter der Decke. Sie musterte die Männer, Frauen und Kinder, die ebenfalls mit der Eisenbahn fuhren und die jemandem auf dem Bahnsteig winkten, den sie kannten. Da hob Lonna die Pfote und winkte einem fremden Mann und der Mann winkte überrumpelt zurück. Lonna drehte sich zu mir um.

»Ob man vülleicht doch ma auf diese Plattform da rausgehn sollte?«, fragte sie.

»Na klar, wenn du willst«, antwortete ich.

Lonna nickte und rutschte von ihrem Sitz herunter.

Die Plattform befand sich am Ende jedes Waggons draußen vor der Tür. Ein Geländer sorgte dafür, dass man sicher im wirbelnden Ruß der Lokomotive stehen und die vorbeiziehende Landschaft bewundern konnte. Lonna war gerade groß genug, um das Kinn auf dem Geländer abzulegen. Der Zug hatte jetzt richtig Fahrt aufgenommen und der Fahrtwind zerzauste ihr struppiges Fell. Sie beobachtete die Funken, die aus dem Schornstein regneten. Dann versuchte sie, ein bisschen zu schreien, so wie Jack es damals an dem Waldsee gemacht hatte. Und als sie ein paarmal geschrien hatte, fing sie plötzlich an zu singen. Ich weiß nicht, wie ich das Gefühl beschreiben soll, das mich bei ihrem heiseren Gesang überkam, aber es war wohl am ehesten eine Mischung aus eisigem Schaudern und unvergleichlichem Glück. Es war der alte Gassenhauer *Drum denk an die Zeit*, den sie hervorkrächzte. Das Lied fängt so an: *Sag, wie alt ist deine Hündin, grau wird langsam schon ihr Fell.* Ich denke, die meisten von euch kennen es bestimmt, aber für den Fall, dass jemand ein oder zwei Verse vergessen hat, findet ihr das Lied weiter hinten im Buch. Ruffe und ich sahen uns verstohlen an, während wir ihr zuhörten. Ja, Donnerwetter, sagten wir mit unseren Blicken. Donnerwetter, das hat ja mal richtig gut geklappt.

Einerseits war es ein schreckliches Gefühl, dass Jack nicht bei uns war. Aber andererseits war es vielleicht besser so, denn ich glaube, dass er diese Art Lieder eigentlich nicht ausstehen konnte.

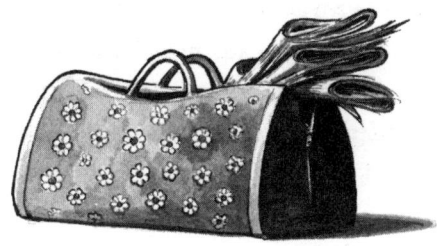

11 Als wir am nächsten Tag wach wurden, kann es allerhöchstens fünf Uhr früh gewesen sein. Wir waren am Abend in Falköping angekommen, hatten uns Brot und Milch besorgt und dann im Wald übernachtet. Von unserem Geld waren immer noch hundertsiebzig Kronen und fünfzig Öre übrig. Für dieses Vermögen hätten wir natürlich auch in einem Gasthof schlafen können, aber wir hielten es für klüger, zu sparen.

Wir hatten uns ein wenig Sorgen gemacht, dass es schwierig werden könnte, herauszufinden, wo die Villa Solsäter lag. Der Lummersee war ja womöglich groß und das Ufer kilometerlang. Aber jeder, dem wir begegneten, warf einen Blick auf Ruffe und Lonna und wusste sofort, wohin wir wollten. Ruffe hatte kaum angesetzt, mit seinem »Heda, dürfte ich Sie mal was fragen?«, da zeigten sie uns schon die Richtung. Offensichtlich waren Frau Nilson und ihre Barmherzigkeit überall in der Gegend bekannt. Die letzte Magd, die ihren Zeigefinger ausstreckte, sagte, dass der Weg noch gut eine halbe Stunde dauern würde.

Nun kam es natürlich darauf an, einen guten Eindruck zu machen. Als wir an einen Bach kamen, hockten wir uns hin und wuschen uns. Ruffe kannte sich aus mit diesem »Herausputzen«. Er kämmte und scheitelte meine Haare und dann machte er auch noch unsere Hemden in dem glitzernden kalten Wasser sauber. Er drehte sie zu harten Würsten zusammen, wrang sie kräftig aus und dann ließen wir sie an unseren Körpern fertig trocknen. Zum Schluss kam ihm noch eine andere Idee, und zwar in der Wiese neben dem Bach einen Blumenstrauß zu pflücken.

»Man weiß ja schließlich, was den Damen gefällt«, sagte er, während er durch das hohe Gras pflügte und ihm die Schnecken aus dem Fell kullerten. Bei diesen Worten warf er Lonna einen schnellen, sehr vorsichtigen Blick zu. Ob Lonna sich jemals wie eine Dame gefühlt hatte, das weiß ich nicht. Aber auf jeden Fall starrte sie den Strauß mit großen Augen an und fragte sich wohl, ob sie nur ohnmächtig oder lieber gleich tot umfallen sollte.

Und dann machten wir uns frisch gescheitelt, mit Blumen und allem Pipapo wieder auf den Weg. Das Wasser des Lummersees glänzte wie Schmieröl unter uns im Tal. Ich glaube, uns war allen ziemlich feierlich zumute. Hätten wir zur Schule gehen dürfen, man hätte meinen können, wir wären unterwegs zu unserem Examen!

Und dann kam der Moment, in dem wir die Villa Solsäter sahen. Besser gesagt: Das erste, was wir sahen, waren zwei verwahrloste Hunde, die eine Kommode den Kiesweg hinunterschleppten. Sie beachteten uns kaum, als sie an uns vorbeischlurften, und als sie durch das Gartentor bogen, sagte der eine zum anderen:

»Ich schätze, in der Stadt bekommen wir mindestens zehn Kronen für das Ding.«

»Mhm, ist halt nur 'ne ganze Ecke zu tragen«, murmelte der andere.

Wir schauten den beiden verblüfft hinterher.

»Was zum Kuckuck war das denn?«, fragte ich.

Lonna zuckte mit den Schultern.

»Vülleicht hatter der Frau nich mehr gefalln. Der Schrank da, mein ich.«

Wir gingen den Kiesweg hoch zum Haus. Es war sehr groß und sehr rosa und hatte drei Stockwerke. Es war eine von diesen verschnörkelten Villen, die von oben bis unten mit Holzschnitzereien verziert waren. Die meisten Fenster standen offen, aber komischerweise waren mehrere Scheiben zerbrochen.

»Du«, sagte Ruffe und knuffte mich in die Seite. Er nickte zu einer Gestalt, die unter einem Fliederbusch schlief. Es war eine Hündin. Sie wirkte völlig weggetreten. Der Bauch unter ihrem schief geknöpften Mantel wölbte sich wie ein riesiger, aufgeblähter Teig. Fliegen schwirrten um eine leere Weinflasche herum, die neben ihr im Gras lag.

»Was zum Kuckuck?«, murmelte ich.

Aus dem zweiten Stock strömte Grammofonmusik nach draußen, irgendein Ziehharmonika-Walzer, und außerdem hörten wir Gelächter und Geschrei. Es klang, als würde jemand feiern, was auch ein bisschen merkwürdig war, denn es war ja gerade erst Vormittag. Wir betraten die knarrenden Stufen vor der Veranda. Die Eingangstür stand sperrangelweit offen.

»Ist jemand zu Hause?«, rief ich.

Aber niemand antwortete und da gingen wir einfach hinein. Die Diele war unmöbliert. Alles, was man sah, waren bergeweise Klamotten und Schuhe, die auf dem Boden herumlagen. Wir gingen geradeaus weiter und kamen in einen großen Raum. Ich denke, es war wohl so eine Art Salon. In der Mitte stand eine Sitzgruppe aus durchgesessenen und zerschlissenen Sofas. Vor der Wand stapelten sich Bücher bis unter die Decke. Mir dämmerte erst später, dass dort ursprünglich mal Regale gewesen waren, die irgendjemand weggeschleppt hatte. Ja, und dann waren hier und da noch Polster bereitgelegt worden und überall waren Hunde. Noch nie in meinem Leben hatte ich so viele Straßenköter auf einmal gesehen. Wenn sie nicht humpelten und gebrechlich waren, dann hatten sie rote Triefaugen und sahen völlig zerlumpt aus, aber es waren auch verkommene Gestalten darunter, mit Gürteln, an denen reihenweise Waffen baumelten. Einige schliefen, manche würfelten um die Wette. Andere hatten die Köpfe zusammengesteckt und unterhielten sich leise, wieder andere lagen mit einer Zigarette im Maul herum und starrten Löcher in die Decke. Es stank nach Rauch, Bier und Hundehäufchen. Ruffe und Lonna schauten mich fragend an.

»Das kann nicht sein«, murmelte ich. »H-hier stimmt was nicht.«

Ich stellte Jacks Reisetasche ab und fing an, nach der richtigen Zeitung zu suchen, aber ziemlich schnell wurde mir klar, dass sie wohl auf dem Heuboden in Hult liegen geblieben war.

»Heda«, sagte ich zu einem Köter, der aufgestanden war und gerade gehen wollte. »Weißt du, ob dieser Ort schon mal in der Zeitung stand?«

»Das weiß doch jeder, Mann.« Er zeigte auf einen gerahmten Zeitungsartikel an der Wand. Ich ging näher. Ja, das war genau der Bericht, den Jack mir zu Hause auf Norrängen gezeigt hatte. Ich erkannte das Foto der feinen Dame wieder, die auf einem Sofa saß, umgeben von lächelnden, zahnlosen Hunden. Das Sofa musste wohl dasselbe sein, das hier in diesem Zimmer stand.

»Kannst du lesen?«, fragte ich.

»Nee«, sagte der Köter belustigt.

»Und was ist mit Zahlen?«

»Ja-a, die erkenne ich natürlich.«

Nun kannte ich mich mit Zahlen ja eigentlich auch aus, aber wenn es um größere Zahlen ging, wurde ich manchmal unsicher.

»Was steht da oben?«, fragte ich. »Am Rand.«

Der Köter kniff die Augen zusammen.

»1907«, sagte er.

1907, dachte ich. Das ist drei Jahre her. In der schönen Villa Solsäter hatte sich mit anderen Worten einiges verändert, seit jemand von der Zeitung hier gewesen war. Gott sei Dank blieb Jack der Anblick dieses Elends hier erspart. Ich wandte mich wieder an den Köter. Er hatte einen zerkauten Zahnstocher im Maul und ich hatte den Eindruck, dass er nur damit herumlief, weil er das irgendwie schneidig fand.

»Wo ist denn die Dame des Hauses?«, fragte ich.

»Hä? Wer?«

»Frau Nilson. Der die Villa gehört.«

»Ach so, die. Na, ich nehme an, dass sie wie üblich in ihrem Schaukelstuhl sitzt. Und schaukelt und schaukelt.« Er zeigte mit der Pfote vage nach oben. »Dann macht's mal gut«, sagte er und verschwand in Richtung Haustür. Auf der Veranda begegnete er einem anderen zerlumpten Hund, den er anscheinend nicht leiden konnte, denn die beiden fingen sofort an zu knurren und sich gegenseitig zu beschimpfen und dann hörten wir das Klirren von Flaschen, die zu Bruch gingen. Die Stimmung war, gelinde gesagt, lausig.

»Lasst uns oben nachschauen gehen«, sagte ich zu Lonna und Ruffe. Die beiden nickten und trotteten hinter mir in die Diele.

Wir gingen die Treppe hoch und machten uns daran, die Zimmer abzusuchen. In den meisten gab es einen kleinen Kamin mit Kochplatte. Wahrscheinlich war das Haus von Anfang an so gebaut worden, dass man Untermieter beherbergen konnte. Aber sämtliche Räume waren zur Hälfte geplündert und überall war Unordnung. Wenn irgendwo ein Hund schlief, den wir aus Versehen weckten, dann wurden wir ziemlich grob beschimpft.

Schließlich fanden wir die Kammer, in der die Witwe Nilson in ihrem Schaukelstuhl saß. Ihre langen grauen Haare schimmerten wie Silber im Sonnenlicht, das durchs Fenster fiel. Wir begriffen sofort, dass hier nicht alles zum Rechten stand. Sie strahlte etwas Fusseliges, Verwirrtes aus, aber dabei wirkte sie nicht traurig, ganz im Gegenteil. Sie saß schaukelnd auf ihrem Stuhl, blickte hinaus auf ihre verwilderten Fliederbüsche und lächelte dabei wie ein kleines Kind. *Altersvergesslichkeit* nennt man das wohl, wenn ein alter Mensch sich verändert und wirr im Kopf wird. Manche vergessen, wie sie heißen oder wie man sich anzieht und alles möglich andere.

»Guten Morgen«, sagte sie, als sie uns bemerkte. »Habt ihr gut geschlafen?«

»Hrm, ja«, antwortete ich. »Das heißt, tatsächlich sind wir gerade erst angekommen. Ich heiße Martin, guten Tag. Ich würde gern ein paar Worte mit Ihnen wechseln, werte Frau. Wenn Sie damit einverstanden sind?«

»Aber ja«, sagte sie. »Wie schön.«

Ich setzte mich auf einen Hocker. Offenbar hatten die Möbeldiebe, die auf Solsäter ihr Unwesen trieben, zumindest die Sachen in Frau Nilsons Kammer in Ruhe gelassen. Es gab sogar ein Bett mit einem leuchtend weißen Laken. Vielleicht weil sie nie darin schlief? Vielleicht saß sie auch nachts in ihrem Schaukelstuhl?

»Ja, also, ich wollte fragen, ob Frau Nilson uns vielleicht in einer Angelegenheit helfen könnte«, sagte ich. »Es geht um einen Freund von uns, sein Name ist Jack Jerner. Er steckt in Schwierigkeiten. Man hat ihn ins Gefängnis gesteckt, obwohl er unschuldig ist.«

Frau Nilson blinzelte mit ihren kleinen, wässrigen Augen.

»Wie schön«, sagte sie.

»Na ja ... eigentlich nicht? Ich meine, er ist ja, wie gesagt, unschuldig, und deshalb wollte ich fragen, ob die werte Frau vielleicht etwas tun könnte, um ihm zu helfen?«

Frau Nilson hörte auf zu schaukeln. Sie hatte den Blick auf Lonna geheftet. Lonna, die merkte, dass sie auf einmal auserkoren war, wurde sehr nervös und schnäuzte sich gleich zweimal hintereinander in ihren Hemdsärmel.

»Wer ist das da?«, fragte Frau Nilson.

»Das ist Lonna«, antwortete ich. »Ich bitte um Verzeihung. Sie weiß, dass sie eigentlich ein Taschentuch benutzen sollte.«

Frau Nilson lächelte.

»Komm mal her«, sagte sie.

Lonna schluckte. Am liebsten wäre sie wahrscheinlich weggelaufen. Aber sie nahm ihren ganzen Mut zusammen und näherte sich mit langsamen Schritten dem Schaukelstuhl. Als sie ganz nah war, streckte Frau Nilson eine Hand aus und streichelte ihr die Wange.

»Lonna«, sagte sie. »Was für ein hübscher Hund du bist, Lonna.«

Lonna wusste nicht, was sie sagen sollte. Sie sah sich unsicher um, fragte sich vielleicht, ob irgendwo eine Brille lag, die eigentlich auf Frau Nilsons Nase sitzen sollte.

»Fü...fündet die Frau müch hübsch?«, fragte sie ungläubig.

»Ja-a«, sagte Frau Nilson ernsthaft, »das finde ich. Ich finde, dass Lonna ein sehr hübscher Hund ist.«

»Hrm-hrm«, räusperte ich mich. »Also, jedenfalls wollte ich

fragen, ob Frau Nilson womöglich jemanden anrufen könnte, der die Sache wieder in Ordnung bringt. Irgendeinen Bezirkshauptmann oder wer da so zuständig ist.«

»Sag, Lonna, möchtest du sehen, was ich in meiner Kommode habe?«, fragte Frau Nilson.

»Ja«, sagte Lonna.

Frau Nilson stand auf und ging zu einer kleinen weißen Kommode. Sie zog die oberste Schublade auf und nahm einen Plüschhund heraus. Er sah alt aus und stammte vermutlich noch aus der Zeit, als sie selbst ein Kind gewesen war.

»Den darf sonst niemand halten«, sagte sie. »Aber Lonna darf ihn ein bisschen in den Arm nehmen.«

»Ja«, sagte Lonna wieder und setzte sich auf die Bettkante. Und während sie dort saß und den Plüschhund festhielt, erzählte ich weiter von Jack und bemühte mich, alles so ausführlich zu schildern wie möglich. Ich beschrieb, wie schändlich er vom Hof gejagt worden war, obwohl er so betagt war und nur noch ein Auge hatte. Wie sehr er sich gewünscht hatte, in die Villa Solsäter zu kommen, um dort ein anständiges Leben zu führen. Ich berichtete, wie mein Vormund ihm zur Strafe den Bezirkswachtmeister auf den Hals gehetzt hatte – und zuletzt log ich, dass sich die Balken bogen, und behauptete, dass Karl Pira ihn in jener Nacht in Hult grün und blau geschlagen habe. Frau Nilson nickte die ganze Zeit, aber sie konnte den Blick nicht von Lonna losreißen. Als ich mit meiner Geschichte fertig war, sagte sie:

»Es hat mich gefreut, von deinem Freund zu hören. Ich wünsche ihm viel Erfolg und Wohlergehen.«

»Ja … äh … Danke«, murmelte ich. Ich drehte mich zu Ruffe um, in der Hoffnung, dass er noch einen schlauen Einfall hatte, aber er schüttelte nur matt den Kopf. Es war sinnlos. Außerdem hatte er vergessen, den Strauß zu überreichen, was vielleicht auch besser war, denn die Blumen hatten inzwischen auch keine Lust mehr und ließen schon welk die Köpfe hängen.

Frau Nilson wandte sich an Lonna.

»Wollen wir ihn jetzt wieder zurücklegen?«

»Ja«, sagte Lonna und gab Frau Nilson den Plüschhund zurück, die ihn wieder in die Kommode räumte. Sorgsam schob sie die Schublade zu.

»Du darfst jederzeit zu mir kommen und ihn dir ein Weilchen ausleihen«, sagte Frau Nilson.

»Ja«, sagte Lonna. Dann besann sie sich und fügte mit einem hastigen Diener hinzu: »Vüln Dank.«

12 Wir fanden ein Kabuff im obersten Stock, in dem wir erst mal bleiben konnten. Als gerade keiner in der Nähe war, klauten wir uns unten im Salon eine Matratze. Sie hatte eine Menge verdächtig gelbe Flecken, aber eine bessere Schlafunterlage gab es nicht. Wir waren vollkommen erledigt. Zum jetzigen Zeitpunkt schmorte Jack wahrscheinlich in einer Arrestzelle in Gråtbacken. Wie lange würde Karl Pira ihn dort festhalten? Ich hatte keine Ahnung und ich hatte keinen Plan, wie mein Leben auf Erden weitergehen sollte. Unsere hundertsiebzig Kronen und fünfzig Öre versteckten wir unter einer losen Bodendiele. Wenn man bedachte, wie verwahrlost die Hunde in diesem Haus waren, wäre es aber auch wirklich dumm gewesen, das Geld so herumliegen zu lassen.

Und trotz aller Verwirrung und Hilflosigkeit tröstete mich zumindest der Gedanke, dass wir nicht pleite waren.

Ein paar Tage vergingen und Lonna verschwand immer öfter nach unten zum Plüschhund und blieb immer länger für ein paar Streicheleinheiten dort. Sie, die kleine Hündin aus Värmland, die von der Fürsorge nach Dånsjö geschickt worden war, wo sie Pflege und Zuwendung bekommen sollte – und wo stattdessen Prügel und Angst ihren Alltag bestimmten – war hin und weg. Die Witwe Nilson war alles, wovon sie je geträumt hatte. Und auch die Witwe Nilson hatte Lonna mit dem Silberblick und dem struppigen Fell in ihr Herz geschlossen und liebte sie genauso innig zurück. Ab und zu sahen wir die beiden zusammen durch den Garten schlendern. Frau Nilsons Haare reichten ihr bis über den Po, es sah fast aus, als hätte sie einen silbernen Umhang an. Darunter trug sie eine Strickjacke, ein Unterkleid und Filzpantoffeln. Erstaunlicherweise schienen immer noch alle Respekt vor ihr zu haben. Niemand ging auf sie los oder machte sich über sie lustig. Sie konnte ungestört herumspazieren und Blumen und Schmetterlinge bestaunen. Ab und zu sah sie hoch in den Himmel und lachte über die Form einer Wolke. Ja, sie war wie ein Kind und Lonna war wie das Kind dieses Kinds. Ich glaube, Ruffe war traurig darüber, dass wir abgemeldet waren. Er hatte wohl andere Träume gehabt, wie sich die Dinge entwickeln würden. Vielleicht war es kein Rinderfilet gewesen, nach dem er sich am meisten gesehnt hatte, sondern eher die Vorstellung, dass er sein Rinderfilet gemeinsam mit Lonna essen würde. Aber was wusste ich schon. Über solche Dinge redeten wir nicht, er und ich.

Aber ohnehin glänzten die Rinderfilets in diesem riesigen Irrenhaus ja inzwischen mit Abwesenheit. Wollte man etwas zu essen haben, musste man sich selbst etwas besorgen. Der nächste Kaufmann war einen Kilometer entfernt. Ruffe und ich hatten bereits in unserem Geldversteck gegraben und waren einmal dort gewesen. Es war ein kleiner Laden mit magerem Angebot. Man bekam schnell den Eindruck, dass die Kundschaft größtenteils aus Solsäter-Hunden bestand und der Händler sein Sortiment nach ihren Wünschen angepasst hatte. Er verkaufte zum Beispiel viele verschiedene Sorten billige Munition und eine Sorte billigen Wein.

Als Ruffe und ich zum zweiten Mal dort gewesen waren, trafen wir den Kerl mit dem Zahnstocher wieder, als wir in die Villa zurückkamen. Er saß mit einer Gruppe anderer Hunde draußen auf der Veranda.

»Heda, ihr zwei!«, rief er und hob eine Pfote.

»Grüß dich«, antwortete ich. »Wie geht's? Ich hab dich länger nicht gesehen.«

Er stand auf und kam auf uns zu.

»Ja, nee, ich war ein paar Tage in der Stadt«, sagte er. »Hatte Geschäfte zu erledigen.«

Man konnte ihm richtig ansehen, wie sehr er darauf brannte, dass ich ihn frage, was für Geschäfte das waren. Aber ich sagte nur: »Na so was. Aber du, tut mir leid, wir haben Essen und wollten gerade rein.«

»Wie geht's euch denn so, Mann?«, fragte der Streuner ganz freundlich. »Fühlt ihr euch wohl?«

Ich wusste nicht, was ich darauf antworten sollte. So eine sinnlose Frage! Aber dann kam mir der Gedanke, dass es ja sein konnte, dass er sich hier wirklich wohlfühlte. Dass er einen Ort und ein Dasein hinter sich gelassen hatte, dass schlimmer als ein Leben in der Villa Solsäter war. Ich fühlte mich plötzlich schäbig, weil ich ihn so abgefertigt hatte.

»Ach, was heißt schon wohlfühlen«, sagte ich und stellte die Tasche mit Essen zwischen meinen Füßen ab. »Ich bin ja eigentlich nur zufällig hier. Es war ja nicht der Plan, dass ich ... wie soll ich das erklären ... Ich weiß nicht so recht, wo ich hinsoll.«

Der Köter machte ein betretenes Gesicht.

»Oha, das ist natürlich übel. Du, komm, setz dich doch.« Er nickte zu ein paar Korbstühlen, die gerade frei geworden waren. Ich zögerte, aber dann dachte ich, einen Moment kann man sich ja ruhig mal zusammen hinsetzen. Der Hund machte schließlich einen netten Eindruck – und Ruffe war gerade die Treppe hinuntergeschlendert und in Richtung Gartenlaube verschwunden. Er hatte Lonna und Frau Nilson entdeckt und wollte wahrscheinlich ein paar Worte mit den beiden wechseln. Und vielleicht wollte er versuchen, Lonna zum Lachen zu bringen, sodass sie sich wie früher kichernd die Pfoten vor die Schnauze hielt.

Als wir uns auf den Stühlen niedergelassen hatten, schlug der Köter die Beine übereinander. Er trug einen Hut, Strickjacke und ein Hemd, an dem jeder einzelne Knopf fehlte. Der Zahnstocher in seinem Maul war nass und aufgeweicht.

»Na los, erzähl. Das klingt, als wärst du echt aufgeschmissen.«

»Ich weiß gar nicht, wo ich anfangen soll«, antwortete ich. Ich war ganz überrumpelt von so viel Freundlichkeit und war kurz davor, loszuheulen, aber davor hütete ich mich. Doch irgendwie hatte sich der ganze Kummer aufgestaut und drängte nach draußen und der Köter musste nur noch ein bisschen weiterbohren, da fing ich an zu erzählen. Und damit die Geschichte verständlich wurde, musste ich ja an der Stelle beginnen, als ich noch sehr klein war, also an jenem Tag, an dem ich, kaum ein Jahr alt, Kumla verlassen hatte und nach Kila gekommen war. Und der Köter hörte sich mitfühlend mein Schicksal und all meine Abenteuer an, ganz bis zum Schluss, an dem ich berichtete, wie Jack vom Bezirkswachtmeister geschnappt worden war, woraufhin Lonna, Ruffe und ich mit dem Zug durch Västergotland gefahren waren, um vergeblich bei Frau Nilson um Hilfe zu bitten.

»Und nun sitzen wir hier«, sagte ich schulterzuckend. »Und ich weiß nicht, wie es weitergehen soll.«

»Ja, du sitzt echt in der Tinte«, sagte der Köter. »Aber, he ... habt ihr nicht noch was von eurem Geld?«

»Ja, zum Glück haben wir einen ordentlichen Batzen versteckt«, sagte ich. »Sonst sähe es verflixt finster aus.«

»Ah ja. Genau. Ich dachte nur, ich hätte euch sonst was leihen können. Aber dann ist mir eingefallen, dass ihr ja gerade einkaufen wart.«

»Na so was, das ist dir also gerade eingefallen«, sagte jemand schräg hinter ihm. »Ausgerechnet als der Bursche so passend erzählt hat, dass er Geld hat. Das ist ja ein Ding, Zeime. Besser spät als nie.«

Der Köter mit dem Zahnstocher, der offenbar Zeime hieß,

drehte sich nach dem Hund um, der ihn angesprochen hatte. Der saß mit einem anderen zusammen und trug einen Pelzmantel, obwohl es zwanzig Grad warm war.

»Mir dir hat keiner geredet«, sagte Zeime. »Also halt die Schnauze.«

Der Hund erwiderte nichts. Stattdessen musterte er mich mit einem ziemlich seltsamen Blick. Er wirkte irgendwie belustigt.

Zeime wandte sich wieder an mich und schüttelte den Kopf.

»Basse, dieser Idiot«, knurrte er leise. »Pfui Teufel, wie sehr mir dieser Kerl gegen den Strich geht. Schmiert einem Honig ums Maul, aber nur so lange, bis er bekommen hat, was er will. Dieser Kerl macht vor nichts halt. Das ist sein Fehler.« Zeime senkte seine Stimme noch ein wenig mehr. »Siehst du den Mantel, den er da anhat? Das ist Katzenfell. Hast du schon mal so was Abscheuliches gehört? Und ich weiß, dass er und Freden Katzenfelle an gewissenlose Pelzhändler verkaufen. Die hängen dann einfach andere Zettel dran, verstehst du? Pfui Teufel, sage ich da nur.«

»Ja, pfui«, sagte ich und spähte verstohlen zu Basse hinüber. Der andere Hund neben ihm war ziemlich groß und trug einen schäbigen alten Hut mit Blumen und Schleife. Das musste dann wohl diese Freden sein, nahm ich an.

Und dann kam Ruffe zurück. Seinem Gesichtsausdruck nach war es ihm nicht gelungen, Lonna zum Lachen zu bringen. Er grüßte Zeime mit einem Nicken und warf mir dann einen Blick zu, der so viel hieß, wie: Wollt ihr etwa noch lange hier rumsitzen? Zeime verstand den Wink sofort.

»Tja, also, ich geh dann mal«, sagte er und war ruckzuck aufgestanden. »Ich wollte auch nur hören, ob alles in Ordnung ist. Dachte, du siehst ein bisschen bedröppelt aus. Aber was soll's. Man sieht sich, ne?«

Er klopfte mir auf den Rücken, zwinkerte Ruffe zu und verschwand im Haus. Ruffe ließ sich auf den Korbstuhl fallen. Mit leeren Augen starrte er auf die Veranda.

»Ich hab sie gefragt, ob sie mit reinkommen und essen will«, sagte er. »Aber offensichtlich hat die Alte auch was zu futtern. Ein Kaufmann aus Falköping liefert es ihr. Das hat ihr Mann so geregelt, bevor er das Zeitliche gesegnet hat.« Dann schwieg er eine ganze Weile, ehe er hinzufügte: »Schwindsucht.«

Schwindsucht, dachte ich. Eine Krankheit, die viele Leben dahingerafft hatte. Zum Beispiel das meiner Mutter. Und das eines Mannes namens Herr Nilson, der am Ufer des Lummersees gelebt hatte. Es ist merkwürdig, wie die Dinge manchmal miteinander verbunden sind.

Ruffe sog den Duft ein, der aus der Essenstasche stieg.

»Ich glaube, der Händler hat uns vergammelten Speck verkauft«, sagte er. »Wir sollten ihn lieber schnell essen, bevor er noch von allein wegkrabbelt.«

Ich nickte. Aber wir hatten keine Lust, zwischen den ganzen anderen Hunden zu essen, sondern beschlossen, nach oben in unsere Kammer zu gehen. Doch gerade, als wir aufgestanden waren, räusperte sich jemand ziemlich laut hinter meinem Rücken. Ich drehte mich um. Es war dieser Basse.

»Unser Herr im Himmel hat es schon faustdick hinter den Ohren«, sagte er. »Da sitzt er den lieben langen Tag auf seiner Wolke und schaut uns zu, und wenn ihm langweilig wird, dann muss er nur die Hände schütteln und sich ein paar Katastrophen ausdenken. Dann wirft er ein bisschen Liebe herunter, ein bisschen Tod und ein paar gebrochene Beine. Der Herr im Himmel will Drama. Und wir spielen für ihn. Wenn ich du wäre, würde ich Zeime, diesem Strolch, nicht allzu sehr vertrauen.«

»Was geht dich das an?«, erwiderte ich.

Basse antwortete nicht. Er sah mich nur mit diesem belustigten Blick an. Als wollte er sagen: Ich weiß EINE MENGE Dinge, von denen du keinen Schimmer hast.

»Lass mich einfach in Ruhe«, sagte ich.

»Wie du willst. Aber wir sehen uns bestimmt noch mal wieder. Und es könnte sein, dass ich dich dann um einen kleinen Plausch bitten werde. Bedenke, dass das, was ich zu sagen habe, für dich von Bedeutung sein könnte.«

Ich sagte nichts mehr, sondern lief eilig hinter Ruffe her. Als wir nach oben gingen, hatte ich ein ungutes Gefühl. Das Gefühl, nicht zu wissen, wem man hier trauen konnte. Hatte Zeime recht damit, dass Basse ein Fiesling war? Oder stimmte das, was Basse sagte, und Zeime war verlogen? Spielten in Wirklichkeit beide falsch – und wenn ja: Warum hatten es alle auf mich abgesehen?

Die Antwort lag natürlich auf der Hand. Die Hechtjagd zu Hause in Kila war immer ein Triumph für alle kleinen Fische gewesen. Der einzige Tag im ganzen Jahr, an dem ihnen ein wenig

Gerechtigkeit widerfuhr. Denn an allen anderen Tagen verhielt es sich so: Die großen und erfahrenen Fische waren hinter den frisch geschlüpften kleinen her. Die frisch geschlüpften kleinen mussten flitzen, mussten ihre ganze Kindheit über davonschwimmen – und wenn sie es auf die Seite der Großen geschafft hatten und nicht getötet worden waren, mussten sie sich stählen und ihrerseits den Kleinen nachsetzen, damit sie wachsen und noch größer und furchteinflößender werden konnten. Und so nahm das Leben weiter seinen harten, grausamen Lauf.

Ruffe, dachte ich und betrachtete das graue, zottelige Fellbündel, das vor mir die Treppe hochstapfte. Jetzt gibt es nur noch dich und mich auf dieser Welt. Wie in drei Teufels Namen hatte es nur so weit kommen können?

13 Ein paar Tage später hatte ich das Gefühl schon wieder abgeschüttelt, dass Zeime uns etwas Böses wollte. Man hält es auch gar nicht aus, die ganze Zeit von allen nur Schlechtes zu erwarten. Man will daran glauben, dass man im Leben Verbündete hat – und dann wird man unvorsichtig.

Der Nachmittag, an dem Ruffe und ich hinunter an den See gingen, um Steine ditschen zu lassen, war stickig und drückend warm. Das Wasser lag still, fast schwarz da. Die Blätter der Seerosen dienten den Wasserläufern als schwimmende Plattformen, auf denen sie ihre langen Beine ausruhen konnten. Ich bemerkte Zeime, der sich von hinten angeschlichen hatte, erst, als er »Pst!« machte.

Ich drehte mich um. Er hatte seinen Hut in den Nacken geschoben und sah mich grinsend an, mit seinem ewigen Zahnstocher im Maul.

»Besuch«, sagte er.

»Hä?«

»Du hast Besuch. Da ist jemand, der mit dir reden will. Ich hab ihm euer Zimmer gezeigt, musste nur erst 'n paar Jungs fragen, die Ahnung hatten, welches das is'.«

Erst dachte ich, dass es sich bestimmt um eine Verwechslung handelte. Wer sollte mich besuchen – hier? Aber dann kam mir der Gedanke, dass es vielleicht Jack sein könnte. Ich ließ meinen Stein fallen und lief zum Haus zurück. Als ich mich noch einmal hastig umdrehte, sah ich, wie Zeime den Kragen seiner Strickjacke straffte und dann auf Ruffe zusteuerte, der am Wasser stand und mit großem Ernst seinen nächsten Wurf vorbereitete.

Mein Herz schlug immer schneller. Ich war mir plötzlich so sicher, dass es nur Jack sein konnte. Dass er aus dem Kittchen abgehauen war und sich hierher durchgeschlagen hatte, dass er oben in unserem Zimmer saß, so klapperdürr und so liebenswert wie eh und je.

In der Villa angekommen, stürmte ich in großen Sätzen die Treppe hoch. Völlig außer Atem schlug ich die Tür zu unserem Kämmerchen auf.

»Jack?«, fragte ich.

Aber es war nicht Jack. Es war ein Mann mit hoher Stirn und Schnauzbart. Er war groß, musste gebückt vor dem kleinen Fenster sitzen, um sich nicht den Kopf an der Decke anzustoßen. Seinen

Hut und seine Reisejacke hatte er auf die Matratze gelegt. Der Sack, in dem ich auf der Wanderschaft meine sieben Sachen bei mir getragen hatte, lag offen vor ihm. In seiner großen, sehnigen Hand drehte er das Taschenmesser, das er mir zum neunten Geburtstag geschenkt hatte. Stumm betrachtete er die kaputte Klinge. Wie versteinert stand ich da und wartete darauf, was geschehen würde. Dann klappte er das Messer zu

»Guten Tag, Martin«, sagte er.

»Tag«, murmelte ich.

Ich begriff, dass er nicht wütend war. Aber was war er dann? Müde? Traurig? Ich war es nicht gewöhnt, ihn so zu sehen. Für mich war er immer nur ein durch und durch harter Mann gewesen, der nie so etwas wie Zerbrechlichkeit gezeigt hatte. Er schwitzte. Seine Stirn glänzte wie ein Käselaib, direkt nach dem Bad in Salzlake.

»Hier drin ist es ziemlich stickig«, sagte er. »Der Hund, der mich hergebracht hat, sprach davon, dass es eine Gartenlaube gibt?«

»Ja«, sagte ich.

Schweigend gingen wir die Treppen hinunter. Pär Pärsson trug seine Jacke über dem Arm, den Hut hielt er in der Hand. Die anderen Hunde, die wie üblich auf der Veranda saßen, schauten uns nach. Dachten wahrscheinlich: Sieht nicht gut aus, für unseren Neuankömmling. Dem werden bestimmt gleich die Ohren glühen.

Auch in der Laube saßen ein paar Hunde und tranken Bier. Als sie Pär Pärsson sahen, standen sie auf und verkrümelten sich. Er war gesund, gewaschen und unerschrocken. Ein Bauer, der nicht zu unterschätzen war. Niemand, mit dem man sich anlegen wollte.

Er setzte sich. Ich setzte mich auch. Ich wollte nicht, aber ich tat es trotzdem. So ist das, wenn man ein Kind ist. Es gibt so vieles, was man nur macht, weil man weiß, dass einem gar nichts anderes übrig bleibt. Der Flieder blühte, aber man sah den Büschen an, dass es zu wenig geregnet hatte. Die Blätter wirkten irgendwie farblos und lederartig. Pär Pärsson saß lange schweigend da. Schließlich zog er eine gefaltete Zeitung aus seiner Jackentasche und legte sie vor mir auf den Tisch.

»Die hier habe ich gefunden«, sagte er.

»Aha«, murmelte ich.

Es war die Zeitung mit dem Bericht über die Witwe Nilson. In diesem Moment stellte ich keine weiteren Fragen, aber später erfuhr ich, wie er mich mithilfe dieses Artikels ausfindig gemacht hatte. Zuallererst war er natürlich nach Gråtbacken gegangen, um mit Jack zu reden, aber Jack hatte nicht viel gesagt. Er hatte zwar zugegeben, dass er mir den Brief des Tierarztes vorgelesen hatte und so, aber er hatte sich geweigert, Pär Pärsson zu verraten, wo er mich vielleicht finden würde. Karl Pira hatte meinem Vormund dann allerdings die Adresse von Stenbergs Anwesen gegeben und dort angekommen war Pär Pärsson zur Scheune geführt worden und hatte die Zeitung gefunden. Von dort war er nach Kumla weitergereist und hatte sich umgehört. Recht schnell erfuhr er, dass ein fremder Junge in Begleitung von zwei Hunden am Bahnhof gesehen worden war. Der Bahnhofsvorsteher konnte sich noch daran erinnern, dass die drei Fahrkarten nach Falköping gekauft hatten. Zusammen mit dem Zeitungsartikel war die Sache klar – und nun saß mein Vormund hier in einer welken Gartenlaube und schwitzte. Er zog ein Taschentuch heraus, wischte sich Gesicht und Nacken ab, dann legte er die Hände in den Schoß.

»Ich möchte dich um Verzeihung bitten, dafür, dass ich dich angelogen und behauptet habe, ich würde den Namen und die Anschrift deines Vaters in diesem Umschlag aufbewahren.«

Ich starrte ins Gras. Wie immer. Jedes Mal, wenn ich ihm gegenübersaß, starrte ich entweder nach unten auf die Erde oder den Fußboden. Aber was wäre, wenn ich ihm stattdessen geradewegs in die Augen blicken würde? Was, wenn ich es ausprobieren und überleben würde?

Ich schaute hoch und sah ihm in die Augen. Tief im Wald bei uns zu Hause gab es einen See. Er war kleiner als der Byasee, braun und ganz rund. Älgasee hieß er. Man erzählte sich, dass die Menschen früher Bronzeschalen und Hunde darin geopfert hatten. Pär Pärssons Augen sahen aus wie zwei Älgaseen.

»Warum?«, fragte ich. »Warum hast du gelogen?«

»Weil es mir in den Sinn gekommen ist«, antwortete er. Die Adern an seinen Schläfen pochten. Manchmal sah seine Stirn fast eckig aus. Durch die offene Seite der Gartenlaube sah ich, wie Ruffe und Zeime zum Haus hinaufgingen. Sie kamen mir so eigenartig klein und fern vor, sie hätten genauso gut Luftspiegelungen sein können. Pär Pärsson heftete den Blick auf das Taschentuch in seinem Schoß. Es schien fast, als müsste er seinen Mut zusammennehmen.

»Ich hatte in einer Anzeige von einem Jungen in Kumla gelesen, der ein neues Zuhause brauchte«, sagte er. »Ich war kinderlos. Ich hatte einen Hof und die Vorstellung im Kopf, dass dieser Hof ein brauchbarer Ort für jemanden sein könnte, um dort aufzuwachsen. So einfach hatte ich mir das vorgestellt: Man holt das Kind, das Kind wächst auf und die Sonne scheint auf Haus und Hof herunter. Aber gar nichts war einfach. Weißt du noch, wie du als Vierjähriger warst?«

»Nein, was meinst du?«

»Du warst wütend, Martin. Ich hatte keine Ahnung, dass so viel Wut in einem Kind stecken kann. Es war völlig unmöglich für mich, dich in den Griff zu bekommen.«

Mir wurde heiß. Ich wusste genau, was er meinte, und gleichzeitig konnte ich es überhaupt nicht verstehen. Ich erinnerte mich daran, wie wütend ich auf Pär Pärsson gewesen war. Dass ich geschrien und um mich geschlagen hatte. Aber für mich hatte es sich all die Jahre so angefühlt, als hätte ich *nach oben* geschrien und geschlagen. Als hätte ich den einen, der dort oben war, gar nicht erschrecken oder verletzten können.

»Du warst wie besessen von dem Gedanken, deinen Vater zu suchen, und bist immer wieder weggelaufen«, fuhr Pär Pärsson fort. »Einmal hast du sogar vor Wut eine Tasse auf den Boden geworfen, erinnerst du dich noch?«

»Nein«, murmelte ich, denn diese Tasse hatte sich wohl zusammen mit all den anderen Ausreißversuchen aus meinem Gedächtnis gescheppert. Ich erinnerte mich nur an *einen* Abend, an dem ich weglaufen wollte, aber an den dafür umso deutlicher. Wie konnte es sein, dass ich die anderen alle vergessen hatte? Oder hatten sich verschiedene Erinnerungen zu einer zusammengebraut – zu einer, die ganz besonders schrecklich, düster und drückend war? Ich schwieg eine Weile und dachte darüber nach. Dann fragte ich: »Was war das für eine Tasse?«

»Eine von den elfenbeinfarbenen. Aus dem alten Kaffeeservice. Das ist der Grund, warum wir sechs Untertassen, aber nur fünf Tassen haben. Du sagtest, du würdest die Pferde vor den Wagen spannen und zu deinem Vater fahren, und sollte ich es dir verbieten, würdest du alles kaputt schlagen. Und da ist es mir in den Sinn gekommen. Arvid Linde war am Tag zuvor auf dem Hof gewesen und hatte den Umschlag mit dem Brief vom Tierarzt gebracht. Die Stute war tot und der Umschlag war ungeöffnet auf der Kommode liegen geblieben. Die Lüge kam so leicht und in diesem Moment fühlte sie sich auch gar nicht so groß an. Es war einfach nur eine Sache, die ich gesagt habe, weil ich mir nicht mehr anders zu helfen wusste. Ich hatte mich schon mindestens zehnmal hingesetzt, um einen Brief an die Leute vom Waisenhaus in Kumla zu schreiben und sie zu bitten, dich zurückzunehmen. Aber irgendwie widerstrebte es mir. Ich *wollte* es mit dir schaffen.«

Er wischte sich neuen Schweiß aus dem Nacken. Auf seinem Hemd hatten sich Flecken gebildet. Es wäre sicher angenehmer gewesen, sich den Kragen aufzuknöpfen, aber so etwas tat er nicht. Der ganze Sinn daran, ein Hemd anzuziehen, war für ihn dahin, wenn man es nicht so trug, wie es sich gehörte. Außerdem war es das beste Hemd, das er besaß, das wusste ich. Als das Taschentuch wieder in seinem Schoß lag, fuhr er fort.

»Danach wurde alles anders. Nach dieser Lüge warst du wie ausgewechselt. Du hörtest auf, schwierig zu sein. Und dennoch war nichts einfacher geworden. Ich dachte, du würdest den Umschlag vergessen. Du warst ja noch so klein. Irgendwann denkt er nicht mehr daran, sagte ich mir. Das verläuft sich im Sand. Aber du hast den Umschlag nicht vergessen. Ich habe durchs Fenster beobachtet, wie du immer wieder die Schublade aufgezogen und den Brief aus der Kommode genommen hast. Es fühlte sich an, als würde man mir eine Schlinge um den Hals legen. Und es wurde nicht besser dadurch, dass deine Einschulung näher und näher rückte. Ich tat alles, was in meinen Möglichkeiten lag, um das Unglück hinauszuzögern. Ich dachte ...« Er stockte. »Ich dachte, dass irgendwann der Tag kommen würde, an dem du endlich etwas Gutes in mir sehen würdest. Und dann, dachte ich, wenn die Wut ihn losgelassen hat, dann werde ich ihm erzählen, wie es sich wirklich mit dem Umschlag verhält, und dann wird er mir verzeihen können. Habe ich recht, wenn ich sage, dass dieser Tag nie gekommen ist? Hast du je gedacht, dass es auch nur ein gutes Haar an mir gibt?«

Ich antwortete nicht. Ich wollte nicht lügen und ich konnte ihm nicht die Wahrheit sagen. Pär Pärsson sah auch nicht so aus, als würde er eine Antwort erwarten. Er kannte sie ohnehin. Eine ganze Weile starrte er auf das Taschentuch in seinen Händen.

»Ich habe vielleicht nicht alles richtig gemacht«, sagte er dann. »Aber vielleicht macht niemand alles richtig?«

»Wie meinst du das?«

»Ich meine, dass es so viele Dinge gibt, die man einem Menschen verzeihen kann, nur weil er oder sie Vater oder Mutter ist. Aber ein Vormund passt nicht durch die Maschen dieses Siebs. Seine Schultern sind dafür zu breit.«

»Du hast mich nur zum Schuften geholt!«, brüllte ich da, denn jetzt, ja, zum Kuckuck, jetzt wollte ich es endlich loswerden! Jetzt wollte ich ihm alles sagen, was ich in mich hineingefressen hatte, weil ich gehorsam sein musste und keine Schwierigkeiten machen durfte. »Jeden Tag musste ich ackern wie ein Tier! Bis zum Umfallen Rüben verziehen! Du hast mich zum Melken geschickt, obwohl ich Schnupfen hatte!«

»So ist das nun mal«, antwortete Pär Pärsson. Er redete ganz ruhig, aber seine Stimme hatte wieder die alte Härte angenommen.

»So ist was?«, fragte ich grimmig.

»Wenn man einen Hof zu versorgen hat. Ich wollte dir alles beibringen. Aber du wolltest nicht. Du hattest nur deinen Vater im Kopf. Immer nur ihn, einen Mann, der dich weggegeben hat. Einen Mann, der überhaupt kein Interesse daran hatte, dir etwas beizubringen. Tagein, tagaus hast du von ihm geträumt. Ich war nur irgendein Teufel, bei dem du gelandet warst, weil das Leben ungerecht war. Denkst du wirklich, ich war nicht mit Schnupfen draußen, um die Kühe zu melken? Denkst du wirklich, ich war bei der Arbeit im Rübenacker nicht müde und hätte mich lieber ausgeruht? Ausruhen gibt es nicht, Martin. Wenn du im Bett bleibst, weil du Schnupfen hast, werden die Kühe krank und sterben. Und dann hast du keine Kühe mehr.«

»Du hättest an meiner Stelle gehen können!«, fauchte ich. Ich merkte, dass mir die Tränen kamen, aber es kümmerte mich nicht.

»Das hätte ich vielleicht tun können. Aber es kommt immer ein Tag, an dem niemand da ist, der an deiner Stelle gehen kann. Und das wollte ich dir beibringen – denn ich hatte die Verantwortung für dich übernommen.«

Ich wischte mir mit dem Arm durchs Gesicht. Tränen brannten mir auf den Wangen.

»Dann hättest du mir das wenigstens auf eine nette Art sagen können«, murmelte ich.

»Was?«

»Das mit den Kühen. Du hast nie irgendwas Nettes gesagt!«

Er schien über meine Worte nachzudenken.

»Ich bin so mit dir umgegangen, wie mein Vater mit mir umgegangen ist«, antwortete er. »So habe ich es gelernt. Nur dass die Kinder zu meiner Zeit noch sehr viel mehr geschlagen wurden als heute.«

Für eine ganze Weile legte sich Stille über die Laube. Ich fühlte mich angespannt und fiebrig in der Brust. Das Sonnenlicht schmerzte in meinen Augen.

»Ich werde dir niemals verzeihen«, sagte ich.

»Die Sache mit dem Umschlag?«, fragte Pär Pärsson. »Oder alles andere?«

»Das mit Jack! Ich werde dir niemals verzeihen, dass du ihm Karl Pira auf den Hals gehetzt hast und er deinetwegen hinter Gittern sitzt! Wie konntest du so etwas tun?«

»Als ich zu Karl Pira gegangen bin, habe ich ihn einzig und allein darum gebeten, mir dabei zu helfen, dich nach Hause zu holen. Was er und der Bezirksvorsteher dann gemeinsam ausgekocht haben, diese ganze Sache mit dem Steckbrief, damit habe ich nichts zu tun. Was mich angeht, kann Jack gar nicht weit genug verschwinden.« Sein Blick verdüsterte sich, er spannte die Kiefer an. »Zehn Jahre lang hat er auf meinem Hof gelebt und war zu nichts zu gebrauchen. Ein Faulpelz, der es nicht einmal für nötig hielt, seine Pflichten zu erledigen. Nur seinen Zeitungen konnte er sich mit Feuereifer widmen. Ich habe sehr wohl gesehen, wie sein Blick von links nach rechts wanderte, wenn er dasaß und darin blätterte.«

»Aber wenn du das gesehen hast, warum hast du nichts gesagt?«

»Warum hat er nichts gesagt? Wenn er vor mir verheimlichen wollte, dass er lesen kann, warum sollte ich mich dann einmischen? Ich habe ihm verboten, mit dir über diesen Umschlag zu reden. Er hat mir in die Augen geschaut und es mir versprochen. Von mir aus soll er bleiben, wo der Pfeffer wächst.«

»Er weiß viel mehr, als du denkst«, antwortete ich. »Alles, was er gelesen hat … er hat mir davon erzählt. Wie ungerecht es auf der Welt zugeht.«

»Für mich ist es nicht von Bedeutung, was er weiß. Aber ich weiß, dass das Korn in die Erde muss, wenn ich etwas zu essen haben will. Hat er dir erzählt, warum er dich in Kumla abgeholt hat und nicht ich?«

»Nein …?«

»Er hatte vergessen, die Stalltür zuzumachen. Vier Kühe waren ausgebüxt und in zwei Stunden sollte der Zug gehen – während das Thermometer achtzehn Grad minus anzeigte. Da stand ich nun und musste abwägen, was er wohl eher zuwege bringen würde: nach Kumla fahren und dich abholen oder die Kühe einfangen, ehe sie erfroren waren. Glaub mir, ich hatte meine liebe Not, den Leuten vom Waisenhaus das alles zu erklären, als sie sich hinterher bei mir gemeldet haben, aber nun ja.«

Er stand auf, zog seine Jacke an, die er über die Stuhllehne gehängt hatte, und nahm den Hut vom Tisch und setzte ihn auf.

»Das war das letzte Mal, dass ich dir hinterhergelaufen bin, weil du wieder ausgerissen bist«, sagte er. »Noch einmal werde ich das nicht tun. Die Entscheidung liegt jetzt allein bei dir: Willst du mit mir nach Hause kommen?«

Ich sagte nichts. Sah ihn auch nicht an. Ich schüttelte nur den Kopf.

»Nun denn. Ich werde unterwegs beim Waisenhaus haltmachen, alles Schriftliche regeln und ihnen mitteilen, wo du dich aufhältst. Adieu, Martin.«

Er verließ die Laube. Ich blieb sitzen und lauschte auf den Lärm in meinem Kopf. Es war unmöglich, meine Gefühle zu fassen zu bekommen, aber was ich dachte, war zumindest das:

Ich frage mich, was dieses Waisenhaus jetzt wohl mit mir machen wird. Im schlimmsten Fall bringen sie mich einfach zum nächsten Bauern, der mir alles beibringen will, was er kann. Vielleicht sollte ich besser von hier verschwinden.

Plötzlich rief jemand meinen Namen. Es klang wie Lonna. Ich stand auf und trat aus der Laube, sah, dass sie auf der Veranda stand. Ich hob die Hand.

»Hier!«, rief ich und spähte den Kiesweg hinunter. Pär Pärssons Rücken entfernte sich schaukelnd zwischen zwei hohen Buschreihen. Er machte keinerlei Anstalten, sich nach den Rufen umzudrehen.

Lonna kam über die Wiese gestürmt, so schnell ihre Beine sie trugen. Ihr Blick war gehetzt.

»Du musst komm'n«, keuchte sie, als sie bei mir war. »Los, schnell!«

»Warum? Was ist denn los?«

»Es is Ruffe! Es is Ruffe, los, mach schnell!«

»Was ist denn los?«, wiederholte ich in schärferem Ton. »Was ist mit Ruffe?«

»Er spült Kartn!«

»Verdammt«, fluchte ich. Dann fiel mir das Geldversteck unter dem Bretterboden in unserer Kammer ein und ein eisiger Schauer durchfuhr meinen Körper. »Verrrdammt!!«

Ich rannte zur Villa hoch, rannte wie ein Kalb mit ungelenken Beinen, stieß auf den Stufen vor dem Eingang mit einem schimpfenden Köter zusammen, stürmte weiter über die Veranda.

»Er is üm großn Zümmer!«, rief Lonna mir nach.

Als ich in den Salon kam, wusste ich sofort, dass es zu spät war. Ein hochzufriedener Zeime sammelte gerade ein dickes Bündel Geldscheine ein. Ruffe, der auf dem Sofa saß, hatte die Stirn auf die Tischplatte gelegt.

»Ruffe, was zur Hölle hast du …«, setzte ich an, aber dann ersparte ich mir den Rest. Wozu sollte das auch gut sein? Er hatte gerade zum ersten Mal in seinem verkorksten Leben Geld verspielt, das er tatsächlich besaß. Er war ohnehin schon verzweifelt. Ich fragte mich, ob ihm vielleicht ein Bereich im Gehirn fehlte: der Bereich, in dem die brummende Hummel der Wahrscheinlichkeit wohnt. Er wusste, dass die Chance, zu gewinnen, winzig klein war. Aber er sah nur, dass es diese Chance gab.

Dann kam auch Lonna. Lautlos betrat sie den Salon, setzte sich neben Ruffe. Als Zeime sich unter der Tür an mir vorbeischob, legte er den Kopf schief und sah mich mitfühlend an.

»Tut mir leid, Jungchen«, sagte er. »Ich kann verstehen, dass sich das mies anfühlt. Aber es waren jetzt wirklich keine Überredungskünste nötig, um ihn an den Tisch zu locken.« Er wandte sich an Ruffe. »Du, Ruffe, behalt die Spielkarten und üb ein bisschen. Du hast es nötig.«

Dann ging er raus in die Diele und ich weiß nicht, was in diesem Moment in mich fuhr, aber ich war wohl einfach verzweifelt – und gleichzeitig hatte das Gespräch in der Laube so viel Altes aufgewühlt und mich daran erinnert, wie es sich anfühlte, zu schreien und um mich zu schlagen. Ich stürmte hinter Zeime her, warf mich brüllend auf ihn, aber um Zeime zu überrumpeln, musste man früher aufstehen. Er schnellte herum und wie aus dem Nichts hielt er ein Messer in der Pfote. Wäre ich nicht zurückgewichen, hätte es in meinem Bauch gesteckt.

Zeime stand reglos da. Erst in diesem Moment fiel mir auf, wie abscheulich er eigentlich war: sein gelbes Fell, das ganz stumpf vor

Dreck war. Die ebenso gelben Zähne, die sich hinter der Oberlippe zusammendrängten. Das fast genauso gelbe Weiß in seinen Augen hinter den knallroten, geschwollenen Lidern. Diese Augen, die einen so kalt und gleichgültig ansahen: In Wahrheit schere ich mich einen Dreck um dich.

»Schön ruhig bleiben, Jungchen«, sagte er. »Hör auf meinen Rat.«

Er drehte sich wieder um und verschwand durch die offene Haustür. Ich begriff, dass er damit mehr meinte als nur diesen Moment zwischen ihm und mir. Hier in der Villa Solsäter war es keine gute Idee, sich einfach mit Gebrüll auf jemanden zu stürzen.

Die Leere der Diele hallte in meinem Kopf wider. Nun waren wir zu allem Überfluss also auch noch pleite. Ich glaube, ich war kurz davor, in Tränen auszubrechen, als hinter mir eine Stimme sagte:

»So kann's gehen.«

Es war diese Freden. Sie saß breitbeinig auf der Treppe, groß wie ein Bär. Sie lächelte nicht, aber ihr Blick hatte etwas Aufmunterndes.

»Hast du schon gegessen?«

»Hä?«, fragte ich.

Sie legte eine Pfote ans Geländer und hievte sich hoch.

»Wenn du mitkommst, dann lädt Basse dich auf einen Happen ein.«

»Ich hab keinen Hunger«, antwortete ich.

Sie fing langsam an, die knarrende Treppe hochzugehen.

»Es wird nicht lang dauern«, sagte sie. »Er hat dir nur ein paar Dinge zu erzählen. Es geht um deinen Vater.«

Auf der letzten Treppenstufe drehte sie sich um. Ihre Augen lagen tief in den Höhlen, sie sahen aus wie zwei starrende, schwarze Löcher. Dann bog sie wie ein Schiff mit Schlagseite um die Kurve und verschwand schaukelnd im Dunkel des oberen Flurs.

Was dachte ich da? Ich dachte natürlich, was jeder denken musste: Das hier ist eine Scharade, genau wie das, was Zeime aufgeführt hatte, als er wollte, dass ich mich zu ihm auf die Veranda setze und die Geschichte meines Lebens vor ihm ausbreite. Es ist eine richtig fiese und schlau ausgetüftelte Art, mich irgendwie dranzukriegen. Aber was wollten sie? Dass wir kein Geld mehr hatten, konnte Freden wohl kaum entgangen sein. Was hatte ich, das die beiden mir wegnehmen wollten?

Ich hatte gar nichts.

Gut.

Dann gehe ich ihr jetzt wohl nach?

Die Hummel der Wahrscheinlichkeit brummte: Dieses Gerede über meinen Vater ist eine Lüge.

Aber es gab eine winzig kleine Chance, dass doch etwas dran war. Darüber konnte ich einfach nicht hinwegsehen.

14 Basse und Freden teilten sich das größte Zimmer des Hauses, es war fast so groß wie der Salon. Dort wohnten sie zu zweit, in einem riesigen Saal mit Esstisch, Sitzgruppe und zwei Betten mit Kugeln auf den Bettpfosten. Die Samtvorhänge waren zugezogen, um das grelle Sonnenlicht auszusperren. Stattdessen brannte auf einem Beistelltisch in der Ecke eine Karbidlampe. Basse stand vor dem Kamin und briet etwas. Neben der Tür lag das Reisegepäck der beiden: ein Ranzen, eine eckige Birkenrindentasche und zwei Büchsen. Neben den Büchsen stapelte sich ein ganzer Haufen kleiner Tierfelle. Natürlich erinnerte ich mich an Zeimes Gerede, dass Basse und Freden Jagd auf Katzen machten und ihre Pelze an weniger wählerische Händler verkauften. Ich erinnerte mich auch flüchtig daran, wie Jack über »getigerte Marder-felle« auf dem Markt in Vingåker gestaunt hatte. So einfach gelangten also getigerte Marder in die schwedische Tierwelt: Man schoss eine Katze und hängte einen Zettel dran, auf dem *Marder* stand.

Der Tisch war für zwei gedeckt. Basse legte ein Stück Braten auf jeden Teller.

»Bitte, setz dich«, sagte er zu mir.

Zaghaft ging ich näher.

»Was ist das für Fleisch?«, fragte ich und schielte misstrauisch zu dem Fellhaufen.

Basse brach in heiseres Gelächter aus.

»Der Bursche hat Humor«, sagte er zu Freden. Dann sah er mich an und zwinkerte. »So viel Fleisch ist an einer Mieze nicht dran. Na los, setz dich.«

Also setzte ich mich. Auch Basse ließ sich nieder, schnappte sich Messer und Gabel und machte sich über sein Essen her. Freden plumpste schwer auf das Sofa. Ich weiß nicht, ob sie ihr Mittagessen opfern musste, damit Basse etwas hatte, das er mir anbieten konnte, aber es schien sie jedenfalls nicht zu jucken. Vor ihr auf dem Tisch lag ein grobes Graubrot, von dem sie sich kleine Stücke abbrach, die sie sich ins Maul warf.

Basse schenkte sich selbst und mir ein Glas Wein ein. Er aß gierig und trank den Wein, als wäre es Wasser. Die Sehnen zog er sich beim Kauen aus dem Maul und legte sie auf den Tellerrand.

»Weißt du, was man über mich sagen könnte?«, fragte er.

»Dass du einem Honig ums Maul schmierst, bis du bekommen hast, was du willst«, hätte ich antworten können. Aber das tat ich nicht. Ich antwortete: »Nein?«

»Dass ich in meinem Leben schon an etlichen Orten war und einer Menge Leuten begegnet bin«, sagte Basse.

»Wie alt bist du?«, fragte ich.

»Sieben, im achten Jahr.«

»Ich bin neun«, antwortete ich.

»Mhm. Aber du hast in deinen neun Jahren bestimmt nicht so verdammt viel durchgemacht wie ich. Hunde leben schneller, weißt du. Sie müssen sich beeilen, wenn sie etwas erreichen wollen, ehe sie ins Gras beißen. Als ich ein Jahr alt war, da wurde ich schon aus dem Nest geworfen. Musste, so gut es ging, allein für mich sorgen. Als ich zwei war, habe ich mir meine erste Handfeuerwaffe gekauft; da war das Leben schon viel lustiger. Mit drei trieb ich mich viel in Wirtshäusern herum. Und nun wird es langsam spannend für dich.« Er schenkte sich Wein nach und bemerkte mit einem kurzen Blick, dass ich meinen noch nicht mal angerührt hatte. Damit es keinen zu schlechten Eindruck machte, fing ich an, von dem Fleisch zu essen. Mit einem Nicken in Richtung ihrer Sachen fragte ich:

»Wollt ihr aufbrechen?«

Er schluckte den Wein hinunter.

»Ja«, sagte er. »Wir wollen die Boas da an eine Dame in Bottnaryd verkaufen und dann mal sehen« – er lächelte – »was sich der Herr im Himmel für uns so einfallen lässt.«

»Aha«, sagte ich und dachte an die Boas, womit natürlich die

Katzenfelle gemeint waren. Bottnaryd, das war sicher irgendeine Stadt oder ein Dorf, auch wenn ich keine Ahnung hatte, wo das lag. Und die Dame, ja, die war in Wirklichkeit wohl einer dieser gewissenlosen Händler.

»Wie auch immer«, sagte Basse und lehnte sich auf dem Stuhl zurück, denn jetzt hatte er aufgegessen. »Wenn man ins Wirtshaus geht, kann es passieren, dass man sich plötzlich in ganz fremder Gesellschaft wiederfindet. Jedenfalls, wenn man gutes Geld hat, und das hatte ich an einem regnerischen Abend vor einigen Jahren – ich war gerade über eine große Partie Punsch gestolpert, die mir ein gutes Geschäft eingebracht hatte.«

»Wie stolpert man denn über so was?«, fragte ich.

»Über so was stolpert man im Keller einer Punschfabrik. Sofern man mitten in der Nacht dort eingebrochen ist und vorsichtshalber keine Lampen angezündet hat.«

»Ach so.«

»Ich saß also im Wirtshaus und war für einen Abend reich und gut gelaunt. Am Nebentisch hatte sich eine Gruppe Männer versammelt. Sie waren ziemlich angeheitert und wir kamen miteinander ins Gespräch. Nach einer Weile kam es mir in den Sinn, allen eine Runde auszugeben. Zack, schon waren wir beste Freunde, na, du weißt ja, wie das ist. Aber es war einer dabei, der schaute die ganze Zeit düster drein.«

Er machte eine Pause und trank. Jetzt hatte er wieder diesen belustigten Blick wie schon vor ein paar Tagen auf der Veranda. Diesen Blick, der zu bedeuten schien: Wenn du nur wüsstest. Ich hatte gedacht, dass es dabei um Zeime gegangen war, aber langsam schwante mir, dass es um etwas ganz anderes ging.

»Dieser düstere Kerl, der beteiligte sich gar nicht richtig an der Unterhaltung«, fuhr Basse fort. »Er redete nur mit dem Mann, der direkt neben ihm saß. Sie waren in irgendeine Geschichte vertieft, die uns andere nichts anging, so hatte es den Anschein. Ich fragte einen der Männer, was da los war. Offenbar verhielt es sich so, dass dieser düstere Kerl sich in den Kopf gesetzt hatte, nach Kila zu fahren. Sein Sohn war dort im Waisenhaus gelandet. Der Kerl versuchte nun, sich darüber klar zu werden, ob es eine gute Idee wäre, dorthin zu fahren, oder nicht. Ich weiß nicht, zu welchem Schluss er am Ende gekommen ist. Aber in den frühen Morgenstunden bot sich mir die Gelegenheit, doch noch ein paar Worte mit ihm zu wechseln. Er erzählte, dass er seinen Jungen das letzte Mal in Kumla gesehen hatte, in ebendiesem Waisenhaus dort. Ein Köter war gekommen und hatte das Kind abgeholt, ein zottiger, grauer Hund, sagte er. Ja, und so war es für ihn vorbei damit. Er selbst hatte Kumla nach einigem Wenn und etlichen Aber auch verlassen und war danach nie wieder dorthin zurückgekehrt.«

Basse presste die Zungenspitze an die oberen Schneidezähne, wobei ein zischendes Quietschgeräusch entstand. In den folgenden Monaten sollte ich diesen Ton noch sehr oft hören und ich würde schon bald lernen, ihn zu hassen. Aber da und dort wusste ich das noch nicht. Ich wusste nur, dass das, was er mir gerade erzählt hatte, keine Erfindung sein konnte. Vieles davon hatte er mich vielleicht auf der Veranda sagen hören. Zum Beispiel, dass ich als Säugling nach Kila gekommen war und dass sich das Waisenhaus, das für die ganze Angelegenheit zuständig gewesen war, in Kumla befand. Aber dass mich ein Hund dort abgeholt hatte, das hatte ich nicht erwähnt, da war ich mir sicher.

»Hat er dir seinen Namen gesagt?«, fragte ich. »Dieser düstere Kerl?«

»Ja«, antwortete Basse. »Das hat er. Und ich kann mich noch sehr gut an diesen Namen erinnern.«

Im Zimmer war es jetzt dröhnend still. Nur aus dem Kamin drang leises Knacken herüber. Mein Herz fühlte sich viel zu groß an, es nahm so viel Platz ein, dass ich kaum noch atmen konnte.

»Und?«, fragte ich. »Wie hieß er? – Wie hieß er?!«

»Wenn du das wissen willst, dann musst du uns erst bei ein paar Kleinigkeiten zur Hand gehen«, antwortete Basse. Er leerte den letzten Schluck Wein aus seinem Glas. Dann legte er den Kopf schief und lächelte. »Alles im Leben hat seinen Preis, Bursche. Alles.«

Lonna und Ruffe saßen noch im Salon, als ich wenig später wieder nach unten kam. Ich stellte meinen Sack und Jacks Reisetasche auf den Boden. Ich hatte lange darüber nachgedacht, was ich mit den Zeitungen machen sollte. Sie waren mühsam zu tragen, das wusste ich. Aber sie in der Villa Solsäter zurückzulassen war ganz einfach zu unsicher. Am Ende kam noch jemand auf den Gedanken, dass man sie ganz wunderbar als Pinkelunterlage benutzen könnte, und dann waren sie für immer verdorben. Das wäre der größte Verrat an Jack gewesen. Ich musste sie für ihn aufbewahren, das war einfach so.

»Ich verschwinde von hier«, sagte ich.

Keiner von ihnen protestierte. Sie wussten wohl beide, dass die Villa niemals ein Zuhause für mich werden würde. Und außerdem hatten wir ja von Anfang an gewusst, dass unsere gemeinsame Zeit irgendwann enden würde.

»Tu das, Martin«, antwortete Lonna ruhig. »Du würst dein' Weg schon machn.«

Ich warf ihr einen vielsagenden Blick zu: Pass gut auf Ruffe auf. Sie nickte lächelnd: Na klar. Ich passe gut auf ihn auf.

Mit der Reisetasche in der Hand und dem Sack über der Schulter ging ich zur Tür. Die Abendsonne schien durchs Fenster, bildete einen Balken aus Licht, der schnurgerade ins Zimmer fiel. Staubkörner tanzten schwebend in dem warmen Schein, wie Planeten in einem winzigen Sonnensystem. Irgendwo im Haus lief ein Grammofon und spielte einen Walzer. Als ich fast über der Schwelle war, sagte Lonna:

»Es gübt noch vüle Sauvücher inner Erde.«

»Hä?«, fragte ich.

»Das hat Jack mir erzählt. Das hatter inner Zeitung gelesn. Diese Sauvücher, diese Rüsenechsn von früher, die liegn schon ewig inner Erde. Aber manchmal tauchn die wüder auf und dann staubn die Mönschen die mit so klein' Pünseln ab. Das hat Jack jenfalls gesagt. Letztes Jahr ham die so ein Sauvüch in Amörika gefundn.« Sie dachte einen Moment nach. »Da muss man aufpassn«, sagte sie. »Nich, dass die Sauvücher wüder die Hörrschaft übernehmn wolln.«

»Ja«, antwortete ich. Dann ging ich hinaus in die Diele. An der Haustür warteten Basse und Freden mit ihrem Gepäck auf mich. Das Letzte, was ich hörte, als wir die Villa Solsäter verließen, war ein helles, zwitscherndes Geräusch aus dem Salon. Es war Lonna, die Ruffe zum Lachen gebracht hatte.

Drum denk an die Zeit

1. Sag, wie alt ist dei – ne Hün – din, grau wird lang–sam schon ihr Fell. Denk da-

ran, sie lieb zu ha – ben, denn die Zeit ver–geht so schnell. Darf sie

ne – ben dir aufs Kis – sen, wenn es A – bend wird im Land? Kraulst und

strei–chelst du sie freund–lich o – der fürch – tet sie die Hand? Drum denk da-

ran, ist dein Hund jung, wird er im Hand–um–dre–hen alt, die Zeit ver-

geht, kaum fünf–zehn Jahr, und schon ist dann der Ab–schied nah. 2. Gibst du

2. Gibst du ihr von deinem Teller,
wenn du dir den Bauch schlägst voll?
Oder muss sie hungrig bleiben,
weil sie für dich jagen soll?
Sagst du ihr auch immer wieder,
wie fein und hübsch brav sie ist?
Auch ein Hund hört nämlich gerne,
oh, wie stolz du auf ihn bist.

Refr.: Drum denk daran,
dein Lob erwärmt
das Hundeherz, ja, nutz die Zeit,
in fünfzehn Jahr'n
ist nämlich schon
das Hundegrab für ihn bereit.

3. Darf am Ofen warm sie liegen,
wenn's im kalten Winter schneit?
Oder schläft sie in der Diele,
weil der Schmutz im Haus dich reut?
Darf getreu sie mit dir wandern,
durch die Wiesen, Feld und Wald?
Denn nichts macht den Hund so glücklich,
ganz egal ob jung, ob alt.

Refr.: Drum denk daran,
ein jeder Hund,
der mag spazieren gehen gern.
Kaum fünfzehn Jahr,
die bleiben ihm,
denn dann verglüht auch schon sein Stern.

Refr. wdh.: Drum sei bereit
und nutz die Zeit,
sie ist nicht lang, doch wunderbar.
Die fünfzehn Jahr
sind schnell vorbei,
dann ist dein Hund schon nicht mehr da.

Katzenjäger

1 An einem Tag Anfang September fuhr ein Bauer auf der Landstraße von Yxlösa nach Eksjö. Er hatte eine Sämaschine auf dem Fuhrwerk geladen, die bei dem ganzen Geholper in einem fort rasselte und klapperte. Seine Stute hatte es eilig, als wäre sie auf der Flucht vor dem schrecklichen Getöse, aber wie schnell sie auch lief, sie konnte den Wagen nicht abschütteln – und so ging die Fahrt durch den Wald flott voran. Schon bald kamen sie an eine Brücke. Auf dem Geländer saß ein weinender Junge.

»Was ist denn los?«, fragte der Bauer und hielt die Stute an. »Warum heulst du?«

»Ich habe mein Zweikronenstück verloren«, schluchzte der Junge und zeigte über das Geländer auf einen silbrigen Fleck auf dem Grund des Bachs. »Ich habe versucht, es wieder herauszuangeln, aber ich komme nicht dran.«

»Ach herrje«, sagte der Bauer. Er kratzte sich am Bart. »Du bist nicht hier aus der Gegend, oder?«

»Nein«, antwortete der Junge. »Ich bin aus Skara. Soll einen Onkel in Menighult besuchen.«

»Da brat mir doch einer einen Storch. Bist du den ganzen Weg von Skara zu Fuß gekommen?«

»Ja-a«, sagte der Junge.

Der Bauer kratzte sich noch ein bisschen länger den Bart. Hier musste er natürlich helfen. Kein vernünftiger Mensch lässt ein Kind im Stich, dass weinend an der Straße steht, hundertsechzig Kilometer von zu Hause entfernt. Er stieg vom Wagen herunter und machte die Zügel am Brückengeländer fest.

»Na, mal schauen, was ich für dich tun kann«, sagte er. Er konnte ja sehen, dass der Junge nasse Ärmel hatte, und zwar fast bis zur Schulter hoch, aber so dumm war er selbst nicht. Er zog seine Jacke aus und legte sie auf den Wagen. In der Innentasche seiner Jacke steckte seine Geldbörse. Dort steckten eigentlich alle Bauern ihre Geldbörse hin, wenn sie irgendwohin fuhren. Das wusste der Junge und das wussten seine zwei Kumpane, die ganz in der Nähe im Wald versteckt lauerten und mit gelben Augen zum Pferdegespann hinüberstarrten. Der Bauer krempelte seine Hemdsärmel hoch und kletterte die Böschung hinunter. Das Zweikronenstück lag zwar nicht weit vom Ufer entfernt, aber der Bach war ziemlich tief. Der Bauer ging auf die Knie und tauchte den Arm ins Wasser. Jetzt war sein Ärmel doch nass geworden. Er zögerte.

»Du, weißt du was, lass uns doch hoch zum Wagen gehen und dann schaue ich mal, ob ich nicht vielleicht ein Zweikronenstück für dich habe«, sagte er.

»Nein!«, rief der Junge erschrocken. »Oh, nein, das kann ich nicht annehmen, das ist zu viel! Können wir es nicht lieber noch mal versuchen?«

»Aha, na ja, dann versuchen wir es eben noch mal«, sagte der Bauer und streckte seinen Arm erneut ins Wasser – und nach einigem Ächzen und Stöhnen bekam er die Münze schließlich doch noch mit dem Zeigefinger und dem Mittelfinger zu fassen. »Was sagst du jetzt!«, rief er lachend und hielt das Geldstück hoch, das in der Herbstsonne glänzte, als wären es zehn Kronen und nicht nur zwei.

»Danke!«, sagte der Junge und machte einen Diener bis zu den Knien. »Danke, danke, danke!«

Sie kletterten wieder hoch zurück zur Brücke. Der Bauer rollte die Hemdsärmel herunter und zog seine Jacke an.

»Wie heißt du eigentlich, Junge?«, fragte er.

»Gustav«, antwortete der Junge, aber das war gelogen, denn in Wirklichkeit hieß er Martin. Tatsächlich hatte er nicht ein einziges wahres Wort gesagt, seit der Bauer mit seinem Wagen herangerumpelt war.

»Aha«, sagte der Bauer, »ja, dann gib jetzt gut auf deine zwei Kronen acht und spiel nicht damit herum. Geld gehört in die Tasche.«

»Ja«, sagte der Junge, der nicht Gustav hieß.

Dann machte der Bauer die Zügel los, stieg auf den Kutschbock und fuhr weiter. Wohin er mit seiner Sämaschine unterwegs war, das erfahren wir in dieser Geschichte nicht – aber sicher ist, dass er keine Geldbörse mehr bei sich hatte, als er dort ankam.

Eine Stunde später hing die Jacke zum Trocknen an einer Leine zwischen zwei knorrigen Birken. Basse hatte das Geld aus der Börse des Bauern gezählt. Die Ausbeute des Tages belief sich auf siebenundsiebzig Kronen und zweiundfünfzig Öre. Ich legte die Hände um meine Blechtasse. Der Kaffee, den Freden gekocht hatte, schmeckte abscheulich – aber er wärmte. Es wurde ziemlich kalt, wenn man so lange mit nassen Jackenärmeln herumsaß und auf vorbeifahrende Bauern wartete. Manchmal dauerte es mehrere Stunden, bis jemand auftauchte. Dann musste man von Zeit zu Zeit wieder an den Bach hinuntergehen und die Arme ins Wasser tunken, damit sie »echt« aussahen. Und auf einmal zischte Basse dann: »Pass auf, da kommt einer!«, woraufhin er und Freden hastig im Wald in Deckung gingen. Ich selbst holte unterdessen ein paarmal tief Luft und schluchzte, bis das Weinen kam. Diesen Moment hasste ich am allermeisten. Ja, denn auch wenn ich fror und die Warterei peinlich fand, war es noch viel schlimmer, wenn Basse »Pass auf« sagte. Es war wie ein Schlag in die Magengrube. Abends konnte ich kaum einschlafen. Sobald ich die Augen zumachte, sah ich eine Landstraße vor mir und auf dieser Landstraße kam ein schier endloser Zug rumpelnder Pferdewagen auf mich zu. Auf den

Kutschböcken saßen all die armen Bauern, denen ich in den letzten Monaten ihre Geldbörsen abgeluchst hatte. An unzähligen Brücken hatte ich gesessen, mich in einem großen Bogen von Bottnaryd über Herrböle und Grislunda gelogen. Ich hatte mich Gustav genannt, Bosse, Joel und ich weiß nicht wie noch.

Freden kam auf mich zugewackelt. Sie reichte mir einen Teller mit Speck und etwas Brot. Während ich anfing, den Speck zu essen, legte Basse sich auf den Rücken, blickte in den blauen Himmel und seufzte. Er sagte »Aaaaah«, damit wir anderen begriffen, wie reich und großartig er sich fühlte. Dann spähte er in meine Richtung.

»Schmollt da etwa jemand?«, sagte er.

»Was geht dich das an?«, erwiderte ich.

Er stützte sich auf den Ellenbogen ab. Seine Augen hatten dieselbe schmutzig gelbe Farbe wie ungeputztes Messing.

»Hör auf, dich immerzu und ständig selbst zu bemitleiden, Martin. Dein Schicksal ist nicht schlimmer als unseres.«

Ich schluckte den Bissen herunter, den ich im Mund hatte.

»Ihr zwingt mich«, murmelte ich.

»Tun wir das?« Basse warf Freden einen gespielt überraschten Blick zu. Sie lächelte höhnisch, schien unser Gespräch aber nicht sonderlich spannend zu finden. Sie aß wie immer ihr Graubrot, tunkte es in den billigen Kaffee und verscheuchte mit der Pfote eine Fliege, die an ihr schnuppern wollte.

»Niemand zwingt dich, Martin«, sagte Basse. »Du kannst einfach aufstehen und gehen. Tu das. Geh nur.«

Er legte sich wieder hin, verschränkte seine Pfoten hinter dem

Kopf und schloss die Augen. Es war sinnlos, ihm zu widersprechen. Wir hatte diese Unterhaltung schon so oft geführt. Natürlich konnte ich gehen. Aber dann gab ich zugleich die einzige Hoffnung auf, meinen Vater zu finden. Das wusste Basse und deshalb konnte er »Geh nur« sagen und sein Gesicht zufrieden dem wolkenlosen Himmel zuwenden.

»Wo der Geist des Herrn ist, da ist Freiheit«, sagte Basse. »Entspann dich ein bisschen, Martin. Fühl dich frei.«

Ich stopfte mir eine große Portion Speck in den Mund und schwieg. Das Einzige, was ich gerade fühlte, war, wie sehr ich diese beiden ehrlosen, blutsaugenden Widerlinge verabscheute – und wie ekelhaft die drei Katzenfelle rochen, die direkt neben unserem Lager auf Trockengestellen aufgespannt waren.

Es war immer noch das Jahr 1910. Soweit ich wusste, wohnten Lonna und Ruffe nach wie vor in der Villa Solsäter. Jack saß im Zuchthaus. Dem Kindsraub hatte der Staatsanwalt noch den gestohlenen Fleischwurstring wie eine glänzende fettige Krone aufgesetzt – und damit war Jack zu vollen zwölf Jahren verurteilt worden. Während meiner Zeit in Basses und Fredens Gewalt hatte ich viel an meine alten Freunde gedacht. An Lonnas pechschwarzes Gesicht und ihren Silberblick. An ihren Dialekt mit den vielen üüüs und ööös. Ich hatte an ihre vielen verschiedenen Kniffe gedacht, mit denen sie sich zu helfen wusste, wenn der Hunger zu groß wurde, wie zum Beispiel Harz zu kauen oder kleine Stofffetzen zu essen. An ihr heiseres Lachen, an das Leuchten in ihren

Augen, als ihr auf unserer Fahrt durch die västergötländischen Wälder klar geworden war, dass der Leibhaftige *nichts* mit dem Funken sprühenden Spektakel der staatlichen Eisenbahn zu tun hatte.

Ich hatte an Ruffe gedacht, an seine kleine Strickmütze und die Kalbslederweste, die genauso flatterte wie er selbst. Ja, er bewegte sich wie ein Schmetterling, sprang hierhin und dorthin in ständigen Täuschungsmanövern, damit die Furcht und die Dunkelheit ihn nicht einholen konnten. An all das hatte ich gedacht. Und ich hatte an seine helle, schnelle Stimme gedacht, daran, wie er wirklich immerzu Scherze machte, auf seine manchmal unsichere und zugleich liebenswerte Art. Wir taten wohl alle, was in unseren Möglichkeiten lag, um uns in dieser wirbelnden Welt geliebt zu fühlen, nahm ich an.

Und dann Jack. Jack Jerner, der ein gewöhnliches Hundeleben unter der Treppe auf Norrängen gelebt hatte, aber sich auf einmal auf der Straße durchschlagen musste und dort seinen brodelnden Gerechtigkeitssinn entdeckt hatte. Der in jener Nacht in Hult über sein verschwendetes Leben geweint hatte. Jack war mein großes zitterndes Gewissen. Nur wegen mir hatte der Bezirkswachtmeister ihn festgenommen, diesen Gedanken wurde ich nicht los. Ein echter Freund hätte seine eigenen Bedürfnisse beiseitegeschoben und versucht, dem unschuldig Verhafteten zu helfen. Aber für mich hatte sich immer alles nur darum gedreht, meinen Vater zu finden – und als Basse auf der Bildfläche erschien, waren Jacks Bedürfnisse verblasst. Das machte ihn zu meinem schlechten

Gewissen und ich gab mir alle Mühe, es abzuschütteln. Ich sagte mir: Was jetzt zählt, ist mein Vater. Wenn ich ihn gefunden habe, werde ich auch alles andere klarer sehen. Ich werde mich leicht und glücklich fühlen und vermutlich – ganz bestimmt – erkennen, dass ich Jacks Schicksal ohnehin nicht beeinflussen kann.

Es blieb mir also gar nichts anderes übrig, als zu tun, was Basse und Freden mir sagten. In diesem Leben hatte nämlich alles einen Preis, und wenn ich den Namen meines Vaters von ihnen bekommen wollte, dann musste ich ihn mir verdienen. So lautete die Abmachung. Wir hatten nur nicht vereinbart, wie lange ich für sie lügen und betrügen musste, bis ich genug verdient hatte. Einen Monat, hatte Basse zuerst gesagt. Und als ein Monat um war, da hatte er gesagt: Mja-a, ein bisschen länger musst du dich noch nützlich machen. Und als ein bisschen mehr Zeit verstrichen war, da kam er mit Ausflüchten, sie hätten meinetwegen ja Ausgaben gehabt, nämlich die Wolljacke und ein Paar Holzclogs, weil die Füße von neunjährigen Jungen ärgerlicherweise ja wuchsen. Diese Ausgaben musste ich nun selbstverständlich wieder hereinholen. Ja, und so ging es in einem fort. Inzwischen waren die Äpfel an den Bäumen reif geworden und die Kraniche waren nach Afrika aufgebrochen – aber ich sah immer noch kein Ende meines Elends.

Spät am Abend wollten Basse und Freden auf die Jagd gehen. Der Mond schien heute hell und tagsüber wollten sie lieber nicht schießen, da war ihnen die Gefahr zu groß, geschnappt zu werden. Basse zog seinen haarigen Mantel über und überprüfte das Gewehr.

Währenddessen ging Freden zu den Trockengestellen, um die Felle abzunehmen. Sie war ziemlich geschickt, wenn es darum ging, Katzen zu häuten: Sie setzte das Messer an den Hinterpfoten an, machte einen Schnitt über den Bauch bis zum Kopf und zog das Fell dann in einem Stück ab, als wäre es ein Nachthemd.

»Schmollst du etwa immer noch?«, fragte sie.

»Ich schmolle nicht, ich bin traurig«, sagte ich.

Sie schüttelte seufzend den Kopf. Als sie das erste Fell heruntergenommen hatte, kümmerte sie sich um das nächste.

»Warum könnt ihr das alles denn nicht einfach ohne mich machen?«, fragte ich und jetzt wandte ich mich genauso an Basse wie an sie: »Freden könnte sich doch auf die Brücken setzen und so tun, als hätte sie ein Zweikronenstück verloren – und dann schleichst du dich allein aus dem Versteck und schnappst dir das Geld. Das ginge doch auch!«

Basse lachte.

»Ja, wenn das so klappen würde, dann wäre es eine feine Sache«, sagte er. »Aber dein Vorschlag hat einen kleinen Haken, Martin. Wenn eine wie Freden heulend auf einer Brücke sitzt, dann halten die Leute nun mal nicht an. Sie ist dafür einfach nicht die richtige Person.« Er presste die Zungenspitze an die Schneidezähne und machte wieder sein zischendes Quietschgeräusch. Es klang ein bisschen wie die Glut in unserem Lagerfeuer und konnte alles Mögliche bedeuten. Jetzt gerade hieß es: Schau, wenn die Menschen nur ein bisschen weniger Vorurteile hätten, dann wäre es für uns alle drei viel einfacher.

Er hängte sich die Birkenrindentasche um und schulterte sein Gewehr. Freden, die fertig mit den Fellen war, sammelte ihre klobige Büchse auf und dann verschwanden die beiden in dem kleinen Wäldchen.

Es war wirklich eine Begabung, die Basse da hatte: Wenn man über sein eigenes schweres Los jammerte, dann konnte er das Gespräch immer so drehen, dass es am Ende um die Belange der Hunde ging. Er konnte es so aussehen lassen, als hätte er gar keine andere Wahl, als mich unschuldiges Kind auszunutzen, weil »die Welt nun mal so war«. Er war gerissen, das konnte man wirklich nicht anders sagen. Genau wie Jack hatte er sich selbst das Lesen beigebracht. Ab und zu gab er ein paar Öre für eine Zeitung aus, um nachzusehen, ob mittlerweile Steckbriefe von Freden und ihm darin aufgetaucht waren. Denn davor hatte er Angst. Und deshalb war er auch besonders stolz auf seinen Einfall, mich als Gesicht für ihren Zweikronen-Trick zu benutzen.

Ich lag am Feuer und hörte ab und zu Schüsse fallen. Erst kam der Knall und dann flüsterte das Echo *Tod-Tod-Tod*. In ein paar Stunden würden sie mit einem Bündel toter Katzen zurückkommen. Oben am tintenblauen Himmel zogen die Wolken vorbei wie Nebelschwaden. Im Gras zirpten die Grillen. So waren die Nächte gewesen, als ich damals Fieber hatte und weglaufen wollte, um meinen Vater zu finden. Ich erinnerte mich daran, wie Pär Pärsson meinen Namen gerufen hatte, erinnerte mich an die Ohrfeige, die so plötzlich gekommen war. Er hatte mich nicht oft geschlagen. Sein eigener Vater war da wohl anders gewesen. Das war eine Sache, die er gern erwähnte, wenn ich unartig gewesen war. »Wärst du das Kind meines Vaters gewesen«, sagte er dann jedes Mal, »hätte es Ohrfeigen gehagelt.« Ja, für ihn war die Kindheit bestimmt nicht immer leicht gewesen. Aber auch er war ein hartherziger Mensch geworden.

Ich fragte mich plötzlich, was ich wohl mehr war: auf dem Weg *hin* zu meinem Vater oder auf dem Weg *fort* von Pär Pärsson. Seinen Nachnamen trug ich immer noch, obwohl ich das gar nicht wollte. Aber bis auf Weiteres gab es ja noch keinen anderen Namen, den ich stattdessen tragen konnte.

Manchmal schnürte es mir die Kehle zu, wenn ich darüber nachdachte – dass ich einen Vater suchte, den ich vielleicht niemals finden würde. Seit ich vier Jahre alt und voller Wut gewesen war, hatte ich ihn ganz genau vor mir gesehen. Aber hier in der Fremde, meilenweit von meinen Freunden entfernt und meilenweit entfernt von meinem Vormund, der es mir so leicht gemacht hatte, mich wegzuwünschen, hier war der Zweifel wie eine Geschwulst in meiner Brust gewachsen.

Ich rollte mich auf die Seite. Tränen brannten in meinem Gesicht. Ich fühlte mich elend, einsam und verängstigt und in der Ferne knallten die Waffen der Mörder wie Gewitterdonner durch die Nacht. Kurz und gut, mein Leben sah recht düster aus, damals, Anfang September 1910. Aber tatsächlich war mein Schicksal im Begriff, sich zu wenden. In diesem Moment und an diesem Ort wusste ich noch nichts davon – aber schon drei Tage später sollte etwas ganz Wunderbares passieren.

2 Es verhielt sich nämlich so, dass Basse und Freden die Munition ausging. Statt also loszuziehen und auf die Jagd zu gehen, blieben sie an jenem Abend drei Tage später am Lagerfeuer. Sie redeten nie viel miteinander, lebten in einer mürrischen Komplizenschaft, ohne Zuneigung und Freundlichkeit. Ehrlich gesagt bestanden ihre Unterhaltungen größtenteils aus gehässigen Sticheleien. Aber nun hatten sie ein bisschen Cognac aus Basses Flachmann getrunken und das machte sie beide gesprächiger. Aus irgendeinem Grund dachten sie wohl, dass ich, der ein wenig abseits auf einem Fell lag, schon eingeschlafen war. Aber das war ich nicht. In Wirklichkeit war ich hellwach.

Es fing damit an, dass Freden die Pfote nach irgendetwas ausstreckte, das am Feuer lag. Schnell begriff ich, dass es meine Essensreste waren.

»Willst du auch was?«, fragte sie.

»Nee«, antwortete Basse. Er steckte sich eine Zigarette an, während Freden in den abgenagten Schwarten herumstocherte.

»Der Junge isst wie ein Spatz. Und reden tut er auch nicht. Immer nur Gejammer. Ich hab die Schnauze gestrichen voll von dem Burschen«

»Wen juckt das«, sagte Basse. »So viel Geld, wie wir in den letzten Monaten mit ihm verdient haben, bringen die Pelze in einem Jahr nicht ein.«

»Ja, ne.« Sie kaute ein paar Bissen. »Aber wann lassen wir ihn gehen? Ihn über Winter zu behalten, wird nicht lustig. Dann müssen wir uns ein Zimmer mit ihm teilen.«

»Du hast dir schon mit schlimmeren Vögeln ein Zimmer geteilt.«

»Ja, ja.«

Basse zog an seiner Zigarette.

»Ich werde ihn jedenfalls noch nicht so schnell vom Haken lassen«, sagte er. »Kapierst du nicht, dass das hier vielleicht unsere Gelegenheit ist? Wir könnten uns eine Bude kaufen, einen ehrbaren Weg einschlagen. Sesshaft werden.« Er lachte auf. »Endlich«, sagte er. »Endlich wendet sich das Blatt.«

»Ja, ja«, sagte Freden wieder, stellte den Blechteller ab und trank einen Schluck. »Wenn er nur nicht so anstrengend wäre. Er hat ja nur diese eine Sache im Kopf. Wie kannst du dir überhaupt so sicher sein, dass dieser Kerl, dem du begegnet bist, sein Alter ist? Vielleicht bringst du da was durcheinander?«

»Ausgeschlossen. Ich habe von Angesicht zu Angesicht mit dem Mann gesprochen. Der Junge ist als Einjähriger von Kumla nach Kila gebracht worden. Wie oft kommt es vor, dass ein Kind zehn Kirchspiele weiter in Obhut gegeben wird? In Kumla gibt es doch auch Bauern.«

»Ja, da hast du natürlich recht.« Sie schwieg eine Weile. Das Feuerholz knackte. »Warum war das so?«, fragte sie dann.

»Warum war was wie?«

»Warum haben sie ihn so weit weggeschickt?«

»Weil sein Vater darum gebeten hatte. Nicht, weil ich das so wollte, sondern weil ich dazu gezwungen war, hat er gesagt.«

»Er war gezwungen?«

»Ja. Und es hat ihn gequält. Er saß da und faselte davon, hinzufahren und seinen Jungen zurückzuholen. Aber sein Kamerad meinte, dass das niemals gehen würde. Unterschrieben ist unterschrieben, hat er gesagt.«

»Wie – was denn unterschrieben?«

»Na, du weißt schon, er hatte die Papiere unterschrieben. Dass der Junge ihm nicht mehr gehört. Da kann man nicht ein paar Jahren später angetorkelt kommen und sagen, dass man sich die Sache anders überlegt hat.«

»Warum denn nicht?«

»Woher zum Teufel soll ich das wissen, seit wann arbeite ich bei der Fürsorge?«

»Hehe. Schwester Basse«, sagte Freden, die sich ihren Kumpan wohl gerade mit einem weißen Häubchen auf dem Kopf und einem Arm voller Waisenkinder vorstellte.

»Halt die Schnauze.«

Basse zog den Korken aus dem Flachmann und trank einen Schluck. Als er weitererzählte, klang er bitter.

»Ehrlich gesagt war das ein grässlicher Abend.«

»Welcher? Der, an dem du Martins Vater getroffen hast?«

»Mhm. Weißt du, wo wir da waren?«

»Nee?«

»Im Schlosskeller.«

»Soll das ein Witz sein?«

»Nee. Ich bin da gewesen. Ein einziges verdammtes Mal, als ich jung und dumm war und Geld hatte, bin ich da gewesen. Leber hab ich mir bestellt. Habe mir eingebildet, wenn ich mir so etwas leisten kann, haben sie Achtung vor mir, aber das war ein Irrtum. Ich hatte ja keine Ahnung. Habe schon Trinkgeld gegeben, als das Essen gebracht wurde – tragisch, na ja, du verstehst schon. Ich kam mir vor wie der letzte Depp.«

»Dann ist der Vater des Burschen also ein feiner Herr? Wenn er zum Abendessen im Schlosskeller war?«

»Nja, fein würde ich nicht gerade sagen. Die Gesellschaft, in der er da saß, war ein ziemlich bunter Haufen. Ein Teil von ihnen war wohl an der Universität gewesen und so, aber er hier, er kam eher aus einfacheren Verhältnissen. Schreiberling war er.«

»Schreiberling?«

»Mhm.«

»Einer von denen, die für die Zeitung schreiben?«

»Mhm. Und weißt du, was das Lustigste ist?«

»Nee?«

»Die ganzen Käseblätter, die der Junge in seiner Reisetasche durch die Gegend schleift …«

»Ja?«

»Ich hab einen Blick reingeworfen. Der Name seines Vaters taucht gleich mehrfach darin auf.«

»Wirklich?«

»Ja, klar.«

Freden lachte ein leises, heiseres Lachen, das in ein gänseartiges Glucksen überging.

»Olov Lindroth«, sagte Basse.

»Hä?«

»So heißt er.«

»Ach so … Aber könnte es nicht mehr als einen Olov Lindroth in Schweden geben?«

»Es ist ja wohl klar wie Kloßbrühe, dass es mehrere Olav Lindroths gibt, aber es gibt bestimmt nicht mehr als einen, der für die Zeitung schreibt!«

»Ja, da hast du natürlich recht.«

Es wurde wieder still. Basse zündete sich eine neue Zigarette an.

»Aber das alles wird der Junge noch lange nicht erfahren«, sagte er. »Er bringt uns gutes Geld. Und das ist alles, worauf es ankommt.«

»Ja, ja«, sagte Freden. Dann seufzte sie tief und wurde offenbar müde, denn sie legte sich hin und wälzte sich ein paarmal von einer Seite auf die andere. Es dauerte nicht lang und ich hörte sie schnarchen. Kaum eine halbe Stunde später stimmte Basse mit ein. Da stand ich lautlos von meinem Fell auf. Das Lagerfeuer war fast heruntergebrannt, es war nur noch ein glühendes Auge, das blinzelnd immer kleiner wurde. Ich sammelte meine sieben Sachen zusammen und suchte im Dunkeln nach Jacks Reisetasche. Ich war schon im Begriff, zu gehen, als mir etwas in den Sinn kam. Ich schlich mich zu Basses Birkenrindentasche, die er zum Schlafen als Kopfkissen benutzte, um ihren Inhalt zu bewachen. Vorsichtig, ganz vorsichtig, öffnete ich den Riemen und schob die Hand hinein. Ich musste ein wenig herumtasten, ehe ich es im Innenfach fand: ein Bündel Geldscheine. Lautlos zog ich es heraus und steckte es ein. Dann nahm ich mein Gepäck und marschierte schnurstracks hinaus in die Nacht.

Die Grillen zirpten fast ohrenbetäubend laut. Es war spätsommerlich warm, sicher siebzehn, achtzehn Grad. Ich kam zu einem Zaunübertritt, der in ein Getreidefeld führte. Der Roggen stand schon hoch, er würde sicher dieser Tage gemäht werden. Ab und zu blieb ich stehen und drehte mich um, aber niemand verfolgte mich. Niemand war im Begriff, mir eine Ohrfeige zu verpassen oder mich zu fragen, was zur Hölle ich hier draußen trieb. Die Nacht und ich waren eins. Der Himmel war übersät von Tausenden von Sternen. Ja du, Basse, dachte ich, ich habe euch gutes Geld gebracht. Aber jetzt ist das gute Geld weg und du stehst mit leeren Pfoten da.

Und hätte ich schreiben können, dachte ich, dann hätte ich hier und jetzt wohl einen Brief an den Bezirkswachtmeister geschrieben. Ich hätte ihm von diesen abscheulichen Schurken und all ihren Verbrechen berichtet und ich hätte ihm mitgeteilt, wo sie ihr Lager hatten, damit er sie finden und am Kragen packen würde. Aber ich konnte nicht schreiben. Ich war das, was man mit einem vornehmen Wort einen Analphabeten nannte – und nun war ich auf dem Weg, meinen Vater zu suchen, den Schreiberling.

3 Der darauffolgende Tag war sonnig und herrlich. Die Zitronenfalter tanzten in großen Schwärmen über den Grasbüscheln, der Himmel leuchtete kornblumenblau. Ich hatte ein paar Stunden in einem Birkenwäldchen geschlafen und war schon seit der Morgendämmerung auf den Beinen. Der Weg, dem ich folgte, schlängelte sich durch lichte Wälder und Wiesen wie ein Faden, den man aus der Jacke eines Riesen gezogen hatte.

Jacks Reisetasche zu tragen fühlte sich mit einem Mal so merkwürdig an. Sie brannte förmlich in meiner Hand. Als würde in ihrem geblümten Bauch jemand um sich treten, der hinauswollte. Vater! Mein Vater steckte in dieser Tasche! Ein paar dieser Zeitungen waren mehrere Jahre alt. Und Jack hatte unter unserer Treppe gesessen und Dinge gelesen, die mein Vater geschrieben hatte, ohne dass einer von uns davon gewusst hatte! Ja, das war ein merkwürdiges Gefühl und die Reisetasche brannte und juckte wie Brennnesseln in meinen Fingern.

Das Geld brannte komischerweise gar nicht. Es lag gebündelt in meiner Tasche, kühl und ganz selbstverständlich. Ich hatte es den Katzenjägern aus einem einzigen Grund weggenommen: Sie sollten zu spüren bekommen, dass ich weg war. Und zwar schmerzlich zu spüren bekommen! Vor meinem inneren Auge sah ich Basses entsetztes Gesicht vor mir, wenn er entdecken würde, dass das kleine Innenfach leer war; ich stellte mir vor, wie er die Tasche umdrehte und schüttelte, sodass alles herausfiel; wie er fahrig zwischen den Patronen, seiner Zigarettendose und lauter unnützem Zeug herumwühlte – und wie er schließlich den Kopf zum Himmel reckte und in wütendes Geheul ausbrach.

»Haha!«, lachte ich und sprang mit einem Satz über einen Zaun, so leichtfüßig, als hätte ich Federn in den Knien. Dann versuchte ich den ganzen Vormittag über, Basses Quietschgeräusch mit meiner Zunge nachzumachen, und als ich an einen Bach kam, nahm ich das Geldbündel aus meiner Tasche, ging in die Hocke und setzte es wie ein Boot ins Wasser. Die Strömung erfasste es, trug es vielleicht zehn Meter mit sich und dann blieb es in einem Strudel hängen und fing an, sich im Kreis zu drehen. Ich glaube, es war der sechste oder siebte September.

Am Nachmittag kam ich an ein abgeholztes Waldstück. Der Weg grub sich durch das Gestrüpp auf dem zugewucherten Schlag.

Von Weitem sah ich, dass mir jemand entgegenkam. Noch war er ganz klein, blitzte kurz auf und verschwand in der flimmernden Luft; eine Rußflocke, die näher geweht wurde, als würde der Herbstwind sie von hinten schieben und schubsen.

Als wir uns begegneten, blieb ich stehen und verbeugte mich.

»Guten Tag«, sagte ich.

Der Mann lachte. Ein Landstreicher war er. Trug sein Bündel im Arm wie einen Säugling.

»Guten Tag, guten Tag«, erwiderte er.

»Schönes Wetter«, sagte ich.

Er runzelte die Stirn, schien irgendetwas an mir eigenartig zu finden.

»Bist du nicht ein bisschen zu jung, um herumzuvagabundieren?«, fragte er mit einem Blick auf mein Gepäck.

Ich antwortete nicht. Ich betrachtete seine zerlumpte Erscheinung. Mit seinen fehlenden Zähnen und den langen Haaren glich er eher einem Hund als einem Menschen. Er hatte keine Schuhe an, sondern seine Füße nur mit Lumpen umwickelt.

»Kannst du lesen, Onkelchen?«, fragte ich.

»Lesen? Na, Teufel aber auch, und wie ich das kann.«

Ich stellte meine Sachen ab und nahm die oberste Zeitung aus Jacks Tasche heraus.

»Kannst du mir dann vielleicht sagen, ob Olov Lindroth einen der Artikel hier drinnen geschrieben hat?«, fragte ich.

Der Landstreicher setzte sich an den Wegesrand, er war so dürr, dass sein knochiger Hintern Löcher in die Hose gebohrt hatte. Mit kleinen, wässrigen Augen überflog er den Inhalt der Zeitung. Ab und zu hob er den Kopf und warf mir einen strengen Blick zu.

»Hüte dich vor dem Vagabundenleben, Junge«, murmelte er. »Das sage ich dir. Such dir ein Zuhause. Und sei es noch so klein.«

»Es ist aber keine leichte Sache, sich einfach eins zu suchen«, antwortete ich. »Ist man ohne zur Welt gekommen, dann lebt man auch ohne. Das habe ich jedenfalls so gehört.«

Er schaute wieder hoch.

»Bist du denn wirklich ohne zur Welt gekommen? Du machst mir gar nicht so den Eindruck.«

»Ich weiß nicht, womit ich zur Welt gekommen bin und womit nicht. Ich weiß nur, dass ich fast mein ganzes Leben an einem Ort verbracht habe, der nicht der richtige war. Aber das wird sich jetzt ändern. Findest du den Namen, Onkelchen?«

»Nee.«

»Versuch es mal hier«, sagte ich und gab ihm eine andere Zeitung, eine, die von einer anderen Sorte war als die erste.

Er nahm sie und fing an zu blättern. Danach reichte ich ihm noch eine dritte Zeitung und eine vierte. Sein Blick wanderte kreuz und quer über die Seiten. Er brummte und schüttelte sich, schien Kopfschmerzen vom Lesen zu bekommen. Aber dann wurde er still. Er schob das Gesicht näher an den Text heran und kniff die Augen zusammen. Solange ich lebe, werde ich mich daran erinnern, wie er seinen sonnengebräunten, runzligen Finger ausstreckte und auf zwei Wörter tippte.

»Da«, sagte er.

Alles in mir drehte sich. Für eine Sekunde schwoll mein Herz zu seiner doppelten Größe an.

»Ganz sicher?«, fragte ich. »Bist du ganz sicher, dass da Olov Lindroth steht?«

»Ja«, sagte er.

Ich schluckte ein paarmal.

»Wie heißt diese Zeitung?«

Der Landstreicher blätterte auf die erste Seite zurück.

»Åstads Allgemeine.«

»Ist sie schon alt?«

»Hä?«

»Wie alt ist die Zeitung?«

»Die hier? Das weiß ich nicht.«

»Ja, aber was steht denn da oben in der Ecke? Neunzehn…?«

»Ach so, das meinst du, ja, sag das doch gleich. Neunzehnhundertneun. Neunzehnter Dezember«, sagte der Landstreicher und gab mir die Zeitung zurück.

»Dachte ich mir schon.«

»Was?«

»Ich dachte mir schon, dass da neunzehnhundertneun steht, aber ich wollte sicher sein.« Ich betrachtete die schwarzen Buchstaben, die den Namen der Zeitung bildeten. »Das da«, sagte ich und zeigte auf das erste Wort. »Das ist eine große Stadt, oder?«

»Ja, du.«

»Du weißt nicht zufällig, wie man da hinkommt?«

»Na hör mal, natürlich weiß ich das«, rief er fast schon beleidigt. Er stand ungelenk auf und fing an, mir mit Händen und Füßen die Richtung zu zeigen und wortreich zu erklären. Ich müsste einfach nur so und so lang weiter diesem Weg folgen, dann diesen und jenen Abzweig nehmen und immer so weiter. Es würde wohl so an die vier bis fünf Tage dauern, dann sollte ich dort sein. Ja, und zur Sicherheit könnte ich ja unterwegs auch noch mal nachfragen.

»Danke«, sagte ich. »Das mache ich.«

Er schüttelte den Kopf.

»Nimm dich in Acht, Junge. Eines Tages ist es zu spät.«

»Was meinst du, Onkelchen?«

Der Landstreicher zögerte. Er fuhr sich mit den Fingern durch den spärlichen Bart.

»Heimatlosigkeit«, sagte er und seine Stimme klang, als hätte er ein schrecklich schauriges Wort ausgesprochen. »Am Anfang ist es noch etwas, das man sich selbst ausgesucht hat. Du willst nicht dazugehören. Du willst frei sein, deiner eigenen Wege gehen. Aber eines Tages merkst du, wie kalt es da draußen ist. Du frierst und willst rein. Aber dann ist es zu spät. Dann gibt es im ganzen Land niemanden mehr, der dich mit offenen Armen aufnimmt. Dann musst du weiter frieren.«

»Oje. Ja, das tut mir wirklich leid, Onkelchen.«

Er schnaubte.

»Onkelchen, Onkelchen! Bald kommt der Winter! Denk an meine Worte!«

»Das werde ich.«

Und dann ging er in seine Richtung weiter und ich in meine. Nach etwa zehn Metern blieb ich stehen und drehte mich um.

»He, Onkelchen!«

»Ja?«

»Du kennst dich doch bestimmt gut hier in der Gegend aus, oder? Dann kennst du doch sicher auch den Abzweig, ungefähr drei Stunden von hier, der an einem Trafoturm vorbeiführt?«

»Meinst du den Långängapfad?«

»Ich weiß nicht, wie er heißt, aber wenn man an dem Turm vorbeigeht, dann kommt man gleich danach an eine Biegung und dort bei der Kuhweide fließt ein Bach.«

»Ja, ja, das ist der Långängapfad. Worauf willst du hinaus?«

»Onkelchen, wenn du dem Bach folgst bis zu der Stelle, wo das Wasser einen Strudel bildet, dann wirst du dort etwas finden. Etwas, das dich vielleicht erfreut. Und dich im Winter ein bisschen wärmen wird.«

»Über was für eine Teufelei redest du da? Versuchst du, mich reinzulegen?«

»Geh nur hin, Onkelchen, du wirst es dann schon sehen.«

Misstrauisch runzelte er die Stirn. Nach einer Weile knurrte er: »Na ja, ich kann ebenso gut dorthin gehen wie an jeden anderen Ort. Aber ich verwette meine Hose darauf, dass du mich nur reinlegen willst.«

»Adieu, Onkelchen.«

»Ja, ja.«

Und so trennten sich unsere Wege. An diesem Tag malte ich

mir oft aus, wie er vielleicht gerade dort den Bach entlangstapfte und dann bei dem Strudel stehen blieb. Wie er ungläubig blinzelte, als er die vielen Geldscheine sah, die sich aus dem Bündel gelöst hatten und im Wasser herumtrudelten wie Möwen um ein Stück Brot. Ich stellte mir vor, wie er auf seinen alten, wackeligen Beinen in den Bach watete, wie er danach seinen Fang in einen Busch hängte und dann im Gras lag, auf einen Arm gestützt, und zusah, wie Basses Fünfer und Zehner langsam in der Sonne trockneten. Und ich stellte mir vor, dass er sich von einem Teil seines Reichtums Schuhe und einen Wollmantel kaufte.

Die Luft wurde immer herbstlicher. Die Birken verteilten gelbes Konfetti in den Wäldern und der Steinpilz setzte seinen großen braunen Hut auf. Tagsüber wanderte ich auf den Wegen, die der Landstreicher mir beschrieben hatte, und wenn es Abend wurde, suchte ich mir eine Scheune zum Schlafen. Das Heu duftete immer noch nach Sommer. Mancherorts reichten die Vorräte hoch bis zur Scheunendecke. Das Vagabundenleben, dachte ich, als ich so dalag und das ferne Muhen der Bullen hörte, ist vielleicht gar nicht so übel. Das alte Onkelchen hatte seine eigene Sicht der Dinge. Aber man kann ja unterschiedlicher Meinung sein? Ich hatte die Taschen voller Brot und Kuchen und kleiner Äpfel. Wann immer ich eine Bauersfrau oder eine Magd traf, bekam ich etwas zu essen in die Hand gedrückt. Vielleicht, dachte ich, und steckte mir ein Stück Kuchen in den Mund, war ich mein Leben lang unterwegs gewesen? Weder zu jemandem hin noch von jemandem fort – sondern einfach nur unterwegs?

In dieser Nacht träumte ich, dass ich schwere Taschen trug. Der Weg, der vor mir lag, war unendlich lang. Als ich an eine Kreuzung kam, traf ich einen zerlumpten Mann. Ich bat ihn, mir mit den Taschen zu helfen, was er ohne Murren tat. Wir wanderten eine Weile nebeneinander her und die Welt war nicht mehr als eine Murmel aus Stein. Sie drehte sich unter unseren Füßen und der Himmel war so groß und weit. »Wie heißt du?«, fragte ich den Lumpenkerl. Er grinste ein zahnloses Lächeln und schüttelte seinen zerzausten Kopf. Er antwortete nicht auf meine Frage, aber kurz bevor ich aufwachte, da stimmte er ein Lied an. »*Ram-tin-tin*«, sang er, wieder und wieder. »*Ram-tin-tin, Ram-tin-tin, Ram-tin-tin, tiddeli-tu.*«

4 So kommen wir zu Montag, dem 12. September, also dem flirrenden Tag, an dem ich in der großen Stadt ankam. Dem Tag, dem ich in meiner Erinnerung einen besonderen Platz eingeräumt habe. Wie ein verlorener Handschuh, der auf der Erde liegen geblieben ist und den jemand an einen Baum gehängt hat, damit man ihn von überallher besonders gut sehen kann. Wollwalkgrau, nass und verschüchtert hängt der Handschuh an einem Zweig – und wenn ich die Augen schließe und mich zurückdenke, dann fühle ich mich ziemlich wollwalkgrau, nass und verschüchtert, wie ich dort die Hauptstraße entlanggehe.

Es hat seit ein paar Stunden geregnet, aber jetzt lässt es nach. Ich frage verschiedene Menschen nach dem Weg zur Zeitung. Sie befindet sich in einer großen, roten Burg mit Turm. Die Dämmerung zieht über den Dächern der Häuser auf. Ich gehe die steinerne Treppe hoch. Vor der Doppeltür, die nach Leder riecht, sitzt eine Frau.

Mit sehr trockenem Mund spreche ich sie an.

»Arbeitet Olov Lindroth heute?«

»Olov Lindroth?«, wiederholt die Frau. »Der arbeitet nicht hier.«

»N-nicht?«

»Nein.« Sie lächelt. Es ist ein freundliches Lächeln. »Aber er schreibt natürlich für diese Zeitung.«

»I-ich verstehe nicht ...?«

»Er arbeitet nicht *bei* der Zeitung«, sagt sie und lächelt noch freundlicher, fast herzlich. »Er arbeitet *für* die Zeitung.«

»A-ah. Ach so.«

Die Frau schreibt mir eine Straße und eine Hausnummer auf. *Nygatan 28.* »Da sollte er anzutreffen sein«, sagt sie. »Wobei, manchmal zieht er um und dann kann es auch mal ein paar Tage dauern, bis ich seine neue Anschrift bekomme.«

»Aha«, sage ich wieder und mache einen Diener. »Ja, dann danke auch.«

Ich suche mir in der wimmelnden Stadt meinen Weg. Ich frage mal die eine, dann den anderen. Inzwischen ist es dunkel. Ab und zu riecht es komisch. Nach einer Weile wird mir klar, dass es die Dohlenkacke unter den Bäumen ist, die so stinkt. Die schwarzen Vögel fliegen in großen Schwärmen aus allen Richtungen über die Stadt.

Dann bin ich da. Ein Haus aus Stein, drei Stockwerke. Ich gehe durch das Torgewölbe. Es riecht säuerlich, vielleicht nach Putzwasser. Der Pförtner erscheint und ich nenne Vaters Namen.

»Der Schreiberling, ja«, antwortet der Pförtner. »Im Hinterhaus, ganz oben. Geh einfach hier gerade durch.«

»Danke«, sage ich. Ich gehe an Feuerholzkisten vorbei und an einer Reihe von Klohäuschen. Dann hebe ich den Blick. Ich sehe, dass Licht brennt, ganz oben im Hinterhaus. Ich frage mich, ob es wohl ein Arbeitslicht ist. Ich frage mich, ob der Schreiberling abends arbeitet. Später, viel später, wird Vater mir erzählen, dass ein Verfasser immer arbeitet, aber in diesem Augenblick weiß ich das natürlich noch nicht.

Ich öffne die schwere Tür. Hier drinnen gibt es kein Licht. Die Treppe nimmt kein Ende. Als ich oben angekommen bin, ist mein Herz ganz angeschwollen. Wie etwas, das zu lange im Wasser lag. Ich stelle die Reisetasche ab. Klopfe an.

»Ja?«, antwortet jemand, laut und hastig. Ich bekomme Angst. Erst jetzt wird mir bewusst, dass das Ganze auch schrecklich schiefgehen könnte. Mein Vater könnte wütend werden. Vielleicht hat er schon vor langer Zeit beschlossen, dass er nichts von mir wissen will? Diese Tagträumereien, dass er jahrein, jahraus meinetwegen in sein Kopfkissen geweint hat, sind natürlich vollkommen dämlich. Wer liegt denn schon acht Jahre lang ununterbrochen schluchzend im Bett?

Wenn doch nur Jack mit seiner Unerschrockenheit hier wäre. Lieber Gott, wenn er doch nur hier wäre, denke ich. Dann öffne ich die Tür.

Vater sitzt an einem Tisch. Er hält einen Füllfederhalter in der Hand. Ich sehe sofort, dass Jacks Gerede von dem schmucken Kerl keine Übertreibung war. Mein Vater ist richtiggehend schön. Höchstens ein bisschen übergewichtig. Die blonden Haare hat er zur Seite gekämmt. Seine Augen sind groß, blau und kindlich.

»Kann ich dir helfen?«, fragt er.

Ich bringe kein Wort heraus. Mein Mund steht offen. Meine Hand umklammert immer noch den Türgriff.

Auch mein Vater schweigt. Von dem Hastigen ist nichts mehr zu merken. Wie alte Farbe scheint es von ihm abgeblättert zu sein. Nach einer Weile fragt er:

»Bist du Martin?«

Ich nicke.

»Das dachte ich mir schon«, sagt Vater.

Er sieht mich lange an. Seine Augen sind wirklich *sehr* kindlich. Fast ängstlich. Er versucht zu lächeln.

»Komm ruhig rein.«

»Ja.«

Ich trete über die Schwelle und schließe die Tür, schaue mich um. Die Tapete an der Wand hat ein großes Muster aus Medaillons. Ein Sekretär nimmt ziemlich viel Platz ein. Vater mietet immer möbliert, aber das weiß ich da natürlich noch nicht.

Er sagt, er würde mir gern etwas anbieten, aber er habe nicht so viel im Haus. Er öffnet seine Schränke, als wollte er trotzdem nachschauen. Gewürze und Sardinen. Er fragt, ob ich wenigstens ein Glas Wasser möchte. Ich sage Ja.

Als ich das Wasser bekommen habe, setze ich mich. Auf dem Tisch liegt Vaters Arbeit. Jede Menge vollgeschriebene Blätter. Manche sind zerschnitten und mit anderen Blättern zusammengeklebt. Auch eine Schere und Klebstoff liegen auf dem Tisch. Vater mustert mein Gepäck.

»Warst du lange unterwegs?«

»Ja, ziemlich.«

Er nickt, sucht nach Worten.

»Aus Kila?«

»Ja«, sage ich.

Er nickt wieder. Dann wird es still und ich trinke mein Wasser. Vater findet es furchtbar ärgerlich, dass er nichts Besseres für mich dahat. Die blauen Augen wandern die ganze Zeit hin und her.

»Was hältst du davon, wenn ich dich auswärts auf eine Kleinigkeit zu essen einlade?«

»Ja, doch, gern.«

Vater löscht die Lampe und schließt die Tür ab. Gemeinsam gehen wir durch die Stadt. Ich sehe mein Spiegelbild von Schaufenster zu Schaufenster springen. Ein unsteter, schwarzer Umriss. Natürlich bin ich erleichtert, dass Vater überhaupt nicht verärgert zu sein scheint, aber ich bin auch ziemlich traurig, dass er gar nicht so wirkt, als würde er sich freuen. Er hat mich nicht in den Arm genommen. Ich bilde mir ein, dass er das nicht will, aber später, viel später erst, als ich ihn besser kenne, verstehe ich, dass ihm solche Dinge unangenehm sind. Vater liegen diese großen Gesten nicht. Niemals würde er jemandem um den Hals fallen und er würde mich auch niemals durch die Luft wirbeln und »Endlich ist mein Junge nach Hause gekommen!« jubeln. Dabei sind jetzt gerade sehr viele Gefühle in meinem Vater. Er kann sie nur nicht ordnen und eigentlich mag er auch keine Überraschungen. Aber nichts von alldem weiß ich zu diesem Zeitpunkt. Ich bin nur ein bisschen unglücklich, weil Vater nicht lacht und juchzt.

Wir gehen zu einem Restaurant. Es befindet sich in einem Keller. Vater gibt der Garderobiere seinen Mantel und meine Wolljacke. Sie wechseln ein paar Worte miteinander. Der Oberkellner ist schon auf dem Weg zu uns. Jeder hier kennt meinen Vater, das merkt man gleich.

Wir bekommen die Eins. Tisch Nummer eins.

»Denkst du, du schaffst eine Vorspeise?«, fragt Vater.

Ich schüttele den Kopf. Ich halte die Speisekarte in meinen zitternden Händen. Ich KANN ihm nicht sagen, wie es mit mir und den Buchstaben steht. Die Holzschuhe an meinen Füßen sind schon schlimm genug. Ich passe nicht hierher. Ich fühle mich schrecklich, umringt von diesem vornehmen warmen Kerzenlicht.

Vater lächelt vorsichtig, fragend. Diese Art zu lächeln wird er wohl niemals ablegen. Er schaut auf meine Speisekarte. Ich lege sie auf den Tisch.

»Such du etwas für mich aus, Vater«, sage ich und erstarre schon im nächsten Augenblick vor Schreck. Es war überhaupt nicht meine Absicht, ihn *Vater* zu nennen. Was wird jetzt geschehen? Wird der Himmel einstürzen?

Aber Vater nickt nur und sieht sich das Menü noch einmal an.

»Isst du gern Kalb?«, fragt er.

Ich antworte »Ja«.

Und Vater bestellt Kalb.

Wir schweigen, als wir zu seinem Zimmer in der Nygatan zurückgehen. Ich denke, dass es hier in der Stadt schon viel herbstlicher ist als draußen auf dem Land. Die Dunkelheit ist samtig schwarz und über allem schweben die Lichter der Gaslaternen wie aufgereihte weiße Sonnen. Das Laub auf der Straße ist nass und ich rutsche einmal aus.

»Ist alles in Ordnung?«, ruft Vater erschrocken.

»Ja, alles gut.«

Dann sind wir wieder still.

»Schläfst du hier?«, fragt Vater, als wir im Hinterhof angekommen sind.

»Ja. Schon.«

Er bereitet mir ein Bett auf dem Boden mit allen Decken, die er hat. Er selbst braucht keine Decke, sagt er. Er sagt, dass er nie friert.

5 Die darauffolgende Zeit ähnelte diesem allerersten Abend in vielen Dingen. Wir lebten wie in einer Blase, Vater und ich. Eine schüchterne und freundliche kleine Blase, wie die Seifenblasen, die im Zinkbecken zurückbleiben, wenn man abgespült hat. Unsere Blase hatte ein Fenster zum Hof: ein gewölbtes Rechteck, das die Welt dort draußen krumm und unwirklich erscheinen ließ. Nur das, was davor war, im Inneren, war greifbar für mich.

Tagsüber arbeitete Vater.

»Du kannst doch rausgehen und ein bisschen Spaß haben«, sagte er – und ich lief draußen in dieser krummen, unwirklichen Welt herum und versuchte, Spaß zu haben. Ich hatte keine Ahnung, wie das ging. Mit großen Augen betrachtete ich Droschken,

Polizisten und Grenadiere. Jungen auf Fahrrädern fuhren in großen Schwärmen herum. Die Menschen sahen elegant aus, blond, städtisch. Nur ich war dunkel. Nur ich war bäurisch und schämte mich und hatte viel zu viele Haare. Da half es auch nichts, dass Vater mir Schnürschuhe gekauft hatte. Ich konnte trotzdem noch nicht strahlen.

Aber das Zimmer hoch über dem Hinterhof war ein warmer, heller und wirklicher Ort. Dort trafen wir uns, Vater und ich, wenn die Uhr fünf geschlagen hatte.

»Bist du gut vorangekommen bei der Arbeit?«, fragte ich.

»Sehr gut«, antwortete Vater und schob seine ganzen Unterlagen zu einem Stapel zusammen. Ganz obenauf legte er die große Schere; als Gewicht, das verhindern sollte, dass der Windzug alles vom Tisch wehte, sobald jemand die Tür öffnete.

Abends aßen wir in einem der »besseren« Restaurants. Essen musste *gut* sein. Niemals gab es etwas Schlechtes oder Langweiliges. Ich nahm immer zuerst ein paar Bissen. Dabei aß Vater mit den Augen mit.

»Na, das hat aber geschmeckt, oder?«, fragte er.

»Ja-a«, sagte ich.

Vater lachte, dabei zeigte er mit breitem Grinsen alle seine Zähne. Dann stürzte er sich auf sein eigenes Essen. Er aß mit großem Appetit und Begeisterung, hob sein Glas und nickte mir ein Prost zu, ehe er trank. Und ich saß ihm vollgefressen gegenüber und war glücklich. Ich dachte an die gemeinen Strolche in der Villa Solsäter, die ihren billigen Fusel direkt aus der Flasche tranken. Die wissen gar nichts, dachte ich, aber mein Vater kennt sich aus. Er hat hundert Tentakel, die er überall in die Welt ausstrecken kann und die ihm alles verraten. Er weiß, wie man eine Serviette auf den Schoß legen muss und wie man mit den Kellnern im Restaurant redet. Vater beherrscht eine besondere Geste: Er tut so, als wäre seine linke Handfläche ein Blatt Papier und sein rechter Zeigefinger ein Stift. Dann schreibt er mit dem Fingerstift auf das Handflächenpapier und schon weiß der Kellner, dass Vater bezahlen will. Er eilt herbei und wie von Zauberhand liegt die Rechnung auf unserem Tisch und die beiden wechseln noch ein paar warme Worte miteinander. Die ganze Welt scheint meinen Vater zu lieben, dachte ich. Und wunderte mich darüber, dass mein Vater mich zu lieben schien.

Dann kamen andere Tage. Das Zimmer wurde kälter. Vater wurde schwermütig, wollte nicht so viel reden. Ich hatte das Gefühl, als würde er mir etwas verheimlichen. Auf einmal sagte er: »Wir ziehen um.« Er sagte es, als wäre es eine lustige und schöne Überraschung. Alles musste schnell gehen, der Umzug sollte schon am selben Nachmittag stattfinden. Ich stand im Treppenhaus und hörte den Vermieter mit Vater schimpfen. Vater gelang es, den Mann zu beruhigen, so etwas war eine Leichtigkeit für ihn. Aber der Vermieter sah immer noch grimmig aus, als wir unsere Taschen nahmen und verschwanden.

Wir zogen in ein neues Zimmer und besuchten neue »bessere« Restaurants. Und so hätte es einfach weitergehen können, wenn sich nicht in meinem Inneren etwas zusammengebraut hätte. Anfangs war ich einfach unbedarft gewesen. Doch das Unbedarfte wich zurück und machte der Enttäuschung Platz: Warum sagt Vater nichts? Warum spricht er nicht über *richtige Sachen* mit mir? Vielleicht ist es ja bei diesem Essen so weit, dachte ich dann. Und so dachte ich Abend für Abend, aber ich wartete vergeblich. Nach und nach wurde mir klar, dass Vater niemals richtig mit mir reden würde. Er wollte immer nur lächeln und strahlen und der nette Vater sein. Er wollte Fleisch für mich bestellen und seinen kleinen dunklen Jungen lieb haben – aber er hatte nicht die Absicht, sich zu erklären.

Eines Abends kam der Wutanfall. Wir waren gerade durch die Tür gekommen, zurück in das Zimmer im Haus an der Ecke Änggatan/Näbbgatan. Mir war flau von der Sahnesoße, die ich im Restaurant in mich hineingelöffelt hatte, und ich war mir jetzt ganz sicher, dass ich zu lange gewartet hatte. Ich hatte Vaters Liebe genommen und mich wie ein sahneschlürfender Dummkopf damit vollgestopft. Ich war *immer noch der Martin, der sich zum Gespött gemacht hatte.* Als die ganze Wut aus mir herausplatzte, bekam ich fast selbst Angst vor mir. Ich machte Vater Vorwürfe, schrie so laut, dass sich meine Stimme überschlug: »Warum? Warum hast du mich weggegeben? Warum sagst du nichts dazu? WARUM SAGST DU NICHTS?«

Vater fasste sich ans Herz und musste sich hinsetzen. Das hier war zu viel für ihn. So etwas verkraftete er nicht. Er sagte nur: »Das ist zu viel.« Ich schimpfte weiter und beschuldigte ihn, aber er war durch nichts zum Reden zu bringen. Wütend griff ich nach der

Papierschere und bedrohte ihn damit. Was würde er wohl dazu sagen, wenn ich damit auf ihn losgehen würde, na?

Vater verzog keine Miene.

Da richtete ich die Schere gegen mich selbst. Ich bohrte die Spitze in meinen Bauch und schrie: »Na? NA?«

»Martin«, sagte Vater. Er sah plötzlich verändert aus. Alt und faltig. Innerhalb von wenigen Augenblicken war sein Gesicht eingefallen. Immer wieder sagte er meinen Namen: »Martin. Gibt es irgendetwas, was ich tun kann, um diese acht Jahre wiedergutzumachen?«

»Nein!«, antwortete ich. »Nichts kann das wiedergutmachen! Niemals!«

Ich warf mich in das Ausziehbett, das mein Schlafplatz war, und dort blieb ich für Stunden liegen und weigerte mich zu reden. Irgendwann schlief ich ein, das Gesicht in meinem nass geweinten Kissen vergraben. Als ich am nächsten Morgen aufwachte, war Vater nicht da. Ein sieben Seiten langer Brief lag auf dem Küchentisch.

Ich stürzte mich auf die Blätter, starrte voller Entsetzen die winzigen Kringel an, die in schnurgeraden Linien von links nach rechts huschten. Was stand da? WAS STAND DA? Meine Hände zitterten, plötzlich glitt mir der ganze Stapel aus den Fingern. Die Briefseiten segelten sachte auf den Boden. Zwei rutschten unter das Büffet. Ich hob sie wieder auf, drehte und wendete sie weinend. Was, wenn mein Gefühlsausbruch ihn vertrieben hatte? Was, wenn er diesen Brief geschrieben hatte und dann für immer fortgegangen war?

Oh! Oh, Vater! Bitte, sag, dass du nicht für immer fortgegangen bist!

Ich rannte los, um jemanden zu finden, der mir den Brief vorlesen konnte, ganz egal, wer es war! Die Welt verschwamm hinter einem Schleier aus Tränen und Angst. Als ich in den Tordurchgang rannte, stieß ich geradewegs mit jemanden zusammen, der in diesem Moment von der Straße kam.

Es war Vater. Er hatte Brot fürs Frühstück und eine Flasche Milch im Arm. Mit seinen großen blauen Augen sah er erst den Brief an und dann mich.

»Vater«, schluchzte ich, mit vor Scham glühenden Wangen. »Vater – ich kann nicht lesen, Vater.«

So kam es, dass Vater gezwungen war, mir den Brief vorzulesen, den er mir geschrieben hatte, um mir die ganze Geschichte zu erzählen: Warum er zu dem Entschluss gelangt war, mich mit gerade mal einem Jahr fortzugeben und das Recht auf Anonymität in Anspruch zu nehmen, um die Verbindung zwischen ihm und mir für alle Zeiten zu durchtrennen. Aber zuerst musste er sich ein paar Gläser genehmigen. Ein paar *kleine* Gläser. Dann setzte er sich an den Tisch, legte sich die Blätter zurecht und fing an zu lesen. Seine Stimme klang schrill. Als ich später in meinem Leben zur Schule ging, erinnerte ich mich an Vaters schrille Stimme, wenn wir Kinder uns vorn an die Tafel stellen mussten, um der Klasse unsere Aufsätze vorzulesen. Manche meiner Klassenkameraden wirkten in diesen Momenten angespannt und ängstlich. Als würde ihnen jemand einen Spieß in den Rücken bohren. Ja, da musste ich immer ein bisschen an Vater denken und ich begriff, dass ihm nur wenig im Leben so schwergefallen war, wie mir damals diesen Brief vorzulesen.

Und der Brief begann an einem Tag im Januar neun Jahre zuvor, also jenem Tag, an dem ich in einem Mansardenzimmer in der Trädgårdsgatan in Kumla geboren wurde. Es war der erschreckendste und schönste Tag in Vaters Leben. Als er mich zum ersten Mal sah, wurde ihm angst und bange, weil ich so zart und schwach aussah. Es war eine schwere Geburt gewesen und auch meine Mutter war sehr geschwächt. Aber Vater nahm meine winzig kleine Hand und sagte, von nun an würde er alles tun, um mir zu helfen, mich in dieser Welt zurechtzufinden. Er wollte mir alles beibringen, was er selbst konnte, und niemals mit mir schimpfen, denn als er selbst ein kleines Kind gewesen war, hatte sein Vater immerzu mit ihm geschimpft und es gab selbst jetzt noch Zeiten, in denen es ihm deswegen schlecht ging. Es folgten frostige, aber glückliche Wochen in der Mansarde in der Trädgårdsgatan.

Und dann kam die Schwindsucht. Mutter, die sich noch nicht richtig vom Kindbett erholt hatte, wurde sehr schnell sehr krank. Sie starb in einer Juninacht, als der Kuckuck rief. Auf einmal war das Leben für Vater ziemlich hart. Er musste arbeiten und Geld verdienen, aber gleichzeitig musste er sich auch um mich kümmern. Es ging nur noch darum, *irgendwie über die Runden zu kommen*, wie er es im Brief nannte. An manchen Tagen hatte er nichts als Magermilch für mich und damit kann man ja keinen Säugling dick und rund füttern. Er verlor den Mut. Immer öfter fragte er sich, ob es nicht besser wäre, mich in ein Waisenhaus zu bringen, wo ich anständige Mahlzeiten bekommen und gut versorgt werden würde. Wo ich nicht stundenlang auf dem kalten, zugigen Fußboden sitzen und mit den Teppichfransen spielen musste, während Vater seine Artikel schrieb. Er fühlte sich sehr klein auf dieser Welt, aber seine Liebe zu mir war groß – und wie hart das Leben auch sein mochte, so brachte er es nicht übers Herz, mich fortzugeben.

Und dann geschah etwas Fabelhaftes! Der Redakteur des neu gegründeten Wochenblatts Kumlakurier meldete sich. Ihm war der Gedanke gekommen, dass der Kumlakurier als einzige schwedische Zeitung vor Ort dabei sein sollte, wenn Annie Taylor sich in einem Fass die Niagarafälle hinunterstürzen würde. Er plante eine ganze Reportagereihe und hatte sich überlegt, dass Vater sie schreiben sollte. Die gesamten Auslagen wie Reisekosten und Hotelrechnungen und auch sein Honorar würde er ihm als Vorschuss auszahlen und seine Texte sollte Vater dann nach und nach mit der Post nach Hause schicken. Das Beste daran war, dass er mich auf die Reise mitnehmen durfte! Vater sagte zu und noch am selben Abend ging er aus, um die gute Nachricht zu feiern. Er bestellte Lachs in Aspik für uns beide und ein Bier für sich allein. Ein paar Freunde schlossen sich an und wollten gratulieren und Vater fühlte sich natürlich verpflichtet, ihnen auch ein Bier auszugeben. Es kamen immer mehr Freunde dazu, und die konnte er ja nicht einfach ausladen, und dann kamen *noch* mehr Freunde und *alle* wollten Vater zu seinem Auftrag gratulieren und ihm sagen, was für ein

Mordskerl er doch war. So saß Vater da, mit mir auf dem Arm, und gab nach links und rechts ein Bier nach dem anderen aus – und ziemlich viele davon landeten wohl auch in seiner eigenen Kehle. Als er am nächsten Morgen aufwachte, war nicht eine Öre von dem Vorschuss mehr übrig. Vater wusste nicht, schrieb er, ob er alles verprasst oder das Geld verloren hatte – oder ob er bestohlen worden war. Er wusste nur, dass er ordentlich in der Tinte saß. Schon in vier Wochen wollte Annie Taylor in das Fass steigen und sich die Niagarafälle hinuntertreiben lassen und Vater hatte nicht einmal mehr genug Geld, um ins benachbarte Kirchspiel zu reisen.

Aber Vater hatte eine blühende Fantasie und er wusste, dass es einen Philatelisten in der kleinen Stadt gab. Das war ein Mann, der Briefmarken kaufte, verkaufte und tauschte. In seinem kleinen Laden gab es Unmengen von übervollen Briefmarkenalben. Eines Abends, es war schon spät und ich schlief bereits, machte Vater sich im Namen seines Auftrags auf den Weg. Er brach in den Laden ein und klaute alle Alben, auf denen *Vereinigte Staaten von Nordamerika* und *Kanada* stand. Dann zog er weiter in die Schrebergartensiedlung von Hällabrottet, knackte das Schloss eines Gartenhäuschens, das schon für den Herbst winterfest verrammelt war, und ließ die Alben dort zurück. Am nächsten Tag packte er eine Tasche voll Konserven ein und verabschiedete sich von Freunden und Bekannten. Dann nahm er mich auf den Arm und ging. Aber statt nach Kanada zu reisen, wie alle dachten, versteckte er sich in Hällabrottet. Dort saß er dann wochenlang und fantasierte sich eine lange, spannende Reportage über Annie Taylors Abenteuer zusammen. Einen Bericht nach dem anderen schob er in ein Kuvert und klebte eine der gestohlenen Briefmarken darauf. Den Poststempel malte er mit Wasserfarbe nach – und nachts, im Schutz der Dunkelheit, schlich er sich in die Stadt und warf den Umschlag in den Briefkasten des Kumlakuriers. Vielleicht hätte alles gut ausgehen können.

Aber tatsächlich dauerte es nicht lange und die Schlinge zog sich zu. Annie Taylors Agent hatte nämlich beschlossen, das ganz große Geld zu machen, indem er durch die Weltgeschichte reiste und auf Märkten und in Varietés über die halsbrecherische Fahrt berichtete. Zu allem Überfluss hatte er sogar Annie Taylors Katze entführt, die Taylor probehalber zuerst die Niagarafälle hinuntergeschickt hatte, um die Sicherheit des Fasses zu überprüfen, ehe sie sich selbst hineinwagte. Am 14. Dezember ging der Agent in Göteborg an Land und fing an zu erzählen. An seiner Seite saß die Katze mit ihrem bleibenden Hirnschaden und nickte. Zahlreiche Zeitungen gaben seine Schilderungen wieder – und Vaters Problem war, dass nicht viel davon mit dem übereinstimmte, was er dem Kumlakurier serviert hatte. So fehlte in seiner Reportage zum Beispiel der gesamte Teil mit der Katze. Das machte den Redakteur, vorsichtig ausgedrückt, nachdenklich und nach einigem Hin und Her kam die ganze Lüge ans Licht.

Und dafür landete Vater nun hinter Gittern. Sieben Monate bekam er für den Diebstahl der Briefmarken und natürlich erfuhren alle in der kleinen Stadt, was er getan hatte. Es war furchtbar peinlich. Für Vater war die ganze Angelegenheit der endgültige Beweis, dass er ein schlechter Vater war und mich fortgeben musste. Er bat die Leute vom Waisenhaus, mich weit weg von der Schande unterzubringen, weit weg von dem Namen Lindroth, der für alle Zeit mit seiner Erbärmlichkeit verknüpft sein würde. Als der Tag gekommen war, an dem Pär Pärsson mich abholen sollte, bekam Vater die Erlaubnis, das Gefängnis zu verlassen, um dabei zu sein. Alle waren sehr überrascht, als statt des Bauern Jack auftauchte. Aber es gab ja keine Regel, die besagte, dass man seinen Hund nicht mit solchen Aufgaben betrauen durfte, es gab also nicht viel, was Vater dagegen hätte tun können. Mit gebrochenem Herzen sah er mich ein letztes Mal, als Jack mit mir auf dem Arm aus dem Waisenhaus marschierte. Ich muss wohl sehr traurig und verängstigt gewesen sein und offenbar hatte Jack versucht, mich mit einer Grimasse aufzumuntern, was meine Angst nur noch größer werden ließ. Ja, alles in allem war es ein schlimmer und aufreibender Tag gewesen. Und nun waren acht Jahre vergangen und Vater faltete den Brief zusammen. Er sah mich lange an. Dann sagte er:

»Dass du weder lesen noch schreiben gelernt hast, ist das Allerschlimmste daran.«

6 Nun brach eine neue Zeit in unserem Zimmer in der Änggatan an, eine Zeit der Klarheit. Mich zur Schule zu schicken ging ja nicht, da ich auf dem Papier gar nicht Vaters Kind war. Wäre er aufs Amt gegangen, hätten sie mich ihm womöglich weggenommen und dieses Risiko konnten wir natürlich nicht eingehen. Also beschloss Vater, dass er mir das Lesen und Schreiben selbst beibringen würde. Im Schein einer Lampe, die ich nie vergessen werde, einer Lampe mit großem, rotbraunem Schirm, der mit einer Litze und Troddeln verziert war, saßen wir an unserem kleinen Küchentisch und vor uns waren jede Menge Zeitungen ausgebreitet.

»Was steht da?«, fragte Vater und zeigte auf eine der Überschriften.

»H-h-hu...unde?«, sagte ich, aber das war falsch. Da stand *Hunger. Hunger und Platznot in den Arbeitervierteln.* Aber Vater war trotzdem zufrieden mit mir. Der Anfang war ja richtig gewesen!

»Das wird schon«, sagte er. »Du bist ein kluger Kopf.« Er zeigte auf eine andere Überschrift: »Was steht da?« – und ich gehorchte und riet:

»Dom-dom-dem...«

»Demonstration. Gut, Martin. *Demonstration auf dem Marktplatz. Mindestens 2000 Teilnehmer.* Was steht darunter?«

»Ggg-gräu...tat?«

»Sehr gut, Martin: *Gräueltat – Polizei treibt Menschenmenge mit Säbeln auseinander.* Lass uns mal weiterschauen. Was steht dort?«

»Rr-rr-rind?«, sagte ich.

»Rind«, bestätigte Vater.

»Rind«, wiederholte ich.

»Fleisch!«, sagte Vater.

»Hä?«

»Rind-fleisch! Da steht: *Rindfleisch, beste Qualität: 1,70 Kronen per Kilo. Lammfleisch, mager: 1,10 Kronen per Kilo.* Das ist eine Annonce. Du machst das richtig gut, Martin.«

»Na ja«, murmelte ich.

Aber Vater war sich seiner Sache sicher und er fuhr damit fort, auf Wörter zu zeigen und mir Fragen zu stellen.

Und langsam, aber stetig gelang es mir immer besser, die Buchstaben auseinanderzuhalten. Langsam, aber sicher entfaltete sich die geheimnisvolle Karte vor mir. Die kleinen Gebilde wurden zu Wörtern und die Wörter wurden zu Sätzen. Es fühlte sich an, als hätte man mir eine Binde von den Augen genommen. Ich sah die Welt hell und klar vor mir. Ich sah Kriege und Katastrophen, Märkte und Menschen. Ich sah Streikzüge, die sich durch die Städte schlängelten wie wollwalkgraue Tausendfüßler. Unsere Lampe brannte, rotbraun und nach Petroleum riechend – und das Leben, mein Leben, fühlte sich in diesem Moment genauso an: warm, rotbraun und samtweich. Vater war ein großer, mächtiger Gott und ich hatte ein kleines bisschen gelernt, wie man strahlte. Endlich.

Und so hätte es wohl einfach weitergehen können, wenn Vater seinen Zeigefinger nicht eines Tages auf eine Schlagzeile gelegt und gefragt hätte: »Was steht da?« – und ich, der zu diesem Zeitpunkt schon ziemlich gut lesen konnte, antwortete ihm ohne Umschweife:

»*Vernachlässigung und Prügel im Zuchthaus Nyckelby. Hunde im Hungerstreik.*«

Wie gelähmt starrte ich die Überschrift des Artikels an. Ich las sie noch ein paarmal, im Stillen, nur für mich.

»Was ist denn?«, fragte Vater.

»Dieses Zuchthaus«, antwortete ich. »Nyckelby … Da haben sie Jack hingeschickt.«

Und das stimmte wirklich, denn das hatte Basse in einer Zeitung gelesen, die er eines Tages in einem kleinen Gasthaus vom Boden aufgesammelt hatte, in dem wir Rast gemacht hatten, um etwas zu essen. Zuerst hatte er sich wie üblich vergewissert, dass Freden und er nicht gesucht wurden, doch dann war er auf die Meldung über Jack gestoßen. Darin hatte einiges über die Gerichtsverhandlung gestanden und auch, dass er nach der Verurteilung in Nyckelby gelandet war, wo alle möglichen Halunken und Mörder saßen.

Dass Vater mich in diesem Moment verwirrt ansah, überraschte mich nicht. Ich hatte ihm nicht erzählt, dass Jack im Gefängnis war. Genau genommen hatte ich ihm fast gar nichts von dem erzählt, was geschehen war, seit wir Norrängen an jenem Morgen verlassen hatten. Weil ich nicht wollte, dass er böse auf mich war. Schließlich hatten wir gestohlen und betrogen – und dann war da noch diese hässliche Geschichte mit Karl Pira und seinem Revolver. Und als ich nun mit meinem Bericht fertig war, ja, da wirkte Vater tatsächlich ziemlich beunruhigt. Aber nachdem er selbst schon mit dem Gesetz in Schwierigkeiten geraten war, konnte er mir ja keine allzu großen Vorwürfe machen. Er zog sich die Zeitung heran, um den Artikel über Nyckelby zu lesen. Eine große Anzahl von Sträflingen war also in Hungerstreik getreten, weil die Zustände in dem Zuchthaus so schlecht waren. Die Zellen waren kalt und die Essensrationen klein. Die Strafarbeit war hart, die Matratzen waren verschimmelt und ständig raschelte es, weil überall so viele Ratten herumrannten. Aber am schlimmsten war, dass die Gefängniswärter so brutal waren. Offenbar war es gerade »modern«, zu versuchen, aus missratenen Straßenkötern brave Hunde zu machen, indem man sie so oft verprügelte, wie es nur ging.

Vater schüttelte grimmig den Kopf und blätterte auf die nächste Seite, wo der Artikel weiterging. Da war ein Foto. Es zeigte eine

Gruppe von Hunden, die mit entschlossenen Mienen in die Kamera blickten. Der Bildtext war lang. Vater las ihn mir vor:

»Hintere Reihe von links: Ludde Larsson (Unterschlagung), Bobo Blomqvist (Herumtreiberei), Sigge das Messer, Karlsson (wiederholter Diebstahl), Rocky Bolin (Schwarzbrennerei), Frasse Häggbom (Einbruch), Texas Karlsson (Mord), Jack Jerner (Kindsraub und Diebstahl), Sidney Qvick ...«

»Zeig!«, sagte ich. »Zeig mir das Foto!«

Vater schob mir die Zeitung hin. Ich starrte auf die Gestalt, die als Siebte in der hinteren Reihe stand. Ja, das war er, der alte, graue Jack. Vielleicht war er noch ein bisschen älter und noch grauer geworden, seit ich ihn zuletzt gesehen hatte. Und er war auf jeden Fall magerer und knochiger. Ein eisiges Gefühl von Scham durchfuhr meinen Körper.

»Das geht so nicht«, sagte ich.

»Was meinst du?«, fragte Vater.

»Das hier!« Ich tippte auf das Bild. »Das geht nicht! Jack darf nicht zusammen mit Mördern im Zuchthaus sitzen! Er hat gar nichts getan! Verstehst du das nicht, Vater? Das alles ist meine Schuld!«

Vater sah mich mit seinen großen kindlichen Augen an. Er suchte nach Worten.

»Es tut mir leid, dass du das so siehst«, sagte er schließlich.

»Aber es ist die Wahrheit!«, sagte ich. »Wäre ich auf Norrängen geblieben, dann wäre Jack jetzt ein freier Hund!«

»Ja, aber dann wärst du doch nie hierhergekommen«, sagte Vater.

»Ich weiß, so habe ich es ja auch nicht gemeint. Ich meinte

nur … dass ich etwas tun muss. Ich hatte nie einen Freund. Als ich mich mit Jack auf Wanderschaft begeben habe, da habe ich einen gefunden.«

Vater nickte, dachte eine Weile nach.

»Du könntest ihm schreiben. Das würde ihn vielleicht aufmuntern? Ich helfe dir natürlich …«

»Nein! Ich meinte, dass ich etwas Richtiges tun muss! Vater, wir müssen Jack da rausholen!«

»Das geht nicht.«

»Es muss einen Weg geben!«

»Nein.«

»Sag nicht Nein, Vater! Sag nicht Nein!«

Vater betrachtete mich stumm. Vielleicht war in diesem Moment die Grenze erreicht, vielleicht war das »zu viel«. Ich war kurz vorm Platzen. Mein guter alter Feind Wutanfall lugte schon um die Ecke und sagte: »Hier bin ich! Jetzt gibt's Zunder!«

Ich riss mich zusammen, ballte die Fäuste.

»Alles, was ich sage, ist, dass ich nur an mich selbst gedacht habe«, sagte ich, »aber damit ist jetzt Schluss.« Ich stand auf. »Es ist spät. Ich gehe schlafen, wenn du nichts dagegen hast?«

»Natürlich nicht«, sagte Vater.

Er drehte die Flamme der rotbraunen Lampe herunter, schob die Zeitungen zu einem ordentlichen Stapel zusammen. Ich ging nach unten, um dem Plumpsklo einen Besuch abzustatten. Aus der Kneipe an der Straße drangen Geklapper und Stimmengewirr herüber. Dort hatten wir noch nie gegessen. Vater hätte seinen Fuß nie auch nur in den Vorraum gesetzt. Dass das Essen dort abscheulich war, erkannte er schon an der Speisekarte, die größtenteils aus verschiedenen Sorten *französischer Pannekuchen* bestand. Der Wirt sah ziemlich plump und ungepflegt aus.

Als ich wieder nach oben kam, hatte Vater sich in den Sessel gesetzt, der zu der Möblierung gehörte, die wir mitgemietet hatten. Er las ein Buch.

»Soll ich dir noch ein Glas Wasser ans Bett stellen?«, fragte er. Er wollte nicht mehr über Jack reden. Er wollte über gar nichts reden, was wichtig oder schwierig war. Er wollte nur über einfache Dinge reden, schöne Dinge. Wie Wasser.

»Ja, gern«, sagte ich.

Er stand auf, schenkte Wasser aus der Kanne ein, stellte das Glas auf den Tisch neben meinem Schlafplatz.

»Und jetzt schlaf gut«, sagte er und lächelte etwas bemüht.

Ich zog mich aus und kroch unter die Decke. Vater widmete sich wieder seinem Buch. Draußen am Himmel zogen die Wolken wie graue Schäfchen vorbei. Es hatte angefangen zu regnen.

»Vater?«

»Ja?«

»Du hast zu mir gesagt, du willst es wiedergutmachen. Du wolltest wissen, ob es einen Weg gibt.«

Er sah mich an, aber ohne etwas zu erwidern. Wartete nur, was ich noch sagen würde. Ich drückte mich auf die Ellenbogen hoch.

»Wenn du mir hilfst, Jack Jerner aus dem Zuchthaus zu holen«, sagte ich, »dann sind die Jahre vergeben und vergessen. Alle acht.«

Dann legte ich mich wieder hin, drehte mich auf die Seite und starrte die Wand an. Ein Wasserrand zog sich über die Tapete, braun wie Kautabak. Vater blätterte einmal pro Minute eine Seite seines Buches um, blätterte bis spät in die Nacht. Am Morgen, als ich aufwachte, war er sehr blass und hatte dunkle Ringe unter den Augen. Seine Hände zitterten, als er eine Dose Sardinen öffnete. Er aß die Fischfilets mit einer kleinen Gabel. Als nur noch Öl übrig war, schwieg er lange. Schließlich sagte er:

»Ich habe nachgedacht.«

»Ja?«

»Wenn wir versuchen wollen, diesen Hund da rauszuholen, dann wäre es gut, ein bisschen Hilfe zu haben. Du kennst nicht zufällig jemanden, den wir fragen könnten?«

In diesem Moment hätte ich ihn am liebsten umarmt, aber ich ließ es bleiben. Denn ich wusste ja, hatte schon gelernt, dass Vater die Sorte Mensch war, die nicht so gut mit Umarmungen umgehen konnte. Stattdessen stand ich auf, setzte mich zu ihm an den Tisch und sagte:

»Weißt du, ich kenne sogar zwei.«

Noch am selben Nachmittag schrieb ich einen Brief. Es war der allererste Brief, den ich je geschrieben hatte, und er sah verständlicherweise nicht sehr schön aus. Vaters Briefpapier hatte keine Linien, weshalb die Zeilen am Ende alle schräg nach unten führten. Die Buchstaben standen hässlich und zusammengequetscht auf diesen schiefen Hügeln und drohten herunterzukippen wie ein dunkelblauer Erdrutsch. Außerdem hatte Vater mir bei der Rechtschreibung ziemlich viel helfen müssen. Aber trotzdem. Trotzdem war ich stolz, als die Tinte getrocknet war und ich mir den Text noch einmal flüsternd vorlas:

>>*Liebe Lonna, lieber Ruffe,*
ich hoffe, es geht euch gut und jemand in der Villa Solsä-
ter kann euch das hier vorlesen. Ich bin in der großen
Stadt angekommen und habe Vater gefunden. Wir haben
in schönen Restaurants gegessen und ich habe Grena-
diere marschieren sehen, ja, ich habe viel erlebt. Aber
jetzt wollen Vater und ich eine Sache in Angriff nehmen
und es wäre ganz famos, wenn ihr uns dabei helfen wür-
det. Wir erwarten euch am ersten November am Bahnhof
in Nyckelby, dann erkläre ich euch alles. Anbei ein biss-
chen Geld für die Fahrkarten. Tut mir leid, dass es nicht
mehr ist.

Viele Grüße
Martin

PS: Vater hat mir Schreiben beigebracht.<<

Als wir den Brief aufgegeben hatten, gingen wir nach Hause, um zu packen. An diesem Abend aßen wir nicht auswärts, sondern das, was wir noch im Vorratsschrank hatten: Sardinen, Brot und ein Stück Käse. Vater schenkte sich mehrere kleine Gläser ein. Das Getränk war dünnflüssig und klar, ganz durchsichtig. Es sah aus wie Wasser, aber es war viel freundlicher. Es streichelte Vaters Wangen, nahm seine Hände und hielt sie fest, sodass sie nicht länger zittern mussten. Als er abgespült und das Spülwasser nach unten gebracht hatte, sagten wir Gute Nacht und gingen schlafen und am nächsten Morgen um vier Uhr nahmen wir unsere Taschen und verließen das Zimmer. Vater legte mit einem stummen »Psst!« einen Finger an die Lippen. Ich nickte. Dann schlichen wir die Treppe hinunter, überquerten den Hinterhof und verschwanden lautlos durch die Toreinfahrt. Tatsächlich war es ein guter Zeitpunkt, gerade jetzt auszuziehen. Unser neuer Vermieter hatte begonnen, uns finstere Blicke zuzuwerfen, wenn wir ihm im Treppenhaus begegneten.

Die Gaslaternen brannten noch, als wir zum Bahnhof spazierten. Die ganze Stadt schlief. Ich sah nach oben, blickte hoch zu den Häusern und Telefonleitungen, zu den Bäumen, in denen die Dohlen saßen wie versteinerte Früchte. Es hatte sich viel verändert, seit ich in die große Stadt gekommen war. Der Herbst hatte Schweden fest im Griff und der Kuckuck war fortgezogen, ins Landesinnere von Kongo. Außerdem hatte ein Mann in Kvarsebo seinen Mantel beim Schneider abgeholt, zwei Katzenjäger hatten sich Papiertüten über die Köpfe gestülpt und eine ganze Reihe småländischer Zeitungskioske ausgeraubt – und zu Hause in Kila hatte Karl Pira Kuchen und eine Urkunde von der Bauernvereinigung bekommen. Aber von alldem wusste ich nichts. Ich wusste nur, dass es höchste

Zeit war. Dass ich viel zu lange damit gewartet hatte, genau das hier zu tun.

Halte durch, Jack, dachte ich und schloss meine Finger fester um den Henkel seiner geblümten Reisetasche. Halte durch. Ich bin auf dem Weg.

7 Der erste November war ein eiskalter Tag. Der Wind peitschte und die Regentropfen sahen aus wie Nägel. Es hatte sich herausgestellt, dass Nyckelby gar keinen richtigen Bahnhof hatte, sondern nur eine Haltestelle, und dort standen Vater und ich nun schon eine ganze Weile herum. Der Zwei-Uhr-zweiundzwanzig-Zug, in dem wir Lonna und Ruffe erwarteten, hatte eine halbe Stunde Verspätung. Ich drückte mich zitternd vor Kälte an Vater, der niemals fror.

Es war tiefer Herbst. Die Hängebirken sahen aus wie die Bärte alter Männer und die Schnecken ließen es sich wohlergehen und fraßen große weiße Löcher in die ledrigen Kappen der Steinpilze. Um die schwarzen Nacktschnecken tat es mir leid. Die sammelten die Bauern nämlich ein, um ihre Wagenräder damit zu schmieren. Allein beim Gedanken daran bekam ich Gänsehaut: wie Achsen und Naben mit Schneckenschleim eingerieben wurden. Gott sei Dank war ich nicht als Schnecke zur Welt gekommen. Gott sei Dank war ich kein Bauer.

Als wir endlich über den Fichten eine dicke Rauchwolke sahen, war es drei Uhr. Vater reckte sich. Wir hörten den Zug pfeifen und kurz darauf brach die schwarze Eisenschnauze aus dem Wald hervor. Sie schnaufte und ächzte, die Zugpfeife pfiff erneut und mit einem lang gezogenen Zischen bremste die Lok ab. Eingehüllt in Dampf und Regen sahen wir, wie die Tür eines Waggons in der dritten Klasse geöffnet wurde. Eine kleine dunkle Gestalt kletterte auf den Bahnsteig hinunter und sah sich mit düsterem Blick um. Dånsjös kleine Lonna war in Nyckelby angekommen.

»Lonna!«, rief ich und winkte ihr. »Hier sind wir!«

Lonnas Miene hellte sich auf. Mit demselben schelmischen Lächeln wie immer watete sie durch die Pfützen auf uns zu. Sie hatte kein Gepäck dabei.

»Grüß düch, Martin«, sagte sie. »Wie schön, düch zu sehn!«

»Das hier ist mein Vater«, sagte ich.

Die beiden begrüßten sich. Vaters Haare klebten ihm mittlerweile in der Stirn. Er trug nicht gern Hüte. Er hatte etwas Jugendliches an sich, obwohl er schon dreiundvierzig war. Oder etwas Trotziges, wenn man so will.

»Kommt Ruffe nicht?«, fragte ich, als wir uns auf den Weg in den kleinen Gasthof machten, in dem wir seit ein paar Tagen ein

Zimmer gemietet hatten. Man musste lauter reden, um den Regen zu übertönen.

»Do-hoch, er kommt«, antwortete Lonna. »Er is bloß noch beim Türarzt.«

»Ist er krank?«

»Na-hein. Er is bei dem Türarzt, bei dem er einglich wohnt.«

»D-das verstehe ich nicht«, sagte ich.

Lonna wischte sich mit dem Ärmel den Regen aus dem Gesicht.

»Ruffe wohnt einglich bei einer vornehm' Famülie, weißt du? Die ham ihn schon als ganz klein' Wölpen aufgenommn. Aba weil er so unruhiges Blut in süch hat, isser ürgnwann abgehaun un wollte lüber auffer Straße lebn. Nur manchmal, wenn's eng würd, dann fährter nach Hause und bekommt da was zu össen un büsschen Geld. Das sin nette Mönschn da, der Doktor un seine Frau. Das hat Ruffe jenfalls gesagt. Nur mit ihm sölbst stümmt ebn was nich. Das unruhige Blut un so.«

»Davon wusste ich gar nichts«, sagte ich.

»Das hatter mir schon erzählt, als wir inner Berga Heide warn. Da hatter nämmich ein schlechtes Gewüssn gehabt. Weil seine Mönschn süch bestimmt Sorgn machen, hat er gesagt. Na ja, jenfalls wollter noch zum jöhrlichen Famülienössen hin und danach kommter her«, sagte Lonna.

Ich war überrascht. Tatsächlich war ich sogar ein bisschen sauer auf Ruffe, der die ganze Zeit so bedürftig und von aller Welt verstoßen gewirkt hatte.

»Warum zum Kuckuck hat er denn dann die ganze Zeit von

Rinderfilet gequasselt?«, schimpfte ich. »Wenn er bei diesem Tierarzt aufgewachsen ist, dann hatte er doch sieben Tage die Woche Rinderfilet auf dem Teller! Und warum in drei Teufels Namen wollte er überhaupt mit in die Villa Solsäter, wenn er doch so schrecklich unruhiges Blut hat?«

»Aba genau das is ja die Sache«, sagte Lonna, als wäre ich sehr klein und sehr dumm. »Wenn einer unruhiges Blut hat, dann isser ümmer auf der Suche. So is das nu mal, Martin. So einer sucht nach der Suche. Das hastu doch auch gemacht«, sagte sie und warf Vater einen vielsagenden Blick zu.

»Ja, schon. Kann sein«, antwortete ich.

Als wir wieder in unserem Zimmer waren, hängten wir unsere Überkleider an die Leine über dem Kamin. Vater legte Feuerholz nach. Lonna wirkte plötzlich schüchtern. Sie setzte sich auf einen Schemel an der Wand und da saß sie dann und sah sich schweigend um. Ich stellte die Kaffeekanne auf die Wärmeplatte, ehe ich jedem von uns einen Becher füllte. Lonna nahm ihren mit einem dankbaren Nicken entgegen.

»Wie läuft es mittlerweile in der Villa Solsäter?«, erkundigte ich mich und setzte mich an den Tisch.

»Ach ja, danke«, sagte Lonna. Und nach einer langen Pause sagte sie: »Is alles gut so weit.«

»Findet ihr denn ein bisschen Ruhe und Frieden?«

»Ne, natürlich nich. Da rennen so vüle Hunde rum, das kann man süch nicht vorstelln. Würd ja schlüßlich bald Winter, ne?«

»Arme Frau Nilson.«

»Die Frau Nülson mag die Hunde.«

»Ja, das stimmt natürlich.«

Lonna schlürfte ihren Kaffee.

»Ich hab auch nix dagegen«, sagte sie. »Ich mags, wenn Lebn üm Haus is.«

Vater setzte sich mit seinem Kaffeebecher zu uns.

»Ich dachte, wir sollten mal darüber reden, warum wir hier sind«, sagte er.

»Weiß ich schon«, sagte Lonna und trank schlürfend weiter. »Wegen Jack. Wir holn ihn ausm Küttchen.«

»Woher weißt du das?«, fragte ich.

»Das hab ich mir gedacht, als du geschrübn hast, dass wür uns in Nückelbü treffn. In der Vülla gübt's vül Gerede über Nückelbü. Fast alle kenn' wen, der da einsützt, is ja schlüßlich 'n Hundezuchthaus. Deshalb wusste ich gleich, dass es um Jack gehn muss. Mir war klar, dass die ihn da hüngesteckt ham und dass wir uns hür treffn, um ihn da rauszuholn.«

Vater nickte.

»Wie du weißt«, sagte er, »ist es sehr gefährlich, jemanden aus dem Zuchthaus zu befreien. Im schlimmsten Fall endet es damit, dass man selbst dort landet.«

»Ja-a, weiß ich«, antwortete Lonna.

»Und trotzdem bist du dir sicher, dass du uns dabei helfen willst?«

»Ja-a, bün ich. Ich hab Jack ganz schön vül zu verdankn. Wenn er nich gewesn wär, würd ich ümmer noch bei düser Hexe im

Dånsjö-Moor wohnen, bei der müch die Fürsorge unnergebracht hat. Un das war kein Zuckerschlöckn.«

Vater nickte wieder. Die Hand, in der er seinen Becher hielt, zitterte. Er schwieg eine Weile, schien ganz in Gedanken über allerlei Gefahren vertieft zu sein; Ungeheuer und Monster, die am Ende der Welt lauerten, die nur darauf warteten, zu wachsen und hinter dem Horizont heraufzusteigen. Aber dann berappelte er sich.

»Na ja«, sagte er. »Der Plan ist natürlich, dass alles gut geht und keiner von uns deshalb hinter Gittern kommt. Wir müssen nur darauf achten, dass wir vorsichtig und vernünftig vorgehen – und niemand unüberlegte Dummheiten macht.« Er sah uns beide mit ernster Miene an. »Es sind die unüberlegten Dummheiten, die uns zum Verhängnis werden können.«

Im selben Moment hörten wir ein Brummen draußen vor dem Fenster. Wir standen auf, um nachzusehen. Abgesehen von dem Gasthof gab es nur noch einen kleinen Kaufmannsladen ein kleines Stück die Straße hinunter und ein paar einfache Bauernkaten, wir waren also alle drei sehr erstaunt, als ein Automobil durch den Matsch schlingerte und schräg vor dem Haus stehen blieb. Regentropfen tanzten auf dem schwarzen Verdeck. Eine kleine haarige Gestalt stieg aus und sah sich um. Es war Ruffe. Ich versuchte, das Fenster zu öffnen, aber die Winterfenster waren schon eingesetzt worden, deshalb fing ich an, gegen die Scheibe zu klopfen. Ruffe hörte mich nicht. Da fing Lonna auch an zu klopfen, aber Ruffe hörte uns immer noch nicht. Er stand einfach nur im Regen und fragte sich, wohin er jetzt gehen sollte – der Gasthof, in dem wir wohnten, hatte nämlich kein Schild. Schließlich fing auch Vater an, gegen das Glas zu trommeln, und da hob Ruffe endlich den Blick und entdeckte uns. Dreißig Sekunden später stand er triefend nass in unserem Zimmer.

»Hat der Türarzt dir sein Automobil ausgelühn?«, fragte Lonna mit großen Augen.

Das hatte er nicht. Ruffe hatte es in Lubbeboda gestohlen, als ihm klar geworden war, dass er andernfalls viel zu spät zu unserem Treffen kommen würde. Vater griff sich ans Herz und musste sich schnell wieder setzen.

Die Jacke, die Ruffe über seiner Weste trug, sah neu aus. Er zog sie aus.

»Was habe ich verpasst?«, fragte er.

»Nicht viel«, antwortete ich. »Wir haben gerade angefangen, über unseren Plan zu sprechen. Was wir tun können, um Jack zu befreien.«

»Klasse«, sagte Ruffe mit einem Nicken und setzte sich ebenfalls.

Vater hatte seinen Kaffee ausgetrunken und sich stattdessen Branntwein nachgeschenkt. Er bewahrte die Flasche in seiner kleinen ledernden Reisetasche auf. Ein halber Liter, inzwischen fast leer. Er lehnte sich auf dem Stuhl zurück und schlug die Beine übereinander. Nachdem er selbst sieben Monate in einer Haftanstalt gesessen hatte, wusste er, wie es dort ablief.

»Normalerweise dürfen die Sträflinge ab und zu Besuch empfangen«, sagte er. »Ich schlage vor, dass einer von uns dorthin geht, um Jack zu treffen und auf diese Weise so viele Auskünfte wie möglich zu beschaffen: Wo befindet sich seine Zelle, mit wem teilt er sich die Zelle, wann werden morgens die Lampen angemacht und wann werden sie abends wieder gelöscht? Wir müssen herausfinden, wie die Sträflinge ihre Tage verbringen, also welche Art von Strafarbeit sie ausführen und solche Dinge. Was sagt ihr dazu?«

»Klasse«, sagte Ruffe. Er klang dabei, als würden wir darüber sprechen, Heu einzuholen oder einen Schuppen neu zu streichen. Aber er hatte ja auch schon ein paar zwielichtige Jahre hinter sich gebracht. Nahm sich gefährliche Sachen nicht so zu Herzen wie wir.

»Ich will nicht, dass Martin das übernimmt«, fuhr Vater fort und sah mich an. »Genau genommen will ich, dass du dich aus der ganzen Operation von Anfang bis Ende vollkommen heraushältst.«

Ich sprang auf.

»Das ist ungerecht!«, rief ich.

»Aber ich will es so«, sagte Vater.

»Da mache ich nicht mit! Jack ist MEIN Freund!«

»Aba er is auch Ruffes Freund un meiner«, sagte Lonna ruhig. »Un jetz sei nich sauer, Martin. Dein Papa macht süch nur Sorgn un will nich, dass dir was Schlümmes zustößt. Das is ganz natürlich.«

Ich betrachtete ihre kleine, rabenschwarze Erscheinung. Lonna hatte sich ganz schön verändert, seit sie damals in Dånsjö mit gefletschten Zähnen aus der Dunkelheit aufgetaucht war. Zu jener Zeit hätte man sie leicht für dumm halten können. Jetzt dämmerte mir langsam, dass Lonna womöglich die Klügste von uns allen war. Sie hatte es früher nur nicht zeigen dürfen.

»Das ist mir egal«, sagte ich und setzte mich wieder. »Ich werde trotzdem nicht danebenstehen, während ihr alles allein macht.«

Vater sagte nichts, er sah mich nur an. Es wurde unbehaglich still im Raum, während ich wütend zurückstarrte, mich weigerte, klein beizugeben. Lonna räusperte sich.

»Dann würd ich sagn, ich geh zu Jack und schau mir an, wie das alles von Ünnen aussüht. Un ihr drei könnt so lange örkundn, wie's draußen rund ums Geföngnis aussüht. Das sollte ja ungeföhrlich genug sein – oder was meint ihr?«

Vater sah mich immer noch schweigend an. Dann wandte er endlich den Blick ab und stimmte Lonnas Vorschlag mit einem kurzen Nicken zu. Ruffe zuckte mit seinen struppigen Schultern und sagte:

»Klasse.«

8 Am sechsten November war Besuchstag in der Nyckelby-Anstalt. Wir hatten sechs Kilometer Fußmarsch vom Gasthof aus vor uns und Vater verbot uns, das Automobil zu nehmen. Er hatte Ruffe gezwungen, es so tief in den Wald zu fahren, wie die schmalen Gummireifen es erlaubten, und dort sollte es bleiben.

Als wir das Zuchthaus in einiger Entfernung vor uns erahnen konnten, blieben wir stehen. Das Wetter war etwas besser geworden, aber die Straßen waren immer noch sehr matschig und Vaters Halbschuhe sahen wirklich traurig aus.

»Am besten trennen wir uns hier«, sagte er, »bevor wir in Sichtweite sind.« Er wandte sich an Lonna.

»Weißt du noch, wie du heißt?«, fragte er.

»Ja-ha, ich heiß Jenny Jerner un bün die kleine Schwöster von Jack«, antwortete Lonna.

»Und du wohnst ...?«

»In Flen, aba ich weiß öcht nich, warum das so wüchtig is.«

»Weil sie solche Sachen aufschreiben. Wann bist du geboren?«

»Sübter Juni Neunzehnhunnertsübm.«

»Gut. Wiederhol es noch ein paarmal, damit du es nicht mit deinem richtigen Geburtsdatum durcheinanderbringst.«

»Ich hab keine Ahnung, was mein rüchtiges Gebursdatum is«, sagte Lonna.

»Na dann. Wir treffen uns später im Gasthof wieder. Viel Glück.«

Lonna setzte ihren Weg auf der Straße fort. Wir hatten auf dem Dachboden des Gasthofs eine smaragdgrüne Jacke mit einer geblümten Borte am Saum ausgegraben. Sie sah ein wenig altmodisch aus, aber sie passte einigermaßen. Wir vermuteten, dass die Jacke früher den Töchtern unserer Wirtin gehört hatte.

Vater spähte zu dem hellgelben Anstaltsgebäude hinüber. Es war umgeben von einer Mauer, die ebenfalls hellgelb war. Schon vor langer Zeit war der Wald davor in einem großen Halbkreis abgeholzt worden.

»Wir machen es so«, sagte er, »ich gehe in die eine Richtung und ihr beide in die andere. Versucht, euch alles gut einzuprägen. Stellt euch vor, eure Augen wären Fotoapparate, versteht ihr? Sodass ihr die Bilder von allem, was ihr gesehen habt, aus dem Gedächtnis abrufen könnt. Das wird uns helfen, wenn wir die Befreiung planen. Unter keinen Umständen darf euch jemand entdecken. Wollen wir loslegen?«

Wir nickten.

»Ruffe, pass gut auf Martin auf«, sagte Vater. Dann machte er einen großen Schritt über den Graben und verschwand nach links in den Wald. Ruffe und ich gingen nach rechts, am Waldrand entlang, von wo aus wir gute Sicht auf das Zuchthaus hatten. Ich war wütend. Es passte mir nicht, dass Vater Ruffe gebeten hatte, auf mich aufzupassen. Das war nicht in Ordnung. Vater hatte das Recht, bestimmte Dinge zu tun. Er hatte das Recht, mir Schuhe zu kaufen, und er hatte das Recht, mir Lesen und Schreiben beizubringen. Aber er hatte nicht das Recht, mich so zu behandeln. Als wäre ich ein Kleinkind.

Plötzlich setzte Ruffe sich auf einen umgestürzten Baumstamm. Er zog eine runde Dose aus seiner Tasche, öffnete den Deckel und holte einen Klecks weiße, zinkartige Salbe heraus. Dann schmierte er sich die Paste zwischen die Zehen.

»Was machst du denn da?«, fragte ich gereizt.

»Ich hab einen Pilz.«

»Was?«

»Das juckt so, da wirst du verrückt. Das kannst du dir gar nicht vorstellen.«

»Ja und? Das musst du doch nicht jetzt machen!«

»Dauert nicht lange.«

Ich schüttelte den Kopf.

»Pfui Teufel, ehrlich.«

»Was denn?«, sagte Ruffe. »Wieso fluchst du denn jetzt?«

»Ich fluche, weil ich es nicht kapiere!«

»Was kapierst du nicht?«

»Wie du so falsch sein kannst!«

»Falsch?«

»Lonna hat alles erzählt, Ruffe. Sie hat erzählt, dass du aus einer guten Familie kommst. Ich kann nicht fassen, dass du uns die ganze Zeit vorgemacht hast, du wärst ausgestoßen worden. Ist dir eigentlich klar, was Jack aufs Spiel gesetzt hat, als er dich damals vor diesem Chef gerettet hat? Jährliches Familientreffen? Was für ein Witz!«

Ruffe schwieg. Auf einmal wirkte er ganz klein, struppig und irgendwie gebrochen. Die offene Dose lag immer noch auf seinem Bein und er starrte auf einen unbestimmten Punkt irgendwo in der Ferne. Ich bereute schon längst alles, was ich ihm an den Kopf geworfen hatte. In Wirklichkeit juckte mich die ganze Geschichte mit dem Tierarzt und seiner Frau überhaupt nicht mehr. Ich hatte nur meinen Ärger über das, was Vater gesagt hatte, durch das falsche Ventil herausgelassen.

»Du, tut mir leid«, sagte ich. »Das wollte ich nicht. Manche sind eben auf der Suche, so ist es einfach.«

Er schien mir nicht zuzuhören. Es schien auch gar nicht mein Wutanfall zu sein, der ihn bedrückte, sondern etwas anderes.

»Hat sie noch mehr erzählt?«, fragte er.

»Hä?«

Er schluckte. Starrte in die Ferne. Aber als ich seinem Blick folgte, verstand ich, dass er überhaupt keinen unbestimmten Punkt in der Ferne ansah. Sondern einen smaragdgrünen Punkt, der vor der Gefängnismauer stand. Zusammen mit einigen anderen kleinen Punkten wartete sie darauf, dass das Tor für die Besuchsstunde geöffnet wurde.

»Tja ... nein, sie hat sonst nichts Besonderes gesagt. Ich meine ... sie hatte nichts dagegen, dass du zu diesem Abendessen gefahren bist.«

Ruffe schnaubte und schüttelte den Kopf.

»Es war kein Abendessen.«

»Nicht?«

»Ich brauchte nur eine Ausrede, um dorthin zu fahren und mir das hier zu holen.« Er nickte zu der kleinen Dose. »Im Herbst bekomme ich immer Pilz. An allen möglichen Stellen, könnte man sagen. Bertil mischt mir dann diese Salbe an.«

»Der Tierarzt?«

»Mm.« Er zuckte mit den Schultern. »Ich konnte ihr einfach nicht von dem Pilz erzählen. Es gibt Grenzen.« Er sah mich an. Seine Augen glänzten feucht. »Ich wünschte, sie würde mich beachten, Martin. Aber das tut sie nicht. Zumindest nicht so.« Er schraubte die kleine Dose zu. »Na ja, was soll's. Komm, wir gehen.«

Und dann gingen wir. Wir redeten nicht mehr über Lonna, sondern erledigten das, wofür wir gekommen waren. Murmelnd und zeigend besprachen wir das Gefängnisgebäude: wie viele Stockwerke es hatte und wie viele Fenster, wie viele Wachtürme es gab, wie hoch die Mauer zu sein schien und so weiter. Der Gedanke an

meinen Freund dort drinnen versetzte mir einen Stich. Er war ab-
geschottet. Getrennt von der Welt, die sein Zuhause war. Das Gesetz hatte ihn fortgeschafft, sich die Hände an den Hosenbeinen
abgewischt und gesagt: Jetzt ist alles wieder in bester Ordnung –
und du wirst vor Langeweile umkommen. Und so hatte das Gesetz
es mit jedem Einzelnen von ihnen gemacht. Jeden Straßenhund,
der in diesem Landstrich vom rechten Weg abgekommen war,
hatte man Nyckelby in den Schlund geworfen. Das Gesetz räumte
unter den Hunden auf und der Zahn der Zeit gab ihnen den Rest.
Denn die meisten, die dort hinter Gittern landeten, starben an
Altersschwäche, bevor sie wieder freigelassen wurden.

»Was ist das für ein Geräusch?«, fragte Ruffe plötzlich.

Ich blieb stehen und spitzte die Ohren. Wir waren ein gutes
Stück vorangekommen und befanden uns etwa auf Höhe der
Giebelwand des Gefängnisses. Das Geräusch, von dem Ruffe ge-
sprochen hatte, war eine Art Dröhnen und Rauschen.

»Keine Ahnung«, antwortete ich.

Wir gingen noch ein wenig weiter. Die Luft war feucht. Gelbe
Birkenblätter blieben auf dem Oberleder meiner Schuhe kleben.
Das Rauschen wurde lauter und kurz darauf standen wir an einem
tosenden Wildwasserfluss. Er war fast schwarz und die Strömung
war stark – und an der Oberfläche, in den Wirbeln, tanzten dicke,
schmutzig weiße Schaumfladen.

»Ah ja!«, brüllte Ruffe, um das Dröhnen zu übertönen. »Weiter
als bis hier kommen wir nicht!«

Er hatte recht. Der Fluss direkt hinter dem Zuchthaus zog einen breiten, brausenden Strich durch den Wald und es wäre vermutlich ziemlich lebensgefährlich gewesen, zu versuchen, diesen Strich zu überqueren. Sogar die Enten hielten sich von den Stromschnellen fern.

»Wir gehen zurück!«, antwortete ich.

»Aye, aye!«, rief Ruffe wie ein Seemann und dann machten wir kehrt. Wir trafen Vater an der Stelle wieder, an der wir uns vor einer guten Stunde getrennt hatten, und dann gingen wir gemeinsam zum Gasthof zurück. Während wir Kaffee kochten und belegte Brote schmierten, besprachen wir unsere Beobachtungen. Vater schrubbte derweil seine Schuhe. Gerade als er damit fertig war, flog die Zimmertür auf. Lonna kam rein.

»Draußen wars verdammich nochma wärmer und bösser als drünn' üm Geföngnis«, schnaubte sie. »Pfui Schande, was fürn furchtbarer Ort das is.«

»Wie geht es Jack?«, fragte ich.

»Nich gut«, sagte Lonna und schnäuzte sich in den Jackenärmel, ehe sie sich an den Tisch setzte. »Aba er hat süch gefreut, müch zu sehn.«

»Setzen die Hunde ihren Hungerstreik noch weiter fort?«

Sie schüttelte den Kopf.

»Das is zu hart gewordn. Jack hat am längstn durchgehaltn, aber dann is ein Geföngniswärter gekommn un hat ihm mit Brot vor der Nase rumgewödelt, nur um ihn zu örgern. Der Hunnehunger is ihm zum Verhängnüs gewordn, hat Jack gesagt. Aba er is ganz abgemagert. Un er hat ne Nummer aufm Bauch: 14-96.«

»Pfui Teufel«, sagte ich.

Vater sah missmutig aus. Er fand es ungehörig, wenn Kinder fluchten. Er schüttete den letzten Rest Kaffee in einen frischen Becher und gab ihn Lonna. Dann setzte er sich. Geduldig wartete er, während sie in kleinen, schlürfenden Schlucken trank. Der Dampf stieg in stahlblauen Kringeln um ihre Nase. Schließlich stellte sie den Becher ab und fuhr fort:

»Da sützn ungeföhr hunnertzwanzich Hunne ein, dabei is einglich nur Platz für fünfunneunzich. Deshalb müssn süch manche zu drütt eine Zelle teiln. Die, in der Jack wohnt, is üm linkn Flügel. Um sechs Uhr früh klüngelt eine Glocke, dann müssn alle aufstehn. Sie bekommn Wasser un Brot in ihrn Zelln un dann müssn sie in die Schneiderei arbeitn gehen. Sie nähn Postsäcke.«

»Postsäcke?«, fragte Vater.

»Ja. Für Brüfe.«

»Und wie werden die Postsäcke von dort weggebracht?«

»Die wern mit Pfördewagn abgeholt.«

Vater schwieg eine Weile.

»Dann könnte man vielleicht einen Weg finden, Jack auf einem dieser Pferdewagen zu verstecken?«, überlegte er.

»Könnte man vülleicht, aba das würde wahrscheinlich nich klappen«, antwortete Lonna. »Die durchsuchen die ganze Ladung, ehe der Wagn abfährt. Sack für Sack. Alle Wagn, die durchs Tor fahrn, werdn gründlich kontrolliert.«

Vater nickte. Was Lonna berichtete, war keine große Überraschung für ihn.

»Jack sagt, dass seit zwanzich Jahrn keiner mehr aus Nückelbü entkommn is«, fuhr Lonna fort. »Un der Hund, mit dem er süch die Zelle teilt, hat örzählt, dass jeder, ders versucht, in Einzlhaft landet.«

»Was ist das?«, fragte ich.

»Da is man ganz allein. Man darf mit nümandem redn un das Lücht is die ganze Zeit aus. Da würd man krank üm Kopf. Na ja. Jenfalls ist um zwölf Müttagspause und Amdbrot gübts um halb acht. Es gübt ümmer nur Hering und Kartoffeln. Die Heringstonnen stehn aufgereiht inner Küche, sagt Jack. Um Punkt acht is Schlafenszeit.«

Wieder nickte Vater. Aus dem Inneren des Kamins stieg ein helles, durchdringendes Geräusch auf, es klang wie das Sirren von Schwebfliegen. Ich stand auf und legte Feuerholz nach. Draußen senkte sich die Dämmerung herab, deckte den Wald mit ihrer grauen Decke zu.

An diesem Abend saßen wir viele Stunden zusammen und sprachen über die verschiedenen Möglichkeiten, Nummer 14-96 aus der Gefangenschaft in Nyckelby zu befreien. Die Grundidee bestand darin, dass Vater sich verkleidet Zutritt zum Gefängnis verschaffen sollte, etwa als Pastor oder Schornsteinfeger – die Krux war nur, dass er auf dem Weg nach draußen ja irgendwie Jack mitnehmen musste, und zwar ohne dass die Gefängniswärter etwas bemerkten. Der einzige Ein- und Ausgang des Gebäudes war das große Tor auf der Vorderseite.

»Wobei – genau genommen gibt es ja noch einen«, sagte Ruffe, als es schon zwölf Uhr war und die Mäuse in den Wänden munter wurden. Zu diesem Zeitpunkt waren wir längst müde und mutlos, saßen eigentlich nur noch aus Pflichtgefühl beisammen. »Ich habe ihn gerade noch gesehen, als wir umgekehrt sind und zurückgehen wollten«, fuhr er fort und sah mich an. »Es war ein Balkon, ziemlich groß, im ersten Stock.«

Vater grunzte. Er hatte den Balkon auch gesehen, sagte er. Ein geradezu protziges Ding mit schmiedeeisernem Geländer und großen Blumenkübeln, in denen Nadelbäume wuchsen. Wahrscheinlich gehörte er zum Büro des Direktors, aber er war so hoch oben, dass er uns ohnehin nicht weiterhelfen würde. Und außerdem war darunter nichts als Wasser. Schwarzes, tosendes, reißendes Wasser.

»Bei den Gefangnen heißn die Stromschnölln nur der Weg ins Paradüs«, sagte Lonna. »Einmal hat süch ein Hund da runnergestürzt. Als die ihn gefundn ham, war er mausetot. Flussabwärts kommt nämich noch'n Wasserfall. Dreißich Meter hoch. Der zörmalmt dür alle Knochn.«

»Pfui Teufel«, sagte Ruffe schaudernd.

Eine düstere Stimmung senkte sich über den Raum. Eine ganze Weile waren wir alle still. Schließlich rieb sich Vater die Augen:

»Ich glaube, heute Abend kommen wir nicht mehr weiter«, sagte er. »Lasst uns morgen einen neuen Anlauf nehmen.«

Wir standen auf und machten uns bettfertig; gingen nach draußen und pinkelten, richteten die Ausziehbank her, die Lonna und ich uns teilten, und rollten Ruffes Matratze aus. Vater bereitete sich das einzige Bett im Zimmer, ein ziemlich unbequemes Teil aus grobem Holz. Er nannte es mittlerweile nur noch seinen Kutter, weil es jedes Mal, wenn er sich auch nur ein bisschen bewegte, knarzte wie ein altes Schiff.

»Euer Kapitän wünscht allen eine gute Nacht«, sagte er und zog sich die Decke über den Bauch. Wir anderen kicherten über seinen Scherz und Vater löschte das Licht.

Ich weiß nicht mehr, ob ich gleich einschlief und anfing zu träumen, oder ob ich eigentlich wach lag und fantasierte. Aber ich weiß noch, dass ich spürte, wie der Untergrund anfing zu schaukeln, und dass ich das Geräusch von knarrendem Holz hörte. Ich spürte, wie mir Wasser ins Gesicht spritzte, und begriff, dass ich auf einem Boot war. Das Gewässer, auf dem ich segelte, war sehr unruhig, wurde vom Wind aufgepeitscht, Schaumkronen tanzten auf den Wellen. Ich hatte Angst. Nach einer Weile veränderte sich alles und plötzlich war ich eingesperrt. Um mich herum war es stockfinster. Es schaukelte immer noch, von irgendwo drang Wasser zu mir herein und meine Kleider wurden nass. Jetzt hatte ich keine Angst mehr, sondern Todesangst. Ich hämmerte gegen die Wände, die mich umgaben.

»Hilfe!«, schrie ich. »Hilfe, Hilfe! Bitte, ich will hier raus!«

Mit einem Mal war ich hellwach. Ich hörte unruhige Bewegungen in der Dunkelheit, Vater fummelte mit einer Streichholzschachtel herum. Dann zündete er die Lampe wieder an.

»Was ist los?«, fragte er.

Ruffe und Lonna waren auch aufgewacht. Mit klopfendem Herz stand ich auf und setzte mich an den Tisch. Ich wartete, bis meine

Arme und Beine nicht mehr zitterten. Dann hob ich den Blick und sah die drei der Reihe nach an.

»Ich weiß jetzt, wie wir es machen«, sagte ich. »Ich weiß, wie wir Jack aus dem Zuchthaus befreien können.«

Wenig später waren alle auf den Beinen und hatten sich wieder angezogen. Vater hatte Holz im Kamin nachgelegt und frischen Kaffee gekocht. Viel mehr als Brot gab es nicht zu essen, aber das machte nichts. Ich war viel zu aufgeregt, um hungrig zu sein. Als wir uns um den Tisch versammelt hatten, fing ich an, den anderen meinen Plan zu erklären:

»Wir werden den Balkon auf der Rückseite nutzen. Auf irgendeine Weise, wenn der Gefängnisdirektor gerade nicht da ist, verschaffen wir uns Zutritt zu seinem Zimmer und werfen Jack über das Geländer. Und dann fischen wir ihn ein Stück stromabwärts wieder aus dem Wasser.«

Vater schüttelte den Kopf.

»Martin, hast du nicht zugehört? Das geht nicht, das wird er nicht überleben.«

»Doch«, sagte ich, »das wird er. Er wird überleben, Vater. Wenn er es so macht wie Annie Taylor.«

Vater lehnte sich auf dem Stuhl zurück, er brauchte einen Augenblick, um meine Worte sacken zu lassen.

»Wer is das?«, fragte Lonna.

»Der erste Mensch, der die Befahrung der Niagarafälle überlebt hat«, sagte Vater. »In einem Fass.«

Lonnas Augen wurden riesengroß. Ruffe lachte auf.

»In einem Fass?«

Ich nickte.

»Du hast doch gesagt, dass sie im Zuchthaus nur Hering und Kartoffeln zu essen bekommen«, sagte ich zu Lonna. »Und du hast gesagt, dass die Fässer aufgereiht in der Küche stehen. Stimmt's?«

»Ja, das hab ich alles gesagt«, bestätigte sie.

»Gut. Und wenn Vater und ich einen Weg finden, als Küchenpersonal verkleidet ins Zuchthaus zu gelangen, dann könnten wir eins der Fässer ausleeren und Jack dort reinsetzen. Und dann ... tja, dann müssen wir nur noch das Fass übers Geländer hieven und die Strömung erledigt den Rest.«

Vater nickte bedächtig.

»Vielleicht ...«, sagte er. »Vielleicht könnte das klappen.« Er trank einen Schluck Kaffee und dachte noch ein wenig länger über die Sache nach. »All right. Wir versuchen es.«

9 So begannen die Vorbereitungen. Vater, Lonna und ich übernahmen die Aufgabe, Vaters Verkleidung herzustellen. Unsere arme Wirtin hatte keine Ahnung, wie viele Röcke, Leintücher und Laken wir von ihrem Dachboden klauten, zerrissen und umnähten. Nadel und Faden besorgte Lonna beim Kaufmann. Das Schwierigste war allerdings die Perücke. Wir benutzten dafür das Rosshaar aus Ruffes Matratze, ein Leintuch und gebogenen Draht. Und indem wir jedes Haar einzeln durch die Maschen des Stoffs zogen, entstand Stück für Stück eine schöne lange Mähne. Wenn es Schlafenszeit war, musste Ruffe sich nun zu Vater in den Kutter quetschen. Vater war in diesen Tagen sehr angespannt, so sehr, dass es ihn schier zerriss. Er nahm sein Geld aus der Tasche und zählte es.

»Bist du so lieb und gehst mir eine Flasche Branntwein kaufen?«, fragte er.

»Ganzen oder halben Liter?«, fragte ich.

Vater zählte noch einmal nach.

»Halben.«

Er gab mir das Geld und ich machte mich auf den Weg. Als ich kurz darauf mit der Flasche zurückkam, sah Vater mich dankbar an.

»Du bist wirklich lieb«, sagte er. Nachdem er ein paar Schlucke getrunken hatte, war er weniger zittrig. Er setzte sich mit neuem Schwung an die Perückenknüpferei und ich dachte:

Die Flasche und der Füllfederhalter sind die beiden Einzigen, die Vater beruhigen können. Die Flasche ist seine Mutter, der Füllfederhalter ist sein Vater. Sie nehmen ihn an die Hand und zeigen ihm, wohin er gehen soll. Wenn die Flasche und der Füllfederhalter nicht wären, dann würde Vater geradewegs im Graben landen. Aber hier kann Vater nicht schreiben und deshalb muss er sich mit beiden Händen an seiner Mutter festhalten. Er klammert sich fest, streckt sich nach ihrem Arm aus, will von ihr getragen werden.

Wenn er zu viel Branntwein trank, dann kam es vor, dass Vater traurig wurde. Dann weinte er und an einem Abend wollte er mehr über meine Jahre auf Norrängen wissen.

»Aber da gibt es doch wohl keinen, der gemein zu dir war?«, fragte er.

Seine Worte mischten sich mit Schluchzen. Die Angst um mich wühlte tief in alten Wunden. Er erzählte von seiner eigenen Kindheit, von den beiden Menschen, die damals seine Eltern gewesen waren, lange vor der Flasche und dem Füllfederhalter. Offenbar hatte mein Großvater nicht viel von Kindererziehung verstanden. Während er meine Großmutter in vornehme Restaurants ausführte, musste Vater allein in dunkler Nacht zu Hause sitzen. Großmutter war eine schöne Frau. So schön, dass Großvater sie mit niemandem teilen wollte, nicht einmal mit seinem Sohn. An den Morgen nach den Restaurantbesuchen roch es in der ganzen Wohnung nach Cognac und Rauch. An solchen Tagen wusste Vater, dass er leise sein musste und seine Eltern nicht stören durfte. Aber manchmal vergaß er es und dann bekam er Prügel. Deshalb weinte er jetzt.

»Ich muss mich hinlegen«, sagte er. Auf dem Weg zum Bett verlor er das Gleichgewicht. Lonna sträubte das Nackenfell. Es waren die Jahre bei Moor-Hanna, die sich wieder in Erinnerung brachten. Der Alkoholdunst und alles, was dazugehörte, wurden ihr wohl einfach zu viel. Als Vater sich auf den Rücken gelegt hatte, verbarg er das Gesicht unter den Armen und schluchzte.

»Aber da gibt es doch wohl keinen, der gemein zu dir war, oder?«, fragte er wieder. »Martin?«

»Nein, mach dir keine Sorgen«, sagte ich, denn ich wusste, dass er Trost brauchte. Ich holte meine Decke aus der Ausziehbank und mummelte ihn schön warm ein. Ich dachte: Mein armer Vater. Und ich dachte: Vater ist mehr Kind als ich.

Ruffe kam ins Zimmer. Er spürte sofort, welche Stimmung herrschte, aber er war auch klug genug, um keine große Sache daraus zu machen. Er zog ein Zigarrenkästchen aus der Tasche, das er gefunden und für Lonna mitgenommen hatte. Sie drehte und wendete es und Ruffe zeigte ihr, dass das Kästchen ein Emblem auf der Innenseite des Deckels hatte und dass es immer noch herrlich nach Tabak duftete. Plötzlich drehte sich alles um diese kleine Holzschachtel und niemand dachte mehr an Vater, der eingehüllt in eine Wolke aus Trauer auf seinem Bett lag. Ruffe war manchmal wirklich ein Segen.

»Wie ist es gelaufen?«, fragte ich ihn.

Er zuckte mit den Schultern.

»Gut«, sagte er und setzte sich an den Tisch. »Alles wie gestern und vorgestern: Sie kommt um sieben Uhr früh und geht abends gegen Viertel nach Acht.«

»Und du bist dir ganz sicher, dass sie es ist?«

»Absolut. Sie stinkt schon von weitem nach Heringssud. Die anderen sind Gefängniswärter, Scheuerfrauen und so weiter. Viele von denen kommen und gehen zusammen und ich höre, wie sie über die Arbeit reden, weißt du? Aber sie ist immer allein und sie müffelt wirklich, als wäre sie selbst auch schon in eins dieser Fässer gestiegen.«

Es war nämlich Ruffes Aufgabe, allen nachzuspionieren, die in Nyckelby arbeiteten, um auszukundschaften, wer von ihnen die Köchin war. Denn an dem großen Tag – dem Befreiungstag – sollte Vater dann eben jene Köchin ersetzen.

Ruffe schenkte sich Kaffee ein.

»Der Direktor ist der Einzige, der gefahren wird«, fuhr er fort.

»Er taucht eigentlich nie vor acht Uhr auf. Er war es übrigens auch, der das da weggeworfen hat«, fügte er mit Blick auf das Zigarrenkästchen hinzu.

Lonna sagte nichts, sondern stellte es auf die Fensterbank. Nur für einen kurzen, fast unsichtbaren Moment war Ruffe die Enttäuschung anzumerken, dann hatte er sie schon heruntergeschluckt. Er wandte sich zu mir, um seinen Bericht abzuschließen.

»Der Direktor scheint ein wenig aufgeblasen zu sein, wenn du mich fragst.«

Ich nickte. Ein sanfter Regen hatte eingesetzt und klopfte leise an die Fensterscheibe, Vater war im Bett eingeschlafen. Ich setzte mich an den Tisch und griff nach der halbfertigen Perücke, die er dort hatte liegen lassen. Lonna gesellte sich zu mir und fing an, den falschen Busen mit Heftstichen zusammenzunähen, während Ruffe sich etwas Essbares aus dem Vorratsschrank suchte. Eine wohlige Ruhe legte sich über unser kleines Trio. Außer einer alten Uhr aus gelbem Metall, die auf dem Fensterbrett stand und einmal in der Minute ein leises, schwirrendes *Klirr* von sich gab, war alles still.

Und die Minuten wurden zu Stunden, die Stunden zu Tagen – Stich kam zu Stich, und je weiter wir mit den Kleidungsstücken vorankamen, umso näher rückte natürlich der große Tag. Und ehe wir uns versahen, war der Vorabend da.

Es war ein Abend, an dem wir alle sehr angespannt waren. Vater verzichtete bewusst darauf, zu trinken, und das machte ihn besonders rastlos. Es schien fast so, als hätte er irgendwo Schmerzen.

Nun stand er mitten in unserem Zimmer und musterte die Verkleidung, die ausgebreitet auf dem Bett lag. Neben der Perücke und
dem falschen Busen bestand sie aus Rock, Bluse und Schürze.
Nichts Auffälliges, abgesehen davon, dass alle diese Sachen viel zu
groß für eine Frau waren. Schließlich war Vater ein stattlicher und
auch etwas fülliger Mann.

»Das wird prima aussehen«, sagte ich. »Und was meine Sachen
angeht, die habe ich hier aufbewahrt« – ich hielt eins der vielen
Kleidungsstücke hoch, die wir vom Dachboden geholt hatten: ein
kariertes Kinderkleid mit Taschen auf dem Bauch – »und ich habe
mir überlegt, dass wir mir aus dem Rosshaar zwei Zöpfe flechten
könnten, die ich einfach an einem Kopftuch befestige. Was haltet
ihr davon?«

Ruffe und Lonna warfen Vater verstohlene Blicke zu. Für ein
paar Sekunden wurde es quälend still. Mir war sofort klar, dass er
über diese Angelegenheit schon längst mit ihnen gesprochen hatte.
Er drehte sich zu mir um.

»Du wirst morgen nicht mitkommen«, sagte er. »Du bleibst hier.«

»Nein!«, brüllte ich. Ich war augenblicklich außer mir. »Das ist
nicht richtig, Vater! Das ist nicht richtig!«

»Doch, das ist es. Ich habe schon einmal versucht, es dir zu erklären, Martin. Du bist noch zu klein, um mitzugehen. Wenn es
morgen nicht so läuft, wie wir es uns vorgestellt haben, wenn wir
erwischt werden, dann könnte es dein ganzes Leben zerstören. Hör
auf einen, der weiß, was das bedeutet.«

»Jack ist mein Freund!«, erwiderte ich. »Und was ist mit Lonna?

Und Ruffe? Die zwei sind auch nicht älter als ich! Warum dürfen sie mit und ich nicht?!«

»Wir gehn nich mit üns Geföngnis, Martin«, sagte Lonna. »Wir warten flussabwärts, um die Tonne ausm Wasser zu füschn. Ich fünde, du solltest jetz auf dein' Papa hörn. Es is besser für düch, hier üm Zümmer zu wartn.«

»Das ist überhaupt nicht besser für mich!«, sagte ich. »Es ist nicht besser!«

»Ob du es nun besser findest oder nicht, so wird es gemacht«, sagte Vater.

Als ich diese Worte hörte, wurde ich blind vor Wut. Ein weißer Blitz explodierte in meinem Kopf, ich warf den nächstbesten Stuhl um und schleuderte alles auf den Boden, was gerade auf dem Tisch stand, ohne überhaupt zu sehen, was es war.

»DU HAST KEIN RECHT, ÜBER MICH ZU BESTIMMEN!«, brüllte ich. »DU HAST KEIN RECHT DAZU! HAST DU GE-HÖRT?!!«

Vater sah mich an, ohne eine Miene zu verziehen. Vielleicht fing er an zu verstehen, dass er gegen diese Urgewalt nicht ankam, als er sich ans Herz fasste und auf einen Stuhl sinken ließ. Vielleicht fing er an zu verstehen, dass diese Urgewalt unbezwingbar war. Aber sein Schweigen war so kalt, so eisenhart, dass es viel mehr aussagte als eine Abreibung: Vater sprach fließend Stille. Ich riss die Tür auf, stürmte die Treppe hinunter und rannte hinaus in die Dunkelheit des Abends. Ich hatte nicht einmal Schuhe an.

Brodelnd vor Wut stolperte ich im Wald herum. Vater wollte die

Richtung vorgeben, wollte alles allein bestimmen. Aber er hatte kein Recht dazu. Er hatte kein Recht! Ich spuckte auf den Boden, boxte mit der Faust gegen einen Baum. Meine eigene Haut fühlte sich an wie ein Käfig und ich warf mich verzweifelt dagegen, wie ein eingesperrtes Tier. Immer wieder schrie ich wütend auf. Nach einer Weile sank ich auf die Knie. Irgendwo in meinem Hinterkopf hallten Worte wieder:

Ich wollte dir alles beibringen. ... Aber du hattest nur deinen Vater im Kopf. Immer nur ihn, einen Mann, der dich weggegeben hat. Tagein, tagaus hast du von ihm geträumt.

Ich zitterte. Was, wenn der Mann, der diese Sätze ausgesprochen hatte, der einzige Mensch auf der Welt war, der das Recht hatte, über mich zu bestimmen? Der Mann, der so hart mit mir umgesprungen war. Der mich Faulpelz genannt und aus dem Bett gezerrt hatte. Dem immer eine giftige Bemerkung auf den Lippen lag, wenn ich zu lange liegen geblieben war. »Du schläfst so viel, dass noch das Blut in deinen Adern vergammelt.« Oder: »Melken sich die Kühe neuerdings selbst?« Was, wenn er doch das Recht gehabt hatte, all diese Dinge zu mir zu sagen – weil er derjenige war, der sich meiner wirklich angenommen hatte?

Oder sah die Wahrheit noch anders aus? Durfte in Wirklichkeit *niemand* über mich bestimmen? Ganz gleich, wie er hieß oder was ihn mit mir verband? Was, wenn tatsächlich mit *mir* etwas nicht stimmte? Ich hatte mir vorgestellt, dass ich hell und fröhlich werden würde, wenn ich Vater nur erst gefunden hatte, dass ich anfangen würde zu strahlen. Aber hier saß ich nun, spätabends im Wald, und in mir war es schwärzer denn je.

Ich stand auf und ging wieder los. Ich wollte fort von diesen Gedanken und außerdem war mir kalt. Aber schon nach wenigen Metern blieb ich stehen. Ich hatte auf einmal das Gefühl, nicht allein in der Dunkelheit zu sein.

»Vater?«

Aber Vater war nicht da. Vater saß immer noch im Zimmer. Ich drehte mich um, sah weit weg die gelben Vierecke aus Licht, die Fenster des Gasthofs.

»Wer ist da?«, fragte ich, etwas lauter.

Es blieb still, aber nun war ich ganz sicher. Es war nichts, was ich hörte oder sah, sondern etwas, das ich spürte: Da war etwas im Wald, ganz in meiner Nähe.

»Vater! Hilfe!«, schrie ich und rannte los. Meine Füße versanken im nassen Moos. Zweige peitschten mir ins Gesicht, zerrissen mir die Kleider. Ich glaubte, Schritte hinter mir zu hören, und rannte noch schneller, spürte mein Herz im Hals pochen, meine Haut brannte vor Angst.

Erst als ich die kleine Treppe vor dem Gasthof erreicht hatte, wagte ich es, mich umzudrehen.

Da war niemand. Alles war ruhig, totenstill. Ich drückte die Tür auf und ging ins Haus. Im selben Moment fiel mein Blick auf eine Gestalt, die mit starren weißen Augen im dunklen Flur stand. Ich schrie auf, aber dann erkannte ich, dass es nur Frau Rensmo war, unsere Zimmerwirtin.

»E-entschuldigung«, sagte ich. »Sie haben mir einen Schreck eingejagt.«

Sie kam vorsichtig einen Schritt näher. Erst da fiel mir auf, dass sie auch ganz verängstigt aussah.

»Ich dachte, ich hätte Schreie gehört«, sagte sie. »Schreie in der Nacht. Meinst du, das waren Trolle?«

»Hm, nee«, antwortete ich und kam mir dumm vor. »Machen Sie sich keine Gedanken. Ich bin nur gestolpert, als ich aufs Plumpsklo wollte. Hab mir den Fuß verstaucht.«

Sie sah auf meine klitschnassen Strümpfe hinunter.

»Eigenartig«, murmelte sie. Sie hatte blasse Wangen und ihr dünnes, graubraunes Haar trug sie im Nacken zu einem Dutt zusammengenommen. Sie verströmte einen abergläubischen Ernst, so unheilvoll wie eine dunkle Gewitterwolke. Aber vielleicht war es kein Wunder, dass man ein bisschen kauzig wurde, wenn man so weit draußen im Nirgendwo einen Gasthof betrieb. In den Wochen, seit wir hier wohnten, hatte ich noch keine anderen Gäste zu Gesicht bekommen. Das ganze Haus wirkte, als wäre es von einem Trauerrand umgeben.

»Tja, so war das jedenfalls«, sagte ich und ging langsam die Treppenstufen hoch. »Also, dann ... gute Nacht.«

»Die Katze des Kaufmanns ist nämlich nicht nach Hause gekommen«, sagte Frau Rensmo.

Ich drehte mich um.

»Was?«

»Sie ist fort. Seit gestern Abend. Und diese Katze kommt immer ins Haus, wenn die Essensglocke läutet, so sicher wie das Amen in der Kirche.« Sie nickte mit Nachdruck. »Glaub mir, die hat der Troll geholt.«

Ich sagte nichts mehr, sondern ging nach oben in unser Zimmer. Die anderen hatten nach meinem Wutausbruch aufgeräumt. Lonna und Ruffe saßen am Tisch und setzten die gelbe Metalluhr wieder zusammen, die ich offenbar auf den Boden gepfeffert hatte. Vater begrüßte mich freundlich, fast kindlich. Er tat so, als hätte es überhaupt keinen Streit gegeben. Und wenn es keinen Streit gegeben hatte, dann musste man auch nichts erklären. Schwere Sachen, richtige Sachen – damit konnte Vater nicht umgehen. Das wusste ich ja schon.

Ich ging ans Fenster, presste die Stirn an die kalte Scheibe. Was lauerte dort unten in der Nacht? Ein Troll? Oder jemand anders, der es auf Katzen abgesehen hatte? Hatte ich mir nur eingebildet, dass ich im Wald verfolgt worden war – oder war dort wirklich jemand gewesen? Ich hatte ein wenig Bauchweh, aber zusammen mit Vater und meinen Freunden fühlte ich mich dennoch sicher. Ich drehte mich um und sah sie an.

»Das Ganze hier war von Anfang an meine Idee. Ich habe mir das alles ausgedacht und deshalb steht es mir zu, morgen mitzukommen. Und außerdem«, sagte ich zu Vater, »schafft ihr das gar nicht ohne mich. Und jetzt trinken wir Kaffee und besprechen, was es sonst noch zu klären gibt.«

Vater schwieg lange. Er sah mit einem Mal wieder so alt und abgekämpft aus, alle Streitlust war aus seinem Blick verschwunden. Schließlich nickte er.

»Dann machen wir es so, Martin.«

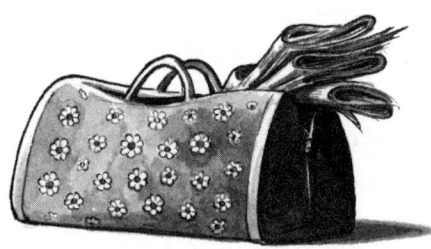

10 Und dann war der große Befreiungstag gekommen. Es war der einundzwanzigste November und es war ordentlich kalt. Die Sterne am Himmel sahen aus wie Hagelzucker. Raureif überzog das Gras wie ein knirschender Pelz. Es war sechs Uhr früh. Ruffe hatte einen Heuschober ausgekundschaftet, an dem die Anstaltsköchin vorbeikommen würde, wenn sie von ihrer kleinen Kate zum Nyckelbyväg hinüberging. Dort warteten wir auf sie. Die erste Etappe unseres Plans sah vor, die Köchin daran zu hindern, wie üblich an ihrem Arbeitsplatz zu erscheinen. Vater atmete zitternd.

»Bist du sicher, dass das klappen wird?«, fragte er.

»Aber ja«, antwortete ich. »Ich habe genau dasselbe schon ganz oft gemacht. Also, *ungefähr* genau dasselbe.«

»Ich will es gar nicht wissen«, sagte Vater und ließ sich auf einen Stein fallen. Obwohl er sich vorgenommen hatte, die Finger von der Flasche zu lassen, bis Jack in Freiheit war, angelte er sie aus der Manteltasche und genehmigte sich ein paar Schlucke.

»Ich finde, das klingt wasserdicht«, sagte Ruffe. »Apropos wasserdicht, habt ihr an die Nägel gedacht, die ihr braucht, um das Fass zu verschließen?«

»Klar«, sagte ich und zeigte auf das Bündel mit den Sachen, das seit Tagen gepackt bereitlag. Neben Hammer und Nägeln waren darin auch unsere Verkleidungen und mein Taschenmesser. Außerdem eine Blechdose, zwei Gummibänder, zwei Stifte, ein Stück Draht, etwas Käserinde und eine tote Ratte, die Lonna in Frau Rensmos Keller erlegt hatte. »Alles dabei. Jetzt muss nur noch die Alte kommen und ihr werdet sehen – dann läuft alles wie geschmiert.«

»Pst!«, zischte Lonna, denn just da kam die Köchin den Pfad entlang. Wir konnten das Licht ihrer Laterne zwischen den Bäumen tanzen sehen.

»Also los«, sagte ich. »Versteckt euch! Und keinen Mucks!«

Lonna und Ruffe gingen hastig hinter der Giebelwand in Deckung. Vater saß immer noch auf seinem Stein.

»Komm schon«, sagte ich. »Schnell, steh auf.«

Ich reichte ihm die Hände und Vater erhob sich langsam, fast widerwillig. Er sah mich mit großen, glänzenden Augen an. Ich weiß nicht, was sein Blick mir sagen wollte, aber ich glaube, am liebsten wäre es ihm gewesen, ich hätte in die Hände geklatscht und die ganze Operation abgeblasen.

»Mach dir keine Sorgen, Vater«, sagte ich. »Alles wird gut gehen.«

Zehn Minuten später saß die Köchin zeternd im Schober – und Lonna, Ruffe, Vater und ich marschierten mit großen Schritten in Richtung Nyckelby. Die Sache war wirklich ganz einfach gewesen. Als die Köchin aufgetaucht war, hatte ich die alte Zwei-Kronen-Nummer vor ihr aufgeführt. Ich musste lediglich den Satz »Mir ist mein Zweikronenstück in den Fluss gefallen« gegen »Mir ist mein Zweikronenstück ins Heu gefallen« austauschen – und kaum war die Köchin in den Schober gegangen, um mir bei der Suche nach der Münze zu helfen, fiel auch schon die Tür hinter ihr zu – *Rumms*. Bedenke, dass dies zu einer Zeit geschah, als die Straßen in Schweden voll von Landstreichern und herumstreunenden Burschen waren, die in Schuppen und Schobern übernachteten, weshalb es für die Köchin nicht weiter verwunderlich war, auf einen Jungen wie mich zu treffen. Heutzutage wäre das natürlich eine ganz andere Sache.

Der Mond kam hinter den Wolken hervor und warf sein fahles Licht auf den weiß bereiften Boden. Die Welt sah aus wie auf einer Schwarz-Weiß-Fotografie – und ich dachte: Nur noch wenige Stunden und Jack ist ein freier Hund.

»In wenigen Stunden ist Jack ein freier Hund«, sagte ich zu Ruffe, der neben mir ging. »Ist das nicht schön?«

»Ja«, sagte er lächelnd. »Ja, das ist verdammt schön.« Dann war er eine ganze Weile still und schien über etwas nachzugrübeln. Er nahm ein paarmal Anlauf, noch mehr zu sagen, biss sich auf die Zunge und schwieg weiter – bis er schließlich doch sagte:

»Da ist noch eine Sache, die ich dir nicht erzählt habe.«

»Aha?«

»Du weißt doch – Jack«, sagte Ruffe und zeigte auf sein rechtes Auge.

»Ja?«

»Diese Sache. Das mit seiner Krankheit.«

»Der grüne Star?«

»Mhm. Ich hab mich ein bisschen mit Bertil darüber unterhalten. Es ist wohl so, dass es das zweite Auge fast immer auch erwischt. Früher oder später.«

»Ja und?«

»Es ist so eine Art Missbildung. Die steckt gewissermaßen schon unbemerkt im Auge und sorgt dann dafür, dass man irgendwann krank wird. Und was Bertil meinte – also das, was er mir gesagt hat – ist, wenn man mit dieser Missbildung in *einem* Auge geboren wurde, dann hat man die so ungefähr in neunundneunzig von hundert Fällen auch im *anderen* Auge. Und dann ist es nur eine Frage der Zeit.«

»Der Zeit?«

»Mhm.«

»Was ist eine Frage der Zeit?«

»Bis man blind wird.«

Ich war schockiert. Das waren natürlich sehr schlechte Neuigkeiten. Vor allem für jemanden, der nichts auf der Welt mehr liebte, als zu lesen. In unserem Zimmer im Gasthof stand Jacks Reisetasche, die ich den ganzen weiten Weg von Hult hierhergeschleppt hatte. Die ganze Zeit hatte ich mich darauf gefreut, sie Jack in die Arme zu drücken und zu sagen: »Hier hast du deine geliebten Zeitungen wieder!« Aber was zum Kuckuck sollte er mit sechseinhalb Kilo Zeitungen, wenn er blind wurde?

Ich schüttelte den Kopf.

»Es ist schon so lange her, dass er sein Auge verloren hat«, sagte ich. »Vielleicht ist Jack genau dieser hundertste Hund, der Glück hat?«

Ruffe schien meine Worte zu überdenken. Wir waren gerade auf die Zufahrtsstraße eingebogen. Vater und Lonna gingen ein paar Meter vor uns, sie redeten nicht viel. Ihr Atem sah aus wie weißer Rauch.

»Kannst du dich erinnern, ob er sich damals gestoßen hatte?«, fragte Ruffe.

»Hä?«

»Als das mit dem Auge war«, sagte Ruffe. »Bertil sagt, dass eine Entzündung der Auslöser sein kann, aber manchmal fängt es auch an, weil man gestürzt ist oder sich gestoßen hat.«

»Das weiß ich nicht. Ist ja auch schon ziemlich lange her«, murmelte ich. Aber irgendwo in den Weiten meines Gehirns hisste eine Erinnerung ihr sonnenbeschienenes Segel: Es war Frühjahr, Anfang März. Nach einem harten Winter kehrte die Wärme allmählich zurück. Heuvorräte und Laubheu waren schon lange aufgebraucht. Ich saß auf dem Hügel vor dem Stall und spielte im Matsch. Ich hatte ein Geschäft, in dem man *Matsch* kaufen konnte – wenn ich jetzt so daran dachte, ein ziemlich peinliches Spiel, aber jedenfalls: Mein

Vormund kam vorbei, er war auf dem Weg in den Stall, um irgendetwas zu erledigen. Jack war schon dort, weil er misten sollte. Aber die Stalltür hatte sich kaum hinter Pär Pärsson geschlossen, da hörte ich wütende Stimmen, dann ein Kläffen und dann kam Pär Pärsson wieder heraus. Er tobte vor Wut.

»Dieser verdammte Hund!«, brüllte er.

»Was ist denn?«, fragte ich.

Er blieb stehen und fuchtelte in Richtung Stall. Ich könnte schwören, dass er Tränen in den Augen hatte.

»Er hat die letzten Haferhalme, die noch übrig waren, als Einstreu benutzt! Kannst du dir das vorstellen? Womit sollen wir jetzt das Vieh füttern? Seinetwegen muss ich einen Kredit aufnehmen!«

Er stürmte zum Haus und verschwand durch die Tür. Und ein paar Stunden später fanden wir Jack. Er saß auf der Treppe und wand sich vor Schmerzen. Dass sein Auge nicht mehr zu retten sein würde, war uns beiden gleich klar. Bis heute dreht sich mir der Magen um, wenn ich daran denke, wie grässlich, blutunterlaufen und starr es aussah.

Jack hat so viel dummes Zeug gemacht, dachte ich seufzend. War fast immer mit den Gedanken woanders. Dieser verfluchte Hund.

Einen guten Kilometer vor der Anstalt war eine verlassene Schmiede. In der verfallenen Hütte packten wir unsere Verkleidungen aus und zogen uns um. Lonna hatte Vaters Perücke zu einem Dutt geknotet. Sie befestigte sie mit einem Band und kleinen Häkchen aus Draht an Vaters richtigen Haaren. Dann färbte sie seine Augenbrauen mit einem Stückchen Kohle schwarz. Einen Damenmantel hatten wir nicht auftreiben können, da musste Vater seinen eigenen nehmen.

»Das war's«, sagte ich, als mein Kopftuch und meine Rosshaarzöpfe an Ort und Stelle saßen. »Es kann losgehen.«

Vater genehmigte sich noch einen Schluck aus seiner Halbliterflasche und steckte sie wieder in die Manteltasche. Dann traten wir zurück auf die Straße. Ab hier führte Lonnas und Ruffes Weg in den Wald, wo sie sich eine geeignete Stelle suchen würden, an der sie später das Fass aus dem Wasser fischen konnten.

»Denkt daran, euch ein paar lange Stöcke zu besorgen!«, rief ich ihnen nach, als sie schon fast zwischen den Fichten verschwunden waren.

»Ja, ja«, antwortete Lonna, ohne sich umzudrehen.

»Es wird Stunden dauern, bis es so weit ist!«, fuhr ich fort. »Ihr müsst also geduldig sein!«

»Ja, ja«, sagte Lonna wieder. »Sin wir.« Sie warf mir einen schnellen Blick über die Schulter zu. »Vül Glück.«

»Mm«, antwortete ich. »Euch auch.«

Vater und ich folgten weiter der Straße. Langsam wurde es hell. Man konnte die Umrisse der Felsbrocken und Bäume links und rechts des Wegs erahnen: eine bleigraue, düstere Welt. Das Einzige, was ein wenig Glanz verströmte, war das Birkenlaub im Moos. Stockstarr und still stand der Wald da.

Als wir die Zuchthausmauer erreichten, war ich so nervös, dass ich meinen eigenen Herzschlag hören konnte. Zuerst kamen wir an ein Tor, das offen stand, und dann an ein zweites, das verschlossen war. Im Gewölbegang dazwischen befand sich ein schwach beleuchtetes Wachhäuschen, in dem ein Wachmann saß.

»Was wollen Sie?«, fragte er. Er hatte eine Pickelhaube auf dem Kopf und gelbe Abzeichen an der Uniformjacke.

Vater trug sein falsches Anliegen vor. Der Branntwein hatte ihm gutgetan, er war jetzt geradeheraus und beherrscht.

»Man hat mich hergeschickt, um in der Küche zu arbeiten«, sagte er mit verstellter Stimme.

»In der Küche?«, wiederholte der Wachmann. »Wo ist Frau Karlsson?«

»Ihre Knochenfäule ist wieder schlimmer geworden«, antwortete Vater. »Sie ist bettlägerig.«

Der Wachpolizist verzog angewidert das Gesicht. Dann musterte er Vater von Kopf bis Fuß.

»Hergeschickt, sagen Sie? Und von wem?«

»Ja, was glauben Sie denn? Von Frau Karlsson natürlich«, sagte Vater. »Ich bin ihre Schwägerin, Frau Gustavsson. Das hier ist meine Tochter Anna, sie ist mitgekommen, damit sie etwas lernt.«

Der Wachmann nickte.

»Verstehe. Ja, wenn Sie beide sich hier ins Besucherbuch eintragen, dann geht das in Ordnung.«

Vater trat ans Fenster des Wachhäuschens. Ohne seine Handschuhe auszuziehen, griff er nach dem Füllfederhalter, tauchte ihn in die Tinte und schrieb: *Maj-Britt Gustavsson.* Dann reichte er mir den Federhalter. Zitternd tunkte ich ihn ebenfalls in das Glasfläschchen. Ein Tintenklecks landete auf dem Rand des großen, ledergebundenen Buchs. Der Wachmann verfolgte aufmerksam jede meiner Bewegungen. Wackelig und hässlich krakelte ich meinen Namen unter seinen: *Ana Gustavsson*. Vater knuffte mich mit dem Ellenbogen an. Es fühlte sich an wie ein Schlag in die Magengrube, als ich meinen Fehler auch bemerkte, und ich quetschte schnell noch ein zweites *n* in den Vornamen. Der Wachmann runzelte die Stirn.

»Ihre Tochter scheint mir ein wenig angespannt zu sein«, sagte er. »Ist auch ganz bestimmt alles in Ordnung?«

»Aber ja«, antwortete Vater und kniff mir in die Wange. »Sie ist nur nicht so erpicht darauf, hier zu sein. Anna findet Hunde ganz schrecklich.«

»Hehe, da ist sie nicht die Einzige hier«, sagte der Wachmann und kam aus seinem Häuschen heraus. Mit einem großen schwarzen Schlüssel schloss er das Tor auf und ließ uns in den verlassenen Gefängnishof.

»Die Küche befindet sich auf halber Treppe nach unten. Der Eingang ist gleich dort, rechts neben den Regentonnen.«

»Danke«, sagte Vater. Dann tauchte auch schon weiteres Personal hinter uns im Gewölbegang auf und der Wachmann musste schnell zurück, um die Leute in Empfang zu nehmen. Vater und ich überquerten rasch den Hof und schlüpften durch die schwere Küchentür.

11 Es folgten hektische Stunden in den bis zur Decke gefliesten Katakomben der Nyckelby-Anstalt. Zuerst schälten wir
Kartoffeln, bis unsere Finger bluteten. In der Küche gab es einen
riesigen gusseisernen Ofen mit zwei Feuerklappen und sechs Herd-
platten. Als wir so viele Knollen geschält hatten, dass wir dachten,
hundertzwanzig Hunde sollten wohl satt werden, und die Koch-
töpfe auf den Herd gestellt hatten – da flog auf einmal die hintere
Küchentür auf.

»Tach!«, sagte ein struppiges Vieh im Sträflingsanzug. Auf dem
Kopf hatte er eine gestreifte Mütze.

»Wer bist du?«, fragte Vater, der sich gerade noch rechtzeitig
daran erinnerte, dass er ja mit verstellter Stimme sprechen musste.

Der Hund erklärte, dass er hier die Küchenhilfe war und normalerweise Frau Karlsson zur Hand ging. Er würde hier immer die Kartoffeln schälen, sagte er und schob verwirrt seine Sträflingsmütze nach hinten.

»Und wer bist du?«, fragte er.

Vater stammelte seine Geschichte von der Knochenfäule hervor, aber der Hund schien ihm nur mit halbem Ohr zuzuhören. Er hatte die Kartoffeltöpfe auf dem Herd bemerkt. Enttäuscht sah er uns aus wässrigen Augen an.

»Ja, wie du siehst, habe ich meine kleine Anna als Küchenhilfe mitgebracht«, sagte Vater. »Du hast heute frei.«

»Bist du verrückt?«, sagte der Hund. »Wenn du mir freigibst, dann muss ich in die Schneiderei und Postsäcke nähen. Da hat es höchstens sieben Grad. Nee, nee, nee, ich bleibe hier«, sagte er und marschierte auf krummen Beinen in die Küche.

Vater unterdrückte ein angestrengtes Seufzen.

»Na gut«, sagte er. »Vielleicht kannst du dich trotzdem ein bisschen nützlich machen. Wir können die Heringsfässer nicht finden ...?«

»Die haben wir hier drüben, schau!«, sagte der Hund und öffnete eine Tür, die zu einem eiskalten Lagerraum führte. Vater warf mir einen hastigen Blick zu.

»Bestens.«

Wir gingen schnell ins Lager und Vater klopfte prüfend gegen jedes Fass, um herauszufinden, welches davon nicht mehr ganz voll war. Bald hatte er das richtige gefunden. Der Hund, der sich als Goliath vorgestellt hatte, ging vier große, verbeulte Blechschalen holen, die auf einem Regalbrett unter der Küchenarbeitsplatte bereitstanden. Darauf wurden die Fische für die Essensausgabe »arrangschiert«, wie er sagte.

Vater nahm den Deckel vom Fass und fing an, die glitschigen, aufgeblähten Heringe herauszuschöpfen. Wenn ihm einer auf den Boden flutschte, waren Goliath und ich sofort da, um ihn wieder einzusammeln. Es stank furchtbar nach Fischsud.

Doch als die vier Blechschalen gut gefüllt waren, war immer noch ziemlich viel im Fass.

»Wir wollen doch nicht geizig sein«, sagte Vater und häufte weiter Heringe in die vollen Schalen. Und während er immer mehr Fische nachlegte, sah Goliath langsam ziemlich besorgt aus.

»Also, weißte, so viel serviern wir sonst nie. Das werden die Wärter nicht durchgehn lassen.«

»Die werden auch froh sein, dass sie sich mal so richtig satt essen dürfen«, sagte Vater und stopfte die Heringe ordentlich in die Schalen rein. Goliath lachte. Ich verstand nicht, warum, aber später beobachtete ich, dass die Wärter einen großen Bogen um den stinkenden Fisch machten und sich stattdessen Essen von zu Hause mitgebracht hatten.

Als das Fass endlich leer war, fing Goliath an, Teller, Becher und Besteck an die Essensausgabe zu stellen, eine Durchreiche in der Wand zwischen Küche und Essenssaal. Ich warf einen Blick auf die Wanduhr. Zehn nach elf.

»Ich glaube, ich gehe jetzt«, flüsterte ich.

Vater nickte.

»Sei vorsichtig.«

Ich nahm die tote Ratte aus unserem Bündel, steckte sie in die Tasche meines Kleides und schlüpfte hinaus in den Korridor. Kurz darauf kam ich zu einer Treppe, die zu einer großen Halle führte. Von hier aus konnte ich mehrere andere Korridore mit jeder Menge Türen sehen. Das waren natürlich die Zellen. Auf der gegenüberliegenden Seite der Halle war eine große Schiebetür – von dort drang das Klappern unzähliger Nähmaschinen herüber. Ich eilte die nächste Treppe hinauf und dann stand ich in einem Vorraum mit Ölgemälden an den Wänden. Hier gab es nur ein einziges Paar Türen. Auf einem Messingschild daneben stand: *Direktor Franz Fant*.

Ich hob die Hand und klopfte an.

»Herein!«

Die Tür knarrte, als ich sie öffnete. Der Direktor stand mit dem Rücken zu mir und sah zu seinem Balkon hinaus. Er rauchte. Jetzt drehte er sich um. Er hatte schwarze, pomadegetränkte Haare, die er mit einem tiefen Seitenscheitel über den Kopf gekämmt hatte, um eine breite Glatze zu verdecken.

»Wer bist du denn?«, fragte er.

»Anna Gustavsson«, antwortete ich mit einem Knicks. »Meine Mutter und ich vertreten heute meine Tante unten in der Küche.«

»Ach ja?«, sagte der Direktor.

»Ja, ich habe gehört, dass Sie hier in der Anstalt eine Rattenplage haben. Wenn der Herr Direktor möchte, dann könnte ich ihm später eine preiswerte Bekämpfungsmethode vorführen.«

»Eine Bekämpfungsmethode?«

»Mhm. Alles, was man dafür braucht, ist eine Blechdose, zwei Gummibänder, ein paar Stifte, ein Stück Draht und etwas Käserinde.«

»Das klingt umständlich«, antwortete der Direktor.

»Mhm, aber es kostet nicht viel«, sagte ich. »Und es ist ganz ungiftig. Wie wäre es um ein Uhr?«

Er schien darüber nachzudenken, aber ich hatte den Eindruck, dass ihn die ganze Sache in Wirklichkeit langweilte. Plötzlich fiel die Asche von seiner Zigarre und landete als kleines Häufchen auf dem Boden. Er schnaufte genervt und schüttelte den Kopf.

»Das Rattenproblem gibt es nur bei den Hunden«, sagte er. »Und da ist es auch egal.«

»Ja«, antwortete ich, »natürlich.« Ich spähte verstohlen zu dem Balkon vor dem großen Fenster. Ich konnte gerade so einen schmalen Streifen der schwarzen, schäumenden Nyckelby-Stromschnellen erahnen. »Was für eine schöne Aussicht Sie von hier oben haben«, sagte ich. »Was meinen Sie, ob es wohl bald schneien wird?«

Der Direktor drehte sich um und musterte die Wolken am Himmel. Da zog ich blitzschnell die Ratte aus der Tasche und warf sie auf den Boden – und im selben Moment, in dem er sich wieder umdrehte, stürzte ich mich mit einem Schrei auf das tote Tier und brach ihm das kleine Genick. Dann stand ich wieder auf und hielt die Ratte am Schwanz hoch.

»Nur bei den Hunden, ja?«, sagte ich.

Blankes Entsetzen breitete sich auf seinem glänzenden Gesicht aus.

»Großer Gott!«

»Der Herr Direktor sollte sich lieber vorsehen«, sagte ich. »Sonst wimmelt es hier drinnen bald von Nagern.«

Er schluckte.

»Ja, ja«, sagte er, »ich kann mir deine Vorführung ja mal ansehen. Um ein Uhr hast du gesagt?«

»Draußen im Hof«, antwortete ich. »Bis dahin, adieu.«

Ich verließ sein Büro und lief eilig zurück in die Küche. Goliath stand gerade am Herd und pikte prüfend ein spitzes Messer in die kochenden Kartoffeln, Vater saß auf einem Schemel daneben. Ich merkte sofort, dass er wieder getrunken hatte, während ich weg gewesen war. Schwerfällig lehnte er an der Wand.

»Da is ja unsere Anna«, sagte er grinsend und zwinkerte mir zu. »Wie isses gelaufen?«

»Sehr gut«, antwortete ich.

»Wie schön«, sagte Vater. »Sehr, sehr schön.« Es ging ihm gut. Er war von einer warmen, wohligen Hülle umgeben. Dort drinnen konnte ihm nichts und niemand etwas anhaben. Er spürte keine Furcht, keine Sorge und dort gab es auch keine Gespenster. Es war genauso, als hätte seine Mama ihm gesagt: »Hab keine Angst – ich bin ja da.«

Goliath legte das Messer beiseite und machte sich daran, die Kartoffeln abzugießen. Auf einmal lagen wir gut in der Zeit. Die Hunde würden erst in einer halben Stunde zum Essen kommen.

Vater lehnte an der Wand und schloss die Augen. Ich setzte mich auf die Arbeitsplatte. Eine ganze Weile verstrich, ohne dass einer von uns etwas sagte. Goliath lief drüben im Essenssaal herum, stellte die Sitzbänke millimetergenau auf, pustete Hundehaare von den Tischen, putzte Gabeln. Er verrichtete seine Aufgabe mit demselben Ernst, als wäre er Küchenhund am Königshof.

Vater war offenbar eingeschlafen. Er schnaufte tief und laut. Ich saß auf der kalten Zinkplatte, die Hände unter die Beine geschoben, und betrachtete ihn. Er machte sich gut als Frau. Schön war er ja schließlich. Nur die Hände, die auf den gespreizten Beinen lagen, die passten nicht dazu. Sie waren viel zu grob. Und an den Fingerknöcheln wuchsen ihm kleine Härchen, die so ein bisschen rötlich schimmerten.

Er öffnete die Augen. Ohne sich aus seiner zurückgelehnten Haltung aufzurichten, sah er mich an. Sein Lächeln war müde geworden.

»Worüber denkst du nach?«, fragte er. Seine Worte klangen verschwommen, sie rollten auf den betrunkenen Wellen der Zunge auf und ab. Aber ich konnte sehen, dass er die Frage aufrichtig meinte. Er hatte so viel getrunken, dass er sogar mutig genug war, über richtige Sachen zu sprechen.

»Ich denke über dich nach, Vater«, hätte ich ihm antworten können. »Ich denke darüber nach, dass du groß und stark und klein und schwach zugleich bist. Ich denke darüber nach, wie hart das Leben zu dir war.«

Aber das Leben war auch zu Pär Pärsson hart. Ich verstehe diese

Sache immer besser: dass Härte unterschiedliche Menschen auf unterschiedliche Weise formt. Pär Pärsson ist selbst ein harter Mann geworden. Im selben Maß, in dem seine Hände wuchsen, legte er auch an Härte zu. Mit der Zeit bekam er riesige Pranken, mit Adern, so dick wie junge Schlangen. Er hat nie auch nur einen Tropfen Schnaps angerührt. Hat dem Leben ins Auge geblickt: Versuchst du, mir Angst einzujagen? Versuchst du, mich in die Knie zu zwingen? Dir werd ich's zeigen. Und Pär Pärsson wurde noch härter.

Du, Vater, warst aus anderem Holz. Du kamst als sanfter Mensch auf die Welt. Von der Haut bis in den tiefsten Kern nichts als sanft und lieb. Wie sehr das Leben dir auch mit Glut und Feuer zu Leibe rückte, wie lange es dich auch in den Flammen schmiedete, es gelang ihm nicht, dich zu stählen. Du fandst einen anderen Weg, um nicht zu zerbrechen. Wenn die Flasche deine Hand hält, bist du glücklich wie ein Kind. Dann bist du mehr Junge als ich.

»Ach, ich denke über gar nichts Besonderes nach«, sagte ich.

Wir lächelten uns an. Im selben Augenblick drang ein Rumpeln aus dem Korridor in die Küche; es klang wie eine Geröhllawine. Die hundertzwanzig hungrigen Nyckelby-Hunde waren im Anmarsch.

12 Goliath kam angerannt und stellte sich an der Essensausgabe bereit. Die Tür zum Essenssaal flog krachend auf und die Hundemeute quoll herein. Vater und ich hatten es kaum rechtzeitig auf die Beine geschafft.

»Aufstellung!«, brüllte einer der Wärter von ganz hinten. Vier andere Wärter versuchten, die Sträflinge in Reih und Glied zurückzuscheuchen, indem sie ihnen mit der flachen Seite ihrer Säbel gegen die Beine schlugen. »Aufstellung!«, brüllte der erste noch einmal, aber die Hunde, denen die Spucke schon aus den Mäulern triefte, drängelten sich unbeeindruckt in den Raum: Jeder wollte zuerst beim Essen sein.

»Hört mal alle her! Heute gibt es mehr als sonst!«, rief einer von ihnen, als er entdeckte, wie großzügig Vater aufgetischt hatte. Aber da wurden die anderen noch wilder und die Wärter schlugen und schrien und schlugen und schrien. Schließlich quetschte sich der Gefängniswärter, der offenbar das Sagen hatte, zur Essensausgabe durch und brüllte aus vollem Hals: »Aufstellung – oder ihr geht leer aus, alle miteinander!«

Die Hunde wichen zurück und bildeten hastig und trippelnd eine Reihe, die bis weit in den Korridor hinunter reichte. Die Wärter, die allesamt ihre Brust auf doppelte Größe aufgeblasen hatten, konnten wieder durchatmen. Einer von ihnen stellte sich neben der Durchreiche auf, um zu überwachen, wie viel Essen sich jeder Sträfling auf den Teller lud. Die anderen begannen damit, ihre Runden zwischen den Bänken zu drehen, die sich nach und nach mit knochigen Hintern in zerschlissenen Hosen füllten. Mir bereitete das alles Übelkeit. Die Schläge und das tyrannische Gehabe der Wärter, die Angst und der gierige schwarze Hunger in den Augen der armen Teufel, die zu uns an die Durchreiche kamen. Goliath erledigte seine Arbeit so bereitwillig und selbstverständlich wie immer. Er hatte einen kleinen Putzlumpen, mit dem er rasch über die Arbeitsplatte wischte, wenn etwas Heringssud heruntertropfte. Vater und ich standen daneben und taten nicht viel mehr, als dumm dreinzuschauen.

Und dann entdeckte ich Jack! Er stand etwas weiter hinten in der Reihe, die Arme verschränkt, und unterhielt sich mit einem anderen Hund. Es war unbeschreiblich, ihn wiederzusehen. Aber je näher er kam, umso schlimmer nagte das schlechte Gewissen an mir. Er schien um Jahre gealtert zu sein. Seine Wangenknochen zeichneten sich unter dem Fell ab, sein linkes Auge war tief in die Augenhöhle gesunken. Und trotzdem strahlte er immer noch diese Freundlichkeit aus: Er lächelte und nickte allen zu, warf hier und da einen Scherz ein, der die anderen zum Lachen brachte. Aber mitten in einem Satz erkannte er mich. Er verlor den Faden und hatte Schwierigkeiten, seinen Plausch fortzusetzen. Verwirrt sah er sich im Essenssaal um, hielt wohl Ausschau nach Lonna und Ruffe. Als er an die Durchreiche trat, funkelte sein Blick erwartungsvoll.

»Na endlich«, wisperte er. »Junge, bin ich froh, dich zu sehen! Seit Lonna hier war, hab ich mich gefragt, wann ihr wohl …«

»Schsch«, zischte ich mit vorsichtigem Blick auf den Wärter, der ganz in unserer Nähe stand.

Jack nickte und nahm sich Kartoffeln.

»Was habt ihr vor?«, flüsterte er noch leiser.

Ich zögerte. Ich hatte Todesangst davor, dass der Wärter Verdacht schöpfen könnte. Immerhin waren Vater und ich beide fremd hier und ich hatte ohnehin schon das Gefühl, dass wir ein paarmal verdächtig lang gemustert worden waren.

Aber just in dem Moment brüllte der Wärter los, weil sich irgendein armer Kerl zu viel Essen genommen hatte.

»Zwei Heringe für jeden!«, polterte er und klatschte dem schmächtigen Hund mit der Hand auf den Hinterkopf.

»Aber ich dachte, wir würden heute mehr bekommen«, sagte der Hund kleinlaut und griff nach seiner Mütze, die ihm in die Stirn gerutscht war.

»Das hat der Herr Direktor nicht bestätigt. Also nein!«

Unter seinem strengen Blick musste der Hund die Heringe zurücklegen. Ich nutzte die Gelegenheit, beugte mich vor und flüsterte Jack zu:

»Der Plan ist, dass du hierbleibst, wenn die anderen zurück an die Arbeit gehen, und dich in der Küche versteckst. Alles andere erzähle ich dir dann. Denkst du, dass sie es merken, wenn du verschwindest?«

»Niemals, die zählen erst heute Abend wieder durch, wenn wir ins Bett müssen«, antwortete Jack.

»Gut.«

Jack nahm sich zwei Heringe und ging zu seinem Sitzplatz.

So verlief das Mittagessen an jenem Tag in Nyckelby – und ich kann wohl sagen, dass das Ganze ziemlich schnell vorbei war. Die Wärter hatten große Mühe, ihre mitgebrachten Butterbrote herunterzuschlingen, ehe die Teller blank geschleckt und alle bereit waren, in die Schneiderei zurückzukehren; der berüchtigte »Hundehunger« machte seinem Ruf alle Ehre. Jetzt hieß es, rasch zu handeln, wenn es Jack gelingen sollte, sich unbemerkt davonzustehlen. An der Essensausgabe standen die vier Blechschalen, in denen immer noch reichlich Heringe lagen – und gerade als die Hunde im Begriff waren aufzustehen, versetzte ich einer der Schalen einen Stoß, sodass sie mit lautem Geklapper auf den rot-weißen Klinkerboden fiel. Ein Fächer aus silbrigen Fischen breitete sich auf den Fliesen aus und schlitterte quer durch den ganzen Raum, ganz bis ans andere Ende. Wie die Verrückten stürzten sich die Sträflinge da auf die Heringe, rafften so viele an sich, wie sie nur konnten, stopften sie sich in die Taschen, luden sich die Arme voll oder aßen sie gleich auf dem

Boden. In kürzester Zeit entstand eine riesige Prügelei, jeder gegen jeden, und die Wärter zogen ihre Säbel und schrien herum. Völlig verzweifelt warf sich auch Goliath ins Getümmel. Unter einem Tisch saß der schmächtige Hund, der kurz zuvor an der Essensausgabe geschlagen worden war. Es versetzte mir einen Stich, als ich sah, wie er über einen noch kleineren Hund herfiel und ihm mit Schlägen und gefletschten Zähnen seine Heringe abnahm.

»Pst!«, zischte Jack, der in der Küche aufgetaucht war. »Wohin soll ich?«

Vater öffnete die Tür zum Kartoffelkeller und gab ihm ein Zeichen. Ohne ein weiteres Wort schlüpfte Jack hinein, und gerade als Goliath mit der leeren Schale zurückkam, zog Vater die Tür hinter ihm zu.

»Wie konnte das passieren?«, keuchte Goliath.

»Keine Ahnung«, sagte ich. »Ich muss Fischfett an den Händen gehabt haben.«

Goliath schüttelte seufzend den Kopf.

»Hoffentlich wird das kein Nachspiel haben«, murmelte er. »Großer Gott, bitte lass mich den Küchendienst behalten.«

»Ich nehme die Schuld für das alles auf mich«, sagte ich. »Mach dir keine Sorgen, Goliath.«

Aber Goliath machte sich Sorgen. Seufzend und kopfschüttelnd machte er sich daran, die Schale abzuspülen. Die Wärter waren gerade noch damit beschäftigt, die letzten Sträflinge aus dem Essenssaal zu scheuchen. Der Boden glänzte blitzsauber, blank geputzt von den rauen Zungen des Hungers.

Es war zwanzig Minuten vor eins. Bald war es Zeit, draußen im Hof meine Rattenbekämpfungsmethode vorzuführen. Bis dahin mussten wir Jack in die Tonne verfrachtet haben.

Gesagt, getan. Als Goliath in den Essenssaal eilte, um mehr schmutziges Geschirr zu holen, öffneten wir die Tür zum Kartoffelkeller.

»Komm mit«, flüsterte ich. Jack, der sich in eine Kartoffelkiste gesetzt hatte, sprang auf. Wir brachten ihn in den Lagerraum, in dem die Heringsfässer standen.

»Also, wir haben uns das folgendermaßen vorgestellt«, sagte ich und machte die Tür zur Küche zu. »Wenn ich gleich den Gefängnisdirektor in den Hof gelockt habe, trägt Vater dieses Fass hier nach oben ins Büro des Direktors und wirft es vom Balkon. Das Fass landet in den Nyckelby-Stromschnellen, wird dann von der Strömung den Wasserfall hinuntergetragen – und schließlich von Lonna und Ruffe aus dem Fluss gefischt, die schon am Ufer bereitstehen und warten. Und in diesem Fass«, sagte ich, während ich gleichzeitig den Deckel abnahm und eine einladende Geste machte, »sitzt du.«

»Ich?«, sagte Jack und schluckte einen ängstlichen Kloß herunter, der sich in seinem Hals gebildet hatte.

»Genau.«

Er fing an zu zittern.

»B-bist du sicher, dass das ungefährlich ist?«, fragte er. »I-ich meine, habt ihr das vorher mal versucht?«

»Na ja … also, *wir* haben diese Methode noch nicht ausprobiert. Aber Annie Taylor hat das getan. Und ihre Katze auch.«

Jack schluckte wieder. Er fragte nicht, wer Annie Taylor war. Aber nachdem er ja sehr belesen war, wusste er wahrscheinlich über ihre Heldentat Bescheid. Womöglich wusste er auch, dass sie nach ihrer Flussfahrt im Fass beteuert hatte, dass es die schlimmste Erfahrung ihres Lebens gewesen sei – und dass sie es niemals wieder tun würde, nicht einmal unter Androhung von Waffengewalt.

»Bitte, Jack«, sagte ich, »hab keine Angst. Es geht ganz bestimmt gut.« Ich muss zugeben, dass ich nicht halb so überzeugt davon war, wie ich klang, aber das war nun mal unser Plan. Einen anderen hatten wir nicht.

Jack holte tief Luft und stieg auf seinen dürren Beinen ins Fass. Ich wollte gerade den Deckel aufsetzen, als Vater mit verwaschenen Worten sagte:

»Worüber wir uns noch gar keine Gedanken gemacht haben, ist die Frage, wie lange die Luft reichen wird.«

Jack streckte hastig den Kopf aus dem Fass.

»Was zur Hölle ...?«

»Also, ich glaube, dass es bequem reichen müsste«, sagte ich.

»Du glaubst?!«, ächzte Jack.

»Vielleicht wäre es nicht schlecht, bis zum letzten Moment mit dem Deckel zu warten«, sagte Vater.

»Das hier ist der letzte Moment!«, wimmerte ich. »Ich muss in ein paar Minuten im Hof sein!«

»All right, setz den verdammten Deckel drauf!«, sagte Jack und ballte seine Pfote. »Ich will abhauen!«

Im selben Augenblick öffnete sich die Tür zum Lagerraum. Vor uns stand Goliath mit drei aufeinandergestapelten Blechschalen im Arm, alle halb voll mit Heringen. Er sah Vater und mich an – und das Fass, in das er die übrig gebliebenen Heringe zurückkippen wollte. Das Fass, in dem Jack saß. Eiskaltes Entsetzen breitete sich in seinem Gesicht aus.

»A-abhauen? Seid ihr gar nicht ...« Er verstummte. Die Gedanken in seinem struppigen Kopf ratterten hörbar. »I-ich verstehe«, sagte er dann nickend. »Deshalb habt ihr so viel Hering aufgetragen. Deshalb hast du die Schale auf den Boden geschubst. I-ihr hattet das alles geplant!«

»Ja, ich fürchte, so ist es«, antwortete ich.

Goliath bekam weiche Knie. Er war kurz davor, hinzufallen, und ich sprang schnell zu ihm, um ihn aufzufangen.

»Ich habe doch schon gesagt: Du musst dir keine Sorgen machen. Also, warum gehst du nicht einfach zurück und kümmerst dich um den Abwasch?«

Aber Goliath schüttelte den Kopf.

»I-i-ich muss die Wärter rufen«, sagte er. »S-sonst sperren sie mich weg! S-sie werden sagen, dass ich mitschuldig bin!«

»Nein!«, antwortete ich. »Niemand wird je erfahren, dass du etwas von alldem hier wusstest. Die Wärter werden erst heute Abend bemerken, dass Jack fehlt – und das Einzige, was du tun musst, ist, dich dumm zu stellen. Du musst nur so etwas sagen wie: Das hätte doch keiner ahnen können?!«

Goliath hielt krampfhaft die Heringsschalen umklammert.

»Aber was ist, wenn sie mir nicht glauben?«, jammerte er.

»Das werden sie«, sagte ich und führte ihn zurück in die Küche. »Das Wichtigste ist, überzeugend zu sein. Denk einfach nur daran: Du hast den ganzen Tag gedacht, da ist ein Mädchen namens Anna, die Nichte von Frau Karlsson.«

»A-aber wer bist du denn dann?«, fiepte Goliath.

»Es ist besser, wenn du das nicht weißt«, sagte ich. »Nicht wahr?«

Goliath nickte und taumelte zum Spülbecken.

»Vielen Dank, Kamerad«, zischte Jack ihm noch nach und kroch wieder ins Fass.

»Na dann«, sagte ich. »Jetzt bleib bloß still sitzen und keinen Mucks, falls jemand auftaucht. Wenn es so weit ist, wird Vater kommen und das Fass holen.«

»Verstanden«, sagte Jack.

Wir verkeilten den Deckel und befestigten ihn mit Nägeln. Dann flitzte ich in die Küche und schnappte mir den Sack mit meinen Rattenfängersachen. Ich klemmte mir auch noch einen kleinen Beistelltisch unter den Arm, und als ich die Tür mit dem Hintern aufgedrückt hatte, stockte ich und sah Vater an.

»Bleib du die ganze Zeit am Fenster stehen«, sagte ich, »und sobald du siehst, dass der Direktor rauskommt, bringst du das Fass nach oben und wirfst es vom Balkon.«

Vater, schwankend wie ein Schiffsmast bei Seegang, machte einen Diener und Goliath am Spülbecken winselte leise und stieß ein Stoßgebet aus.

Draußen im Hof suchte ich mir einen geeigneten Platz, stellte den kleinen Tisch auf und packte meinen Sack aus. Diese billige

Rattenfängermethode hatte Pär Pärsson sich in jungen Jahren ausgedacht. Dafür bohrte man zwei Löcher in eine Blechdose und zwei in den Deckel. Dann steckte man die Stifte durch die Löcher und mithilfe des Gummibands, das an den Stiften befestigt wurde, erzeugte man eine Spannung, die den Deckel mit einem *Schnapp* zuklappen ließ. Die Käserinde diente als Köder, den man mit dem Draht ganz hinten in die Dose hängte – und der Draht war wiederum mit dem Deckel der Dose verbunden, wodurch dieser sofort zuschnappte, wenn die Ratte sich die Käserinde holen wollte. Damit war die Ratte gefangen und konnte auf beliebige Weise umgebracht werden. Natürlich hatte der Direktor vollkommen recht damit, dass das eine sehr umständliche Art und Weise war, um Ratten loszuwerden. Und außerdem absolut ungeeignet für einen Ort, der jede Nacht von mehreren Hundert Nagern heimgesucht wurde. Aber das spielte keine Rolle. Es kam einzig und allein darauf an, dass meine Vorführung lang genug dauerte, um Vater ausreichend Zeit zu verschaffen, unseren Plan in die Tat umzusetzen.

Es fing an zu schneien. Die Uhr, die über dem großen Eingang des Gefängnisgebäudes hing, zeigte genau ein Uhr. Ich nahm mein Taschenmesser und begann, die Löcher zu bohren, durch die später die Stifte gesteckt werden sollten. Eine Todsünde, mit dieser guten Klinge in Blech zu schneiden, hätte mein Vormund jetzt sicher gesagt. Aber nachdem das Messer seit jenem Frühlingstag in Näs ohnehin kaputt war, kam es darauf auch nicht mehr an.

Dieser Frühlingstag in Näs, dachte ich, während die Flocken auf mich heruntersegelten wie die Blütenblätter eines Kirschbaums.

Viel war seitdem geschehen. Aber den Namen Pärsson trug ich immer noch. Dieses Anhängsel loszuwerden war schwer. Es stand wohl auch noch zu Hause im Kirchenbuch. Außer Pär Pärsson war inzwischen dort gewesen und hatte Bescheid gesagt. Ging das? Konnte man jemandem den Nachnamen wegnehmen, ohne ihm einen neuen zu geben?

Mein Name ist Martin, sagte ich im Stillen zu mir selbst. Martin Nichts-mehr. Ich trage niemandes Namen. Stehe allein und nachnamenlos auf der Welt.

Ich wischte die Gedanken beiseite und versuchte, die Stifte durch die Löcher zu stecken. Ja, doch, das ging gut. Ich bohrte auch noch das Loch, durch das der Draht geführt werden sollte. Ab und zu warf ich einen Blick auf die Uhr. Es war schon drei Minuten nach eins. Und weit und breit kein Direktor zu sehen.

Er kommt schon noch, dachte ich. Bleib am besten ganz ruhig.

Aber weitere zwei Minuten später war es mit meiner Ruhe vorbei. Ich rannte zu dem großen Eingang, riss die Tür auf, stürmte die Treppe hoch – mir kam es vor, als wären es höchstens drei riesige Sätze gewesen – trat atemlos vor die Türen des Büros und klopfte an.

»Ja?«

Ich öffnete. Der Direktor saß an seinem Schreibtisch. Ihm gegenüber saß ein anderer Mann. Ich sah nur seinen blondgelockten, flaumigen Hinterkopf.

»Verzeihung, ich wollte nur fragen, ob der Herr Direktor meine Vorführung vielleicht vergessen hat?«, sagte ich und machte einen Knicks. »Es ist schon fünf nach.«

»Heute nicht, Mädchen, wir müssen das auf ein andermal verschieben«, sagte der Direktor. »Nachher habe ich keine Zeit und ich habe den Hausmeister auch schon gebeten, hier drinnen Gift auszulegen, du musst dir also keine Sorgen machen.«

»Ja, aber meine Methode ist so viel besser als Gift!«, sagte ich. »Alles, worum ich den Herrn Direktor bitte, sind doch nur zehn Minuten!«

Mit einem lauten Knall schlug der Direktor die flache Hand auf die Kante des Schreibtischs.

»Ich sagte, heute nicht! Siehst du nicht, dass ich Besuch habe?!«

Der andere Mann drehte sich um und lächelte mich an. Es war ein freundliches Lächeln und ich hätte schwören können, dass ich es schon einmal irgendwo gesehen hatte.

»V-verzeihung«, sagte ich. »E-es war nicht meine Absicht ... Ich werde Sie nicht länger stören.«

»Gott sei Dank«, knurrte der Direktor.

Mit zitternden Händen schloss ich die Tür. Innerlich bebte ich vor Angst. Was sollten wir denn jetzt tun? Wenn wir die ganze Operation abbrachen, war es aus und vorbei. Sobald jemand die Köchin aus dem Heuschober befreite, würde sie Alarm schlagen – und dann gab es für uns keine Möglichkeit mehr, in die Nyckelby-Anstalt zurückzukehren.

Ich stürmte die Treppe hinunter und durch die Korridore zurück in die Küche. Vater stand da, die Stirn an die Scheibe gepresst, und versuchte, trotz des Schneetreibens etwas zu erkennen.

»Wir müssen uns was Neues überlegen«, keuchte ich. »Wir

kommen nicht ins Büro des Direktors. Er hat irgendeinen verflixten Gast zu Besuch. So ein verdammter Mist, verdammt!«

Vater ließ sich auf die Fensterbank sinken. Seine Augen blickten
hilflos hin und her.

»Etwas Neues überlegen«, sagte er, als wüsste er nicht, was das
bedeutete.

»Wir müssen das Fass woanders rauswerfen«, sagte ich. »Aus
einem Fenster oder ... oder ... was weiß ich!«

»Die Fenster werden wohl zu klein sein«, sagte Vater.

Verzweifelte Stille legte sich über den Raum. Nur Goliaths Geklapper mit dem Geschirr war noch zu hören. Auf einmal konnte
ich die Tränen nicht länger zurückhalten. Ich sank auf die Knie, be-
bend und heulend wie ein Wolf in der Nacht.

»Es ist aus! Es ist alles aus und vorbei! Wir werden Jack niemals
hier herausbekommen! Er wird hinter diesen Mauern sterben und
das ist alles meine Schuld! Warum bin ich so dumm, Vater? Warum
bin ich so dumm?!«

»Du bist nicht dumm. Hörst du? Du bist überhaupt nicht
dumm.«

»Ich bin so verdammt noch mal unglaublich dumm, dass es besser wäre, es würde mich gar nicht geben!«

»Schsch, was für ein unsinniges Gerede«, sagte Vater. »Steh
jetzt auf, Martin. Wir holen Jack aus dem Fass und sagen ihm, wie
es ist. Ich denke, wir sollten zusehen, dass wir von hier verschwinden. Ich habe ein mulmiges Gefühl. Was ist das für ein Be-
sucher, den du da eben erwähnt hast?«

»Keine Ahnung. Irgendein gelockter Idiot, der mich angegrinst hat. Woher, zum Donnerwetter noch mal, soll ich wissen, wer das ist!«

»Steh jetzt auf, Martin, bitte.«

Aber ich konnte nicht aufstehen. Ich saß einfach da, heulte und wimmerte und machte eine riesige Szene, aber plötzlich drehte Goliath sich um und sagte:

»Ihr könntet das Fass ja vielleicht vom Dach werfen.«

Vater und ich starrten ihn beide an, als wäre er Jesus.

»V-vom Dach?«, fragte ich.

Goliath nickte.

»Die Bodentreppe ist im Vorraum des Direktors, von da kommt man nach oben.«

Ich sprang hastig auf.

»Goliath! Du bist ein Genie!«

Goliath lächelte so breit, dass man seine schiefen Zähne sah. Aber dann wurde er wieder ernst, drehte sich um und spülte weiter ab.

»Haltet mich einfach raus«, sagte er. »Ich will nicht, dass man mir die Schuld für irgendwas gibt.«

»Ehrensache«, sagte ich. »Vater, hol das Fass. Beeil dich, Vater!«

13 Vater stolperte in den Lagerraum. Es dauerte nicht lang und er kam mit dem Fass im Arm wieder zurück. Er ächzte, weil es so schwer war. Wir begaben uns zur Treppe, ich ging vorweg und Vater folgte mir schlingernd. Zwischendurch musste er immer wieder kurz stehen bleiben und sich an die Wand gelehnt ausruhen.

»Beeil dich!«, zischte ich. »So beeil dich doch!«

Er richtete sich mühsam wieder auf und setzte den Weg fort.

Als ich in die große Halle kam, stellte ich zuerst sicher, dass kein Wärter auf der Lauer lag. Dann winkte ich Vater heran. Auf wackeligen Beinen stieg er die Treppe hoch. Sein Gesicht war puterrot.

»Heja!«, flüsterte ich und versuchte, das Rasseln der Nähmaschinen aus der Schneiderei zu übertönen. »Nur nicht aufgeben, Vater!«

Wir erreichten die nächste Treppe – und dann befanden wir uns endlich in dem prächtigen Vorraum. Das Gespräch, das immer noch im Büro stattfand, drang durch die Flügeltüren:

»Jaja!«, sagte der Direktor. »Wenn Sie das sagen. Aber zuvor muss natürlich einiges an Papierkram erledigt werden.«

»Selbstverständlich!«, antwortete der andere. »Alles andere hätte mich auch überrascht.«

»Dort!«, flüsterte ich und zeigte auf die Bodenluke in der Decke.

Vater nickte. Er bückte sich, um das Fass abzustellen, aber dabei rutschte es ihm aus den Händen und landete mit einem lauten Knall auf dem Steinboden. Wir erstarrten zu Eis. Die Männer im Büro verstummten für einen herzklopfenden Augenblick – dann setzten sie ihre Unterredung fort. Vater und ich sahen uns erleichtert an. Danach streckte Vater sich nach der Bodenluke, zog den Riegel auf und öffnete sie. Eine Klappleiter faltete sich lautlos auf. Die Stufen waren ziemlich steil.

»Drück mir die Daumen«, sagte Vater, hob das Fass wieder hoch und begann den Aufstieg.

»Pfff!«, ächzte er bei jedem unbeholfenen Schritt, den er machte. »Pfff! Pfff! Pfff!« Ich folgte ihm und schob ihn von hinten an. Ich versuchte, mir nicht auszumalen, wie platt ich enden würde, sollte er versehentlich auf den Saum seines langen Rocks treten und mit dem Fass im Arm nach hinten kippen.

Und dann waren wir oben auf dem Dachboden der Anstalt. Graues Licht fiel durch das Giebelfenster. Ich rannte zu einer Tür an der Längsseite und riss sie auf. Im selben Augenblick fiel das

Schneegestöber über mich her wie ein Schwarm weißer Wespen. Ich schrie auf, als mir bewusst wurde, dass ich nicht mal einen halben Meter von der Dachrinne entfernt war – und dahinter ging es senkrecht nach unten in die Nyckelby-Stromschnellen. Eine Leiter rechts neben der Tür führte nach oben zum Dachfirst und den Schornsteinen – und schräg unter mir, auf der linken Seite, war der Balkon des Direktors.

»Es ist so weit, Vater«, sagte ich.

Vater saß auf einem Querbalken und schnappte nach Luft.

»Ich hätte im Leben nicht gedacht, dass dieses Klappergestell so schwer sein würde«, murmelte er und schüttelte den Kopf. »Du lieber Himmel.« Er stand auf und hob das Fass hoch. Als er damit in die offene Tür trat, legte ich eine Hand auf den Deckel.

»Halte durch, Jack«, sagte ich. »Wir sehen uns unten wieder.«

Und auf »Eins-zwei-drei!« warf Vater das Fass über die Dachkante. Es stürzte wie eine Kanonenkugel durch das Schneetreiben und zerbarst im selben Moment, in dem es in den Stromschnellen aufschlug. Alles, was wir sahen, war ein Durcheinander aus Holzsplittern, Schnee, Wassermassen und Nebelschwaden. Dann tauchte inmitten der Katastrophe plötzlich ein Deckel an der Wasseroberfläche auf und wurde von der schäumenden Strömung davongetragen. Ich verlor jedes Gefühl in Armen und Beinen. Ich drehte mich zu Vater um, wollte ihn fragen, ob das hier ein Scherz war oder ein Traum oder eine teuflische Einbildung. Ich versuchte zu lachen – vielleicht würde Vater ja mitlachen und wir konnten uns beide zusammen die Bäuche halten?

Aber Vaters Gesicht war kreidebleich und er lachte nicht. Es war kein Scherz. Wir hatten gerade Jack Jerner getötet.

Ganz hinten in meinem Kopf begann auf einmal eine Glocke zu schrillen. Das Geräusch wurde immer lauter, wurde zu einem ohrenbetäubenden Lärm. Vaters Beine gaben nach und er konnte sich gerade noch am Türrahmen halten, fast wäre er vom Dach gefallen.

»Das hier ist übel«, sagte er. »Das ist … Das ist … Mord. Martin … Wir müssen verschwinden. Komm!«

Er packte mich am Arm und zog. Ich rutschte auf den nassen Dachschindeln aus und wieder wäre Vater um ein Haar gestürzt. Wir stolperten zurück auf den Dachboden und hasteten weiter nach unten in den Vorraum des Direktors. Während Vater noch mit der Bodenleiter kämpfte, die sich einfach nicht wieder hochklappen lassen wollte, wurde hinter den Bürotüren das Scharren von Stühlen laut.

»Jaha, damit wäre der Papierkram geschafft«, sagte der Direktor. »Dann lassen Sie uns zu dem Sträfling gehen und mit ihm reden.«

»Sehr schön«, sagte der andere.

»Vater«, keuchte ich. »Vater, sie kommen!«

Vater stöhnte und stieß die Leiter noch einmal mit aller Kraft nach oben – und wie durch ein Wunder faltete sie sich zusammen und wurde durch die starken Federn hochgezogen. Er drückte die Luke zu und dann rannten wir die nächste Treppe hinunter und hörten gerade noch, wie die Flügeltüren des Büros geöffnet wurden. Wir liefen den Korridor hinunter und stürmten in die Küche, wo Goliath soeben mit dem Abwasch fertig geworden war.

»Wie ist es gelaufen?«, fragte er, nicht ohne eine gewisse Erwartung in der Stimme.

Vater sank taumelnd auf den Schemel. Er schüttelte langsam den Kopf.

»Sehr schlecht ist es gelaufen«, sagte er. Er scherte sich nicht länger darum, mit Frauenstimme zu sprechen, aber zu diesem Zeitpunkt hatte sich auch sein falscher Busen verabschiedet und hing auf Höhe seines Bauchnabels. Allerdings schien es auch Goliath nicht weiter zu stören, dass Vater irgendwie anders klang. Er sah uns nur abwechselnd verwirrt an.

»Wieso schlecht? Seid ihr nicht aufs Dach gekommen?«

Vater griff nach der Flasche mit Branntwein, die auf der Arbeitsfläche stand. Es war nur noch ein kleiner Rest übrig, den er in einem Zug herunterkippte. Ich stand derweil zitternd auf dem rot-weiß gefliesten Boden und fragte mich, ob ich mich übergeben musste. Der Lärm in meinem Kopf wollte und wollte einfach keine Ruhe geben. Abscheuliche Bilder von gebrochenen Hundeknochen und einem zerschmetterten, grauzerzausten Schädel flimmerten vor meinem inneren Auge vorbei. Großer Gott, was hatte ich getan?

»Ja, Donnerwetter noch mal«, knurrte Goliath, der langsam kribbelig wurde, weil er keine Antwort bekam, »nun erzählt endlich. Es hat euch doch hoffentlich keiner erwischt?«

»Er ist tot«, sagte ich.

»Tot?«

»Das Fass ist zerbrochen. Bis auf Kleinholz ist nichts mehr davon übrig. Es muss auf einen Felsen geprallt sein oder so.«

Goliath stand vor Entsetzen das Maul offen. Er schluckte ein paarmal, suchte nach Worten, aber fand keine.

Vater erhob sich von seinem Schemel und fing an, unsere Siebensachen zusammenzupacken.

»Wir müssen alles wieder mitnehmen«, sagte er. »Eine einzige vergessene Kleinigkeit könnte sie auf unsere Spur führen. Wir müssen hier weg. Jetzt.«

Er hielt inne und nickte zum Fenster.

»Die Sachen, die du in den Hof getragen hast – hol sie«, sagte er. Als ich nicht sofort gehorchte, stürmte er auf mich zu und schüttelte mich. »Hol die Sachen!«

Ich ging nach draußen. Ich bewegte mich wie ein Pferd, das einen Karren ziehen soll, ohne eigenen Willen, ohne zu denken. Alles, was auf dem Beistelltisch lag, war inzwischen unter einer weißen Decke begraben. Ich stopfte die Sachen mitsamt dem Schnee in meinen Sack, nahm den Tisch und ging zurück. Gerade als ich in die Küche gehen wollte, wurde das große Anstaltstor geöffnet. Ein paar Gefängniswärter liefen im Eilschritt heraus. Sie dirigierten sich gegenseitig nach rechts und links, verteilten sich in alle Richtungen. Sie schienen etwas zu suchen – oder jemanden.

Plötzlich fühlten sich meine Muskeln wie Schmalz an, das in einer Bratpfanne schmilzt. Ich rannte los.

»I-irgendetwas stimmt nicht«, sagte ich. »Im Hof sind überall Wärter, mehrere, i-ich weiß nicht, was sie …«

Ich verstummte, als mir bewusst wurde, dass Vater und Goliath starr wie Eiszapfen dastanden und lauschten, was in dem Korridor vor sich ging, der zu den oberen Stockwerken führte. Rufe und das laute Knallen von Türen war zu hören. Das Getöse kam näher. Und nun konnte man langsam erahnen, was die Männer riefen. Es war eine Nummer: 14-96.

»14-96!«, keuchte ich. »D-das ist Jacks Nummer! Sie suchen nach ihm! Was sollen wir denn jetzt tun?«

Vater schüttelte den Kopf.

»Ich weiß es nicht«, sagte er.

Goliath schnappte hektisch nach Luft.

»Verflucht noch eins!«, japste er. »Aus dieser Klemme komme ich niemals ungeschoren davon. Die stecken mich in Einzelhaft. I-i-ich werde nie wieder Kartoffeln schälen dürfen, solange ich lebe.«

Krachend flog die Tür auf und wir schrien vor Schreck, als ein Wärter mit gezwirbeltem Schnauzbart seinen Kopf in die Küche streckte.

»14-96!«, brüllte er. »Nummer 14-96, gib dich zu erkennen!«

Als er keine Antwort bekam, durchbohrte er uns mit seinem stahlgrauen Blick.

»Wir suchen einen der Sträflinge: Jerner. Habt ihr ihn gesehen?«

Wir schüttelten hastig die Köpfe, alle drei.

»W-arum genau suchen Sie ihn denn?«, fragte Goliath mit ziemlich wackeligen Stimmbändern. »I-ist etwas vorgefallen?«

Der Wärter machte eine abwehrende Geste.

»Ach was«, sagte er, »gar nicht. Jerner soll freigelassen werden, aber aus irgendeinem Grund ist er verschwunden.«

»F-freigelassen?!«, quietschte ich. »Warum denn?«

Ein zweiter Mann erschien in der offenen Tür, einer mit blonden, lockigen Haaren, die sein freundliches Gesicht wie ein Helm umrahmten. Es war der Mann, der oben im Büro gesessen und sich mit dem Direktor unterhalten hatte und der mir irgendwie bekannt vorgekommen war. Der Wärter mit dem Schnauzbart hastete weiter den Korridor hinunter und brüllte dabei unermüdlich Jacks Nummer.

»Guten Tag, liebe Leute«, sagte der blondgelockte Mann und trat in die Küche. »Ah, und hier bereitet ihr also die Anstaltsmahlzeiten zu? Salzheringe lassen sich ja ausgezeichnet variieren, habe ich gehört: Man kann sie entweder vorwärts oder rückwärts herunterschlucken.«

»Wer sind Sie?«, fiepte Goliath.

»Meine Name ist Evald Lilja«, sagte der Mann und verschränkte die Hände vor dem Bauch wie ein Pastor.

Evald Lilja? Für ein paar Sekunden drehten sich die Rädchen in meinem Kopf – und dann rasteten die Zähne mit einem *Klick* ein. Das war also der Armenanwalt, dem Jack vor vielen Monaten einen Brief geschrieben hatte!

»Warum kommen Sie denn JETZT?!«, rief ich. »Ich meine, hrm … warum kommen Sie denn … mitten in unserer wichtigen Küchenarbeit?«

»Ich wollte nicht stören«, sagte Lilja. »Ich habe nur ein paar Unregelmäßigkeiten mit dem Gefängnisdirektor geklärt. Der Hund, um den es geht, wurde unrechtmäßig hier festgehalten. Ich hoffe nur, sie finden ihn. Es wäre sonst wirklich tragisch.« Er warf uns einen liebenswürdigen Blick zu und verließ die Küche.

Aus jedem Stock und jedem Winkel schallten jetzt die Rufe der Wärter durch das Gebäude. Vater und ich sahen uns verzweifelt an. Diese Ironie des Schicksals war so schwarz, wie sie nur sein konnte. Sie trug ein schwarzes Kleid, einen schwarzen Hut – und sie hielt einen schwarzen Schirm in ihrer schwarz beharrten Hand. Sie flatterte wie eine Hexe auf einer Beerdigung, sie spielte die Orgel mit der flachen Hand und sie tanzte auf den Särgen mit Knopfstiefeln, die so schwarz waren, dass Kohle, Raben und Mitternächte sich nicht mit ihnen messen konnten.

Nun kam der Direktor mit großen Schritten den Korridor hinunter. Sein pomadegetränkter Haarschopf sah gar nicht mehr so ordentlich aus. Er schäumte vor Wut. Denn natürlich war es unglaublich peinlich, dass ausgerechnet der Sträfling nirgends zu finden war, den Lilja abholen wollte. »JACK!«, donnerte er aus vollem Hals, als er an der Küche vorbeirauschte. »JACK JERNER!!!!«

»Jaaaaa!«, heulte jemand. Goliath stutzte. Vater und ich starrten uns sprachlos an. Das Heulen war aus dem Lagerraum gekommen. Wir stürzten sofort los.

»Um Gottes Willen, jaaa!«, heulte es. »Ich bin hier! Ich ersticke! Oh, bitte, egal wer, macht das Fass auf!«

»Vater!«, ächzte ich, während mir die Tränen das Gesicht hinunterliefen. »Vater, du Trunkenbold, du hast das falsche Fass genommen!«

Vater klopfte gegen zwei, drei Fässer, bis er das eine fand, das anders klang.

»Jack! Bist du da drin?«, rief ich.

»Ja, zum Kuckuck!!! Ich sterbe!!!«

Ich nahm mein Taschenmesser und versuchte, den Deckel zu lösen. Glücklicherweise kam Goliath mir mit dem größten Tranchiermesser der Küche zu Hilfe. Vater stand daneben und musste sich auf ein anderes Fass stützen. Er war kurz davor, ohnmächtig zu werden.

Als der Deckel herunterfiel, streckte Jack den Kopf heraus und holte so tief Luft, dass das Geräusch an das Schreien eines Esels erinnerte: »UUUUUUUUIIIIIIIHHHHHHHAAA!«

»Jack!«, heulte ich und fiel ihm um den Hals. »Du lebst!«

»Mit knapper Not!«, entgegnete er. »Was habt ihr denn bloß so lange gemacht?«

Ich schüttelte den Kopf.

»Wir haben jetzt keine Zeit für Erklärungen. Alle suchen dich.« Ich legte eine Hand auf seine knochige Schulter. »Lilja ist gekommen!«, sagte ich mit tränenerstickter Stimme, während mir der Rotz aus der Nase lief. »Du wirst freigelassen, Jack!«

»F-freigelassen?«

Er kletterte aus dem Fass und ging in die Küche, horchte auf die Rufe, die durch ganz Nyckelby hallten. Ja, sogar die Sträflinge waren jetzt an der Jagd beteiligt worden und überall in den Gängen wimmelte es von schreienden Hunden. Aber am lautesten schrie der Direktor Fant, während er mit wehenden Haaren hin und her rannte:

»Jack Jerner, wo BIST du?!«

Da schlitterte Jack hinaus in den Korridor und rief: »Hier!« – und Goliath schlug die Pfoten zusammen und zeterte: »Das hätte doch keiner ahnen können?!«

14 Unser Schicksal wird oft und in vielen Dingen vom Zufall bestimmt. Das ist etwas, das diese Geschichte mich gelehrt hat. Der Zufall zieht an unserem Schicksal. Er schiebt und schubst es herum. Er zupft hier ein bisschen, kitzelt dort ein wenig – und schwups!, schon hat er dem Weg, den wir uns so sorgsam abgesteckt hatten, eine neue Richtung gegeben – und wir können nicht viel mehr tun, als unseren Hut gut festzuhalten und mit auf die Reise zu gehen. Erinnert sich noch jemand an die Briefmarke, die sich aus Jacks Pfote geschlängelt hatte und in die Sägespäne gesegelt war, gerade als er sein Schreiben an Evald Lilja frankieren wollte? Ich weiß es natürlich nicht ganz genau, aber vermutlich war dieses kleine Missgeschick der Grund, warum die Briefmarke irgendwo auf dem Weg nach

Kvarsebo vom Kuvert gefallen war. Und wenn ein Brief unfrankiert in der Poststation ankommt, dann wird er nicht mit der gewöhnlichen Post ausgetragen. Stattdessen erhält der Empfänger eine Nachricht, dass eine Postsendung für ihn gegen Bezahlung in der Poststation zur Abholung bereitliegt. Und als die Benachrichtigung von Jacks Brief Gut Liljashof erreichte, machte sich Lilja gleich auf den Weg, um ihn auszulösen. Aber auf dem Heimweg ging der Schnürsenkel seines Schuhs auf, und als er sich bückte, um die Schleife neu zu binden, riss die Rückennaht seines Mantels, woraufhin er direkt zum Schneider lief und den Mantel dort abgab. In der Eile vergaß er nur leider, dass der Brief noch in der Manteltasche steckte. Am selben Nachmittag blieb der Schneider mit der Hand in der Nähmaschine hängen und zog sich eine Blutvergiftung zu – alle dachten, er würde sterben, und die Aufregung war groß. Irgendwann vergaß Lilja seinen Mantel, denn da es inzwischen warm geworden war, hatte er seinen Sommermantel aus dem Schrank geholt. Aber vier Monate später war der Schneider wieder auf den Beinen. Er nähte den Mantel und schickte einen Boten, dass er fertig sei und abgeholt werden könne. Da fand Lilja dann den Brief.

Und als er ihn gelesen hatte, ja, da war er sofort Feuer und Flamme. Genau in diese Art »Fälle« verbiss er sich nämlich am allerliebsten. Er stellte ein paar Nachforschungen an und fand heraus, dass der Hund, der ihm den Brief geschrieben hatte, wegen Kindsraubs und Fleischwurst-Diebstahls zu zwölf Jahren Zuchthaus verurteilt worden war. Aber das konnte einen Evald Lilja nicht entmutigen! Er forderte das Gerichtsprotokoll an – und hatte schnell einen ganzen Haufen Fehler ausfindig gemacht. So war das Urteil unter anderem gefällt worden, ohne dass man das Opfer (also mich) überhaupt dazu befragt hatte. Aber das wird niemanden wirklich überraschen; 1910 war es ja eher die Regel als die Ausnahme, dass Hunde aufgrund solcher Scheinprozesse hinter Gitter wanderten. Mit seinem Anwaltsexamen und seinem scharfen Gerechtigkeitssinn brauchte Lilja jedoch nicht lang, um das Urteil aufheben zu lassen. Danach begab er sich umgehend nach Nyckelby, um mit dem Direktor zu sprechen und dafür zu sorgen, dass der Sträfling freigelassen wurde. Tadaa!

Nun wäre das natürlich eine schöne Gelegenheit für ein paar abschließende Zeilen, so etwas wie: Ende gut, alles gut – doch dieses seltsame Abenteuer war noch nicht vorüber. Aus irgendeinem Grund nahm Lilja Jack nämlich mit, als er in seiner Droschke davonfuhr – und Vater und ich mussten uns hastig von Goliath verabschieden und losrennen, um Lonna und Ruffe zu suchen. Wir fanden sie auf halber Strecke im Wald, wo sie uns mit düsteren Mienen und einem Fassdeckel, den sie aus dem Wasser gefischt hatten, durch den Schnee entgegenstapften. Als wir ihnen erklärt hatten, dass Jack keineswegs tot, sondern frei und gerade auf dem Weg nach Kvarsebo war, berappelten sie sich. Gemeinsam kehrten wir zu der alten Schmiede zurück, wo wir unsere Kleider versteckt hatten. Vater und ich zogen uns um, verbrannten Rosshaarperücken, falschen Busen und Röcke in der Schmiedeesse und dann gingen wir in den Gasthof, um unser Gepäck zu holen.

Ein furchtbarer Anblick erwartete uns, als wir unser Zimmer betraten. Es sah aus, als hätte ein Hurrikan darin gewütet: Schranktüren und Schubladen standen sperrangelweit offen, unsere Sachen lagen überall verstreut auf dem Boden herum, sogar die Laken und Decken. Man hatte unsere Matratzen aufgeschlitzt und das Rosshaar herausgezerrt. Vaters Reisetasche und die Tasche mit Jacks Zeitungen waren ebenfalls ausgeleert worden. Jemand hatte ein paar Zeitungen zerfetzt, wahrscheinlich aus blanker Wut.

»Was in drei Teufels Namen ...?«, sagte Ruffe und sah sich um. »Wer war das, wer hat das getan?«

»Tja, also Frau Rensmo war das jedenfalls nicht«, erwiderte ich, Ich ging zum Fenster und schaute hinaus. Die kleine Dorfstraße lag einsam und verlassen da. Es fiel immer noch dichter Schnee. In der weißen Decke waren keine Spuren außer unseren eigenen zu sehen. Ich drehte mich um und sah die drei anderen der Reihe nach an.

»Macht euch keine Sorgen«, sagte ich. »Falls es die beiden Hunde waren, von denen ich denke, dass sie es waren, dann haben sie es nur auf Geld abgesehen. Und Geld ist keins mehr da.«

Lonna und Ruffe wechselten einen vielsagenden Blick. Sie wussten natürlich, welche Hunde ich meinte. Sie hatten selbst gesehen, wie ich in ihrer Gesellschaft die Villa Solsäter verlassen hatte. Und ziemlich sicher erinnerten sie sich auch daran, dass Basse und Freden bewaffnet waren. Aber von alldem wusste Vater nichts und dabei sollte es auch bleiben. Für seine Nerven war schon eine stumpfe Schere zu viel. Er hatte sich hingesetzt, seine großen, zitternden Hände auf der Tischplatte verschränkt. Er starrte einen Punkt auf Höhe der Fußbodenleiste an.

»Martin«, sagte er. »Das hier ist zu viel. Das ist zu viel, Martin. Wann hört das endlich auf?«

»Bald, Vater«, antwortete ich. »Bald ist es vorbei. Ich will nur noch wissen, was aus Jack wird. Ich nehme an, dass die Fürsorge sich um ihn kümmern wird, aber ich will nicht, dass sie ihn irgendwo hinschicken, wo er schuften muss. Er ist zu alt für so was. Steh auf, Vater, und schau, ob du unsere Tabelle mit den Zugzeiten finden kannst.«

»Hür is sie«, sagte Lonna und hob eine kleine gefaltete Broschüre vom Boden auf. Sie reichte sie mir und ich breitete sie auf dem Tisch aus, um die passende Abfahrtszeit herauszusuchen.

Zwanzig Minuten später verließen wir das Zimmer mit all unseren Habseligkeiten. Ein Stück die Straße hinunter blieb ich stehen und drehte mich um. Es war weit und breit keine Spur der Katzenjäger zu sehen. Der alte Gasthof sah aus wie ein Pfefferkuchenhaus, eingehüllt in Unmengen von Zuckerguss. Die Münzen, die wir für Frau Rensmo hinterlegt hatten, reichten bei Weitem nicht für die vereinbarte Miete und schon gar nicht für den Schaden. Ich habe noch heute ein schlechtes Gewissen deswegen und auch wegen Frau Karlsson, die wir in den Heuschober gesperrt hatten. Ein paar Wochen später stand eine kurze Meldung darüber in der Zeitung. Offenbar hatte sie sich mit ein paar Holzstangen, die man zum Heutrocknen nutzte, ein Feuer gemacht, um sich aufzuwärmen, also war sie wohl mit dem Schrecken davongekommen. Aber es war bestimmt das letzte Mal gewesen, dass die Köchin einem Landstreicher vertraut hatte.

Gut Liljashof in Kvarsebo war ein wunderschönes Anwesen, das aus einem gelben Wohnhaus mit zwei Stockwerken und zwei Seitenflügeln bestand sowie einer Menge Wirtschaftsgebäuden drumherum. Auch wenn Lilja es sich zur Lebensaufgabe gemacht hatte, ein Fürsprecher der Armen zu sein, sah man gleich, dass er selbst alles andere als arm war. Das Hausmädchen, das uns an der Tür empfing, ließ uns wissen, dass »der Herr Anwalt und Herr Jerner« im Wintergarten saßen und Punsch tranken. Ruffe und ich warfen uns einen vielsagenden Blick zu. Das war mit Sicherheit das erste Mal in Jacks Leben, das ihn jemand Herr Jerner genannt hatte. Um ehrlich zu sein, klang es ein bisschen albern.

Und was ein Wintergarten war, ja, davon hatte ich natürlich noch nie etwas gehört, aber es stellte sich heraus, dass es sich dabei um eine Art Palmenzimmer mit sehr großen Fenstern handelte. In einer Ecke hing eine prächtige rosa blühende Pflanze über einem Sofa aus weiß lackiertem Rattan. Jack und Lilja hatten sich nebeneinander auf dieses Rattansofa gequetscht, das unter ihrem Gewicht knarrte und ächzte, und bemühten sich, die richtige Haltung zu finden. Ihnen gegenüber stand nämlich ein Zeitungsmann hinter seiner drei- beinigen Kamera. An den Wänden hingen jede Menge eingerahmte Zeitungsausschnitte, die alle von Liljas Heldentaten berichteten. *Der größte Hundefreund unserer Zeit* und so weiter.

»Heben Sie doch mal die Gläser und prosten Sie sich zu«, sagte der Zeitungsmann.

»Müssen die Gläser wirklich mit aufs Bild?«, fragte Lilja. »Wäre es nicht besser, wenn ich in die Kamera schauen würde – und Jack mich mit einem Ausdruck von ... ich meine, die Leute wollen doch sehen, dass er gerettet wurde. Schließlich haben ja alle von den entsetzlichen Zuständen in dieser Anstalt gelesen«

»Schöne Idee«, sagte der Zeitungsmann. »Vielleicht bekomme ich auch noch ein paar Zeilen über den Hungerstreik unter.«

»Aber nicht, dass der Artikel zu sperrig wird«, murmelte Lilja und klopfte hastig etwas Staub von seinem Sakkokragen, denn nun war der Zeitungsmann unter dem schwarzen Tuch seiner Kamera abgetaucht. Als er »Eins, zwei, drei, Eierkuchen« gesagt hatte, machte es *Puff!* und ein weißes Licht erhellte das Palmenzimmer – und dann war es geschafft.

»Wann erscheint der Bericht?«, fragte Lilja, während der Zeitungsmann seine Ausrüstung zusammenpackte.

»Allerspätestens nächste Woche«, antwortete der. »Meinen herzlichsten Dank, Herr Anwalt, dass Sie sich bei uns gemeldet haben.«

»Keine Ursache.«

Der Zeitungsmann hastete hinaus in den Schneeregen, voll bepackt mit der sperrigen Kameratasche, und endlich konnte Lilja sich seinen vier neuen Gästen widmen.

»Was verschafft mir die Ehre?«, fragte er.

Vater erklärte in umständlichen Worten, dass wir Jacks Freunde waren; dass wir von der Freilassung erfahren hatten und gekommen waren, um zu gratulieren.

»Ach, tatsächlich? Wo haben Sie denn davon gehört?«, fragte Lilja interessiert.

»Hrm, nun, das ist eine lange Geschichte«, stammelte Vater.

Lilja musterte ihn von Kopf bis Fuß, dann wanderte sein Blick hinüber zu mir.

»Ich frage mich, ob wir uns schon einmal irgendwo begegnet sind?«, sagte er.

Vater schüttelte den Kopf.

»Daran könnte ich mich ganz bestimmt erinnern«, antwortete er. »Der Herr Anwalt ist schließlich eine echte Berühmtheit.«

»Ach, Sie übertreiben«, sagte Lilja und seine blassen Wangen wurden ganz rosig vor Freude. »Aber liebe Freunde, nehmt doch Platz!«

Vater setzte sich dankbar in einen knarrenden Rattansessel und nahm noch dankbarer ein Glas Punsch entgegen. Lilja läutete ein kleines Glöckchen und kurz darauf eilte das Hausmädchen herbei. Lilja bat es, Saft und Süßigkeiten für uns zu bringen – und dann saßen wir alle zusammen, knarrend und guter Dinge. Und ganz plötzlich stand eine sehr schöne Frau in der Tür, schlank und weiß wie eine Fahnenstange, und das war niemand Geringeres als Liljas Ehefrau.

»Haben wir etwa noch mehr Gäste bekommen?«, fragte sie.

»Meine Liebe, darf ich dir Jerners Freunde vorstellen«, sagte Lilja. »Möchtest du dich ein wenig zu uns setzen?«

Seine Frau lachte und kam näher.

»Was für ein entzückendes Fellknäuel«, sagte sie und strubbelte Ruffe über den Kopf.

»Ja, nicht wahr?«, sagte Lilja, aber Lonna sah aus, als hätte sie in eine Zwiebel gebissen.

»Du bist mir ja ein lustiger kleiner Gesell«, fuhr die Frau fort. »Wie heißt du denn?«

»Ich heiße Fellknäuel Gesell«, witzelte Ruffe – und alle schüttelten sich aus vor Lachen: »Hahaha« und »hihihi!« Das Gejohle wurde jedoch von Lonna unterbrochen, die laut und deutlich sagte:

»Sein Name ist Ruffe!«

»Ruffe, ja, aber das ist doch ein schöner Name. Und wie heißt die Kleine hier?«, fragte Liljas Frau und versuchte, auch durch Lonnas Fell zu strubbeln. Aber alles, was sie zur Antwort bekam, war ein Blick, der so kalt war, dass man das Eis förmlich knacken hörte. Da setzte sie sich mit sittsam geschlossenen Knien hin und sah uns mitleidig an.

»Ja-a, ihr Lieben, es muss so schwer sein. Stellt euch vor, man könnte es wirklich begreifen!«

»Man könnte was begreifen?«, fragte ich.

»Wie es sich anfühlt!«, sagte Frau Lilja. »Ein Hund zu sein! Ich glaube, ich werde mir das nie so richtig vorstellen können. Und ich glaube, kein Mensch kann das.«

Jack und Herr Lilja nickten, als hätte sie etwas sehr Kluges gesagt.

»Nein, nein, mir ist ganz elend zumute, wenn ich daran denke, wie es euch ergeht«, fuhr Frau Lilja fort.

»Sie haben doch eben noch gesagt, dass sie sich gar nicht vorstellen können, wie es ist, ein Hund zu sein«, sagte ich. »Wieso ist Ihnen denn dann so elend zumute?«

»Na, aber ich habe ja Augen, mit denen ich *sehen* kann«, sagte

Frau Lilja. »Und irgendwie ist es wohl einfach so, dass ich gar nicht anders kann, als mitzuleiden.« Sie legte die Fingerspitzen der rechten Hand auf die Brust, dort, wo ihr Herz saß, um zu zeigen, wo der Schmerz am größten war.

Jack legte ein Bein über das andere und kippte den Punsch in sich hinein.

»Ich für meinen Teil bin davon überzeugt, dass sich etwas ändern wird«, sagte er. »In London haben die Ungeduldigen begonnen, Sprengladungen zu platzieren. So etwas kann schnell Nachahmer finden.«

Frau Lilja stieß einen entsetzten Ausruf aus, während ihr Mann mit ernster Kennermiene nickte. So ging das Gespräch über die Rechte der Hunde weiter. Vater, der nicht auf den Kopf gefallen war, beteiligte sich ebenfalls, aber Lonna, Ruffe und ich beschäftigten uns hauptsächlich mit Essen. Ab und zu streckte Frau Lilja die Hand aus und kraulte Ruffes Fell. Immer wieder strich sie ihm die Strähnen aus der Stirn, aber sie fielen jedes Mal wieder zurück. Schließlich kam das Hausmädchen zurück, um die Süßigkeiten nachzufüllen.

»Maja, sei doch so lieb und such mir Kamm und Schere heraus«, sagte Frau Lilja. »Damit ich wenigstens *etwas* Gutes tun kann.«

Maja nickte und eilte davon.

»Wir erledigen das in der Waschküche!«, rief Frau Lilja ihr nach.

»Ihr bleibt doch zum Abendessen?«, fragte Lilja und erhob sich. »Wenn ich mich nicht irre, gibt es heute Hackbällchen. Ich muss vorher nur noch ein paar Schriftstücke fertigstellen. Die Pflicht ruft, meine Freunde. Versorgt euch bitte selbst mit Erfrischungen, während ihr wartet.«

Vater bedankte sich mit einem kurzen Nicken.

»Und schaut euch gern ein wenig um«, sagte Lilja, als er schon fast aus der Tür war. »Die Silbermedaille befindet sich in der Bibliothek.« Er zwinkerte uns zu und dann eilte er zu seinen Pflichten, seinen Schriftstücken und seiner Großherzigkeit.

Seine Locken waren kaum außer Sicht verschwunden, als seine Frau sich zu Ruffe umdrehte und mit gespielter Strenge sagte:

»Na dann, Fellknäuel Gesell, erwarte ich dich umgehend in der Waschküche.«

»Ihr Wunsch ist Fellknäuels Befehl, gnädige Frau«, scherzte Ruffe und Frau Lilja schlug sich die Hand vor den Mund und juchzte, wie überaus unterhaltsam und schelmisch dieses kleine Hündchen doch war.

»Wenn er büslang zuröchtgekommn is, ohne die Haare von Ühnen geschnüttn zu krügn, dann hätte er bestümmt auch weiterhün drauf verzüchtn könn«, sagte Lonna. »Denkn Sie würklich, Sie machn die Wölt für Hunde ürgendwie bösser, wenn Sie ühnen die Haare kurz schneidn?«

»Lonna, psst!«, schnauzte Ruffe sie an. »Hör auf!«

»Selbstverständlich nicht!«, gab Frau Lilja schnippisch zurück. »Aber wer weiß, womöglich mache ich zumindest Ruffes Welt ein wenig besser, wenn er dieses Haus mit einem gepflegten Äußeren verlassen darf.«

»Sie bemühn süch übrigns umsonst«, sagte Lonna. »Ruffe HAT

schon jömandn, der süch um ihn kümmert. Die Frau vom Türarzt in Söderbü, wenn Sie's genau wüssn wolln.«

»Das freut mich für ihn«, sagte Frau Lilja.

»Also, nichts gegen Tante Iris«, sagte Ruffe, der sich seine Chance auf einen Haarschnitt offensichtlich nicht entgehen lassen wollte, »aber wenn ich mir aussuchen dürfte, welche Blüte ich mir ins Knopfloch stecken wollte, dann würde ich immer die schöne Frau Lilja wählen.«

Frau Lilja schmolz dahin, wurde zu einer Pfütze, die sich nass und schmierig in Richtung Waschküche bewegte, um zu Kamm und Schere zu greifen. Ruffe zog seine Kalbslederweste straff und flitzte hinterher.

»Schön?«, schnaubte Lonna. »Ich kann jenfalls nich sehn, was an der so schröcklich schön sein soll.«

Ruffe blieb auf der Schwelle stehen. Und in diesem Moment packte ihn plötzlich ein Anflug von Bosheit. Warum? Ich weiß es nicht. Vielleicht nutzte er einfach nur die Gelegenheit. Weil es sich gerade anbot – oder weil irgendwo tief in uns allen ein gemeiner Rüpel steckt. Oder weil er Monat für Monat auf ein kleines Zeichen von Lonna gewartet hatte – ein Lächeln, einen Blick, eine ausgestreckte Pfote –, aber keins bekommen hatte. Auf jeden Fall drehte er sich um und sagte:

»Das könntest du sehen, wenn du ein bisschen weniger schielen würdest.« Und dann rannte er los, um Frau Lilja einzuholen.

Im Wintergarten wurde es still. Jack und ich wussten nicht, was wir sagen sollten. Vater blieb seiner Gewohnheit treu und beschloss, sich am besten gar nicht dazu zu äußern, zumindest nicht zu Ruffes giftiger Bemerkung. Stattdessen fragte er, ob noch jemand Saft oder Punsch wollte, und als er von niemandem Antwort bekam, füllte er einfach sein eigenes Glas und lehnte sich auf seinem Rattansessel zurück. Lonna stopfte sich Süßigkeiten ins Maul und schwieg. Um ehrlich zu sein, war sie wahrscheinlich froh darüber, dass niemand versuchte, sie zu bedauern. Für eine wie sie wäre das der eine Tropfen zu viel gewesen.

»Ja, na ja, vielleicht sollte man sich doch mal dieses Glitzerding ansehen«, sagte Jack nach einer Weile. »Hat jemand Lust, mitzukommen?«

»Klar«, sagte ich und stand auf. Aber Vater zog es vor, in der Nähe der Punschflasche zu bleiben, und Lonna – die Marmelade mümmelte – schien die Frage noch nicht einmal gehört zu haben.

Draußen vor dem Fenster war es dunkel geworden. Es hatte aufgehört zu schneien. Jack und ich schnüffelten in verschiedenen Zimmern herum, bis wir schließlich die Bibliothek und die Silbermedaille fanden. Sie hing zusammen mit einem Brief eingerahmt hinter Glas.

»*Für seine Rechtschaffenheit und für seine unverdrossene Arbeit im Dienste der Schwächsten unserer Gesellschaft*«, las ich vor. »*Ihre Majestät Königin Victoria.*«

Jack sah mich mit großen Augen an.

»Das kann ja wohl nicht wahr sein!«

»Was denn?«

»Wieso hat mir niemand erzählt, dass du lesen gelernt hast?«

»Ach das«, sagte ich und meine Wangen wurden heiß. »Na ja, das ist ja keine große Sache.«

»Keine große Sache? Martin – habe ich dir denn gar nichts beigebracht? Auf-klä-rung! Das ist das Einzige, was uns voranbringen kann!«

»Ja, doch, klar.«

»Weißt du, worüber ich dich aufklären könnte – zum Beispiel?«

»Nein?«

»Diese Königin«, sagte Jack und zeigte auf den Brief. »Sie verteilt begeistert Medaillen in alle Richtungen. Sie will die Schwächsten der Gesellschaft beschützen, sagt sie, und sie ist schrecklich großzügig mit Almosen. Aber die Idee, dass alle dasselbe Recht haben sollten, wählen zu gehen, die nennt sie ein Hirngespinst.«

»Warum denn?«, fragte ich.

»Sie wollen uns in Schach halten, Martin. All diese reichen Menschen. Sie wollen allein darüber entscheiden, wie viele Öre sie als Beihilfe abgeben müssen. Sie haben keine Lust, gerecht zu teilen.« Er trat ans Fenster. Ein Fleck aus Kondenswasser bildete sich, als er seine Nase gegen die Scheibe drückte. »Weint Blut und spuckt Bomben«, murmelte er.

»Hä?«

Er drehte sich um.

»So lautet ihre Parole«, sagte er. »In den Straßen von London, Paris, Stockholm. Weint Blut und spuckt Bomben. Ist das nicht schön?«

Ich zuckte mit den Schultern.

»Ich finde, es klingt schaurig.«

»Schaurig? Nee, nee, nee. Weißt du, was schaurig ist? Schaurig ist, dass ein armer, schwacher Teufel nur verzweifelt genug sein muss, um auf einen anderen armen Teufel loszugehen, einen, der noch ärmer und schwächer ist als er. Und dann können die Reichen mit dem Finger auf ihn zeigen und sagen: Seht alle her, wie das Pack sich aufführt – und denen sollen wir das Stimmrecht geben? Du hast ja keine Ahnung, was für abscheuliche Dinge ich im Zuchthaus gesehen habe.«

»Mhm, doch, ich weiß genau, was du meinst«, sagte ich und dachte an den Hund, der sich eine Ohrfeige vom Wärter eingefangen hatte, weil er sich zu viel Hering nehmen wollte – und sich kurz darauf mit gesträubtem Fell auf einen anderen Hund gestürzt hatte. Die Großen fressen die Kleinen, dachte ich. Die Kleinen die Kleineren. Hundebesitzer, Katzenjäger – in Wahrheit war keiner besser als der andere.

Jack seufzte.

»Ja, pfui Teufel. Du weißt ja, was sie sagen: Kaum ist die Bettwanze geschlüpft, hat sie schon eigene Kinder. Nichts vermehrt sich so schnell wie das Elend. Aber ich habe mich entschieden.«

»Wofür hast du dich entschieden?«

Er lächelte. Sein Blick war irgendwie geheimnisvoll und gleichzeitig aufgeregt.

»Ich dachte, ich würde in diesem Loch sterben, Martin. Und ich war so wütend auf mich selbst. Ich dachte: Warum habe ich nichts aus meinem Leben gemacht, als ich die Gelegenheit dazu hatte?

Warum habe ich mir immer nur selbst leidgetan? Verstehst du? Und nun habe ich plötzlich eine zweite Chance bekommen. Ich will etwas daraus machen. Ich will auf die Barrikaden gehen.«

»Willst du etwa nach Stockholm?«, fragte ich überrascht.

»Zuerst dachte ich, dass ich nach Stockholm gehen würde. Aber als ich länger darüber nachgedacht habe, wurde mir klar, dass es andere Orte geben muss, an denen ich dringender gebraucht werde. In Stockholm, da herrscht ja mittlerweile das reinste Gedränge auf den Barrikaden. Aber in Norrland!«

»In N-norrland? Ist das nicht furchtbar weit weg?«

»Joa, schon. Aber da oben gibt es so viel Verzweiflung, weißt du? Jemand muss mit diesen armen Geschöpfen reden. Sie vereinen. Ihnen Mut machen.«

»Welche armen Geschöpfe?«

»Die Lemminge, Martin! Die Lemminge! Diese kleinen Wichte, die sich massenweise von den Klippen stürzen. Kollektiver Selbstmord! Läuft es dir nicht allein bei dem Gedanken eiskalt den Rücken hinunter?«

»Schon …«

»Sie sind unsere Brüder und Schwestern«, sagte Jack. »Und man kommt jetzt sogar mit der Eisenbahn dorthin. Ich fahre.« Er setzte sich in einen Sessel mit Troddeln und Litzen, strich mit der Pfote über die Armlehne. »Aber das mit deinem Vater ist ja auch schön«, sagte er. »Wer hätte gedacht, dass du ihn wirklich finden würdest?«

»Ja«, sagte ich.

»Habt ihr miteinander geredet? Warum er sich nicht um dich kümmern konnte?«

»Mhm, ein wenig. Ich denke ... ich denke, der wahre Grund ist, dass er selbst ziemlich verloren ist. Er zieht von einem Ort zum anderen und so.«

»Ist er arm?«

»Nee«, sagte ich. »Aber das Geld ist trotzdem immer knapp.«

Jack runzelte die Stirn.

»Was zum Kuckuck soll das nun wieder heißen?«

»Ja, du, das weiß ich selbst nicht so genau«, sagte ich und ging zum Fenster, weil ich ihm nicht zeigen wollte, dass mir die Tränen kamen. »Aber, verdammt, Jack. Norrland? Ich dachte, du würdest dich auf irgendeinem Hof zur Ruhe setzen und wir ... wir könnten in Verbindung bleiben.«

»Das können wir ja trotzdem«, sagte Jack. »Du kannst jetzt ja schreiben.«

Er schwieg eine Weile. Ich konnte sein Spiegelbild in der Fensterscheibe sehen. Er überlegte, wie er fortfahren sollte. »Apropos in Verbindung bleiben ...«, sagte er. »Hast du vor, dich bei ... na ja, du weißt schon ... zu melden?«

Ich hob den Blick und starrte hinaus in den dunklen Abend, schaute weit weg in die Richtung, von der ich dachte, dass dort irgendwo Kila lag. Jacks Frage hing in der Luft. Er stand auf und kam zu mir.

»Du«, sagte er, »ich habe darüber nachgedacht, was Stenberg gesagt hat. Als wir in Hult waren. Eigentlich war es nicht richtig von mir, dich mitzunehmen, als ich Norrängen verlassen habe. Und eigentlich habe ich das tief drinnen die ganze Zeit gespürt. Aber ich wollte mich wohl ein wenig an ihm rächen. Weil er mich vom Hof gejagt hat und so.« Er zögerte ein wenig, suchte meinen Blick. »Du weißt, was ich gesagt habe, Martin. Pär Pärsson konnte mich nie leiden. Aber nach allem, was ich in meiner Zeit auf dem Hof erlebt habe, kann ich nichts anderes über ihn sagen, als dass ... dass er, was dich betrifft, immer sein Bestes gegeben hat. Ich glaube, du hast ihn vor allem gehasst, weil er nicht dein richtiger Vater war.«

»Dass er mich mit diesem Umschlag belogen hat«, sagte ich und hörte selbst, wie die Verbitterung meine Stimme verdüsterte, »dass er mich so viele Jahr in der Hoffnung und dem Glauben gelassen hat, das war falsch!«

»Ja, das war es. Aber wer weiß? Vielleicht würde er dich dafür um Verzeihung bitten, wenn er die Möglichkeit dazu hätte.«

Ich weiß nicht, warum ich Jack in diesem Augenblick nicht erzählte, dass Pär Pärsson mich ja in der Villa Solsäter aufgesucht und mich längst um Verzeihung gebeten hatte. Ich war wohl einfach noch nicht dazu bereit, seine Begnadigung zu unterzeichnen. Jack war edelmütiger als ich. Aber er trug ja auch diese große Sorge um das Wohl der anderen in sich.

Plötzlich hallte ein Klingeln durchs ganze Haus.

»Was war das?«, fragte ich.

»Ich nehme an, das war die Glocke, die zum Abendessen ruft«, sagte Jack und rieb sich den Bauch. »Man erwartet uns im Esszimmer. Hackbällchen hatte ich weiß Gott schon lange nicht mehr.«

»Komm zuerst mit in die Halle«, sagte ich. »Ich will dir etwas zeigen.«

»Was denn?«

»Vielleicht errätst du es, wenn ich dir verrate, dass es sechseinhalb Kilo wiegt. Und dass ich es mit mir herumgeschleppt habe, seit sich in Hult unsere Wege getrennt haben.«

Jack starrte mich mit offenem Maul an.

»Meine Reisetasche? Meine Zeitungen? Ist das dein Ernst?«

»Aber ja«, sagte ich.

Jack stieß einen überglücklichen Freudenschrei aus. »Wirklich, Martin, damit hätte ich niemals gerechnet! Donnerwetter, was für eine Leistung! Ich wusste gar nicht, dass du so stark bist, sag mal!« Er streckte eine Pfote aus und kniff mir in den Oberarm. »Oho, was für Muskeln!«

»Hör schon auf.«

»Du könntest glatt Zeitungsjunge werden, bei den Zeitungsträgerarmen, die du da hast!«

»Ich hab gesagt, du sollst aufhören.«

Aber Jack redete wie ein Wasserfall weiter, den ganzen Weg durchs Haus, und ich bin mir natürlich nicht sicher, aber ich glaube, das machte er, weil er nicht wusste, wie er sich sonst bei mir bedanken sollte. Er kannte es ganz einfach nicht, dass sich jemand seinetwegen solche Umstände machte. Es steckte, wie gesagt, viel Sorge um das Wohl der anderen in Jack Jerner. Aber auch sehr viel Hund.

15 Vater, Lonna und Herr Lilja saßen bereits zu Tisch, als Jack und ich das Esszimmer betraten. Ruffe und Liljas schöne Frau waren noch nicht wieder da. Jack setzte sich und starrte die Platte mit den braunen, fetttriefenden Hackbällchen und die dampfende Kartoffelschüssel an. Er räusperte sich geräuschvoll, um seinen knurrenden Magen zu übertönen.

»Haben die beiden die Glocke etwa nicht gehört?«, fragte Lilja und sah sich suchend nach seiner Frau und Ruffe um. Er wartete noch ein wenig länger, aber als man das Knurren aus Jacks Bauch unmöglich weiter übergehen konnte, sagte er:

»Meine Lieben, bedient euch. Ich bin sicher, man wird uns den Frühstart verzeihen.«

Hastig zog Jack die Platte an sich und nahm sich einen ganzen Berg Hackbällchen. Dann häufte er sich einen ebenso großen Berg Kartoffeln auf den Teller, dazu einen Klacks Preiselbeermarmelade und ein paar Gurkenscheiben – und zuletzt ertränkte er alles in einer Sintflut aus brauner Soße und fing an zu essen. Wir anderen folgten seinem Beispiel, nahmen uns aber nur knapp ein Viertel der Menge an Hackbällchen. Nicht einmal Lonna, die auch unter »Hundehunger« litt, schaufelte sich den Teller so voll. Sie war wohl immer noch etwas mitgenommen.

Dann ging die Tür des Esszimmers auf und die gnädige Frau trat ein.

»Da ist ja meine teure Gemahlin«, sagte Lilja. »Wie war das Haareschneiden?«

»Alles bestens«, antwortete seine Frau in einem Ton, der deutlich machte, dass sie nicht weiter über diese Angelegenheit sprechen wollte. Sie setzte sich an den Tisch und tat sich Essen auf.

»Aha«, sagte Lilja. »Und wo steckt unser kleiner Gesell?«

»Er kommt sicher gleich«, sagte seine Frau. »Ich habe keine Soße.«

»Verzeihung, meine Liebe«, sagte Lilja und reichte ihr hastig die Soße an.

Nun öffnete sich die Tür erneut, diesmal allerdings sehr langsam. Das Geschöpf, das sich auf der Schwelle offenbarte, wirkte zuerst fremd, aber recht schnell fiel unser Blick auf die kalbslederne Weste. Totenstille breitete sich im Esszimmer aus. Jack erstarrte beim Kauen. Dieser »Haarschnitt« war nichts anderes als der reinste Kahlschlag. Ruffe sah aus wie ein Strafgefangener oder als wäre er in eine Dreschmaschine gefallen. An einigen Stellen, wo sein Fell besonders kurz geraten war, konnte man nackte rosa Haut durchschimmern sehen. Niemand sagte etwas. Niemand *konnte* etwas zu dieser Katastrophe sagen. Frau Lilja sah verkniffen aus. Ihr war natürlich bewusst, dass das Ganze vollkommen schiefgegangen war. Und Ruffe, nun, er hätte sich am liebsten in Luft aufgelöst. Er setzte sich hin und schielte verstohlen zu Lonna hinüber, die aussah, als hätte sie sich in Stein verwandelt.

Dann kam das Hausmädchen, das uns noch einmal frische Hackbällchen brachte, wieder ins Esszimmer. Als es Ruffe erblickte, fiel ihm fast die Platte aus den Händen.

»Ach du Heiland! Die gnädige Frau hat ihn geschoren wie einen Sünder!«, schrie es entsetzt. »Du meine Güte, man könnte ja meinen, er hätte die Krätze!«

Frau Lilja lief feuerrot an. Sie sah sehr wütend aus, aber das bemerkte das Hausmädchen gar nicht. Es zeterte und lamentierte immer noch weiter.

»Der arme Hund, was werden die Leute über ihn denken! Die werden ihn ja nicht einmal mehr in die Kirche lassen! Die werden ihn fortjagen, wo auch immer er sich blicken lässt!«

»Maja, geh in die Küche und schlag die Sahne für die Nachspeise!«, sagte Frau Lilja und ihr Gesicht verriet, dass sie Maja am liebsten erwürgt hätte.

Maja biss sich auf die Zunge und eilte zurück an die Arbeit.

»Und räum die Waschküche auf!«, rief Frau Lilja ihr nach. »Alle Haare, die du auffegst, bring bitte sofort nach draußen, ich habe

Läuse darin gesehen.« Sie blickte streng in die Runde. »Nur deshalb war ich gezwungen, sein Fell so kurz zu schneiden.«

Ruffe sah aus, als wollte er Einspruch erheben – und wir, die ein Zimmer mit ihm geteilt hatten, wussten natürlich, dass er keine Läuse hatte. Aber wir dachten vielleicht auch, dass man mit diesem Messer ruhig noch ein bisschen tiefer in der Wunde herumbohren konnte, weil er ja wirklich sehr gemein zu Lonna gewesen war.

Das Abendessen verlief recht angespannt und Vater nahm dankend mehr Wein an. Jack hielt den Blick fest auf den Teller gerichtet und schlug sich ordentlich den Bauch voll. Jedes Mal, wenn er den Kopf hob und Ruffe sah, der ihm gegenübersaß, zuckte er zusammen und musste schnell wieder nach unten schauen. Aber schließlich konnte er sich nicht mehr beherrschen. Mit einem »Prrrrp!« spuckte er eine Fontäne braune Soße über den Tisch.

»Herrje!«, rief Frau Lilja.

»Er hat was im Hals!«, rief Vater. »Gebt ihm Wein.«

»Nein, nein«, sagte Jack und wischte sich hastig die Schnauze ab. »Es geht mir gut. Ich bitte vielmals um Entschuldigung. Ich weiß nicht, wie das passieren konnte.« Aber dann sah er wieder zu Ruffe hinüber und musste sofort wieder losprusten – und da konnte ich das Lachen auch nicht mehr zurückhalten, denn diese neue Frisur war wirklich eine Klasse für sich. So saßen wir da, Jack und ich, und klangen wie zwei Seehunde mit Atemnot. Die anderen am Tisch sahen immer gequälter aus, nur Vater kippte einfach weiter Wein in sich hinein. Und plötzlich sprang jemand auf und stürmte aus dem Zimmer. Lonna. Wir hörten sie in der Halle schluchzen und dann ging die Haustür auf und fiel kurz darauf wieder zu. Ruffe legte sein Besteck ab und senkte seinen geschorenen Kopf. Jack und ich sahen uns betreten an.

Lonna kam und kam nicht wieder. Maja servierte Ingwerbirnen zum Nachtisch. Sie schmeckten gut, aber natürlich waren alle besorgt, weil Lonna schon so lange draußen in der Kälte war.

»Sollte man nach ihr rufen?«, überlegte Lilja.

»Ich glaube, sie möchte in Ruhe gelassen werden«, antwortete ich. »Aber falls sie noch nicht zurück ist, wenn wir aufgegessen haben, dann gehe ich raus und schaue nach ihr.«

»Das klingt vernünftig«, sagte Lilja – und Ruffe aß seine Birne mit solcher Wehmut, dass man hätte meinen können, es wäre das letzte Abendmahl.

Aber ganz plötzlich ertönte das kräftige *Ding-Dong* der Türklingel.

»Wieso klingelt sie denn?«, fragte Lilja verwundert.

Majas rasche Schritte hallten durchs Haus und dann das Knarren der Tür, die geöffnet wurde. Aber als Maja anfing zu reden, da sprach sie nicht mit Lonna, sondern mit jemandem, der eine sehr tiefe und sehr energische Männerstimme hatte. Und gleich darauf hörten wir, wie der fragliche Mann sich dem Esszimmer näherte und Maja mit schriller Stimme rief:

»Ich sagte, die Herrschaften sitzen beim Abendessen – sie haben Gäste! Sie empfangen jetzt niemanden!«

Auf einmal türmte sich eine menschenaffenähnliche Gestalt auf der Türschwelle auf. In der Faust hielt er seine ausgebeulte Ledermütze. Jack war so baff, dass ihm die Gabel auf den Teller fiel.

»Wer sind Sie?«, fragte Lilja.

»Ich bin Karl Pira«, sagte Karl Pira.

Ja, da stand er nun, Kilas Bezirkswachtmeister, und er war wütend. Er hatte nämlich vom Bezirksvorsteher des Bezirks Jönåker zu hören bekommen, dass Jack frei war. Woher der Bezirksvorsteher das wusste, wird in dieser Geschichte nicht erzählt, aber sehr wahrscheinlich hatte er es wohl von jemandem bei Gericht erfahren. Ich konnte mich gut daran erinnern, dass Karl Pira Anwälte von Liljas Schlag nicht leiden konnte, und auch jetzt konnte man dem Bezirkswachtmeister ansehen, dass es ihm widerstrebte, sich zu verbeugen, bevor er das Wort ergriff.

»Ich will keine langen Reden schwingen, Herr Anwalt«, sagte er. »Ich bin eigentlich nur gekommen, um mir das Elend mit eigenen Augen anzusehen und dem Herrn Anwalt mitzuteilen, dass er einen Fehler begangen hat.«

»Einen Fehler? Inwiefern?«, fragte Lilja.

»Das da«, sagte Karl Pira und zeigte mit seinem groben Finger auf Jack, »ist ein schlechter Hund. Und für das Verbrechen, für das er verurteilt wurde, hätte er seine Jahre absitzen sollen.«

Aber Jack, der seine Gabel aus der braunen Soße geangelt und sich wieder gefasst hatte, sah den Wachtmeister durchdringend an.

»Hör mal, Pira«, sagte er. »Du und ich, wir klären jetzt mal, was das eigentlich bedeutet. Was ist ein schlechter Hund – deiner Meinung nach?«

Karl Pira tat so, als hätte er gar nicht bemerkt, dass Jack mit ihm geredet hatte. Er stand immer noch zu Lilja gewandt, grau und steif, als wäre er mit Mörtel verputzt.

»Der Herr Anwalt rühmt sich damit, auf der Seite der Armen zu stehen. Aber arm ist ja nicht zwingend gleichbedeutend mit …«

»Ich frage noch einmal«, sagte Jack etwas lauter. »Was ist ein schlechter Hund?«

»Nicht gleichbedeutend mit ehrbar«, fuhr Pira fort. »Hat der Herr Anwalt sich jemals gefragt, wie er der Gesellschaft wirklich einen Dienst erweisen könnte – statt Gesindel aus dem Zuchthaus zu fischen und zu verhätscheln …«

»Antworte!«, brüllte Jack und klatschte seine Leinenserviette auf die Tischkante. »Antworte mir, Mann, und zwar jetzt!«

»Sehen Sie, guter Mann«, sagte Lilja freundlich, »ich denke, mein Gast verdient eine Antwort: Was ist denn Ihrer Meinung nach ein schlechter Hund?«

Endlich drehte sich Karl Pira zu Jack um und mit einem Ausdruck voller Missbilligung, ja geradezu Ekel, sagte er:

»Ein schlechter Hund ist einer, der zehn Jahre lang – wie ein Parasit – auf Kosten eines anständigen Menschen lebt. Und wenn die Gastfreundschaft endet, dann dankt er es seinem Wohltäter, indem er ihm sein Kind raubt.«

»Ein Parasit?«, sagte Jack und die Kränkung schnürte ihm die Kehle zu. »Das ist man also? Aber sind das nicht alle Hunde, wenn man dich fragt?«

Da sah Karl Pira wieder so zufrieden aus, wie nur er es konnte, ohne dass er dafür einen einzigen Muskel bewegen musste. Keine Schmähung, kein Angriff – nur ein quälendes Schweigen, das auf Jacks knochigen Körper einschlug und ihn mit Füßen trat, während er schon im Schlamm der Gesellschaft lag. Jack sprang auf.

»Schon gut, Jack, ganz ruhig«, sagte Lilja. »Ich glaube, der Bezirkswachtmeister wollte gerade wieder gehen.«

Aber Jack hörte nicht auf ihn. Seine Schnittlaucharme zitterten, als er auf Pira zuging.

»Parasit, Straßenköter, Töle, Schweinehund«, knurrte er. »Weißt du was? Ich habe diese Schimpfwörter satt. Ich habe es satt, beleidigt zu werden und ich habe DICH satt!« Und als er DICH! sagte, versetzte er Pira einen Stoß, der vermutlich so gedacht war, dass er den Wachtmeister von den Füßen holen sollte. Aber Pira wackelte nicht einmal. Er bohrte seinen Zeigefinger so fest in Jacks Brustkorb, dass Jack vor Schmerz das Gesicht verzog.

»Du kannst satthaben, was du willst«, stieß Karl Pira zwischen zusammengepressten Zähnen hervor. »Es gibt kein Gesetz, dass es dir verbieten würde. Aber gegen Kindsraub gibt es eins – und deshalb solltest du in Nyckelby verschimmeln und nicht hier am Tisch sitzen und Birnen essen.«

»Immer noch lieber in Nyckelby als in diesem verfluchten Loch in Gråtbacken«, sagte Jack und konnte die Tränen nicht länger zurückhalten. »Lieber das!« Er wandte sich an Lilja. »Herr Lilja muss wissen, dass der Bezirkswachtmeister ein Schikanierer ist. Während ich bei ihm im Arrest saß, war ich ständig seinen Bosheiten ausgesetzt! Er hat mir abgenagte Knochen zugeworfen! Hat

mir ›lustige‹ Geschichten mit den abscheulichsten, geschmack-
losesten Pointen erzählt! Manchmal ist er die ganze Nacht auf-
geblieben und hat das Kurbelgrammofon spielen lassen! Kein Auge
hat man zubekommen, bei all diesen Schmähliedern über Hunde!
Aber hier, nimm das für deine ganzen Gemeinheiten, Pira!«

Und mit diesen Worten boxte er dem Wachtmeister mitten auf
die Nase. Pira brodelte. Ehe jemand die beiden daran hindern
konnte, war die Prügelei schon voll im Gange. Frau Lilja schrie,
Herr Lilja und Vater brüllten – und Maja, die sich im Hintergrund
gehalten hatte, um Pira wieder nach draußen zu geleiten, fing an,
mit ihrem Spültuch nach den Streithähnen zu schlagen.

»Aufhören!«, rief sie schrill. »Sofort aufhören mit diesem Un-
fug!«

Aber Jack und Pira verknoteten sich weiter in allen möglichen
unwürdigen Positionen. Hemdkrägen sprangen auf, Hosenträger
lösten sich, Nähte platzten. Sie kullerten über den Boden und auf
einmal rollten sie geradewegs in einen verschnörkelten Sockel, auf
dem eine Amaryllis in einem großen Übertopf aus Steingut stand.
Und die Blume kippte mit Topf und allem Drum und Dran herunter und landete genau auf Jacks Kopf. Jacks Schrei war so markerschütternd, dass sogar die Kronleuchter klirrten.

»Großer Gott!«, rief Frau Lilja. »Jetzt stirbt er bestimmt!«

Der Wachtmeister wich endlich zurück, kräftig zerzaust und
ohne einen einzigen Knopf am Hemd. Ruffe und ich warfen uns auf
den Boden. Ich fasste Jack an den Schultern.

»Hörst du mich?«, wimmerte ich. »Stirbst du?«

Nein, Jack starb nicht. Aber er hatte Schmerzen. Er stöhnte und jammerte und hielt sich beide Pfoten vors Gesicht.

»Mmmmmmm!«, ächzte er. »Mmmm-hm-hm-hm!«

»Versuch aufzustehen«, sagte ich. Ruffe und ich nahmen seine Arme, um ihm zu helfen, aber Jack machte keinerlei Anstalten, auf die Füße zu kommen. Alles, was er tun konnte, war stöhnen und mit dem Kopf wackeln. Und als er seine Pfoten vom Gesicht nahm, da drehte sich mir der Magen um. Ich wusste sofort, was da gerade vor sich ging, denn ich hatte es schon einmal erlebt.

»Jack«, keuchte ich. »Jack, dein Auge!«

Er machte das Auge zu und weinte. Es war ein stummes, verzweifeltes Weinen, eine verzerrte Grimasse. Er wusste natürlich auch, was los war. Die Schmerzen, der Druck im Auge, der wohl langsam immer stärker wurde, es war alles eindeutig.

Ich sah zu Lilja hoch.

»Rufen Sie einen Doktor!«, sagte ich. »Rufen Sie einen Doktor – schnell!«

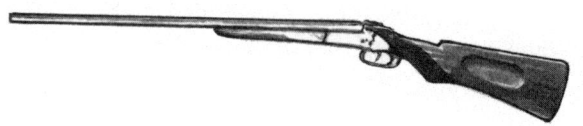

16 Jack schlief, als der Doktor sein Auge entfernte. Ruffe und ich leisteten einander unterdessen im Wintergarten Gesellschaft. Vater war auf dem Sofa eingenickt. Im ganzen Haus roch es nach Äther.

Frau Lilja hatte darauf gedrungen, dem Doktor bei dem Eingriff zu assistieren. Als Lonna – die kurz nach dem Unglück zurückgekommen war – das hörte, hatte sie darauf bestanden, ebenfalls dabei sein zu dürfen. Ich hatte sie gefragt, ob sie das wirklich für eine gute Idee hielt; Lonna bekam ja schon beim Anblick von gekochten Innereien weiche Knie. Aber sie hatte mit dem Kopf in Richtung der gnädigen Frau genickt und geantwortet:

»Ich muss dabei sein, weil ich der da nich trau. Wenn die ne

Schöre in die Hand nümmt, kommt am Önde nur Verwüstung raus. Un jetz überleg mal, was die müm Skalpell anrüchten kann.«

Ein leiser Regen pickte gegen die Fenster des Wintergartens. Mitternacht war schon vor Stunden verstrichen und Ruffe naschte Geleefrüchte gegen die Müdigkeit. Plötzlich stand Lonna in der Tür.

»Wir sin jetz förtig«, sagte sie.

Die smaragdgrüne Jacke, die sie nach ihrem Auftritt als Jenny Jerner behalten hatte, war voller Blutflecke. Sie zog sie aus, ehe sie sich auf einen der Rattansessel setzte.

»Wie geht es ihm?«, fragte Ruffe.

»Er schläft. Fümf Stüche warns«, sagte sie und rieb sich die Augen.

Wir schwiegen eine Weile. Wir waren völlig erschlagen. Lilja hatte Karl Pira mit wohlgewählten Worten über Anstand nach Hause geschickt. Es gab keine Möglichkeit, den Bezirkswachtmeister für das, was geschehen war, zur Verantwortung zu ziehen. Der umgekippte Blumentopf war ein Unfall – und immerhin hatte Jack die Prügelei ja angefangen.

»Ach, zum Teufel«, seufzte ich schließlich. »Wo er doch gerade neuen Mut geschöpft hatte und alles. Nach Norrland reisen und dort Reden halten wollte. Was soll denn nun daraus werden? Was hat er für eine Zukunft?«

Ruffe zuckte grimmig die Schultern. Draußen in der Halle nahm der Doktor seine Tasche, Hut und Mantel und machte sich auf den Heimweg. Das Ehepaar Lilja ging zu Bett. Lonna angelte sich ein paar Süßigkeiten und warf sie sich ins Maul. Bevor sie fertig gekaut hatte, sagte sie:

»Ja, 'ne Norrlandreise würd er jenfalls nich machen könn.' Auf ihn wartet wohl öher das Armnhaus. Was bleibtn sonst?«

Ich biss die Zähne zusammen, um nicht loszuheulen. Der lustige, kluge, vortreffliche Jack Jerner, der in einem Schaukelstuhl im Armenhaus saß. Herumschwafelnd mit Tölpeln und verwirrten Greisen. Es war alles so tragisch.

Lonna aß noch ein paar Süßigkeiten, wischte sich den Zucker von den Pfoten und stand auf, um das Zimmer zu verlassen. Ruffes Blick wurde plötzlich ängstlich.

»Hrm, und du, Lonna?«

»Was ich?«, fragte sie.

»W-wohin gehst du?«

»Ich leg müch ein paar Stundn ins Göstezümmer schlafn. Die gnä Frau hat nämich gesagt, das wär örlaubt.« Sie ging zur Tür.

»Das habe ich nicht gemeint«, sagte Ruffe und stand ebenfalls auf. »Ich meinte ... in Zukunft. Was ... was hast du vor?«

Sie blieb auf der Schwelle stehen. Mit einem Mal war ihre ganze Widerborstigkeit verschwunden. All das Abweisende und die aufgesetzte Gleichgültigkeit waren verflogen. Stattdessen sah sie sehr klein aus.

»Ich fahr wüder zurück zu Frau Nülson«, sagte sie, ohne sich umzudrehen. »Ich hab mir gedacht, ich nöhm den Zug morgn um eins.«

Ruffe nickte nervös.

»Gut! Schön! Willst du lieber allein fahren oder, oder ...« – er schluckte – »hättest du gern Gesellschaft?«

Stille erfüllte das Zimmer. Die Wände wölbten sich fast unter dem Druck. Das Kondenswasser an den Fenstern war zu Tränen geworden, Vater kratzte sich im Traum das Kinn – und Ruffe hielt seinen Blick unverwandt auf die Hündin in der Tür gerichtet, als hinge sein Leben von ihren nächsten Worten ab.

»Ich bestümme nich, wör in der Vülla Solsäter Unnerschlupf sucht«, sagte sie. »Das Haus steht jödem offn, der kommn wüll.«

Dann verschwand sie.

»So hatte ich das nicht gemeint!«, rief Ruffe ihr hinterher. »Ich wollte wissen, ob du willst, dass ...! Oh, das ist doch alles sinnlos.«

Er ließ sich in einen Sessel sinken, wischte sich die Schnauze ab und sah aus dem Fenster. Es dämmerte. Im grauen Morgenlicht konnte man den Garten des Liljashofs erahnen. Eine ganze Weile saß Ruffe so da und starrte hinaus und er sah so traurig und ab-gekämpft aus, dass es mir das Herz zerriss. »Sie hat mich nie ge-sehen, Martin«, sagte er. »Ich war immer nur ein Freund. Manch-mal kam ich mir sogar vor, als wäre ich ihr lästiger kleiner Bruder.« Er stieß ein bitteres Lachen aus. »Ich denke, ich werde morgen nach Hause fahren. Bertil und Iris haben mir angeboten, mich auf eine Reise mitzunehmen. Italien, haben sie gesagt.«

»Ach ja?«

»Mm. Viel Geschichtliches. Sie mögen so was. Könnte vielleicht ganz spannend werden«, sagte er und versuchte, seine zitternde Unterlippe ruhig zu halten. Er streckte eine Pfote aus und strich über die Jacke, die Lonna über den Teewagen gehängt hatte. Er bemerkte, dass etwas in der Tasche steckte, und zog es ohne Hemmungen heraus. Es war das Zigarrenkästchen, das er ihr an jenem Abend im Gasthof geschenkt hatte. Er lächelte – und wir sahen uns mit einem Blick an, der so viel hieß, wie: Denk doch, was wir seitdem alles erlebt haben. Denk doch, was für ein Abenteuer. Das wird uns immer miteinander verbinden.

Ruffe drehte die kleine Kiste ein paarmal in den Pfoten.

»Ich dachte, sie hätte sie weggeworfen«, murmelte er. Dann runzelte er die Stirn, hielt die Kiste ans Ohr und schüttelte sie.

»Da ist etwas drin«, sagte er.

Ich beugte mich vor, während er den Holzdeckel aufklappte.

»Was ist das?«, sagte er und blickte ratlos auf den Inhalt. Und als er lange und gründlich in das Kästchen gestarrt hatte und immer noch aussah, wie die Kuh, wenn's donnert, sagte ich:

»Fell.«

»Fell?«

»So sieht es jedenfalls aus.«

»Ja, aber ... was denn für Fell?«

»Ich nehme an, dass es ein Büschel von dem Fell ist, das Frau Lilja dir vom Kopf geschnitten hat. Und das Maja nach draußen auf den Misthaufen gebracht hat.«

»M-mein Fell?« Er fuhr sich mit der Pfote über den Kopf, als müsste er sich vergewissern, dass tatsächlich er und kein anderer Hund am frühen Abend wie eine Kartoffel geschält worden war.

»Weißt du, was ich – glaube ich – gerade gelernt habe, Ruffe?«,

fragte ich. »Verschiedene Personen haben verschiedene Arten ...
na ja, wie soll ich das sagen, ... ihre Liebe zu zeigen. Manche können es gar nicht. Und aus Lonna – aus Lonna wird wohl nie eine
Romantikerin.«

Ruffe schien meine Worte auf sich wirken zu lassen. Wieder fiel
sein Blick auf das Zigarrenkästchen und das Haarbüschel, das darin
lag.

»Vielleicht denkt sie sogar«, fuhr ich fort, »dass ihr beide euch
schon lange füreinander entschieden habt. Und da wäre es nicht
verwunderlich, wenn du sie vorhin mit dieser Fellknäuelgesellerei
verletzt hättest.«

»Erinner mich nicht daran«, sagte Ruffe, dem schon bei dem
Gedanken ganz flau wurde. Er seufzte. »Aber ... was mache ich
denn jetzt?«

»Geh ins Gästezimmer und bring ihr die Jacke. Und dann bittest
du sie um Verzeihung, weil du dich wie ein Trottel benommen hast.
Morgen fahrt ihr zusammen nach Solsäter. Und dann ... ja, dann
musst du dich eben einfach damit abfinden, dass sie schroff ist. Sie
wird sicher nie damit anfangen, dir das Fell zu kraulen, Ruffe.«

Er nickte. Ganz vorsichtig glomm ein Funken Hoffnung in seinen eben noch so traurigen Augen. »Schön. Gut. Guter Plan«,
sagte er. Er stand auf und wuselte zur Tür.

»Und, Ruffe!«

Er drehte sich um.

»Sag ihr nicht, dass du weißt, was in diesem Kästchen ist«, sagte
ich.

Er lächelte.

»Ah, nee, richtig. Das sag ich ihr nicht. Danke, Martin.«

Er verschwand, um das Gästezimmer ausfindig zu machen, und die Kalbslederweste wehte wie ein sehr kleiner, aber beschwingter Umhang hinter ihm her.

Und dann waren nur noch Vater und ich im Raum. Vater hatte sich auf die Seite gerollt und eine Hand unter die Wange geschoben. Die Haare, die ihm in die Stirn gefallen waren, sahen aus wie Flachs. Vater ist ein schöner Mann, dachte ich. Vielleicht ein wenig übergewichtig. Die rosa blühende Pflanze, die über ihm hing, erinnerte mich an eine Mutter, die am Bett ihres Kindes wacht. Vielleicht träumte er gerade davon? Vielleicht befand er sich zu Hause in seinem Kinderzimmer, in seinem Bett – und meine Großmutter saß in einem leuchtend rosa Morgenrock an seiner Seite. Vielleicht strich sie ihm übers Haar und sagte: »Heute Nacht gehöre ich nur dir. Heute verschwinde ich nicht in den Lärm und das Treiben des Nachtlebens. Der Nerzmantel muss heute am Haken hängen bleiben. Ich bin hier.«

Ich stand auf, kniete mich neben das Sofa und schüttelte ihn vorsichtig.

»Vater«, sagte ich, »wie geht es denn jetzt weiter?«

Er wurde halb wach und lächelte, aber er hatte keine Antwort. Die Augen fielen ihm gleich wieder zu.

»Vater«, sagte ich und schüttelte ihn noch einmal. »Was wird denn nun? Wohin sollen wir gehen?«

»Das findet sich schon«, murmelte er. »Mach dir keine Sorgen.«
Ich setzte mich wieder auf meinen Sessel. Mir keine Sorgen zu
machen war unmöglich. Zusammen mit Vater glich die Zukunft
einem Dolch, der auf der Spitze balancierte. Vermutlich kehren wir
in die große Stadt zurück, überlegte ich mir. Und Vater besorgt uns
irgendwo ein möbliertes Zimmer. Dann schreibt er den lieben langen Tag Artikel. Und zwischendurch ein paar Kolumnen. Bei den
Zeitungen schätzen sie Vaters Texte sehr.

Aber Vater hat nie genug Geld. Seit ich bei ihm aufgetaucht bin,
muss er außerdem zwei Mäuler satt bekommen. Also wie soll ich
mir keine Sorgen machen, dachte ich und sah hinaus in den strö-
menden Regen. Der Schnee war nassblau und schwer geworden,
fiel in dicken Fladen aus der großen Linde des Liljashofs herunter.
Im Frühling sah der Baum bestimmt schön aus. Wenn hier irgendwann einmal Kindern wohnen sollten, dann würden sie in dieser
Linde spielen. Und vielleicht würden sie sich einen kleinen Hund
erbetteln, der in seinem Matrosenanzug im Garten herumtoben
und ein klein wenig struppig sein durfte.

»Du erinnerst mich an deine Mutter.«
Ich wurde aus meinen Gedanken gerissen und sah Vater an. Er
war jetzt richtig wach.
»Tu ich das?«
»Ja.«
»Auf welche Art?«
»Auf viele Arten. Die Haare. Und sie war auch ein wenig hitz-
köpfig.«

Ich schwieg eine Weile und versuchte zu verdauen, dass meine Mutter dunkelhaarig und hitzköpfig gewesen war – und ich wusste, dass eins damit ganz klar war: Das Dunkle war angeboren und würde niemals einer strahlenden Helligkeit weichen.

Vater richtete sich auf und hielt sich den Kopf.

»Bist du so lieb und gibst mir einen Schluck Wasser?«

Ich streckte mich nach der Karaffe auf dem Teewagen aus, aber sie war leer.

»Ich kümmere mich darum«, sagte ich. »Warte hier.«

»Du bist so lieb«, sagte Vater und lächelte.

Ich trug die schwere Glaskaraffe durch sämtliche Räume des Hauses, bis ich die Küche gefunden hatte. Alles war dunkel. Maja musste nach der ganzen Aufregung letzte Nacht heute wohl ausschlafen. Es gab keine Wasserleitung. Ich ging ans Fenster und legte die Stirn an die Scheibe. Im Innenhof, der von mehreren Wirtschaftsgebäuden umgeben war, stand eine Pumpe. Majas Holzschuhe standen neben der Küchentür. Ich schlüpfte hinein, schnappte mir einen Eimer und schlurfte hinaus in den grauen Morgen.

Der Schwengel der Pumpe ging leicht, ohne Widerstand. Ich hörte eine Katze jammern. Das Maunzen klang herzzerreißend, vielleicht hatte sie Schmerzen oder steckte irgendwo fest. Als ich genug Wasser gepumpt hatte, richtete ich mich auf und sah mich um. Es klang, als ob die Katze irgendwo hinter dem Stall war. Ich ließ den Eimer stehen und ging nachsehen – doch als ich um die Ecke bog, stand ich plötzlich vor einem Automobil mit Verdeck.

Ein paar Sekunden lang begriff ich gar nichts. Dann nahm ganz langsam ein Gedanke in meinem Kopf Gestalt an: Dieses Automobil sah genauso aus wie das, das Ruffe in Lubbeboda gestohlen hatte, um damit nach Nyckelby zu fahren. Und eine Katze schrie jetzt auch nicht mehr.

»Grüß dich, Martin.«

Ich drehte mich hastig um. Es war Basse. Er war lautlos hinter meinem Rücken aufgetaucht. Sein Fell war nass und strähnig, er wirkte ausgezehrt. Der dicke Pelzmantel sah völlig verlottert aus. Nun erschien auch Freden in ihren weiten Röcken. Die beiden hatten sich hinter einer der Stalltüren versteckt.

»G-grüß euch«, sagte ich und wünschte, ich hätte besser verbergen können, wie verängstigt ich war. »W-was zur Hölle macht ihr denn hier?«

»Na, das schöne Wetter genießen wir jedenfalls nicht«, antwortete Basse. Er lächelte, aber es war natürlich kein freundliches Lächeln. Beim Anblick seines kalten Grinsens und der gelben, schiefen Zähne drehte sich mir der Magen um. »Freden kann wirklich gut Katzen nachmachen«, sagte er. »Ihre rollige März-Katze war uns über die Jahre schon oft eine große Hilfe. Erst letzte Woche konnten wir drei Miezen erlegen, die freudig dachten, die Balz hätte begonnen.«

»Es ist aber doch noch lange nicht März«, murmelte ich.

»Nee«, antwortete Basse. »Aber ein paar Dumme fallen trotzdem immer drauf rein.«

Stille. Er musterte mich von Kopf bis Fuß.

»Stell dir das mal vor, Martin, da stehen wir nun. Und ich dachte, wir würden uns nie wiedersehen.«

»Hrm, falls ihr euch fragt, warum ich abgehauen bin …«

»Wir wissen, warum du abgehauen bist«, fiel Basse mir ins Wort. »Du hast ja nie damit hinterm Berg gehalten, dass du dich in unserer Gesellschaft nicht wohlgefühlt hast.«

»Ach, na ja, nicht wohlgefühlt«, sagte ich schnell. »Es war eher so, dass ich … nun, dass ich unbedingt meinen Vater finden wollte.«

»Und das hast du ja nun geschafft. Welch ein Glück.«

»Mhm«, sagte ich. »Und wo wir gerade von ihm sprechen – er wollte gern ein Glas Wasser. Ich muss gehen.«

Basse streckte seinen Arm aus und hielt mich auf.

»Dein Vater muss warten«, sagte er ruhig. »Wir haben nämlich noch eine Kleinigkeit zu klären, bevor du wieder aus meinem Leben verschwindest, weißt du.«

Freden machte einen Schritt nach vorn, um ihm dabei zu helfen, mir den Weg zu versperren. Ich schluckte. Im Stillen verfluchte ich mich dafür, dass ich auf ihr klägliches Maunzen hereingefallen war, statt einfach mit dem Wasser zurück ins Haus zu gehen. Es war wohl so, wie Basse sagte: Man musste nur dumm genug sein. Er presste die Zunge an die Schneidezähne und machte wieder dieses unangenehme Quietschgeräusch, das ich so viele Male zuvor gehört hatte.

»Willst du wissen, wie wir dich gefunden haben?«, fragte er.

Ich zuckte mit den Schultern, vermied es, ihm in die Augen zu schauen. Ich hatte nicht nur Angst, ich hatte schreckliche Angst. Mein Herz pochte wie wild.

»Jaa«, setzte Basse an, der offenbar beschlossen hatte, mir dennoch alles zu erzählen, »die Wege des Herrn sind ja bekanntlich unergründlich. Der Morgen, an dem wir feststellen mussten, dass du entlaufen warst, hehe ... ich muss gestehen, das war einer der abscheulichsten Morgen in meinem bisherigen Leben. Und das will wirklich etwas heißen. Aber wie dem auch sei: Nachdem wir unsere klugen Köpfe angestrengt hatten, konnten wir uns leicht ausrechnen, dass du uns am Vorabend belauscht haben musstest, als wir über deinen Vater gesprochen hatten. Uns war klar, dass du losgezogen warst, um ihn zu suchen. Es wäre ein Leichtes gewesen, dich einzuholen, wenn meine Erinnerung mich nur nicht in diesem einen entscheidenden Punkt im Stich gelassen hätte.«

»W-welchem entscheidenden Punkt?«, fragte ich.

Basse lächelte wieder.

»Ich wusste zwar noch, wie dein Vater hieß«, sagte er, »aber nicht mehr, wie die jämmerliche Zeitung hieß, in der ich seinen Namen gesehen hatte.«

Er zündete sich mit Mühe eine aufgeweichte Zigarette an, ehe er mit seiner Geschichte fortfuhr, die also davon handelte, wie er und Freden anderthalb Monate darauf verwendet hatten, Zeitungskioske auszurauben, nur um herauszufinden, für welches Blättchen Olov Lindroth seine Artikel schrieb. Als sie endlich einen Treffer gelandet hatten, machten sie sich mit ihren Taschen und ihren Waffen auf den Weg in die große Stadt. Eine freundliche Dame, die am Empfang der Zeitung saß, gab ihnen die Anschrift des Schreiberlings – aber als sie zum Haus in der Änggatan kamen, da war der

Vogel ausgeflogen. Offensichtlich hatte er sich eines frühen Morgens davongeschlichen, ohne auch nur eine müde Krone Miete zu bezahlen, und den Jungen, der bei ihm gewohnt hatte, den hatte er mitgenommen. So jedenfalls erzählte es der Vermieter.

Basse und Freden waren bereit aufzugeben. Sie hatten keine Ahnung, wohin es Vater und mich verschlagen haben könnte – und mit jedem neuen Morgen hatte sich nur noch dickerer Raureif an ihren Schnurrhaaren gebildet.

Aber was machen zwei Hunde, ohne Geld und ohne Dach über dem Kopf, wenn der Winter vor der Tür steht? Nun, sie machen sich natürlich auf den Weg zu Frau Nilson. Und als Basse und Freden in der Villa Solsäter ankamen und sich nach einem Zimmer umsahen, fanden sie eine Dachkammer, die kürzlich frei geworden war. Dieser Hampelmann mit der Kalbslederweste, der dort gewohnt hatte, war erst vor ein paar Wochen mit der Hündin, die ständig bei Frau Nilson herumlungerte, abgereist. Das hatte jedenfalls der Streuner aus dem Zimmer nebenan erzählt. Und als Basse wissen wollte, *wohin* die beiden gereist waren, hatte er gesagt, das wisse er nicht. Aber es ginge das Gerücht herum, die beiden hätten einen Brief bekommen, bevor sie die Villa verlassen hatten. Und als Basse in Frau Nilsons Zimmer hinunterging und nach diesem Brief suchte, da fand er ihn. Tadaa! Und schon hatte Basse gespürt, wie die Kraft in seinen geschundenen Körper zurückkehrte.

»Drei Tage später«, sagte er und schnippte den Zigarettenstummel in den Schnee, »hatten wir dich in dem Dorf bei Nyckelby aufgespürt.« Er durchbohrte mich mit seinem Blick wie mit einem

Messer. »Hast du gemerkt, Martin, wie ich dir an jenem Abend vor dem Gasthof in den Nacken geatmet habe? Hast du gemerkt, wie ich im Dunkeln meinen Arm nach dir ausgestreckt und deinen Hals gestreift habe? Damals bist du mir entkommen. Aber ich wusste, wenn ich dich nur im Auge behielt, dann würde sich früher oder später eine neue Gelegenheit bieten, um zu klären, was noch zu klären ist.« Er griff mit der Pfote durch das offene Seitenfenster des Automobils und zog sein Gewehr heraus. Freden angelte sich ihre alte Büchse.

»Mein Geld«, sagte Basse. »Wo ist es?«

»I-ich hab es nicht mehr«, sagte ich mit wackeligen Knien. »Ich habe alles einem Landstreicher gegeben.«

»Wenn man im Treibsand steckt, sollte man nicht herumzappeln, Martin«, sagte Basse. »Sag mir die Wahrheit!«

»D-das ist die Wahrheit«, sagte ich. »Auf Ehre und Gewissen! Ich hab es ihm gleich am ersten Tag gegeben. E-er war so arm.«

Basse sah mich lange an. Als er zu dem Schluss kam, dass ich ihn wirklich nicht anlog, biss er die Zähne zusammen. Seine Augen wurden glasig und er fing an zu zittern. Ob vor Wut oder weil er tatsächlich traurig war, konnte ich nicht sagen. Vielleicht war es beides.

»Und nun bin ich stattdessen arm«, sagte er. »Wie nennst du das?«

»Ich weiß es nicht«, murmelte ich.

»Du weißt es nicht. Weißt du, wie ich das nenne? Ungerecht. Das Leben ist ungerecht, Martin. Aber davon verstehst du nichts, denn du bist nur ein verwöhnter kleiner Junge. Ich dagegen, ich verstehe sehr viel davon. Ich habe es auf dem harten Weg gelernt. Auf dem verdammten Drecksköterweg. Wenn man diesen Weg erst mal eine Weile gegangen ist, dann begreift man, dass es niemanden auf der Welt juckt, was aus einem wird. Man begreift, dass man die Sache selbst in die Pfote nehmen muss, wenn man in diesem Leben irgendetwas erreichen will. Dass man nach einer Möglichkeit suchen muss. Und das habe ich getan, aber du hast alles kaputt gemacht. Das ist ungerecht.« Er hob das Gewehr und zielte auf meine Brust. »Aber ich habe diese Ungerechtigkeit satt«, sagte er. Tränen liefen ihm die Wangen hinunter. »Ich habe es so satt, vom Leben zerrissen zu werden. Und deshalb drehe ich jetzt den Spieß um. Jetzt tue ich dir weh. Und weißt du, was ich glaube? Ich glaube, danach werde ich mich besser fühlen.«

Freden, die mittlerweile ziemlich nervös aussah, knuffte ihn in die Seite.

»Was machst du denn da?«, zischte sie.

»Ich mache genau das, was ich will«, sagte Basse, spannte den Hahn und kniff ein Auge zu.

»Basse, verdammt«, sagte Freden. »Nimm das Gewehr runter. Er hat das Geld nicht mehr, also wo ist der Witz?«

»Das hab ich doch gerade gesagt!«, knurrte Basse. »Der Witz ist, dass ich mich hinterher besser fühlen werde!«

»Ja, aber ... ihn einfach so umzulegen! Das war so nicht abgesprochen! Hörst du? Jetzt komm, lass uns abhauen, bevor du uns unglücklich machst!«

»Ich bin schon unglücklich!«, fauchte Basse. »Hast du mir überhaupt zugehört? ICH BIN UNGLÜCKLICH! Ich war mein ganzes Leben lang unglücklich, und als ich endlich ein bisschen weniger unglücklich war, hat der da mein Geld genommen und es einem Landstreicher gegeben! Dafür soll er sterben!« Wieder kniff er ein Auge zu.

In diesen Sekunden drehte sich alles in meinem Kopf. Meine Gedanken waren wie ein Hurrikan. Dann war es, als würde der Hurrikan abheben, als würde er mich in die Luft saugen, sodass ich wie ein Geist über dem Liljashof schwebte. Als ich nach unten blickte, sah ich mich selbst im Schneematsch stehen, traurig und dumm. Ich tat mir selbst leid und ich bereute so viel. Am allermeisten bereute ich natürlich, dass ich Basses Geld genommen und es dem Landstreicher gegeben hatte. Aber ich bereute auch, dass ich so zornig gewesen war. Ich bereute, dass ich Vater so angeschrien hatte, dass er sich hinsetzen und sich ans Herz fassen musste. Ich bereute, dass ich meinen Vormund so getreten und geschlagen hatte, dass seine Arme und Beine mit blauen Flecken übersät gewesen waren. Ich bereute, dass ich so verschlossen und widerborstig gewesen war, wünschte, ich wäre viel öfter mit offenem Blick durch die Welt gegangen. Dieses Dunkle. Ich wünschte, ich hätte den Hals gereckt und *darüber* geschaut.

Aber nun ist es zu spät für solche Wünsche, dachte ich und Tränen kullerten mir nass und salzig über die Wangen.

Da sah ich plötzlich durch den nassen, salzigen Schleier einen Menschen durch den Garten gehen. Er kam aus Richtung des

Haupthauses und stellte sich an die Giebelwand des Seitenflügels, um zu pinkeln. Musste sich mit der linken Hand an der Mauer abstützen, um nicht das Gleichgewicht zu verlieren.

»Vater!«, schrie ich verzweifelt durch die Tränen. »Vater, Hilfe!« Vater hob den Kopf. Er runzelte die Stirn, begriff nicht, was er da sah. Als er fertig gepinkelt und seine Hose zugeknöpft hatte, kam er herangestolpert. Er hatte große Füße, Schuhgröße vierundvierzig. Die Spuren, die er im Schnee hinterließ, wurden zu Seen.

»Martin?«, fragte er.

»Vater!«, schluchzte ich. »Es tut mir so leid, Vater. Es tut mir leid, dass ich so ein Durcheinander angerichtet habe!«

Vater sah immer noch völlig verdutzt aus. Sein Blick flackerte zwischen den beiden Katzenjägern und mir hin und her.

»Was hat das alles hier zu bedeuten?«, fragte er. »Legen Sie sofort die Waffen nieder.«

Freden warf ohne viel Federlesens ihre Büchse in den Schnee und wich einen oder zwei Schritte zurück. Aber Basse rührte sich nicht. Die Tränen in seinem Gesicht waren inzwischen fast wieder getrocknet. Als er redete, war seine Stimme ganz leise, als wäre er noch halb im Traum.

»Jeder dahergelaufene Teufel bekommt, was er will. Nur ich nicht.«

Dann kniff er ein letztes Mal sein Auge zusammen und schoss. Aber ehe sich der Schuss löste, hatte Vater sich schon nach vorn geworfen, um dazwischenzugehen. Die Kugel, die für mich bestimmt war, traf ihn in die Brust, irgendwo dort, wo das Herz saß.

Für ein paar kurze Sekunden färbte eine blutige Wolke die Luft rot. Dann sackte Vater auf dem Boden zusammen.

Erst jetzt kam Basse zu sich, als hätte er in diesem Moment wirklich begriffen, was er getan hatte. Voller Entsetzen starrte er Vater an, während Freden ihn am Arm zerrte.

»Verdammt, Basse! Wir sind erledigt. Ist dir das klar? Das war's!«

Basse stieß sie weg. Noch einmal sah er Vater an – und dann mich. Dann schleuderte er das Gewehr weg, stürzte zum Automobil, warf sich auf den Fahrersitz und drehte den Zündschlüssel.

»Geh kurbeln!«, schrie er Freden zu, die mit einem Satz beim Kühlergrill war und anfing zu kurbeln.

Kaum war der Motor hustend angesprungen, knatterte Basse schon im Rückwärtsgang davon und Freden rannte ihm mit wehenden Röcken hinterher.

»Warte auf mich!«, schrie sie. »Hast du den Verstand verloren, du Ungeheuer? Warte, hab ich gesagt!!«

Als Basse den Stall umrundet hatte, wendete er das Automobil und raste mit dreißig Stundenkilometern davon. Heulend und mit den Armen rudernd lief Freden hinter ihm her die rutschige Straße entlang. Kurz darauf waren sie nicht mehr zu sehen.

Etwa zur gleichen Zeit kamen die Eheleute Lilja in ihren Morgenröcken aus dem Haus gestürmt – dicht gefolgt von Maja, Lonna und Ruffe. Nur Jack schlief wohl immer noch, betäubt vom Äther.

»Was ist geschehen?«, rief Herr Lilja.

»Er hat auf Vater geschossen!«, antwortete ich. »Er hat ihm in die Brust geschossen!«

Da schlug sich Frau Lilja mit einem Schrei die Hände vor den Mund und Herr Lilja taumelte rückwärts und wäre mit seinen Hausschuhen beinahe ausgerutscht.

»Großer Gott«, keuchte er. »Bringt ihn ins Haus! Bringt ihn ins Haus, jetzt sofort! Ich hole den Doktor!« Und die Troddeln seines Morgenrocks peitschten ihm um die Hüfte, als er in den Stall rannte, um die Pferde anzuspannen.

Ich kniete mich neben Vater in den blutigen Schnee. Er sah nicht aus, als würde er leiden. Er glich eher jemandem, der seinen Körper in einer Sommerwiese ausgestreckt hatte, um die Wolken am Himmel vorüberziehen zu sehen. Seine Augen waren groß, blau und kindlich. Ich streichelte ihm über die Wange. Da drehte er den Kopf und sah mich an.

»Ich friere, Martin«, sagte er.

»Ich weiß«, sagte ich. »Es wird gleich besser, wenn wir dich ins Haus gebracht haben.«

»Ja«, sagte Vater. Dann schloss er die Augen. Und während Herr Lilja klappernd davonfuhr, um zum zweiten Mal den Doktor zu holen, hoben wir anderen meinen Vater hoch und trugen ihn durch den Schnee, wie einen König, der sich für sein Land und für sein Volk geopfert hatte. Der Regen hatte aufgehört. Die Wolken über Kvarsebo färbten sich gelb und rot.

17 Wenn mich jemand fragen würde, wovon diese Geschichte handelt, die ich nun wirklich gleich zu Ende erzählt haben werde, dann würde ich antworten, dass sie vom kleinen Leben und der großen Liebe handelt. Denn wenn man so darüber nachdenkt, dann wird das Leben ja immer etwas recht Kleines bleiben, etwas, das gerade so in zwei Hände passt und das man auf dem Weg sehr behutsam tragen muss. Man muss das kleine Leben beschützen. Darf nicht die Richtung verlieren. Man muss das tun, woran man glaubt – und nicht das, was man glaubt, tun zu müssen. Wenn man sich zu sehr nach den Erwartungen der anderen richtet, dann wird das kleine Leben unzufrieden. Dann kann es einem leicht entwischen und sich irgendwo verkriechen, das kleine Leben.

Mit der Liebe ist es anders. Hast du sie einmal in dein Haus gelassen, ist es gelaufen. Ehe du dich versiehst, hat sie alles in Besitz genommen. Die Liebe ist groß und stark und schön. *Meine* Liebe war obendrein ein klein wenig übergewichtig – und das war ein Glück, denn sonst hätte sie diese Kugel vielleicht nicht auffangen können. Vater – er war im Grunde genommen eine verlorene Seele. Aber als ich erkannte, dass er, ohne mit der Wimper zu zucken, für mich sterben würde, da erfüllte mich eine große Ruhe. Mehr brauchte ich nicht. Ich war zu Hause, ich wurde geliebt.

Aber wie ging es mit alldem und uns allen nach den dramatischen Ereignissen in Kvarsebo weiter? Nun, Freden wurde südlich von Järna geschnappt. Nach dem Gerichtsverfahren saß sie zwei Jahre im Spinnhaus. Natürlich konnte man sie nicht dafür bestrafen, dass sie dabei war, als Vater niedergeschossen wurde, aber offenbar hatte sie noch das ein oder andere mehr auf dem Kerbholz. Dem Staatsanwalt gelang es darüber hinaus, sie wegen Wilderei verurteilen zu lassen. Zur Beweisführung wurde eine Hose aus Katzenfell herangezogen, die sie selbst genäht hatte und unter ihren Röcken trug.

Basse hielt sich monatelang versteckt. Mit meiner Hilfe ließ der Bezirksvorsteher ein Bild von ihm zeichnen, mit dem dann in den Zeitungen nach ihm gesucht wurde. Ich nehme an, dass Basses letzte Monate auf diese Weise sehr angsterfüllt waren. Er fürchtete nun mal nichts so sehr, wie sein Gesicht in einem Steckbrief wiederzufinden. Aber wie dem auch sei, irgendwann rund um Neujahr machte er sich auf den Weg an die Küste, vermutlich, um auf einem der Schmugglerschiffe, die vor Tofsö lagen, das Land zu verlassen. Nun hatte sich allerdings noch jemand in die Gegend um Tofsö zurückgezogen, jemand, der noch unberechenbarer als Basse war. Niemand wird je erfahren, was wirklich geschehen ist. Aber ich stelle mir vor, dass es ungefähr so gewesen sein muss: Es ist Nacht. Basse hat die Bucht erreicht, in der er sich mit dem Schmugglerkapitän verabredet hat. Noch ist kein Kutter auf dem unruhigen Meer zu sehen. Weit entfernt tutet ein Nebelhorn. Basse friert. Er sieht sich nach einem Bootshaus um, das ihm ein wenig Schutz vor dem Wind bietet. Da taucht eine zottige, graue Gestalt mit grünen Augen aus der Dunkelheit auf. Diese Gestalt ist lang und schmal. Sieht fast so aus, als hätte man sie in die Länge gezogen, wie ein Schatten, wenn es Abend wird. Außerdem hinkt sie, denn schon seit Mai läuft sie mit einer Kugel aus Karl Piras Revolver in der Schulter herum.

Ganz genau. Der Sörmlandwolf – der Wolf, der angeschossen aus dem Graben gekrochen war und dann monatelang durch die Wälder rund um die Berga-Heide irrte – ist schließlich in den Schären angekommen. Raubtierexperten glauben, dass er auf das Eis warten wollte, um über das zugefrorene Meer hinüber in das große, wolffreundliche Land im Osten zu wandern. Mit der Kugel in der Schulter ist es ihm wahrscheinlich schon lange nicht mehr gelungen, eine größere Beute zu reißen – und wahrscheinlich ist er deshalb auch sehr, sehr hungrig, als er auf Basse stößt. Wie gesagt, niemand weiß genau, was geschehen ist. Aber am 6. Januar wurde der Sörmlandwolf auf Tofsö gefunden, mausetot. Bei der Obduktion stellte man fest, dass er erstickt war. Im Hals des armen Tieres steckte Basses Herz, das so hart und schwer verdaulich wie ein Kieselstein war. Und von Basse selbst waren nur noch die Stiefel und seine Birkenrindentasche übrig.

Es war eine ziemlich peinliche Angelegenheit für Karl Pira, der nicht nur dachte, er hätte den Sörmlandwolf erlegt, sondern der sich mit dieser Großtat auch beim Bezirksvorsteher gebrüstet hatte. Der Bezirksvorsteher seinerseits hatte im ganzen Landstrich damit geprahlt, was in Folge sogar dazu führte, dass die Bauernvereinigung Pira zu ihrem jährlichen Fest einlud, ihn mit Kuchen vollstopfte und ihm eine Urkunde überreichte. Diese Urkunde musste er nun unverzüglich wieder zurückgeben. Und wenig später, als die Kommunalversammlung tagte, nahm man ihm auch noch seine Wachtmeistermütze ab. Es verhielt sich nämlich so, dass in der Kommunalversammlung dieselben Männer abstimmen durften, die auch Mitglieder der Bauernvereinigung waren.

Was Lonna und Ruffe betrifft, so begaben sie sich zurück in die Villa Solsäter, wo sie für den Rest ihres Lebens wohnten. Lonna entwickelte mit der Zeit ein sozialpolitisches Engagement. Sie fing an, Vorträge über ihre Zeit bei Moor-Hanna zu halten, und äußerte scharfe Kritik an der damaligen Armenfürsorge. Man sagt, dass ihre Reden maßgeblich für das neue Fürsorgegesetz waren, das 1918 verabschiedet wurde. Lonna war außerdem an der Gründung des Vereins gegen das Ausgraben von Sauviechern beteiligt, einem

Zusammenschluss, der bis heute überall auf der Welt Mitglieder hat, und sie wurde rekordverdächtige neunzehn Jahre alt. Da hatte Ruffe, der ihr bei allem, was sie in Angriff nahm, eine treue Stütze war, schon lange das Zeitliche gesegnet. Ich habe Ruffes Beerdigung als eine der prächtigsten Feierlichkeiten in Erinnerung, die ich je erlebt habe. Hundertzwanzig Welpen sangen mehrstimmig im Chor und auf dem Sarg lagen sieben Bund weiße Nelken. Mit weniger hätte Lonna sich niemals zufriedengegeben. Ich glaube, der Tierarzt und seine Frau haben bei der Bezahlung geholfen.

Und dann Jack. Jack Jerner, dem ein Blumentopf auf den Kopf gefallen war und sein letztes Fenster geschlossen hatte, der seither für den Rest seiner Tage in Finsternis wandern musste. Es ist schwer, sich ein traurigeres Schicksal als seins vorzustellen, finde ich. Aber Jack war ja bekanntlich ein großmütiger Hund, der nicht wollte, dass man seinetwegen Trübsal blies. Ich erinnere mich noch genau an die ersten Worte, die er nach der Operation zu mir sagte. Ich erinnere mich, wie er bei Lilja in einem Bett saß, einen blutigen Verband um den Kopf gewickelt, und ich erinnere mich an sein Lächeln, als er erkannte, dass ich ins Zimmer gekommen war.

»Hör mal, Martin, soll ich dir was verraten?«, sagte er. »Ich werde jetzt nie wieder weinen.«

Und tatsächlich steckte in Jack viel mehr Beharrlichkeit, als Lonna vorhergesagt hatte. In einem Armenhaus herumzusitzen, das kam für ihn nicht infrage. Während seiner Zeit in Nyckelby war es ihm gelungen, eine ganze Reihe von Freundschaften zu knüpfen.

Unter anderem hatte er Bobo Blomqvist kennengelernt, den Straßenhund, der wegen Herumtreiberei verurteilt worden war. Übrigens waren es Jack und er gewesen, die gemeinsam die Sache mit dem Hungerstreik ausgeheckt hatten. Und nun traf es sich, dass Blomqvist ein paar Wochen nach den Ereignissen in Kvarsebo entlassen wurde, und da suchte er als Erstes Jack auf. Die beiden teilten in vielen Dingen dieselbe Meinung und auch Bobo wollte aus seiner Zeit auf Erden noch etwas machen. Schon im Zuchthaus hatte er begonnen, Streiklieder zu dichten. Und als der Doktor die Fäden gezogen und die Fürsorge Jack einen Stock überreicht hatte, da kauften die beiden sich Fahrkarten nach Norrland, um dort Gitarre zu spielen und die Lemminge zum Kampf aufzurufen. Die Reisetasche mit den Zeitungen schenkte Jack mir. Er hatte ja keine Freude mehr daran. Aber er hatte sie ohnehin so oft gelesen, dass er die meisten Artikel auswendig kannte. Und er reiste hoch erhobenen Hauptes, wie man so schön sagt.

Vater wurde nach Nyköping ins Lazarett gebracht. Die Kugel aus Basses Gewehr war in die Brust und durch den Rücken wieder hinausgegangen. Der linke Lungenflügel war durchlöchert. Der Doktor sagte, er würde Monate brauchen, um wieder auf die Beine zu kommen. Ich, der seit Anfang Juni unter Vormundschaft des Kirchspiels Kumla stand und vom Waisenhaus gesucht wurde, wäre um ein Haar bei einem Bauern in der Sanna-Heide untergebracht worden. *Da der Junge jedoch den eigenen Wunsch äußerte,* wie es später in den Unterlagen stand, *ins Waisenhaus nach Kila*

zurückkehren zu dürfen, wurde dies in die Wege geleitet. Hofbesitzer
P. A. Pärsson hat wie bereits zuvor einen Ersatz abgelehnt.

Die Wege des Herrn sind unergründlich. Das hatte Basse damals gesagt. Und zumindest damit hatte er womöglich wirklich recht. Hätte man mir ein halbes Jahr früher versucht weiszumachen, dass ich an einem nebligen Montag im November aus freien Stücken nach Norrängen zurückkehren würde, dann hätte ich nur laut gelacht. Pär Pärsson war gerade dabei, die Holzsäge zu schärfen, als ich kam. Er hatte einen morschen Obstbaum gefällt, der nun klein gemacht und weggeschafft werden musste. Eine richtige Plackerei. Wir tranken zuerst einen Kaffee zusammen. Im Haus sah noch alles aus wie immer, nur unter der Treppe lag natürlich keine Decke mehr. Über die vergangenen Monate gab es nicht viel zu sagen, zumindest nicht, wenn man Pär Pärsson fragte. Er schenkte jedem von uns einen Becher Kaffee ein, als wäre es ein ganz normaler Tag, einer von vielen in einer langen Reihe von Tagen mit Fliegendreck an den Fenstern, von denen einer verlief wie der andere. Er sagte, dass der Brunnen eine neue Winde brauchte und dass er das noch vor Weihnachten erledigt haben wollte – und natürlich musste auch das Schwein geschlachtet werden.

»Ja«, antwortete ich. »Klar.«

Nach Neujahr kam ich in die Schule. Wegen meines sogenannten klugen Kopfes wurde ich im darauffolgenden Herbst zwei Klassen höher versetzt. Ich hatte eine nette Lehrerin, die mir oft freie Tage bewilligte, damit ich Vater besuchen konnte, der nach der Zeit im Lazarett in die große Stadt zurückgekehrt war. Ich muss wohl nicht extra erwähnen, dass Vater immer groß auftischte, wenn ich kam. Manchmal hatte ich ein schlechtes Gewissen wegen der teuren Abendessen, aber ich brachte es nie fertig, Nein zu sagen und ihn zu bitten, etwas Einfaches zu Hause in seinem Zimmer zu essen. Er wollte es so und Konsequenzen gehörten zu den Dingen, die er mit den Jahren immer weniger ernst nahm.

Mein Vater war ein Außenseiter. So kann man ihn wohl am besten beschreiben. Sein ganzes Leben lang weigerte er sich, Regeln zu befolgen, sich anzupassen. Vielleicht hatte ihn die Gefängniszeit gelehrt, sich endgültig nicht mehr darum zu scheren, was andere von ihm dachten. Er las oder schrieb *immer*: wenn nicht Artikel oder Bücher, dann Kolumnen, Verse oder kleine Zettel mit lustigen Gedanken, die er für irgendeine andere Gelegenheit aufbewahrte. Einen Stift in der Brusttasche mit sich herumzutragen war selbstverständlicher für ihn, als ein sauberes Hemd anzuziehen.

Pär Pärsson war von einem anderen Schlag. Er war trocken und hart wie Holz, bezahlte immer seine Schulden, verachtete Nachlässigkeit. Wir hatten weiß Gott unsere Kämpfe miteinander. Aber ich wuchs auf und wurde ein Bauer, genau wie er. Ich lernte, ein Wagenrad mit schwarzen Nacktschnecken zu schmieren und ein Feld zu eggen – und irgendwo im Wirbel des Alltags voller Fliegendreck, in unserem Schuften und Mühen, erkannte ich, dass auch er diese eine Sache, ohne mit der Wimper zu zucken, tun würde: für mich zu sterben.

Sie alle sind nun nicht mehr da, die Menschen und Hunde, von denen ich erzählt habe. Viele Jahre lang habe ich Norrängen allein bewirtschaftet. Das allgemeine und gleiche Stimmrecht für alle wurde vor anderthalb Jahrzehnten durchgeboxt. Aber wie jeder weiß, war nie die Rede davon, die Hunde mit einzubeziehen. Zum Glück war Jack da schon tot. Und es gibt ja Stimmen, die diese Frage weiter vorantreiben. Die sich dafür einsetzen, dass alle armen Köter in unserem Land eines Tages die Gerechtigkeit erfahren, die ihnen zusteht. Vielleicht ist das die Hauptsache? Vielleicht ist es gar nicht das Wichtigste, am Ende sagen zu können: »Wir haben gewonnen« – sondern nie aufzuhören, dafür zu kämpfen?

Es ist hart, den Hof allein zu versorgen. Ich will nicht verschweigen, dass einiges heruntergekommen ist. Ich trage eine Unruhe in mir, die in letzter Zeit immer größer geworden ist. Manchmal, wenn ich über den Kartoffelacker gehe, hebe ich den Blick und schaue zum Weg hinüber, der durch die Felder in die Ferne führt – und gerade erst neulich, als ich hier in meiner Kammer saß und mir durchgelesen habe, was ich geschrieben habe, da kam mir plötzlich der Gedanke, Pär Pärssons alte Schwedenkarte aus der blauen Kommode zu holen. Mir kam der Gedanke, eine Linie von Kila nach Dånsjö zu ziehen, von dort nach Strångsjö, Näs, Vingåker, Berga, Hult, Kumla, Falköping, weiter zur Villa Solsäter am Ufer des Lummersees und zu all den anderen Orten, an denen ich mit Basse und Freden gewesen war. Danach zur großen Stadt und nach Nyckelby und Kvarsebo – und zurück nach Kila.

Und als ich mich zurücklehnte und den Kreis, den ich gezogen hatte, entgegen dem Uhrzeigersinn betrachtete, da dachte ich, dass die Wahrsagerinnen und Hexen früherer Tage vielleicht doch nicht so übergeschnappt waren, wie wir heute denken. Auf der Karte gibt es einen Haufen Orte, an denen ich noch nie gewesen bin. Und die Welt endet ja auch nicht an der schwedischen Grenze. Annie Taylor ist auf dem Oakwoods Friedhof im Staat New York beerdigt. Auf ihrem Grabstein steht, dass sie die Erste ist, die je in einem Fass die Niagarafälle befahren und überlebt hat. Das ist, wie wir nun wissen, nicht ganz richtig. Die Erste, der dieses Kunststück gelungen ist, liegt auf einem Katzenfriedhof in Marseille. Aber über sie wird nicht viel geredet. Vielleicht mache ich eine Reise dorthin und lege eine Blume auf ihr Grab? Ich habe irgendwo gelesen, dass sie aus den Großen Ebenen stammte, den berühmten Great Plains. Ihr Name war Iagara.

Ramtintin

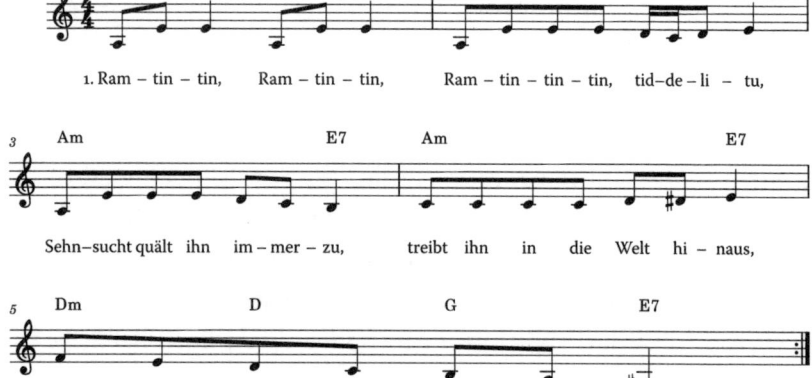

1. Ram – tin – tin, Ram – tin – tin, Ram – tin – tin – tin, tid–de – li – tu,

Sehn–sucht quält ihn im – mer – zu, treibt ihn in die Welt hi – naus,

nachts ver – lässt er Hof und Haus.

2. Ram-tin-tin, Ram-tin-tin,
Ram-tin-tin-tin, tid-deli-tab,
läuft landauf und läuft landab,
viele Tage ist er fort,
sucht den Vater hier und dort.

4. Ram-tin-tin, Ram-tin-tin,
Ram-tin-tin-tin, tid-deli-ter,
irrt auch heute noch umher,
streift allein durchs ganze Land,
winkt dir dort am Wegesrand.

3. Ram-tin-tin, Ram-tin-tin,
Ram-tin-tin-tin, tid-deli-tu,
findet einfach keine Ruh,
bis er hat der Väter zwei,
doch sein Weg ist nicht vorbei.

Frida Nilsson, geb. 1979 in Örebro, Schweden, arbeitete als Moderatorin für das schwedische Kinderfernsehen und schreibt seit 2004 äußerst erfolgreich Kinderbücher. In Schweden wird sie von der Presse gerne mit Roald Dahl verglichen, der einer ihrer Lieblingsautoren ist. Viele ihrer Geschichten sind für das schwedische Kinderradio vertont worden. 2014 wurde Frida Nilsson mit dem Astrid-Lindgren-Priset für ihr Gesamtwerk ausgezeichnet; 2019 erhielt sie den James Krüss Preis für internationale Kinder- und Jugendliteratur und den Jahres-Luchs der ZEIT für *Sasja und das Reich jenseits des Meeres*. Sie war mehrfach für den Deutschen Jugendliteraturpreis nominiert.

Bei Gerstenberg sind von ihr außerdem erschienen: *Siri und die Eismeerpiraten*; *Sasja und das Reich jenseits des Meeres*; *Sem und Mo im Land der Lindwürmer*; *Hedvig! Das erste Schuljahr – Im Pferdefieber*; *Hedvig! Die Prinzessin von Hardemo*; *Sommer mit Krähe (und ziemlich vielen Abenteuern)*; *Krähes wilder Piratensommer* und *Frohe Weihnachten, Zwiebelchen!*

Friederike Buchinger, geb. 1973, übersetzt seit 2001 aus dem Dänischen, Norwegischen und Schwedischen und hegt dabei eine besondere Liebe zu Kinderbüchern im Allgemeinen und den schrägen, unangepassten im Besonderen. 2019 wurde sie mit dem James Krüss Preis für internationale Kinder- und Jugendliteratur ausgezeichnet; für ihre Übersetzung von *Sasja und das Reich jenseits des Meeres* mit dem Jahres-Luchs 2019 der ZEIT. 2022 erhielt sie den Deutschen Jugendliteraturpreis, für den sie bereits mehrfach nominiert war.

Torben Kuhlmann, geb. 1982, studierte Illustration und Kommunikationsdesign an der HAW Hamburg mit Schwerpunkt Buchillustration. Seit 2014 arbeitet er als freier Illustrator und Autor. Seine Bücher wurden mit vielen Preisen ausgezeichnet, darunter eine Nominierung für den Deutschen Jugendliteraturpreis.

Frida Nilsson

Siri und
die Eismeerpiraten

*Weißhaupt hat meine Schwester
geraubt! Wir müssen sie zurückholen!*

Niemand hat den Mut, sich Piraten-
kapitän Weißhaupt, dem gefähr-
lichsten Mann des ganzen Eismeers,
entgegenzustellen.
Niemand – bis auf Siri! Sie tut, was
kein Erwachsener wagt: Um ihre
Schwester zu retten, macht sie sich
auf über das weite, klirrend kalte
Eismeer.
Damit beginnt ein Abenteuer, das Siri
niemals für möglich gehalten hätte.

Mit Bildern von Torben Kuhlmann
Aus dem Schwedischen
von Friederike Buchinger
384 Seiten, gebunden
ISBN 978-3-8369-5920-9

*In der besten Astrid-Lindgren-
Tradition. Bis in alle Nebenfiguren
herausragend gezeichnet, spannende
dramaturgische Verknüpfungen,
großartige Stimmungen.*

DIE BESTEN 7, DEUTSCHLANDFUNK

www.gerstenberg-verlag.de

Frida Nilsson

Sasja
und das Reich
jenseits des Meeres

Mit Bildern von Torben Kuhlmann
Aus dem Schwedischen
von Friederike Buchinger
496 Seiten, gebunden
ISBN 978-3-8369-5688-8

*Frida Nilsson hat bereits viele
wunderbare Kinderbücher
geschrieben, mal witzig, mal
anrührend, mal widerborstig, mal
philosophisch. Mit diesem hat sie ihr
bisheriges Schaffen gekrönt.*

DIE ZEIT

*Eine hochspannende Abenteuer-
geschichte ... großartige Erzählkunst!*

DIE BESTEN 7, DEUTSCHLANDFUNK

Eines Nachts ist Sasjas Mutter
verschwunden. Der Tod muss sie
entführt haben, da ist Sasja sicher!
Er schnappt sich das kleine Ruder-
boot des Nachbarn und fährt dem
Tod hinterher, bis in sein Reich
jenseits des Meeres. Sasjas tollkühner
Plan: Den Tod zu überlisten und seine
Mutter zurückzuholen ... Zum Glück
findet er Freunde, die ihn auf seiner
gefahrvollen Reise begleiten. Ein
fantastisches Abenteuer beginnt!

Rattenfänger Literaturpreis, Empfehlungsliste

www.gerstenberg-verlag.de

Frida Nilsson

Sem und Mo
im Land
der Lindwürmers

Sem und Mo sind Waisenkinder. Bei
Tante Tyra müssen sie den ganzen Tag
lang arbeiten und dürfen nicht spielen.
Nach nichts sehnen sie sich mehr als
nach einem richtigen Zuhause. Dann
steht eines Abends plötzlich Schwarz-
fell vor ihnen, eine Ratte, und erzählt
ihnen vom Land der Lindwürmer.
Und von einer Königin, die sich nichts
so sehr wünscht wie ein Kind ...
Die Brüder finden sich in einem
Land wieder, das einer uralten Sage
entsprungen scheint. Und in einem
unglaublichen, fantastischen
Abenteuer.

Mit Bildern von Torben Kuhlmann
Aus dem Schwedischen
von Friederike Buchinger
400 Seiten, gebunden
ISBN 978-3-8369-6149-3

Kinderliteratur vom Feinsten.

BUCHMARKT

*Frida Nilsson beweist erneut ihr
großes erzählerisches Gespür und
auch Humor ... Ein rundum tolles
Buch!*

DEUTSCHLANDFUNK KULTUR

Leselotse

www.gerstenberg-verlag.de

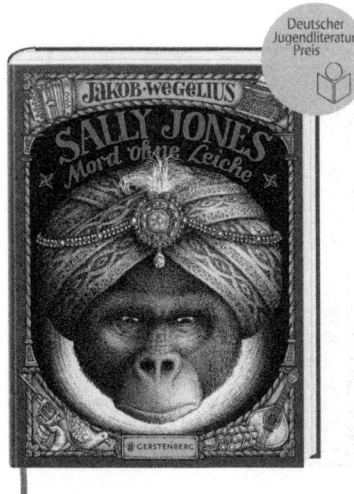

Deutscher
Jugendliteratur
Preis

Jakob Wegelius

Sally Jones
Mord ohne Leiche

Aus dem Schwedischen
von Gabriele Haefs
624 Seiten, gebunden
ISBN 978-3-8369-5874-5

*Ein großes, hintergründiges
Schmökervergnügen*

Internationales Literaturfestival Berlin

Lissabon um 1900: Bei einem nächtlichen Handgemenge stürzt ein Mann ins Hafenbecken. Der finnische Seemann Henry Koskela wird des Mordes angeklagt. Sally Jones, die die Unschuld ihres Freundes beweisen will, begibt sich auf eine abenteuerliche Reise um die halbe Welt. Diese führt sie aus den engen Gassen Lissabons über Alexandria und Bombay bis in den sagenhaften Palast des Maharadschas von Bhapur.

www.gerstenberg-verlag.de

Jakob Wegelius

Sally Jones und
die Schmugglerkönigin

Eines Nachts ertappt Sally Jones
im Hafen von Lissabon einen Mann
an Bord der Hudson Queen. Was hat
der Karussellwärter Harvey Jenkins
mit dem blinden Hahn auf der Schulter auf dem Schiff verloren? Als eine
kostbare Perlenkette auftaucht,
machen Sally Jones und der Chief
sich auf die Suche nach der recht-
mäßigen Besitzerin. Eine Spur führt
nach Schottland, wo sie in die Fänge
von Glasgows Schmugglerkönigin
geraten ...

Aus dem Schwedischen
von Gabriele Haefs
528 Seiten, gebunden
ISBN 978-3-8369-6120-2

*Mit jeder Zeile kitzeln Jakob
Wegelius und Übersetzerin Gabriele
Haefs die Leselust auf illustrierte
klassische Abenteuer hervor, wie sie
Leseratten seit
den Geschichten von Herman
Melville und Jules Verne, von
Jack London, Mark Twain oder
Robert Louis Stevenson lieben.*

Siggi Seuß, Süddeutsche Zeitung

www.gerstenberg-verlag.de

Wir danken dem Swedisch Arts Council für die Förderung der
Übersetzung ins Deutsche.

1. Auflage 2024

Die Originalausgabe erschien erstmals 2023 in zwei Bänden unter den Titeln
Hundägarna und *Kattjägarna* bei Natur & Kultur, Stockholm.

Copyright Hundägarna © Frida Nilsson und Natur & Kultur, 2023

Copyright Kattjägarna © Frida Nilsson und Natur & Kultur 2023

German edition published in agreement with Koja Agency

Deutsche Ausgabe Copyright © 2024 Gerstenberg Verlag, Hildesheim

Alle Rechte vorbehalten

Übersetzung: Friederike Buchinger

Umschlag und Illustrationen: Torben Kuhlmann

Der Gerstenberg Verlag behält sich die Nutzung seiner Inhalte für Text
und Data Mining im Sinne von § 44b UrhG ausdrücklich vor.

Druck und Bindung: GGP Media GmbH, Pößneck

Printed in Germany

Gerstenberg Verlag GmbH & Co. KG,

Rathausstraße 18–20, D-31134 Hildesheim

verlag@gerstenberg-verlag.de

ISBN 978-3-8369-6276-6

Weitere spannende Geschichten
findest du auf unserer Homepage:
www.gerstenberg-verlag.de

Kvarseboer Anzeiger

richt aus dem Gerichtssaal

Ástads Allgemeine

blatt